MEJOR
MUERTO

MEJOR MUERTO

SUSANA RODRÍGUEZ LEZAUN

Editado por HarperCollins Ibérica, S. A.
Avenida de Burgos, 8B - Planta 18
28036 Madrid

Mejor muerto
© Susana Rodríguez Lezaun, 2024
www.susanarodriguezlezaun.com
© 2024, para esta edición HarperCollins Ibérica, S. A.

Diseño de cubierta: CalderónSTUDIO®
Imágenes de cubierta: Dreamstime.com y Shutterstock

ISBN: 978-84-10021-31-0
Depósito legal: M-32762-2023
Impreso en España por: BLACK PRINT

MIXTO
Papel procedente de
fuentes responsables
FSC
www.fsc.org   FSC® C159065

Arde en la soledad que nos deshace,
tierra de piedra ardiente,
de raíces heladas y sedientas.
Arde, furor oculto,
ceniza que enloquece,
arde invisible, arde
como el mar impotente engendra nubes,
olas como el rencor y espumas pétreas.
Entre mis huesos delirantes, arde;
arde dentro del aire hueco,
horno invisible y puro;
arde como arde el tiempo,
como camina el tiempo entre la muerte,
con sus mismas pisadas y su aliento;
arde como la soledad que te devora,
arde en ti mismo, ardor sin llama,
soledad sin imagen, sed sin labios.
Para acabar con todo,
oh mundo seco,
para acabar con todo.

«Acabar con todo» (fragmento)
Octavio Paz

1

Repetía su nombre como un autómata. «Francisco Sarasola. Francisco Sarasola. Sarasola. Sarasola García. García también. García». No sabía por qué lo hacía, solo que era importante no olvidar su nombre. Su nombre y su apellido. Francisco Sarasola García.

Había perdido toda esperanza de sobrevivir. Tendido en el suelo, inmóvil, envuelto en sus propias heces y orines, hacía horas que había dejado de esperar un milagro. Al menos, no sentía dolor. El disparo no lo había matado, pero la bala le había dañado la columna vertebral y lo había convertido en un despojo de carne ensangrentada y carente de cualquier tipo de sensación. Ni siquiera sabía en qué posición había caído al suelo.

Lo malo era que su cerebro sí seguía funcionando y le había permitido hacerse ilusiones cuando su verdugo se marchó, seguramente dándolo por muerto. Incluso cuando regresó al día siguiente y bramó al descubrirlo vivo, pensó que quizá entonces llegara a la conclusión de que aquello era una especie de señal y llamara a una ambulancia. Intentó decirle que no lo denunciaría, quiso prometerle una fortuna a cambio de ayuda, ¡cualquier cosa que le pidiera!, pero tampoco podía hablar. Lo miró, le suplicó con los ojos. Y él le escupió antes de volver a marcharse.

En las horas que siguieron comprendió que iba a morir, y poco a poco logró incluso que no le importara. No hizo examen de conciencia, no pensó en nadie ni recordó tiempos mejores. Solo podía pensar en la sed, en el calor y en la peste que exudaba su cuerpo. Nunca imaginó que llegara a oler algo parecido.

Debió perder el conocimiento en algún momento, porque cuando se despertó ya no estaba en el suelo conocido, sino sobre un solado basto de hormigón que le hería la piel de la cara. Todo lo que veía era gris. Una estrecha franja de muro, el suelo, el aire, polvo en suspensión. Todo gris. Ninguna ventana, ninguna puerta. Olía a humedad y a aceite para motores. No sabía dónde estaba. ¿Sería esa su tumba?

No había vuelto a ver a nadie y apenas era capaz de percibir algún ruido. Un siseo esporádico, un goteo arrítmico… Y luego, nada, silencio. Por eso su mente se había activado y repetía su nombre sin cesar. «Francisco Sarasola. Sarasola García. El García también».

2

No reconocía aquella espalda, ni las manos, con las uñas descuidadas y las pieles levantadas. Extrañaba el color del pelo, la forma de sentarse y hasta el tamaño de sus pies. Ese tipo tenía unos pies enormes.

La inspectora Marcela Pieldelobo observaba a hurtadillas al policía recién incorporado a su sección. Hacía menos de una semana que el subinspector Vila había ocupado el escritorio de Miguel Bonachera, que había abandonado el cuerpo y estaba a la espera de juicio por manipular las pruebas de un caso. Se había mudado a Barcelona y había empezado a tirar de contactos para encontrar un trabajo. Marcela estaba segura de que le iría bien. Miguel era de los que siempre caían de pie.

No sabía qué pensar de Vila. Para empezar, porque apenas había cruzado dos palabras con él. Miró de nuevo en su dirección. Le hizo gracia que leyera con la cara tan cerca de la pantalla del ordenador y los ojos achinados.

Volvió a sus asuntos e intentó olvidar la ausencia de Bonachera. Hablaría con él más tarde, lo llamaría y charlarían un rato. Como si nada hubiera pasado. Como si no hubiera otro culo sentado en su silla.

Respondió al teléfono al primer timbrazo.

—En marcha, Pieldelobo —urgió el inspector jefe—. Coja al nuevo y vayan a Mendebaldea. Han denunciado la desaparición de un promotor inmobiliario. Ha llamado su mujer. Le van los datos al correo.

11

Marcela ya estaba en la puerta cuando el inspector jefe colgó. Se acercó al subinspector y le dio un golpecito en la espalda. Vila se giró sobresaltado.

—Tenemos un caso —dijo Marcela sin más—. Nos vamos.

Los primeros rayos de sol de la primavera siempre eran bienvenidos. Después se convertirían en un incordio para el resto del verano. Marcela cerró los ojos y levantó la cara hacia la fuente de calor. Vila conducía inseguro. El subinspector llevaba menos de dos semanas en Pamplona y tuvo que conectar el GPS del coche patrulla para llegar hasta Mendebaldea, al oeste de la ciudad. Marcela se dio cuenta de que achinaba los ojos cada vez que consultaba el mapa en la pequeña pantalla.

—¿Algún problema? —le preguntó por fin.

Vila desfrunció el ceño y la miró un instante antes de volver a concentrarse en el tráfico.

—Me he dejado las gafas en Logroño —explicó cuando terminó de trazar una curva—. Las cogeré el fin de semana.

—Recto en la siguiente rotonda, la primera a la izquierda y estamos —resumió Marcela.

Vila asintió en silencio y aceleró un poco. Un par de minutos después se detuvieron junto a otro coche patrulla.

Una mujer alta y rotunda, con el pelo castaño recogido en un moño alto que perdía mechones rizados, les dedicó una tímida sonrisa rosada cuando les abrió la puerta. De pecho generoso y formas amplias, mantenía una piel brillante y lisa. Marcela supuso que rondaría los cuarenta. Si tenía más, visitaba un buen centro de estética. Se hizo a un lado y los invitó a pasar. Paredes de estuco, un espejo y varios cuadros de estilo clásico.

Una vez en el salón, la mujer se giró para mirarlos de frente y se presentó como Valeria Huguet. Luego les estrechó la mano y los invitó a sentarse. Marcela hizo las presentaciones oportunas y se acomodó en una silla frente a ella mientras Vila ocupaba un sofá individual y se preparaba para tomar notas.

—Gracias por venir tan rápido —empezó la señora Huguet—, estoy empezando a preocuparme de verdad.

—Ha denunciado la desaparición de su marido, Francisco Sarasola —dijo Marcela—. ¿Desde cuándo falta de casa?

—Desde el viernes —respondió ella.

Marcela frunció el ceño. Era lunes.

—Han pasado tres días desde entonces. ¿No se ha preocupado
hasta ahora?

La mujer movió la cabeza de un lado a otro.

—Francisco no suele dar explicaciones. Él organiza su agenda,
va y viene como le parece mejor y no suele avisarnos. No es la primera vez que pasa el fin de semana fuera sin decirnos nada. —Valeria
Huguet se examinó las manos y giró un par de veces uno de los
muchos anillos que llevaba. Luego levantó la cabeza y miró a Marcela seria, pero serena—. A veces nos deja una nota, manda un mensaje o nos llaman de la empresa.

—Esta vez no ha sido así —supuso Marcela.

—No —confirmó ella—, pero, como le digo, tampoco es extraño. También falta su coche —añadió—, así que supusimos que estaría de viaje.

—¿Y no podría seguir de viaje?

—No, no. En absoluto. Esta mañana tenía programada una reunión que llevaba semanas preparando. Clientes nuevos e importantes.
Mi marido nunca descuidaría su negocio, jamás —insistió. Cogió
aire, volvió a girar el anillo y continuó—. Esta mañana me ha llamado José Luis Cambra, el subdirector de la empresa, preguntando por
Francisco. No se había presentado a la reunión y no contestaba al
teléfono. —Volvió a respirar profundamente—. Como les he dicho,
hasta ese momento no me había preocupado, pero ahora no sé qué
pensar. No nos coge el móvil y nadie sabe dónde está.

Marcela se dio cuenta del uso continuado del plural.

—¿Quién más vive con ustedes? —preguntó.

—Mi hijo, claro. —Acompañó sus palabras con una mirada hacia una de las puertas que se abrían al fondo del salón—. Máximo
—añadió.

—¿Podemos hablar con él?

El amplio vestido de Valeria Huguet casi tocó el suelo cuando se
levantó. La tela, de un sinfín de tonos verdes y tostados, se onduló

vaporosa a su espalda y abrazó sus piernas cuando se detuvo para tocar a la puerta.

—Max, cariño —dijo a través de la rendija que había abierto—. Necesito que hables con la policía. Papá sigue sin aparecer.

Valeria se mantuvo junto a la puerta los dos minutos que el muchacho tardó en salir y lo escoltó hasta el centro del salón.

—Son la subinspectora… —empezó la mujer.

—Inspectora Marcela Pieldelobo y subinspector Diego Vila —corrigió Marcela, que se había puesto de pie y le tendía la mano. El joven la observó unos segundos antes de comprender qué debía hacer. Extendió un brazo largo y musculoso y estrechó con fuerza la mano que Pieldelobo le ofrecía. Luego se sentó en el brazo del sillón que ocupaba su madre y esperó en silencio.

—¿Has tenido noticias de tu padre este fin de semana? —le preguntó Marcela. El muchacho negó con la cabeza—. ¿Cuándo fue la última vez que lo viste?

Máximo se encogió de hombros.

—El viernes, supongo —respondió por fin—. O el jueves, no estoy seguro.

Marcela se fijó en el enorme morado que el chico tenía en la mejilla. La coloración alcanzaba la oreja y parte de la mandíbula. Parecía un buen golpe.

—¿Qué te ha pasado? —quiso saber Marcela.

El muchacho se llevó la mano a la cara y ocultó el hematoma.

—Está todo el día con el monopatín —respondió su madre—, y no siempre le salen bien las piruetas. Esto no es nada para los golpes que se ha dado —añadió. El anillo de su dedo giraba enloquecido.

—¿Tiene su marido algún lugar al que suela ir, solo o con más gente? —retomó Marcela.

—Viaja mucho, y, cuando está en Pamplona, siempre está en la empresa —le aseguró Valeria.

—¿Aficiones? —insistió Marcela.

La mujer dudó un instante y luego irguió la espalda.

—Claro, el tiro olímpico. Está federado, va al campo o al hangar de la federación a practicar siempre que puede. Habría sido un buen tirador si le hubiera dedicado más tiempo, pero no podía.

—¿En qué modalidad? —intervino Vila.

—Pistola, plato, carabina… Le gusta todo.

—Comprobaremos si ha pasado por allí —dijo Marcela.

Máximo se removía inquieto sobre el brazo del sofá, demasiado estrecho para el cuerpo de un joven muy desarrollado para su edad. Alto y de hombros anchos, podría pasar por un veinteañero en lugar de los diecisiete que tenía. Era un chico guapo, como su madre, de pelo brillante y rizos suaves que le rozaban los hombros, ojos oscuros y piel clara.

—¿Dónde guarda las armas? —siguió la inspectora.

Valeria Huguet se puso de pie y los invitó a seguirla. Atravesaron un amplio pasillo hasta llegar a un despacho repleto de estanterías y archivadores. Delante de la ventana, sobre una mesa moderna y funcional, había un ordenador portátil, una pantalla más grande y un buen número de carpetas y papeles.

—Disculpen el desorden —murmuró la esposa—. A Francisco no le gusta que nadie entre aquí. Me obliga a vigilar desde la puerta cuando viene la asistenta para que no cambie nada de sitio.

Luego señaló hacia el fondo. En la pared de enfrente había una caja fuerte de un tamaño considerable y un armero metálico de puertas acristaladas. Los dos policías se dirigieron hacia allí. La madre y el hijo no cruzaron el umbral.

El armero contenía seis armas largas, escopetas, carabinas y rifles de precisión. Supusieron que las armas cortas y la munición estarían en la caja fuerte. Marcela se giró hacia la pareja que observaba desde la puerta.

—¿Conocen la combinación? Nos gustaría que comprobaran si falta algo.

—Esto es solo de mi marido, no creo que nadie más sepa cómo abrirla. Y aunque pudiera —añadió—, no sabría decirles si falta algo o no. No llevo la cuenta de las armas que tiene mi marido, no me interesan en absoluto, no sé disparar y no tengo intención de aprender.

Ojearon el contenido del escritorio sin tocar los papeles ni las carpetas.

—¿Llevaba su marido una agenda? —preguntó Marcela.

—Supongo —respondió Valeria—. Siempre tenía mil cosas que hacer, imagino que necesitaría una agenda para acordarse, aunque tiene una secretaria en la empresa.

Vila subrayó la palabra «secretaria» y siguió mirando a su alrededor. No encontró nada reseñable.

—¿Ha comprobado si falta ropa en su armario?

La mujer negó con la cabeza antes de responder.

—Está todo —les aseguró—. Menos lo que llevaba puesto, claro.

—¿Tomaba algún tipo de medicación?

—No, nada. Está sano como un roble, y eso que ya ha cumplido los sesenta.

Salieron del despacho y volvieron al salón, pero no se sentaron.

—Necesitamos marca, modelo y matrícula del coche que utiliza su marido —intervino Vila.

La mujer miró a su hijo, que asintió en silencio. Le pidió al subinspector el bloc de notas y escribió los datos.

—Avísenos si tienen cualquier noticia o si finalmente aparece —añadió Marcela.

El joven se perdió en su cuarto sin pronunciar una palabra. Valeria Huguet los acompañó a la puerta y se despidió después de insistir en que la llamaran con cualquier noticia.

Una vez en el coche, Marcela se puso al volante y buscó la dirección del hijo mayor del desaparecido, fruto de su primer matrimonio. Llamó, anunció su visita y arrancó.

—Cómprate unas gafas —le dijo al nuevo—, no me gusta nada conducir.

Máximo recordaba perfectamente la última vez que había visto a su padre. Todavía le dolía. Un puñetazo en el costado y otro en la mandíbula. No era la primera vez, y la excusa era lo de menos; cualquier cosa le servía para darle una paliza.

El viernes por la mañana, su padre entró en la cocina mientras Max desayunaba. Respondió a su saludo con un movimiento de cabeza y volvió a concentrarse en su móvil. De pronto, unos dedos velludos se apoderaron del *smartphone*. Máximo se quitó los auriculares y miró a su padre.

—¡Eh! —exclamó—, ¿a qué ha venido eso? Devuélvemelo.

—Tienes que cortarte el pelo —respondió su padre—. Es la tercera vez que te lo digo. Esas greñas no son formas de salir a la calle. Tienes una imagen que cuidar y un apellido que representar.

—Ya te he dicho que a mí me gusta así. No tiene nada de malo, mucha gente lo lleva largo —se defendió Max.

—Me importa una mierda la otra gente. Tú eres mi hijo y no vas a ser un puto melenudo. Te lo cortas hoy o vamos a tener problemas.

Máximo adelantó el cuerpo y miró desafiante a su padre. Era más alto y más fuerte que él, pero su sola presencia era capaz de congelarle el estómago. Respiró, expulsó el aire entrecortadamente y le sostuvo la mirada.

—Pues tendremos problemas, porque no me lo voy a cortar —respondió.

Francisco Sarasola le devolvió una sonrisa irónica y se guardó el móvil de su hijo en el bolsillo.

—Mientras lleves esas pintas, ni móvil, ni moto, ni dinero. Nada.

Máximo se levantó de golpe y se lanzó contra su padre para intentar recuperar su teléfono.

Francisco le retiró la mano, dio un pequeño paso atrás y lanzó el puño hacia las costillas del joven. El puñetazo lo dejó sin respiración. Se dobló sobre sí mismo y boqueó un instante. No vio venir el segundo golpe.

La boca se le llenó de sangre y un pitido intenso estalló en su oído. Se había mordido la lengua y le dolía terriblemente la mandíbula. Se cubrió con las manos y reculó hasta la pared. Su padre lo miraba con la cabeza gacha, los dientes apretados y las aletas de la nariz dilatadas. Seguía con los puños apretados, listo para pegarle de nuevo.

Max levantó una mano. Las lágrimas empezaron a mezclarse con la sangre y la saliva de su boca.

—No me toques, ¿entiendes? —farfulló el joven—. No vuelvas a tocarme en tu vida.

Cogió varias servilletas de papel de la encimera y se las puso en el labio.

—Eso no es nada —se burló el padre—. Eres un blando, un mierdecilla.

—Esta es la última vez que me pegas, escucha bien lo que te digo.

Francisco Sarasola miró a su hijo una vez más y se dirigió a la puerta.

—Córtate el pelo —dijo antes de salir.

—Muérete —susurró Max cuando su padre ya no podía oírlo—. Estarías mejor muerto.

3

Javier Sarasola vivía en un amplio adosado en Olloki, en el valle de Esteribar, una pequeña localidad a menos de quince minutos de Pamplona que había multiplicado de manera exponencial su número de vecinos gracias a varias promociones inmobiliarias de lujo, muchas de ellas puestas en marcha por la empresa de Francisco Sarasola.

Líneas rectas, fachadas claras, jardín delantero y piscina en el patio de atrás, tres alturas y un cochazo en el camino de entrada.

Sarasola los recibió con un apretón laxo y un apresurado «tengo mucha prisa» antes de acompañarlos hasta un salón en el que cabía el apartamento entero de Marcela y aún sobraría espacio. De pelo negrísimo y piel lechosa, los miraba fijamente desde detrás de sus gafas de pasta con gruesa montura negra. Los labios, finos y descoloridos, un tanto apretados en un ademán insolente, apenas se separaban para hablar, ofreciendo al aire y a las palabras poco más que unos milímetros por los que escapar.

Había una persona sentada en una de las sillas que rodeaban la amplia mesa del comedor.

—Le he pedido a mi hermano Sergio que venga, espero que no les parezca mal. Así ganamos todos algo de tiempo.

Nuevo apretón lacio y una sonrisa nerviosa en la boca de Sergio Sarasola, un par de años más joven que su hermano, aunque ambos habían cruzado ya la frontera de los treinta.

—¿Cuándo fue la última vez que vieron a su padre? —repitió Marcela.

La respuesta fue similar a la que habían obtenido hacía un rato.

—El viernes —apuntó Javier, que seguía de pie. Miró a su hermano y esperó la confirmación. Sergio asintió sin abrir la boca—. Se marchó de la empresa sobre las cinco de la tarde. Nosotros nos quedamos un poco más. Estamos hasta arriba.

Consultó su reloj y frunció aún más los labios. A pesar de lucir un afeitado impecable, la sombra de una barba tan negra como su pelo le oscurecía las mejillas y la barbilla.

—¿Les dijo qué pensaba hacer, adónde iba? —siguió Marcela.

—No, a mí no me dijo nada —respondió el mayor—, ¿y a ti?

Sergio Sarasola se sobresaltó al verse interpelado.

—No, nada —dijo por fin—. De hecho, casi no lo vi ese día, y tampoco se despidió cuando se marchó. Mi oficina está en otra planta —añadió.

—¿Qué pueden contarnos sobre sus costumbres, los lugares a los que suele ir, la gente que frecuenta…?

Los dos se encogieron de hombros al mismo tiempo.

—Casi todo lo que hace mi padre está enfocado a los negocios. Sus amigos son otros empresarios, si va a algún sitio es porque le interesa un terreno, o una promoción, o tiene que ver a alguien…

Se marcharon treinta minutos después sin ninguna información relevante. Los dos hijos pintaron a su padre como un hombre dedicado a su empresa que, por supuesto, había dejado algún cadáver por el camino. «Los negocios son como la guerra», les dijo Javier Sarasola, «si quieres algo, tienes que ir a por ello con todo». Sin embargo, no consiguieron sonsacarles ni una palabra sobre posibles rivales o enemigos con nombre y apellido.

—¿Qué te parece hasta ahora? —le preguntó Marcela a Vila mientras conducía de vuelta a Pamplona.

—Me da la sensación de que al tipo se le complicó el fin de semana —respondió el subinspector—. Me juego lo que quiera a que aparece antes de mañana con una resaca tremenda.

—Es posible —dijo sin más.

Hasta ese momento, todo el mundo había descrito a Francisco

Sarasola como un obseso del trabajo, un hombre que vivía por y para su empresa. Por eso le inquietaba que no se hubiera presentado en una reunión importante y que no cogiera el móvil. No parecía propio de un tiburón de los negocios.

Javier Sarasola despidió a los policías en el jardín y regresó al salón. Encontró a su hermano pequeño con la cara entre las manos, llorando como un chiquillo.

—No me jodas —bufó—, ¿en serio?

Sergio se limpió la cara con la manga del jersey y miró a su hermano.

—Estoy bien, son los nervios —dijo—. Y estoy preocupado por papá, claro.

Javier sacudió la cabeza de un lado a otro.

—Lo que te tiene que preocupar es todo el trabajo que se nos viene encima. Tenemos que ponernos al día con la empresa en tiempo récord, enterarnos de lo que el viejo no nos contaba y arrancar nuestro propio camino. —Se acercó a su hermano, lo cogió por la barbilla y lo obligó a mirarlo a los ojos—. Los dos, Sergio. Ahora sí.

Sergio se retorció las manos y suspiró largamente. Javier estaba preocupado, no esperaba esa reacción en su hermano, aunque uno nunca podía saber cómo iba a responder en una situación de máximo estrés.

—¿Qué crees que le ha pasado? —preguntó el más joven.

—No tengo ni idea —respondió Javier, encogiéndose de hombros—. Un accidente, supongo. O una mujer.

Sergio sonrió de lado.

—O una mujer, claro. En cualquier caso —añadió más tranquilo—, todavía puede volver…

Javier miró a través de los ventanales del salón y pensó que pronto tendría que pedir que le limpiaran la piscina. Hundió las manos en los bolsillos del pantalón y se concentró en las ondas del agua.

—Claro —respondió sin girarse—. Si vuelve, nos alegraremos mucho.

***

Marcela observaba a Damen en silencio desde el sofá de su diminuto salón, una habitación diáfana que incluía una cocina abierta y el recibidor en el mismo espacio. Más allá solo estaba su dormitorio y el baño. Recordó el salón de Javier Sarasola y le dolió el agravio comparativo.

Damen mezclaba despacio y con cuidado los ingredientes de la cena: huevos revueltos con unos *perretxikos* que habían llenado el pequeño piso de un intenso aroma a bosque.

Le gustaba que Damen cocinara para ella. En realidad, tenía que reconocer que le gustaba todo de Damen, y eso le preocupaba. Su barrera protectora contra las catástrofes había ido perdiendo densidad poco a poco, y ahora accedía a peticiones e invitaciones impensables hacía solo unos meses.

Damen no se había puesto el pantalón de chándal que guardaba en casa de Marcela y que usaba cuando se quedaba a dormir.

—¿Tienes que irte? —le preguntó mientras cenaban.

Damen asintió con la cabeza y la miró con la boca llena.

—¿Quieres que me quede? —preguntó él con una sonrisa.

Ella no respondió, pero le devolvió la sonrisa.

—Mañana tengo el día libre y he quedado con dos compañeros para subir al Mendaur —siguió Damen—. No podía traer todo el material aquí y, además, saldremos de Pamplona a las cinco de la mañana.

—Ya —farfulló Marcela, fingiendo seguir concentrada en su cena.

Damen dejó el tenedor sobre el plato y cogió la mano de Marcela al otro lado de la mesa.

—Esto tendría fácil solución si tú quisieras —dijo.

—No voy a ir al monte —respondió ella.

—Es mucho más sencillo: ven a vivir conmigo.

Marcela recuperó su mano y movió la cabeza de un lado a otro.

—No voy a instalarme en tu casa.

—¿Por qué no?

—Porque siempre sería tu casa —respondió Marcela al instante—. Es tu casa, con tus cosas, tus muebles, tu decoración…

—Todo eso puede cambiarse —ofreció él.

Ella volvió a negar con la cabeza.

—Siempre sería tu casa —insistió—, y yo siempre me sentiría una invitada.

Damen volvió a coger su mano.

—Si ese es todo el problema, estoy dispuesto a vender o alquilar mi piso y a que busquemos uno que nos guste a los dos, que lo amueblemos juntos y que sea nuestro.

Marcela abrió los ojos y la boca, pero no dijo nada.

—¿Quieres que busquemos algo juntos? —insistió Damen ante el silencio de Marcela.

—Deja que lo piense —respondió por fin.

—Como quieras.

Damen se levantó y empezó a recoger la mesa. Media hora después se despidió de ella con un beso y la promesa de tener cuidado en el ascenso.

Marcela sacó una cerveza de la nevera, abrió la ventana del salón y se encendió un cigarrillo. Imaginó a Damen dedicándole una mirada severa y pensó en a cuánto estaba dispuesta a renunciar a cambio de la supuesta felicidad que se supone asociada a la vida en pareja. Tendría que hacer una lista de los pros y los contras, decidir qué pesaba más, si su intimidad e independencia o una vida en común con el hombre al que amaba y que, al parecer, también la quería a ella. Él al menos lo había dicho en voz alta. Ella, nunca.

Apuró el pitillo y lo apagó, pero se quedó en la ventana. El viento traía gotas de lluvia que anunciaban un aguacero de primavera. Si analizaba los contras, en realidad no podía alegar nada de peso. Damen era un hombre casi perfecto. Leal, honrado, de carácter templado y generoso. Además, era muy atractivo y el mejor amante que había tenido. Quizá demasiado apegado a las normas, organizado en exceso y con un gusto casi enfermizo por el deporte. En muchos sentidos ella se situaba en las antípodas, pero ahí estaban, forjando unos lazos que Marcela jamás se creyó capaz de establecer de nuevo.

Su rencor no era justo para Damen, no podía valorar la situación en función de lo que otros hicieron en el pasado. Damen no era Héctor, pero ella tampoco era la misma Marcela.

Y luego estaba el tema de los hijos…

Demasiadas espinas en una flor tan pequeña.

Cerró la ventana y se dejó caer en el sofá. Recordaba perfectamente la felicidad de sentirse acompañada y sabía cuánto dolía la soledad. Reconocía en sí misma la falsa autosuficiencia de quien dice no necesitar a nadie. Damen no era Héctor, no debía olvidarlo. Damen nunca sería Héctor.

Alcanzó el móvil, observó un momento la pantalla oscura y dejó escapar un largo suspiro. Luego abrió WhatsApp y tecleó rápidamente.

OK, buscaremos.

Damen respondió a los pocos segundos, tres corazones rojos y una carita con una sonrisa de oreja a oreja. Sonrió ante el mensaje y salió de la aplicación.

Diego Vila dejó caer con cuidado las mancuernas sobre la esterilla y se secó el sudor con una toalla. De momento tendría que conformarse con hacer ejercicio en casa. Había tenido que alquilar una habitación en un piso compartido con otros dos policías recién llegados a Pamplona, una agente en prácticas y un oficial, a lo que tenía que sumar el alquiler del apartamento en Logroño que ocupaba Cristina, su mujer, los dos coches y el largo etcétera de gastos que suponía el simple hecho de vivir.

Se dio una ducha rápida y se tumbó en la cama con el móvil en la mano.

—Hola, cariño —saludó cuando su mujer descolgó.

—¿Ya has soltado las pesas? —bromeó ella.

—Hace un momento. Estoy reventado, he estado todo el día de aquí para allá.

—¿Algo interesante? —se interesó Cristina.

—Un desaparecido, las visitas de rutina. He ido con la inspectora Pieldelobo. Eso también ha sido interesante.

—¿Qué ha pasado?

—Nada, no ha pasado nada. Lo que ocurre es que llevo oyendo ablar de ella casi desde que llegué. Que si es intratable, ingobernale, insubordinada… No sé, cuando vino a buscarme se me encogió n poco el estómago. Ya sabes —añadió—, si mete la pata, nos sala a los dos, pero la verdad es que ha estado de lo más correcta.

—No te fíes —le recomendó su mujer—. Cuando el río suena…

—Sí, sí. Estoy atento. Y tú, ¿qué tal tu día?

Cristina repasó los acontecimientos de la jornada y le puso al día del estado de su solicitud de traslado. Con un poco de suerte no pasarían más de seis meses separados. Con mala, tendrían que aprender a vivir a cien kilómetros de distancia el uno del otro.

Escuchó ruidos en la cocina. Agradeció que hubiera alguien en casa, no le gustaba estar solo en ese piso desangelado. El saludo se le congeló en la lengua cuando encontró a Sofía, la agente en prácticas que ocupaba la habitación del fondo, preparándose la cena vestida únicamente con una camiseta de tirantes y unas braguitas.

—Lo siento —se disculpó Diego mientras daba media vuelta.

—¡Tranquilo! —exclamó ella—. Lo siento yo, en todo caso. Estoy tan acostumbrada a que los hombres de mi casa no me hagan ni caso que no me acuerdo de que no vivo con mis hermanos. Me vestiré ahora mismo. Vigílame la cena, por favor.

Aspiró el olor a jabón de su pelo todavía húmedo cuando pasó a su lado.

Cuando Sofía volvió, él seguía en el umbral de la puerta.

—¡Mi cena! —gritó. Corrió hacia la sartén, que humeaba y chisporroteaba sobre la vitrocerámica.

Diego soltó el aire que todavía guardaba y terminó de entrar en la cocina.

—Lo siento —repitió—, me he quedado ensimismado y no me he dado cuenta de que se estaba quemando.

Ella soltó una carcajada y tiró el contenido de la sartén a la basura.

—Me debes una cena —dijo sin dejar de sonreír.

—Hecho —respondió él con una sonrisa gemela—. Tú eliges, yo pago.

4

El subinspector Vila golpeteó suavemente en la puerta del despacho y la abrió despacio.

—Inspectora —saludó, acercándose a la mesa.

Marcela apartó la vista de la pantalla del ordenador y se giró para atender a Vila, que acababa de sentarse.

—El jefe ya ha cursado las órdenes pertinentes para que podamos acceder al móvil del desaparecido, y un equipo empezará hoy mismo a revisar las cámaras de tráfico entre el domicilio y la empresa. También se hará un barrido por el resto de las vías —añadió—, si conseguimos localizarlo en algún punto será un buen hilo del que tirar. ¡Ah! —exclamó de pronto—, a media mañana enviarán una nota de prensa a los medios. Comunicación la está consensuando con la familia.

—Muy bien —dijo Marcela sin más. Luego se levantó y cogió su chaqueta del respaldo de la silla—. Vamos a la empresa de Sarasola. He llamado al subdirector, nos espera. ¿Te has comprado unas gafas? —preguntó, mirándolo con el ceño fruncido.

Vila se llevó la mano al bolsillo de la camisa y sacó unas gafas diminutas, de lentes rectangulares y montura de plástico negro.

—Doce euros en la farmacia —explicó.

—Tú conduces —apostilló Marcela.

***

Vila conducía con las gafas en la punta de la nariz. Bajaba la cara para ver la carretera por encima de las lentes y la levantaba cada vez que tenía que consultar el navegador.

—Las que tengo en casa son progresivas —se justificó.

Marcela no contestó. Intentaba concentrarse en el escueto expediente que le habían enviado sobre Francisco Sarasola y la empresa que dirigía, una promotora inmobiliaria con bastantes éxitos, algún auténtico pelotazo y un par de sonoros fracasos. Repasó en la tableta las imágenes de Sarasola en distintos encuentros empresariales, casi siempre sonriente y estrechando manos de colegas, políticos, varios famosos e incluso futbolistas de un equipo que un día llevó el nombre de la empresa en la camiseta. Poco más de metro setenta, una tupida mata de pelo gris, delgado y en aparente buena forma. Un tenue bronceado y las escasas arrugas que rodeaban sus ojos marrones hablaban de un hombre preocupado por su aspecto.

Las mismas fotos, u otras muy parecidas, adornaban el despacho de Francisco Sarasola en la empresa que llevaba su nombre, una planta entera de oficinas en un céntrico edificio de Pamplona con su nombre en enormes letras rojas en la fachada.

José Luis Cambra, subdirector de la firma y tan parecido físicamente a su jefe que semejaba un clon, los invitó a acomodarse alrededor de la mesa que ocupaba el rincón del despacho. Vestido con un traje de corte impecable y unos zapatos cegadores, comprobó la posición de la corbata y se aseguró de que los puños de la camisa sobresalían lo justo de la americana antes de mirarlos directamente a los ojos y ofrecerles una discreta sonrisa y un café, que ambos rechazaron.

Les repitió casi palabra por palabra la misma historia que habían oído de boca de la mujer y los hijos de Francisco Sarasola: no tenía noticias suyas desde que se marchó de la oficina el pasado viernes, y no empezó a preocuparse por su ausencia (que en su caso no fue tal, ya que no mantenían el contacto durante el fin de semana salvo excepciones) hasta que no se presentó a la reunión del lunes.

—Hemos peleado mucho para conseguir este cliente —explicó Cambra—. No sé cuántas horas hemos dedicado a preparar la mejor propuesta posible. Francisco se deja la piel en cada proyecto, pero este es especial, estamos hablando de varios millones de euros.

—¿Tenía enemigos? —preguntó Pieldelobo.

El subdirector levantó los hombros y las cejas al mismo tiempo.

—Son negocios, señora; un banquete de tiburones.

—¿Tenía enemigos, entonces? —insistió.

—Por supuesto, pero nada que le preocupara en realidad. A las buenas, todos somos estupendos, pero a las malas, Francisco era el peor; por eso era el mejor.

—Y entre toda esa fauna, ¿algún espécimen destacable? —Marcela se estaba cansando de los símiles zoológicos que no conducían a ningún sitio—. Le agradecería concreción, señor Cambra. Nombres, hechos, enfrentamientos, peleas si las hubo.

El subdirector cabeceó brevemente con la mirada perdida en la pared acristalada de su despacho. Cuando parecía que iba a decir algo, frunció el ceño y se dirigió a la puerta con paso decidido.

Al otro lado del pasillo, Javier Sarasola acababa de entrar en una oficina. Lo vieron encender las luces y dirigirse hacia el enorme escritorio de madera. José Luis Cambra salió de su despacho, cruzó el pasillo en dos zancadas y entró sin llamar en el de enfrente. Pieldelobo y Vila salieron detrás de él. Sentado a la mesa, el hijo de Francisco Sarasola esperaba paciente a que se iniciara el ordenador. Su pelo negro y espeso brillaba bajo las luces encastradas en el techo, que le blanqueaban aún más la piel. Sus ojos, oscuros, vivos y mordaces, observaron en silencio a las tres personas que lo miraban desde el otro lado.

Tras unos segundos, el subdirector dio un paso al frente.

—Javier, qué sorpresa verte aquí. ¿Necesitas algo? Seguramente yo puedo…

—No puedes —le cortó Sarasola—. Quiero saber cómo están los asuntos de mi padre para ponerme en marcha y que la empresa no se paralice.

—Varias personas de plena confianza de tu padre se están encargando de eso, conmigo al frente. No hacía falta… En estos momentos…

—Claro que hacía falta —le interrumpió de nuevo—. ¿Sabes quién soy? —preguntó sardónico—, ¿recuerdas mi nombre?

Cambra estiró la espalda y arrugó la frente.

—Por supuesto —respondió—. Solo pretendo ocuparme de la empresa mientras tú te preocupas por tu padre.

—Por mi padre ya se está preocupando la policía, ¿verdad? —preguntó, mirándolos con la cabeza ladeada—. Yo me ocuparé de la empresa. Mi hermano y yo —corrigió.

Cambra miró nervioso a los policías, que escuchaban desde el fondo de la habitación.

—Si te parece, hablamos luego —dijo por fin.

Javier Sarasola sonrió ante la bandera blanca.

—De usted, Cambra. Desde ahora, me tratas de usted.

El subdirector salió del despacho y entró en el suyo. Marcela dio un paso al frente y le sostuvo la mirada retadora.

—¿Cómodo? —le preguntó cuando estuvo junto a la mesa.

—En absoluto —respondió él—, ¿qué se cree?

Marcela se encogió de hombros.

—Ayer no conseguí que mencionaran a ningún rival de su padre, me da igual si es a nivel empresarial o personal. Nombres, señor Sarasola. Si es tan amable. Le he pedido lo mismo al subdirector.

Marcela amagó una inclinación de cabeza que provocó que el empresario se revolviera en el amplio sillón.

—Tengo que pensarlo —dijo por fin.

—Hágalo —insistió Marcela—. Mientras, nosotros seguiremos preocupándonos por su padre.

Salieron del despacho sin despedirse y entraron en el de Cambra, que permanecía de pie junto a la ventana, de espaldas a ellos. No parecía consciente de su presencia en la misma habitación. Su atención permanecía centrada en lo que ocurría en la calle, unos pisos más abajo. Por fin, Marcela dio un paso adelante.

—Señor Cambra —llamó.

El aludido se giró despacio, con la mirada todavía perdida y el ceño fruncido. Tardó unos segundos en enfocarlos de nuevo.

—Perdón, estaba… —Levantó una mano y la agitó en el aire.

—Necesitamos que dedique unos minutos a elaborar un listado de personas que sientan animadversión por el señor Sarasola. No importa los motivos ni cuándo tuvo lugar el enfrentamiento; hay personas que maduran su venganza durante décadas. Y pídale a la secretaria del señor Sarasola que nos envíe su agenda lo antes posible.

Cambra asintió en silencio, sin relajar la frente.

—Lo haré, lo haré. En cuanto tenga un minuto. La prensa ya tiene el comunicado, supongo que lo sabe, y habrá que estar atento; la familia hará una declaración, pero hay que vigilar que los contratos que tenemos no se resientan por la situación. El dinero no entiende de problemas ajenos —añadió—, solo quiere más dinero.

Cuando abandonaron el edificio, periodistas, cámaras y curiosos tomaban posiciones frente a la puerta principal. Varios agentes de la policía municipal intentaban que la circulación no colapsara y que los vehículos de la prensa abandonaran los vados y aceras.

—Necesito un café —dijo Marcela.

—Yo no tomo café —respondió Vila.

Marcela frunció los labios y se dirigió al bar de enfrente. Por suerte, siempre había un bar cerca cuando lo necesitaba.

—¿Y qué tomas? —le preguntó.

—Infusiones.

—Madre mía... Bueno, cada uno se envenena como quiere. Vuelve a Jefatura, si lo prefieres.

Diego Vila negó con la cabeza y cruzó la calle junto a Marcela. Esquivaron a la prensa y se sentaron a la única mesa libre que quedaba. Buena parte del resto estaban ocupadas por periodistas y reporteros que charlaban en voz alta sin despegarse del móvil ni perder de vista lo que ocurría fuera.

Marcela arrugó la nariz cuando el subinspector trajo su infusión, un brebaje oscuro, rojizo y humeante.

—No sé cómo puedes beberte eso —bufó apartando la cara.

—Está bueno —le aseguró él.

—Ni de coña. Apesta.

Vila apartó la taza casi hasta el borde de la mesa y observó a los periodistas. Luego se puso las gafitas, sacó su móvil y abrió la web de un periódico local. La imagen de un sonriente Francisco Sarasola llenó la pantalla. Debajo, un enorme titular anunciaba la desaparición del conocido promotor inmobiliario, mecenas de varios equipos deportivos y generoso financiador de múltiples iniciativas culturales.

—Todo lo que desgrava —murmuró Diego.

Marcela sonrió y apuró su café.

5

Tirado en el suelo, inmóvil excepto por el constante parpadeo de sus ojos. La camisa cubierta de sangre, los brazos debajo del cuerpo, las piernas estiradas, separadas una de otra en una postura que, de sentirla, resultaría sumamente incómoda. Suelo de hormigón o cemento y una pared sin enlucir muy próxima. No pudieron ver nada más en los apenas diez segundos de vídeo que acababan de recibir. El mensaje había llegado al mismo tiempo al teléfono de los tres hijos y de la esposa de Francisco Sarasola, que esperaban en el despacho del negociador de la policía, el inspector Manuel Ortega, un tipo alto, de ojos escrutadores y maneras suaves.

Se habían sentado muy separados en dos grupos bien diferenciados y apenas intercambiaron un par de palabras desde que llegaron, primero los hijos mayores, luego Valeria Huguet con Máximo Sarasola. Ella fue la primera en llamar a la policía. Sergio Sarasola tardó casi media hora en hacerlo. Cuando Pieldelobo le preguntó al respecto, dijo haberse sentido demasiado impresionado como para pensar con claridad.

—Nuestros equipos ya están rastreando el número desde el que les han enviado el mensaje —les dijo Ortega.

—Es de un número secreto —intervino Sergio.

—Eso no es problema —le aseguró Marcela—. El número está oculto para quien recibe la llamada, pero no para las operadoras.

—Bien —interrumpió Javier Sarasola—. En cuanto al mensaje…

Valeria Huguet empezó a sollozar. El mayor de los hijos giró la cara con disgusto. Máximo, sin embargo, estiró el brazo hasta tocar el de su madre, que le cogió la mano con fuerza.

Marcela le hizo una señal a Vila, que leyó en voz alta las escuetas frases sobreimpresas en el vídeo.

Medio millón de euros. Dos días. No aguantará más sin agua ni comida. Atentos a las instrucciones.

Marcela, que permanecía de pie, observó a los presentes. Caras serias, circunspectas. Alguna lágrima, mucha preocupación e inquietud, a juzgar por el agitado movimiento de sus culos en las sillas.

—Desde luego, el mensaje es efectivo —empezó el negociador—. Las palabras justas y las imágenes más impactantes. No es una prueba de vida. —Estudió su reacción a este comentario—. No sabemos cuándo se grabaron. Francisco Sarasola lleva tres días desaparecido, podrían haberse tomado el viernes o esta mañana. El secuestrador, o los secuestradores, porque queda claro que no es una desaparición voluntaria, han sido sumamente cuidadosos, no muestran ni un detalle que nos indique dónde puede estar. Parece una nave industrial, a juzgar por el solado, o un edificio en obras.

—Mi empresa tiene unas cuantas naves industriales de suelo basto —apuntó Javier Sarasola—. Pediré que le pasen el listado por si es de alguna ayuda. Y de las obras en marcha, si quieren.

—¿Tu empresa? —gritó Valeria Huguet—. ¿Ya lo has matado? ¿Ya has heredado? Eres un cabrón sin corazón. Hasta donde sabemos, tu padre está vivo, y Sarasola e Hijos sigue siendo su empresa, ¡suya! Imbécil… —añadió en voz más baja, pero audible.

—Lo que no sé es quién te crees que eres tú —respondió Javier Sarasola—. Una puta más, una de tantas.

—Soy su mujer —escupió Valeria.

—Porque lo pillaste en un mal momento. —La sonrisa ladeada de Javier era un dardo lanzado directamente al corazón de Valeria. La mujer acusó la herida y volvió a cubrirse la cara con las manos para seguir llorando. Satisfecho, Sarasola entrelazó los dedos sobre su regazo y volvió a mirar al frente con los labios convertidos en una línea fina.

—Podríamos decir que esto nos sitúa ante un delito por motivos económicos —intervino el inspector Ortega, que había permanecido impasible a pesar de la evidente incomodidad de la escena vivida.

Marcela asintió.

—Necesitamos su permiso para intervenir los teléfonos. De todos —añadió.

Nuevo revuelo de culos sobre las sillas.

—Acostumbro a mantener conversaciones privadas por teléfono. Con clientes, proveedores, otras empresas, ayuntamientos… Son estrictamente confidenciales —remarcó Javier Sarasola.

—No somos unos chismosos —respondió Pieldelobo—, pero debemos tener acceso inmediato a las próximas comunicaciones de los secuestradores.

—Puede que no se pongan en contacto conmigo —siguió el mayor de los hijos—, o que nos manden el mismo mensaje a todos, como hoy.

—O puede que no —le cortó Valeria Huguet—. Dales el teléfono y cómprate otro para hablar con tus amiguitos.

—Estúpida zorra…

Valeria hizo ademán de levantarse de la silla, gesto que imitó su hijo. Pieldelobo y Vila se situaron de inmediato entre los dos grupos de sillas.

—Necesitamos los móviles —zanjó Ortega, puesto de pie—. Y necesitamos que sigan nuestras indicaciones en cuanto a sus comunicaciones a la prensa. No pueden soltar lo primero que se les ocurra.

—Nombraremos un portavoz —decidió Javier Sarasola.

—¿Alguien de tu cuerda? —preguntó Valeria Huguet.

—Alguien con sentido común, no como tú, tarada.

—Suficiente —les cortó Marcela en voz alta—. Pónganme en contacto con su portavoz cuanto antes para establecer las directrices de la comunicación pública. Señor Sarasola —añadió, acercándose a Javier—, si no quiere, no está obligado a darnos acceso a su dispositivo. Un juez decidirá si es necesario por el bien de la víctima. Y confiemos en que sus reticencias no se filtren a la prensa, sería terrible…

Marcela sintió sobre su espalda la mirada acerada de Ortega, pero le dio igual. Ya aguantaría el chaparrón más tarde.

—No tengo inconveniente en firmar el consentimiento —reculó

Sarasola—. Lo que me preocupa es que alguien más que yo escuche mis conversaciones. Algunas son muy delicadas.

—Quizá pueda posponerlas un par de días, hasta que todo esto se resuelva. Su padre no aguantará más, ¿recuerda?

—Inspectora —la llamó Ortega.

Marcela dio un paso atrás.

—Disculpe. Nos preocupamos por su padre…

Una vez solos, Ortega y Pieldelobo volvieron a visionar el vídeo un par de veces más, deteniéndose en algunos fotogramas en busca de indicios, escrutando en las sombras y tratando de localizar cualquier reflejo. Subieron el volumen y releyeron el mensaje. Finalmente, Ortega congeló la imagen de Sarasola en el suelo.

—¿Crees que está muerto? —le preguntó Marcela.

Ortega negó con la cabeza.

—El movimiento del pecho es ligero, pero respira. De lo que no estoy tan seguro es de cuánto aguantará. No creo que llegue a los dos o tres días que insinúan en el vídeo. La sangre bajo el cuerpo sugiere una herida en la espalda, puede haber afectado órganos vitales…

—¿Comienza la cuenta atrás? —preguntó Marcela.

—Me temo que empezó hace días, estamos en el tiempo añadido.

José Luis Cambra bordó su papel de portavoz de la familia ante las cámaras de televisión. Serio y confiable, con el temblor justo en la voz y la emoción medida en la mirada, habló de la conmoción de la familia al conocer el secuestro de Francisco Sarasola, hizo un llamamiento a los raptores para que lo liberaran de inmediato y elogió la figura de su jefe como empresario, padre y esposo.

Cuando los *flashes* se apagaron y los periodistas se ocuparon de la siguiente noticia, Cambra entró en el edificio de oficinas, subió hasta su despacho, cerró la puerta y corrió las cortinas.

Sentado a su escritorio, abrió uno de los cajones y sacó un pequeño teléfono móvil, un modelo antiguo sin conexión a Internet. Muy útil.

Seleccionó uno de los pocos números que guardaba en la agenda, marcó y esperó.

—Soy yo —dijo, y cerró los ojos, avergonzado ante la obviedad—. Está hecho.

Y colgó.

Oyó pasos en el pasillo justo antes de que la puerta de su despacho se abriera sin previo aviso. Javier Sarasola empujó la hoja, esperó a que su hermano pasara y entró a su vez, cerrando a su espalda. Sergio ocupó una de las sillas, mientras que Javier prefirió quedarse de pie detrás de su hermano, apoyado en el respaldo acolchado.

—Buen trabajo con la prensa —empezó—. Esperemos que esto se resuelva pronto y solo haga falta una comparecencia más, para anunciar la liberación de nuestro padre.

—Sí, ojalá —convino Cambra—. ¿Puedo ayudaros en algo? —preguntó al ver que ninguno de los hermanos se decidía a hablar ni tampoco parecían tener intención de marcharse. Su actitud, sin embargo, no podía ser más distinta. Mientras Sergio Sarasola parecía entretenido con lo que pasaba al otro lado de la ventana, Javier sonreía y clavaba su mirada en Cambra.

—Necesito la agenda de mi padre —dijo por fin el mayor.

—Puedes pedírsela a Gloria, ella controla las citas de Francisco.

Javier amplió la sonrisa hasta mostrar los dientes.

—La otra agenda, José Luis. El cuaderno de los chanchullos, de los nombres…

—No sé de qué me hablas —le cortó el subdirector.

—No te pases de listo, y no me tomes por tonto. No está en su despacho, de modo que la tienes tú. Dámela.

—Insisto en que no sé de qué me hablas y, aunque lo supiera, no estoy autorizado para entregarte ningún documento que pertenezca a tu padre. No sin su consentimiento, en cualquier caso.

—Él no está y hay asuntos que atender.

—No ahora. No por ti —respondió Cambra.

Javier Sarasola acusó el golpe. Apretó el respaldo con fuerza y contuvo la furia que le palpitaba en las sienes.

—No es tu empresa, Cambra. Nunca lo será. Pero más pronto que tarde será mía. Nuestra —corrigió, colocando una mano sobre el hombro de Sergio—. Entonces, más te valdrá salir de aquí lo más rápido que puedas. Vamos —le dijo a su hermano. Sergio se levantó con rapidez y se dirigió a la puerta. Javier esperó hasta que se alejó para volverse un momento hacia Cambra—. Quiero el cuaderno, déjalo encima de mi mesa cuanto antes. Y no me tutees, ¿está claro?

José Luis Cambra esperó varios minutos sin moverse, hasta estar seguro de que ninguno de los dos Sarasola volvería a entrar. Luego abrió de nuevo el cajón, sacó el anticuado teléfono y marcó el mismo número que hacía un rato.

—Tiene que ser hoy —dijo—. No puedo esperar más.

Acto seguido sacó del ropero un maletín de buen tamaño y comenzó a llenarlo. El portátil, tres memorias externas, varios USB, media docena de dosieres en carpetas y un cuaderno de tapas negras.

Diez minutos después esquivaba a la prensa mientras salía del garaje al volante de su coche y aceleraba en las calles de Pamplona.

6

Los pies descalzos recogían las vibraciones de la canción y las repartían por todo su cuerpo. Bum, bum, bum. Sergio Sarasola se acercó despacio, contoneándose, hasta uno de los enormes altavoces de la sala de música. Se colocó en un lateral y apoyó la espalda en la madera lacada. BUM, BUM, BUM. Más alto, más fuerte. Sentía el sonido en su interior, la cadencia de la canción se mezclaba con el latido de su propio corazón. BUM, BUM, BUM. Lara se contoneó hacia él, los ojos apenas abiertos, la sonrisa relajada, las manos acariciando el aire. Llegó hasta su marido y comenzó a bailar a su alrededor. Sergio, de pronto consciente de la presencia de su mujer a su lado, abrió los ojos y sonrió. Luego alargó los brazos, la cogió por la cintura y la acercó a él. Bajó la cabeza hasta apoyarla en el hombro de ella y giró la cara para hundir la nariz en su cuello. Cerró los ojos y aspiró.

—¿Estás mejor? —le preguntó Lara en un susurro.

—Mucho mejor —respondió Sergio sin despegarse de la piel de su mujer—. Gracias.

Ella sonrió y le acarició la espalda con sus larguísimas uñas.

—Le diré a Pablo que nos consiga más hierba. Los próximos días van a ser complicados.

Sergio asintió y siguió bailando mientras las uñas de Lara le electrificaban el cuerpo.

Lara siempre sabía lo que necesitaba, lo que le convenía. Cuando lo veía estresado o triste, o especialmente hundido después de una reunión en la empresa o de una charla con su padre, ella le preparaba un Long Island. Ginebra, tequila, ron, vodka, limón y azúcar, un chute que le ablandaba el cerebro. A veces, la copa venía acompañada por un porro de maría que le relajaba los músculos y eliminaba cualquier vestigio de dolor o preocupación que el cóctel no se hubiera llevado por delante. Lara sabía que su marido era un hombre sensible, proclive a la exageración y a hundirse en el fango de la desesperanza. Pero ahí estaba siempre ella, su soporte imprescindible, su ancla, el motor que lo reflotaba una y otra vez, ya fuera con arrumacos y un polvo o con alcohol y hierba. Lo que hiciera falta, siempre.

Sergio era dócil y cariñoso, todo lo contrario que su hermano Javier. El recuerdo de su primer encuentro «familiar» todavía le ponía la piel de gallina. Sergio acababa de pedirle que se casara con él y, cuando ella aceptó, decidió que debía conocer a su familia cuanto antes. Reservó mesa para seis en un buen restaurante y le presentó a su padre, a su esposa y a sus dos hermanos, Javier y Máximo. La noche y el día.

Javier fue muy generoso en sus comentarios hacia Lara. Sin ninguna sutileza, la llamó buscona, aprovechada y oportunista. Luego atacó a su hermano Sergio llamándolo salido e idiota y, por último, le dedicó unas palabras al joven Máximo, que entonces apenas tenía catorce años y que se debatía entre la furia y la pena. Su padre observaba displicente a su primogénito con media sonrisa ladeada y algún gesto casi imperceptible cuando consideraba que estaba cargando demasiado. Solo la esposa del patriarca, Valeria, salió indemne de la cena, aunque no se cortó a la hora de defender a su vástago.

Valeria era la segunda esposa de Francisco Sarasola, madre de Máximo y, según le contó Sergio más tarde, «una tía rara, le va todo eso de la adivinación y echar las cartas». Quedó muy claro desde el principio que la relación entre las partes era, como mínimo, tirante, cuando no abiertamente hostil. Lara odiaba ese ambiente, evitaba siempre que podía los encuentros con los Sarasola y, cuando no le quedaba más remedio, utilizaba la química para llegar relajada y con un punto pasota. Xanax, Valium, Lexapro... Pura supervivencia.

Se separó de Sergio lo justo para poder mirarlo a la cara. Sonreía con los ojos cerrados. La hierba era muy buena, y el Long Island iba más cargado de lo habitual.

—¿Habéis tenido más noticias desde lo del vídeo? —le preguntó.

Sergio movió la cabeza de un lado a otro.

—No, y no creo que tengamos más.

—¿Por qué dices eso?

Él se encogió de hombros y alargó las manos para recuperar el abrazo de su mujer.

—No sé, algo me dice que el viejo es historia.

Marcela Pieldelobo y Diego Vila esperaban en silencio a que el comisario Andreu terminara de hablar por teléfono. Ambos habían agradecido la llamada del jefe. Llevaban casi tres horas dejándose los ojos estudiando el vídeo que había recibido la familia y analizando junto a los técnicos cada segundo del audio que lo acompañaba. En la científica seguían limpiando las pistas para intentar dar con algún indicio sonoro, pero el resultado estaba siendo bastante decepcionante. Y Javier Sarasola y José Luis Cambra seguían sin facilitarles un listado de rivales potencialmente peligrosos.

—No parecen tener mucha prisa por encontrarlo —había comentado Vila mientras se frotaba los ojos. Tenía clavado en la retina cada píxel del vídeo.

—Hace un rato hablé por teléfono con el hijo mayor —le contó Pieldelobo a continuación— y le pregunté directamente si tenía intención de pagar. Se quedó callado, como si no hubiera pensado en ello, pero al momento me aseguró que sí, por supuesto, que si no lo encontrábamos antes, pagaría. Él, en primera persona. No «pagaremos». «Pagaré».

—Ese tipo tiene un ego que no cabe en un estadio de fútbol —bufó el subinspector.

Marcela no podía estar más de acuerdo, aunque se cuidaría mucho de dar su opinión al respecto durante la reunión. Datos y evidencias, nada más. Y la evidencia era que no tenían nada.

Andreu colgó y los dos se irguieron en sus asientos.

—Era el presidente de la asociación de empresarios —empezó el comisario—. Quería saber si hay novedades sobre el secuestro, pero pronto ha quedado claro que lo que ocurre es que están preocupados. Dice que esto les recuerda a los peores años del terrorismo etarra, cuando secuestraban a empresarios que no pagaban el impuesto revolucionario, y me ha pedido protección.

Marcela se revolvió en su asiento.

—¿Están siendo amenazados o extorsionados? Eso cambiaría mucho las cosas…

—No, no. En absoluto —la cortó el comisario—. Nada de amenazas, al menos que él sepa, pero están inquietos. Temen que, si se trata de un rapto puramente económico y les sale bien, es decir, si los secuestradores consiguen el dinero y quedan impunes, les pase lo mismo a otros empresarios. He intentado tranquilizarlo —suspiró Andreu—, pero el miedo es libre y poderoso, así que le he recomendado que extremen las precauciones y que nos llamen al menor indicio de peligro.

Marcela asintió.

—Los Sarasola han accedido por fin a que se intervengan sus teléfonos —continuó el comisario— y el equipo de rastreo está listo. Nos envían refuerzos desde Bilbao, un par de técnicos de apoyo. Aunque lo ideal sería que dieran ustedes con el desaparecido cuanto antes. —La ceja izquierda del comisario se había situado en mitad de su frente y los miraba alternativamente por encima de las gafas, primero a ella, después a él, y vuelta—. Pidan lo que necesiten, esto es prioritario. Y no la cague, inspectora.

El comisario les lanzó una gruesa carpeta con las disposiciones judiciales, copias de los interrogatorios y resultados obtenidos hasta el momento y se apoyó en el respaldo de la silla. Marcela cogió la carpeta, saludó formal y se dirigió a la puerta. Vila salió pegado a sus zapatos.

—¿Volvemos a la sala de visionado? —preguntó el subinspector.

—No —respondió Pieldelobo—. La Reinona me ha mandado un mensaje, tengo que llamarlo.

El inspector Domínguez, alias la Reinona, era el jefe de la brigada científica, un tipo alto, siempre amoratado y sumamente desagradable. De hecho, era la única persona a la que Pieldelobo intentaba evitar siempre que podía.

De vuelta en su despacho, Marcela marcó la extensión de Domínguez y conectó el altavoz del teléfono.

—Inspectora —saludó la Reinona—. Se lo ha pensado, hace más de media hora que le he pedido que me llame.

Marcela decidió ignorar la pulla, no iba a justificarse ante Domínguez.

—Me acompaña el subinspector Diego Vila, es nuevo aquí.

—Lo sé —intervino Domínguez—. Sustituye al subinspector Bonachera. Puede estar tranquilo, Vila. No le han dejado el listón demasiado alto, no le costará mucho superarlo. Bastará con que no se drogue ni se vaya de putas.

—Nadie le ha pedido su opinión, inspector —respondió Marcela.

—Es un consejo gratuito, inspectora. Bien —zanjó—, tenemos información sobre el teléfono desde el que se envió el vídeo y la petición de rescate. Es un móvil robado.

Marcela arrugó los labios, desilusionada. Confiaba en haber topado con unos secuestradores descuidados que hubieran utilizado su propio móvil para establecer contacto; no sería la primera vez, pero no había habido suerte. Domínguez continuaba hablando:

—Un vecino de Pamplona denunció el robo al día siguiente. No está seguro de dónde ni cuándo se lo quitaron, no se dio cuenta de que le faltaba hasta que lo necesitó; es un hombre mayor que no está todo el día con el móvil en la mano.

—Entiendo que enviaron el mensaje casi inmediatamente después de sustraer el teléfono —dijo Marcela.

—Eso parece —respondió Domínguez—. No querrían darle tiempo al propietario a cancelar la línea.

—¿La triangulación nos ayuda en algo? —preguntó la inspectora.

—En absoluto. El teléfono se utilizó en una calle muy transitada en plena hora punta. Estamos revisando las cámaras de la zona, pero no espero encontrar nada. Había empezado a llover y casi todo el mundo llevaba paraguas.

—También pudieron enviar el mensaje desde un coche —propuso Vila.

—Por supuesto, y estamos con las matrículas, pero llevará tiempo. Ya le he dicho que era hora punta.

—Gracias, inspector.

—Claro —respondió la Reinona—. Cuídese, subinspector.

7

Máximo Sarasola apoyó la bici en el tronco de un árbol y estudió la casa a lo lejos. Todo parecía en calma. No distinguió ninguna luz ni más movimiento que el de las ramas de los árboles. El caserón propiedad de su familia estaba a las afueras de Sorauren, un pueblo a diez kilómetros de Pamplona. Hasta donde podía recordar, era la primera vez que iba a utilizar las llaves. Las pocas veces que había estado allí acompañaba a su padre, pero hacía más de cinco años que no ponía un pie en la finca. Se secó el sudor de las manos en las perneras de los vaqueros y dio el primer paso hacia la casa.

El segundo fue el último.

El corazón le latía con tanta fuerza que no oyó los pasos que se acercaban raudos sobre la hierba. Tampoco vio venir la patada en la espalda que lo lanzó de bruces al suelo. Después, solo recordaría la brillante luz blanca que su atacante llevaba en la cabeza y que lo cegaba casi por completo.

Intentó levantarse, consciente de su desventaja, pero la segunda patada, directa al estómago, lo dejó sin respiración. Tosió, inhaló y espiró entrecortadamente. Después, una lluvia de golpes por todo el cuerpo lo convirtió en un muñeco indefenso y desmadejado. Se cubrió la cabeza con los brazos y gritó con todas sus fuerzas.

—¡Déjame! ¡Basta, para!

No hubo reacción en su atacante, que continuó golpeándolo durante unos interminables minutos. Por fin, el tipo de la luz cegadora apoyó una bota sobre la espalda de Máximo y lo empujó hacia delante. El joven cayó de bruces sobre la hierba y esperó inmóvil el final.

La luz se apagó y, sobre los aullidos de su cerebro, escuchó unos pasos apresurados que se alejaban.

Nunca imaginó que unas manos enguantadas fueran tan reconfortantes. Máximo no sabía cuánto había tardado en levantarse después del ataque. Un par de minutos, quizá veinte. Se arrastró hasta el árbol en el que había dejado su bicicleta y comprobó que seguía allí. Sin embargo, el intento de levantarse y montarse en ella le provocó una oleada de dolor por todo el cuerpo incomparable a nada de lo que hubiera padecido en toda su vida. Por fin, se sentó en el suelo, apoyó la espalda en el tronco y sacó el móvil del bolsillo de la cazadora. La pantalla se había rajado, pero se encendía y funcionaba.

Cerró los ojos mientras esperaba. Cuando volvió a abrirlos, su madre lo zarandeaba con suavidad, repitiendo su nombre como en una letanía sin fin.

—Max, mi vida. Despierta. Dime algo, Max, por favor. No te duermas.

Él intentó sonreír y volvió a cerrar los ojos.

Su siguiente recuerdo era el de unas manos enguantadas que recorrían su cuerpo en busca de heridas. Suaves y de pulso firme, profesionales, eficaces. Observó las manos azules mientras le clavaban una aguja en la sangradura del codo, y las siguió a lo largo del tubo de plástico hasta la bolsa que colgaba a un lado de la cama. Luego vinieron más manos que lo limpiaron y vendaron, le cosieron una ceja, volvieron a palparle el abdomen y movieron sus piernas con cuidado.

El aleteo de las manos azules a su alrededor le pareció embriagador. Máximo intentó sonreír de nuevo, pero el labio partido le lanzó una dura advertencia, así que cerró los ojos y se hundió en el placentero sopor de lo que fuera que corría por sus venas.

Pieldelobo y Vila llegaron a Urgencias casi al mismo tiempo. Encontraron a Valeria Huguet sentada junto a la cama en la que su hijo

Máximo descansaba. El muchacho tenía mal aspecto. Le habían dado varios puntos de sutura en una ceja y en el labio inferior y, aunque el parte médico aseguraba que no tenía lesiones internas ni fracturas, permanecería un par de días en observación para prevenir complicaciones.

—Le han hecho un escáner y varias radiografías y todo parece en orden, excepto los moratones que tiene por todo el cuerpo y varias heridas que, gracias a Dios, no son demasiado profundas —les explicó la madre.

—Ser joven tiene sus ventajas —dijo Vila.

Valeria asintió y acarició la mano inerte de su hijo.

—¿Qué ha ocurrido? —preguntó Marcela.

La mujer suspiró, se levantó de la silla y acompañó a los policías al pasillo, aunque dejó la puerta de la habitación abierta.

—No lo sé muy bien, la verdad. Máximo me ha llamado cuando ya me había acostado. De hecho, pensaba que él también estaba en su habitación, pero al parecer había salido sin que me enterara. Le costaba hablar, farfullaba, pero he entendido que estaba en Sorauren y que estaba herido. He intentado que siguiera hablando mientras iba hacia allí, pero no lo he conseguido. Lo he encontrado inconsciente y he llamado a una ambulancia.

—¿Tiene idea de qué hacía allí? —siguió la inspectora.

—La casa es nuestra. De mi marido, quiero decir. Es una finca enorme, con un montón de hectáreas de terreno y un edificio de más de cien metros cuadrados, pero nosotros nunca vamos. Es decir, Máximo podía estar allí, tiene acceso a las llaves, pero no es lo normal, él nunca va por allí, ni yo tampoco.

—¿La usaban los otros hijos de su marido? —lanzó Vila.

—No tengo ni idea —reconoció Valeria encogiéndose de hombros—, solo puedo decirle que ni mi hijo ni yo vamos por allí desde hace muchos años.

—Se lo preguntaremos cuando se despierte —apuntó Marcela—. ¿Le contó algo sobre el ataque?

Valeria Huguet movió la cabeza de un lado a otro.

—Desde que llegué apenas ha dicho un par de palabras sin sentido.

—¿Nada sobre los atacantes?

La madre volvió a negar con la cabeza.

—¿Ni siquiera cuántos eran? —insistió Pieldelobo.

Ella volvió a negar. Luego miró hacia el interior de la habitación, donde su hijo seguía durmiendo, y por fin clavó de nuevo la mirada en Marcela.

—¿Creen que esto puede estar relacionado con el secuestro de mi marido?

Pieldelobo no respondió.

—¿Tiene aquí las llaves de la casa de Sorauren? —dijo, en cambio—. El equipo de la policía científica ya está trabajando sobre el terreno, pero si nos franquea el paso al interior nos ahorrará mucho tiempo en los juzgados.

—Claro. Mi hijo las llevaba encima anoche. Yo las busqué por casa, pero no las encontré. Cuando llegué a Sorauren, la verja estaba abierta —respondió ella. Luego entró en la habitación y volvió a salir con el bolso en la mano. Hurgó unos instantes en su interior hasta encontrar lo que buscaba y separó dos llaves del manojo anillado.

—¿Hay algún sistema de alarma? —preguntó Marcela mientras se guardaba las llaves.

Valeria Huguet apretó los labios un instante.

—No tengo ni idea. La última vez que estuve allí no había nada, pero, como le digo, de eso hace varios años.

—Por favor —añadió Pieldelobo—, avísenos en cuanto su hijo se despierte y esté en condiciones de hablar. Es importante.

La mujer asintió con determinación.

—Lo sé. Los avisaré.

No había dado ni dos pasos cuando Marcela se detuvo y se giró. Valeria Huguet estaba a punto de entrar en la habitación de su hijo.

—Disculpe —la detuvo Pieldelobo—. ¿Ha conseguido encontrar la combinación de la caja fuerte de su marido? La que guarda en su despacho —aclaró.

Valeria se giró con el ceño fruncido.

—No he revuelto las cosas de mi marido, inspectora. No creo que le gustara.

—Si no damos pronto con él —respondió Marcela—, no creo que le importe mucho dónde miramos.

La mujer alisó la frente y asintió.

—Buscaré en sus cajones en cuanto vuelva a casa. De todos modos —añadió cuando ya se iban—, pregúntenle a José Luis Cambra. Él lo sabe todo, quizá tenga también la contraseña de la caja. Ha estado en el despacho de casa más de una vez, incluso cuando mi marido estaba de viaje, para recoger unos documentos que le había pedido.

—Lo haremos —le aseguró Marcela—. Avísenos cuando despierte —repitió.

Ella cabeceó un instante y entró en la habitación en la que Máximo seguía sumido en su sueño narcótico.

—Llama a Cambra —ordenó Marcela mientras avanzaban por el pasillo hacia la salida.

Vila asintió, se puso las gafitas y trasteó en el móvil hasta dar con lo que buscaba. Escuchó unos segundos antes de pararse para observar la pantalla. Pulsó de nuevo y volvió a mirar.

—No está operativo —dijo por fin.

—Qué oportuno. Debe de ser el único ser humano que apaga el móvil por la noche. Le llamaremos más tarde; ahora, vamos a Sorauren.

Era más de medianoche cuando aparcaron junto a la verja de entrada de la casa de campo de los Sarasola. La adrenalina funcionaba como un buen sustituto del café y tanto Pieldelobo como Vila se sentían descansados y en forma, aunque sabían que el efecto sería efímero y que debían darse prisa antes de que sus sentidos empezaran a adormecerse después de una jornada de dieciséis horas.

Cruzaron la verja abierta y se aproximaron al lugar en el que la científica concentraba sus esfuerzos, el final de un bosquecillo de pinos silvestres y robles todavía jóvenes. Vieron la bicicleta apoyada en un tronco y al inspector Asensio tomando notas y dando instrucciones.

—No está la Reinona —susurró Marcela con una sonrisa—. Asensio, me alegro de verte —añadió en voz alta.

—No lo dudo, inspectora —bromeó él.

46

—¿Algo interesante?

—En esa zona la hierba aparece aplastada y levantada en varias partes —explicó, con el dedo extendido hacia un área señalizada—. Suponemos que ahí tuvo lugar la pelea.

—Más que una pelea —matizó Pieldelobo—, tendríamos que hablar de una paliza. No parece que el joven Sarasola tuviera oportunidad de defenderse. ¿Indicios del número de atacantes?

—Nada claro, pero apuesto por uno, dos como máximo. El área de la agresión no es muy extensa, más agresores habrían pisoteado una zona más amplia. No hemos encontrado armas —siguió Asensio—, pero sí restos de sangre. Los analizaremos para ver si corresponden a alguien más que la víctima. ¿Cómo está, por cierto?

—No demasiado grave. Unos cuantos puntos, magulladuras y hematomas de palmo, pero poco más, al menos de momento. ¿Qué hacéis todavía aquí?

—Estamos esperando autorización judicial para entrar en la casa —respondió Asensio.

—Tengo llaves y permiso de la dueña. Valeria Huguet nos las dio en el hospital.

—Perfecto, vamos entonces.

El inspector organizó a sus agentes y le pidió las llaves a Marcela. Pieldelobo y Vila esperaron en el porche de madera mientras el equipo de la científica se cambiaba de guantes y calzas. Cuando estuvieron listos, examinaron puertas y ventanas y, por fin, entraron.

—Mira por dónde pisas, Pieldelobo —dijo Asensio desde detrás de la mascarilla.

—Prometido.

A través de la puerta principal accedieron a un discreto vestíbulo y, de ahí, a un amplio salón de suelos de madera y paredes pintadas de verde inglés. Marcela se situó en el centro de la estancia y giró sobre sí misma para estudiar cada rincón. Un enorme sofá de piel marrón; varias butacas tapizadas en diversos tonos de rojo; un diván; una televisión colosal y varias vitrinas con puertas de cristal y madera. Una de ellas albergaba una impresionante colección de botellas de *whisky*, ron, vodka, tequila, orujos y un largo etcétera, junto con todo lo necesario para preparar cócteles y servir copas. Un segundo armario cobijaba un equipo de música bastante normalito, un tanto antiguo pero funcional.

—Mira esto —llamó a Vila. El subinspector se acercó al mueble frente al que se había detenido Marcela—. Una caja fuerte. La puerta está abierta. ¡Asensio! —gritó—, necesito unos guantes.

El inspector de la científica fotografió el mueble y la caja antes de abrirla por completo. Dentro vieron algunos legajos, varios fajos de dinero, una cámara fotográfica y una caja metálica también abierta.

—¿Puedes sacarla? —pidió Marcela. Reconocía ese tipo de caja. Todos los allí presentes sabían para qué se utilizaban.

Cuando el estuche estuvo sobre la mesa, vieron el logo de la Federación Navarra de Tiro y la espuma troquelada en la que debería haber estado el arma desmontada. La caja estaba vacía.

—Tenemos mucha faena aquí —les dijo Asensio.

—Nosotros vamos arriba —respondió Marcela.

—Sin tocar nada —repitió el inspector.

Pieldelobo levantó las manos y se dirigió hacia las escaleras.

La primera puerta que abrió la trasladó a un universo paralelo, el de las películas porno de enormes camas redondas y sábanas negras de satén. Eso era justo lo que estaba viendo. El centro de la habitación estaba ocupado por una cama de al menos tres metros de diámetro vestida con brillantes sábanas oscuras y cubierta de cojines negros y dorados. En las dos delgadas columnas de madera pegadas al colchón había varias argollas y cadenas, y en uno de los colgadores distinguió un par de esposas forradas y varias cuerdas con gruesos nudos.

Rodeó despacio la cama. Más cojines en el suelo y una mesita baja sobre la que había varias cajas de condones, al menos media docena de lubricantes diversos y un interesante escaparate de juguetes sexuales. El ambiente olía a sándalo, un aroma pesado y dulzón que supuso impregnado en cada centímetro de la estancia. Marcela curioseó unos minutos, hasta que sintió la presencia de Vila a su lado.

—La mujer de Sarasola asegura que nunca viene por aquí —dijo el subinspector.

—Lo recuerdo —respondió Marcela.

En el armario del fondo encontraron un número nada desdeñable de vestidos femeninos, ropa interior, zapatos de tacón, botas con plataforma y más artículos sexuales.

Marcela señaló uno de los vestidos, rojo, corto y con un corpiño ceñido en la parte superior. Talla S.

—La señora Huguet no cabe ahí —dijo.

—No —corroboró Diego Vila—, ni de coña.

El resto de la planta superior no les deparó más sorpresas. Otras dos habitaciones y otros tantos baños, más madera en el suelo y pintura verde en las paredes. Muebles convencionales, cortinas anodinas y camas desnudas.

Bajaron las escaleras y buscaron a Asensio. El equipo apenas había cubierto una cuarta parte de la planta baja.

—Pide refuerzos —le sugirió Marcela cuando dio con él—. Arriba es un festival.

Salieron al porche y ambos agradecieron poder desprenderse del empalagoso olor del interior. Marcela sacó el paquete de tabaco y encendió un pitillo.

—¿Fumas? —le preguntó a Vila.

—Lo dejé hace años. La mejor decisión que he tomado en mi vida.

Marcela lo miró un instante.

—Debes de tener una vida muy triste si eso es lo mejor que has hecho.

—Ya me entiendes… —se defendió él.

—Claro. Tranquilo. Llama a los hijos —ordenó después.

—¿A los dos?

Marcela asintió mientras daba una profunda calada al cigarro.

—Los quiero aquí cuanto antes.

—Son las dos de la madrugada…

—Han secuestrado a su padre, no creo que les importe. Si estás cansado, puedes irte cuando quieras —añadió. Le clavó la mirada mientras esperaba respuesta.

—Los llamo ahora mismo.

Marcela asintió de nuevo y bajó al césped. Le preocupaba el arma desaparecida, aunque quizá estuviera en la caja fuerte del despacho de su casa, o incluso en la de la oficina.

—Y llama a Cambra. Necesitamos la combinación. Si no, mañana pediremos una orden para abrirlas.

—Sigue apagado —dijo Vila un par de minutos después.

—¿Y los hijos?

—De camino, pero muy cabreados, sobre todo el mayor.

—Genial.

Marcela se sentó en las escaleras del porche, apagó el cigarro en la tierra y guardó la colilla en el envoltorio de plástico de la cajetilla. Luego perdió un momento la vista en el cielo, oscuro y nublado, y se encendió otro cigarrillo.

—No será la mejor, pero dejar de fumar es una buena decisión —murmuró Vila.

Marcela cerró los ojos e inhaló el humo mientras recordaba algunas de las doscientas cincuenta sustancias cancerígenas que se estaba metiendo en el cuerpo. Nicotina, un veneno mortal; metanol, utilizado como combustible para los cohetes; cianuro de hidrógeno, lo mismo que utilizaban los nazis en las cámaras de gas… Dio otra calada, sintió cómo el humo le calentaba la garganta, y espiró con fuerza.

—De algo hay que morir —dijo por fin.

8

Javier y Sergio Sarasola tardaron casi una hora en llegar a Sorauren. Pieldelobo y Vila, con la adrenalina evaporada y sin nada que la
sustituyera, esperaban sentados en las escaleras del porche, con la cabeza entre las manos y los párpados cada vez más pesados.

Los dos coches estacionaron junto a la valla y apagaron el motor
casi al mismo tiempo. Marcela los vio cruzar el césped sin prisa, con
paso seguro, los brazos a los costados, las manos a la vista y la cabeza
alta, ambos impecablemente vestidos y peinados. Se levantaron del
escalón para recibirlos.

—El subinspector Vila les dijo que era urgente —les recordó
Marcela cuando estuvieron a los pies de la escalera. No se molestó en
bajar a su altura.

—Hemos venido lo más rápido posible —le aseguró Javier Sarasola con una sonrisa.

El pelo negro rielaba bajo la luz de los focos, que albeaban aún
más su pálida piel. Tras las gafas, los ojos del mayor de los Sarasola se
movían a toda velocidad, captando y analizando cada detalle de lo
que estaba sucediendo.

—¿Qué ha ocurrido? —preguntó por fin Sergio Sarasola.

—Su hermano ha sufrido una agresión aquí mismo, dentro de
la finca. —Marcela los vio mirarse el uno al otro, sin entender—.
Máximo.

Las cejas de ambos se elevaron en señal de comprensión.

—Disculpe la confusión —dijo Javier—, no vemos mucho a nuestro… hermano. ¿Se encuentra bien? —preguntó tras unos segundos.

—Está en el hospital. Su vida no corre peligro, pero le han dado una buena paliza.

—Bien. ¿Y qué hacemos nosotros aquí? ¿Alguna pista de mi padre?

Pieldelobo se giró hacia el interior de la casa y llamó en voz alta:

—Asensio, ¿podemos pasar?

—Por el camino de baldosas —bromeó el inspector.

—Acompáñenme —pidió Marcela—. Pisen sobre las placas blancas e intenten no tocar nada.

Los rostros hasta entonces impertérritos de los Sarasola no pudieron disimular su sorpresa al descubrir el despliegue policial en el interior de la casa. Imitaron a Vila, que los precedía, y pusieron los pies sobre las placas elevadas que los separaba del suelo hasta llegar a la caja fuerte abierta.

—Hay una caja armero abierta y vacía —dijo Marcela.

—Supongo que será de una de las pistolas de mi padre. Está federado, tiene licencia y una buena colección de pistolas y rifles.

—¿Alguna idea de dónde puede estar el arma que falta?

—No, en absoluto. A mí no me gustan las pistolas. A ninguno de los dos, de hecho. Últimamente no tenía tiempo para viajes de ocio, pero todas las semanas iba al campo de tiro una o dos veces.

—¿Solía llevar armas encima? —siguió Marcela.

—Nunca lo he visto armado —respondió Javier.

Marcela le hizo una seña a Vila, que comenzó a subir las escaleras seguido de los hermanos Sarasola. Se detuvo ante la puerta del primer dormitorio y esperó hasta que la inspectora llegó a su lado.

Marcela abrió la puerta con la mano enguantada y se hizo a un lado para que los Sarasola pudieran ver el interior. El olor del sándalo los rodeó como una mano densa y pegajosa.

Sergio se llevó la mano a la boca y se apartó con rapidez. Javier estudió todo lo que pudo ver desde el umbral y soltó una carcajada breve y seca.

—Hay que ver con el viejo —dijo—, no pierde las buenas costumbres.

—¿Podemos salir de aquí? —pidió el más joven.

Marcela asintió con la cabeza, bajaron de nuevo las escaleras y salieron a la calle. Ocuparon un rincón del porche protegido del frescor de la madrugada. Desde el cercano río Ultzama se elevaba un hilo de niebla que se mecía a ras de suelo al son del viento. Marcela la observó rodear los árboles y cubrir la hierba. No era una niebla inquietante, más bien una bruma molesta, húmeda y fría. Se giró, dándole la espalda a la neblina, y se concentró en los Sarasola, que se miraban el uno al otro en silencio.

—¿Y bien? —les preguntó.

Javier Sarasola inspiró y soltó el aire antes de empezar a hablar.

—Hace muchos años que ninguno de nosotros viene por aquí. Solo mi padre utiliza esta casa, y creo que ha quedado claro para qué.

—¿Tienen llaves?

—Sí —respondió Javier. Sergio asintió en silencio—, pero le repito que no nos acercamos a Sorauren desde hace mucho mucho tiempo. Mi padre necesitaba espacio para... sus cosas, y nos dejó claro que esta casa era para su uso exclusivo y que no podíamos venir si no éramos invitados. Nunca lo hemos sido.

—¿Él venía aquí con frecuencia?

—Como usted comprenderá, mi padre no es un hombre acostumbrado a dar explicaciones ni a contar adónde va o de dónde viene. Él hace su vida y no nos pregunta a los demás si nos parece bien o mal.

—¿Los secuestradores podrían haberlo encontrado aquí? —preguntó Marcela.

—Podrían —respondió secamente Javier Sarasola.

—¿Dónde más podrían haberlo interceptado?

Javier miró a su hermano menor, que apenas había dicho un par de frases desde que había llegado, y suspiró despacio.

—Mi padre tiene un piso en el que aloja a sus amigas especiales. Todo el mundo en la empresa lo sabe, porque pertenece a una de nuestras promociones. Lo utiliza desde hace más de veinte años. En ese piso vivió Valeria una temporada —añadió con una sonrisa ladeada.

—¿La vivienda está ocupada en la actualidad?

Sarasola se encogió de hombros.

—Suele estarlo —respondió.

—Necesitamos la dirección.

—Por supuesto —accedió Javier. Sacó una pequeña libreta del bolsillo interior de su abrigo y anotó el nombre de una calle. Luego arrancó la hoja y se la tendió a Marcela—. ¿Necesitan algo más? Me estoy congelando.

—Nada más, pueden irse.

El mayor de los Sarasola se giró en el acto, listo para marcharse, pero Sergio no se movió.

—¿Tienen noticias de mi padre? —preguntó por fin. Javier se detuvo y miró a su hermano con el ceño fruncido.

—De tenerlas —dijo Javier—, nos lo habrían dicho, ¿no es así?

—Así es —concedió Pieldelobo—. Nada nuevo de momento, pero seguimos trabajando.

—¿Puedo hacer algo por ti? —le preguntó Damen al otro lado del teléfono.

—Un termo de café y un bocadillo —respondió Marcela. Se había sentado en el coche y hablaba con la cabeza recostada en el asiento y los ojos cerrados. Diego Vila esperaba dentro de la casa una señal para marcharse.

—Podría estar ahí en veinte minutos.

Marcela sonrió.

—No hace falta, pero gracias. Estamos a punto de irnos. Pasaré por casa para comer algo caliente, darme una ducha y cambiarme de ropa antes de volver al hospital. El chaval ya está consciente, aunque su madre nos ha pedido que le dejemos descansar un rato.

—Necesitas dormir —protestó Damen.

—Lo sé, pero ya son casi las cuatro de la mañana. Esperaremos hasta las ocho para hablar con Máximo, y sabes que después habrá muchas cosas que hacer. Sumaré todas las horas extras a las vacaciones —añadió con una sonrisa.

—Buena idea. ¿Ya has decidido adónde quieres ir?

—Todavía no —reconoció Marcela. Apenas había pensado en el

viaje que le había prometido que harían juntos—. Prefiero que me sorprendas.

Escuchó la risa de Damen al otro lado del teléfono. La había pillado.

—¿Qué te parece pasar un mes recorriendo Francia? —propuso él.

—¿Un mes entero?

Damen rio de nuevo.

—No te agobies, ya hablaremos.

Su ideal de vacaciones era encerrarse en su casa de Zugarramurdi con su perro, unos cuantos libros, la nevera llena y la bodega bien surtida. Sin más interacción social que los paseos con Antón y las visitas de Damen. Pasar un mes haciendo turismo era un reto que no sabía si sería capaz de superar.

Salió del coche y regresó junto a Vila. El subinspector se había sentado en las escaleras del porche y había apoyado la cabeza en la barandilla de madera. Tenía los ojos cerrados y respiraba pesadamente.

—Vila —lo llamó Marcela—, despierta.

—Estoy despierto —farfulló él, sobresaltado.

—Vamos a casa. Descansaremos un rato y nos vemos a las ocho en el hospital. El chico está despierto.

—OK, vale, sí. Me vendrá genial.

—¿Estás bien para conducir? Puedo acercarte, ya volveremos a por tu coche cuando salgamos del hospital.

—No, no —protestó Vila, ya de pie—. Estoy bien, tranquila. A las ocho en el hospital, hasta luego.

Marcela lo vio caminar hasta su coche, arrancar el motor y alejarse hacia la carretera. Un minuto después ella siguió el mismo camino. Quizá, si pasaba de la cena y de la ducha le diera tiempo de dormir un par de horas.

Durante todo el camino su cerebro no dejó de enviarle señales a su cuerpo. Le pesaban los párpados, le dolían los brazos y cada vez respiraba más despacio, más profundamente. Arrastró los pies desde el aparcamiento hasta su casa y suspiró cuando por fin metió la llave en la cerradura.

Las luces estaban encendidas, hacía calor y olía a café.

—Hola —la saludó Damen desde la cocina.

—¿Qué haces aquí?

—Te conozco, seguro que pensabas tumbarte en el sofá tal cual estás.

—Pensaba meterme en la cama sin quitarme ni los zapatos —respondió Marcela.

—Te ofrezco un desayuno temprano, o una cena tardía. El café y la tortilla ya están listos. Si quieres, puedes darte una ducha mientras se tuesta el pan.

—No tenías por qué hacerlo...

—Lo sé, pero no me podía volver a dormir, así que he preferido hacer algo útil. A estas horas no me ha costado nada llegar.

—Gracias —dijo simplemente. Luego se acercó a él, le rodeó la cintura con los brazos y lo besó.

Javier Sarasola tampoco pudo volver a dormirse cuando regresó a su casa desde Sorauren. Estaba enfadado con su hermano, pusilánime y blando, siempre dubitativo, un cobarde. Le preocupaba la agresión contra Máximo, pero no por lo que pudiera pasarle al chico, sino porque esa tontería atraería aún más la atención sobre ellos, sobre su familia y sus negocios. Si su padre estuviera allí se subiría por las paredes. Detestaba ver el nombre de la empresa en los periódicos si él no lo había pedido o pagado por ello. «Debes controlar lo que dicen de ti», repetía una y otra vez. Destinaba una parte nada desdeñable del presupuesto anual a publicidad en los medios de comunicación y a eventos en los que el apellido Sarasola aparecía unido al deporte, el arte o la beneficencia. «Cualquier otra cosa es una mierda», decía.

Apuró la copa de vino y subió a su habitación. Se quitó la camisa frente al espejo y la dejó caer al suelo. Giró el torso despacio, acariciando con los dedos las cicatrices que cubrían su espalda. Largos costurones irregulares, pequeños promontorios en los pliegues de piel, líneas moradas, huecos blanquecinos, senderos dentados, dolorosos, vergonzantes.

Cerró los ojos y vio a su padre golpearle una y otra vez con la correa del cinturón en la espalda, en las piernas, en la cabeza. Escuchó los gritos de su amante, aterrado y desnudo sobre la cama. Oyó a su padre. Vociferaba, insultándolo sin cesar. «Puto maricón, mariquita de mierda, comepollas, me das asco, no eres mi hijo». Una y otra vez, y otra, mientras descargaba su furia contra él, que gemía en el suelo malherido, casi muerto.

No permitió que su madre lo llevara al hospital. «¿Qué les vas a explicar, maricón hijo de puta? Las vergüenzas se lavan en casa, así que apáñatelas». Su madre se ocupó de limpiarle las heridas durante semanas. Cada día el mismo ritual. Retirar las gasas, limpiar las heridas con cuidado, examinar la piel en busca de signos de infección, aplicar pomada antibiótica y volver a vendar.

Su padre no subió a verlo ni una sola vez. No habló con él hasta dos meses después. Javier ya podía vestirse con cuidado y los vendajes eran mucho más ligeros. Solo salía de su habitación cuando estaba seguro de que su padre se había ido, pero ese día se equivocó.

Se topó con él en el salón. Fumaba sentado en su sillón mientras leía un libro. Javier se paró en el umbral y empezó a darse la vuelta, pero la voz de su padre lo detuvo.

—¿Cuándo vuelves a trabajar? —preguntó sin más.

Javier dio un paso adelante y entró en el salón.

—No voy a volver. Y tampoco voy a seguir viviendo en esta casa —respondió con los dientes apretados.

Su padre aplastó el cigarrillo en el cenicero, se puso de pie y se acercó a su hijo. Javier no reculó, a pesar de que su instinto le gritaba que tenía que alejarse cuanto antes.

—Me parece bien que tengas tu propia casa. Quédate con uno de los chalés de Olloki. —Frunció el ceño y estudió con detenimiento a su hijo—. La semana que viene te quiero en la empresa —añadió.

—No.

Francisco Sarasola no se movió. Miró fijamente a su hijo y habló despacio.

—Cada vez que sientas la tentación de follarte a un tío, llévate una mano a la espalda y recuerda lo que ha pasado. Quiero que no lo olvides nunca, que siempre tengas presente lo que te ha pasado por maricón. Te he hecho un favor. Volverás al trabajo y serás un hijo modelo.

—No —repitió Javier.

—¿Dónde vas a ir si no? —gritó su padre a escasos centímetros de su cara—. No eres nadie, no vales nada, ¡ni siquiera sabes hacerte respetar! Dejas que te den por el culo, por el amor de Dios… Eres mi hijo —añadió, de nuevo tranquilo—, y mientras yo viva, hay normas que cumplirás a rajatabla, empezando por ser una persona decente, ¿me has entendido?

Aquel día, Javier bajó la cabeza y asintió en silencio.

Hoy, volvió a ponerse la camisa y se miró en el espejo.

—Espero que estés muerto —dijo.

9

Marcela consiguió dormir casi tres horas antes de tener que ir al hospital, una siesta larga que le permitió presentarse en el centro sanitario con la mente despejada. Vila, sin embargo, tenía los párpados hinchados, los hombros caídos y apretaba las mandíbulas para reprimir un bostezo cada pocos minutos.

Valeria Huguet no tenía mejor aspecto. Vestida con la misma ropa que la noche anterior, se había recogido el pelo en una coleta desordenada y se calentaba las manos alrededor de una bebida de máquina, una infusión a juzgar por el olor que competía con el de los antisépticos y desinfectantes hospitalarios. Marcela arrugó la nariz y golpeó con los nudillos la puerta abierta. La mujer se puso de pie en el acto, dejó el vaso sobre la mesita blanca y dio un paso hacia ellos.

—Inspectores, buenos días. Máximo está despierto. Hemos hablado de lo sucedido, yo misma podría contarles…

—Tenemos que hablar con él —la cortó Pieldelobo.

El muchacho estaba sentado en la cama. Tenía un ojo casi cerrado por la inflamación y el derrame que amorataba la mitad de su cara, varios puntos de sutura en la ceja y en el labio y una generosa cantidad de yodo amarillo extendida por buena parte de los brazos y el pecho, que llevaba al descubierto. Marcela distinguió erosiones, hematomas y varias pequeñas heridas en las manos, supuso que de cuando cayó al suelo.

—Espero que hayas descansado bien —le dijo Marcela.

—Me dieron algo —respondió Máximo—. Me duele todo un poco, pero puedo hablar. Me han dicho que luego me bajarán al escáner de nuevo…

—Ya habremos terminado para entonces —le aseguró Pieldelobo. Luego avanzó un paso para acercarse a la cama, obligando a la madre a hacerse a un lado en la estrecha habitación—. Señora Huguet, ¿por qué no aprovecha para disfrutar de un desayuno en condiciones en la cafetería?

—No quiero dejarlo solo… —protestó ella.

—No nos iremos hasta que usted vuelva, tranquila.

Marcela le mantuvo la mirada unos instantes, hasta que la mujer cogió su bolso y un chal oscuro de largos flecos con el que se cubrió los hombros. Se acercó a su hijo, lo besó suavemente en la cabeza y salió. Vila cerró la puerta y sacó el bloc de notas.

—Grabaré la conversación —empezó Marcela. Luego dejó el móvil sobre la mesita y conectó la aplicación. Dijo su nombre, pidió a los presentes que hicieran lo mismo y empezó—: Cuéntanos lo que ocurrió anoche con todos los detalles que seas capaz de recordar.

Máximo asintió muy serio, miró la grabadora y acto seguido clavó los ojos en la inspectora.

—Fui a Sorauren en bici, no tardé ni media hora. Cuando llegué, abrí la cancela, entré y dejé la bici apoyada en un árbol. Un segundo después alguien empezó a pegarme. Me pegó hasta que se cansó y se fue. Podía haberme matado, no tuve oportunidad de defenderme… Luego llamé a mi madre, que avisó a una ambulancia. El resto ya lo saben.

—¿Le dijiste a tu madre que pensabas ir a Sorauren? —preguntó Marcela.

—No, no le dije nada. Sabía que no me dejaría ir a esas horas.

—¿Se lo contaste a alguien?

—No, a nadie.

—¿Estás seguro? —insistió la inspectora.

—Completamente —aseguró Máximo—. Se me ocurrió de repente.

—¿Qué se te ocurrió de repente?

—Que mi padre podía estar allí —dijo en voz baja—. La caseta de las herramientas tiene el suelo de hormigón, como en el vídeo. Pensé que quizá lo tuvieran ahí retenido.

—¿Y no se te ocurrió llamar a la policía, avisar a tu madre, a tus hermanos…?

Máximo negó despacio.

—Era solo una corazonada, una idea tonta. Mi madre no me habría dejado ir, y si aviso a la policía y luego no hay nada, habría quedado como un idiota. Bastante me odian ya mis hermanos, no les hacen falta más motivos para burlarse de mí.

Marcela decidió que el chico no necesitaba que le recordara lo temerario y estúpido que había sido, estaba convencida de que ya era consciente de ello, así que siguió.

—¿Viste algún vehículo cuando llegaste?

Máximo frunció el ceño unos segundos antes de responder.

—No vi nada, pero estaba muy oscuro y apenas hay iluminación en esa zona. Tampoco pasó ningún coche por la carretera, así que no se lo puedo asegurar.

—¿Abriste la cancela con tu llave?

—Sí.

—Es decir, que cuando llegaste la verja estaba cerrada.

—Sí, recuerdo haber girado la llave dos veces para que pasara todo el resbalón.

—Escuchaste pasos, voces…

El joven volvió a arrugar la frente.

—La verdad es que no estaba muy atento —reconoció—. Intentaba distinguir la casa, pero todavía estaba muy lejos. Además, arrastraba la bici, que hace ruido, y mis pasos también sonaban. No —añadió tras un segundo—, no recuerdo haber oído nada.

—Háblame del agresor —continuó Marcela—. ¿Cuántos eran?

—Creo que uno. Hombre, más alto que yo y muy fuerte. Llevaba una luz frontal y me cegaba todo el rato, apenas pude verle. Llevaba un jersey negro, y creo que los pantalones eran del mismo color. Y unas deportivas rojas, de eso estoy seguro.

—¿Dijo algo, habló en algún momento?

—No, no dijo nada. Solo gruñía de vez en cuando. Por el esfuerzo, supongo…

Marcela no llegó a formular la siguiente pregunta. La puerta de la habitación se abrió de golpe y una rubia llorosa de poco más de quince años se abalanzó sobre Máximo. El chico lanzó un breve grito con su nombre y abrió los brazos para recibirla.

—¡Natalia!

—¡Max! ¿Estás bien?, ¿qué te ha pasado?

Sollozaba pegada al pecho del muchacho, que le acariciaba el pelo y la espalda mientras estrechaba el abrazo. Un segundo después levantó una mano para saludar a alguien que se había quedado atrás, un joven de su misma edad, moreno y delgado que no se decidía a separarse de la pared.

—Máximo —lo llamó Marcela tras unos prudentes segundos.

Unas lágrimas amarillas se deslizaban por las mejillas hinchadas del joven, que soltó a regañadientes a su visitante y la empujó con cuidado hasta separarla de él.

—Es Natalia, mi novia. Natalia Etayo. Y él es mi amigo Carlos Ledesma —añadió—. Son de la policía —presentó finalmente.

—Hola —saludó ella con un hilo de voz. El joven moreno apenas sacudió la cabeza a modo de reconocimiento.

—Natalia —dijo Marcela—, tenemos que hablar con Máximo, serán solo unos minutos más.

La chica abrió mucho los ojos y aferró con fuerza la mano de su novio.

—No me voy a ir —aseguró. Se movió a un lado y pegó la cadera a la cama.

La puerta de la habitación se abrió una vez más para dejar pasar a Valeria Huguet. Se detuvo un instante con la boca abierta y a continuación abrió los brazos y empezó a llorar.

—¡Natalia, cariño! —la llamó. La joven soltó la mano de Máximo y corrió a los brazos de Valeria, que la estrechó con fuerza contra su pecho.

Marcela se acercó a la mesita para recuperar su móvil, consciente de que en esas circunstancias sería imposible continuar con el interrogatorio. Antes de detener la grabación, miró un segundo a Máximo y le preguntó en voz baja:

—¿Seguro que no le dijiste a nadie que pensabas ir a Sorauren?

—El joven movió la cabeza de un lado a otro—. ¿Tampoco a ellos? —insistió.

—Hay cosas que no se pueden contar a nadie —respondió en voz muy baja—. A nadie —repitió muy serio.

Marcela le creyó.

—Cuídate —le dijo antes de salir de la habitación.

Una vez en el pasillo contactó con Asensio, que seguía en la finca de Sarasola.

—¿Habéis encontrado el arma que falta en la caja de transporte? —le preguntó Marcela.

—Ni rastro de momento. Te aviso si damos con ella.

La cafetería de un hospital es una especie de zoológico en el que personas de todo tipo, procedencia y condición se ven obligadas a compartir espacio, comida y bebida. Sillas de ruedas, muletas, bolsas de viaje, comentarios en voz baja y conversaciones lanzadas al aire sin ningún recato. Allí se hablaba de enfermedades, órganos internos y partes del cuerpo, había esperanza y desesperación, e incluso personas que buscaban paliar el miedo a la pérdida con un sándwich de jamón y queso.

Marcela se quedó un momento en la puerta del local, en la planta baja del complejo hospitalario, mientras estudiaba al variopinto grupo de personas que se había congregado allí a esa hora tan temprana. «Vaya fauna», pensó. Avanzó y se puso a la cola para pedir el desayuno mientras Vila buscaba una mesa libre. Había una junto al ventanal y le hizo un gesto para que la inspectora lo encontrara cuando tuviera el pedido. Un café solo doble, un té verde con miel y dos pulguitas de lomo con pimientos.

Mientras esperaba, Marcela pensó en el cocodrilo, uno de los animales más pacientes del planeta. Visualizó al saurio flotando en el agua, con las enormes fauces abiertas, simplemente esperando a que su presa se acercara lo suficiente como para poder atraparla. Esperando y esperando, sin importar el tiempo, convertido en un tronco inmóvil de ojos brillantes.

Tenía mucho que aprender de los cocodrilos. Su paciencia, para empezar. Esperar no era su fuerte, nunca lo había sido. Las demoras la sacaban de quicio, igual que la impuntualidad, la burocracia y los camareros lentos.

Y su silencio. ¿Quién conocía el sonido de un cocodrilo? Prácticamente nadie. El cocodrilo sisea, gruñe e incluso chilla, pero lo hace en tan contadas ocasiones que mucha gente piensa que es un animal mudo. Marcela conocía el valor del silencio, sobre todo porque muchas veces, demasiadas, su boca le había acarreado graves problemas.

Callar y esperar, esas eran las grandes cualidades del cocodrilo.

Con la bandeja por fin entre las manos, Marcela esquivó sillas, mesas y personas hasta llegar junto a Vila. Desayunaron en silencio, concentrados en sus pensamientos y en la gente que iba y venía al otro lado del cristal.

—¿Has llamado a Cambra? —preguntó Marcela cuando no quedaba ni una miga de pan en el plato y el café era historia.

—Dos veces —respondió Vila—. Nada, tiene el móvil fuera de servicio.

—Quizá se le haya estropeado; llámalo a la empresa. Voy a echar un cigarro.

Dejó a Diego con el teléfono en la oreja y salió a la calle. El sol calentaba la fachada de la cafetería. Se alejó unos metros del edificio y sacó el paquete y el mechero. Fumó tranquila, lanzando el humo hacia arriba y disfrutando del suave calor primaveral.

Apagó el cigarro en el cenicero de la papelera más cercana y lo lanzó al interior. Estaba a punto de volver a la cafetería cuando vio que Vila corría hacia ella. Llevaba el teléfono de Marcela en la mano, se lo había dejado sobre la mesa. El subinspector lo agitó en el aire antes de dárselo.

—He contestado porque he reconocido el número, era el jefe. —Marcela asintió con la cabeza y le instó a seguir—. La familia ha recibido otro vídeo.

10

Valeria Huguet, Máximo Sarasola y Natalia Etayo miraban atónitos a los dos policías que habían irrumpido inesperadamente en la habitación. El amigo cuyo nombre no recordaba permanecía semioculto detrás del butacón en el que la madre se había acomodado.

—¿Ha recibido un vídeo? —preguntó Marcela—. Necesitamos verlo.

—¿Un vídeo? —se extrañó Valeria—. Yo no… Bueno, el móvil…

Se movió despacio hacia su bolso, tan despacio que Marcela estuvo a punto de arrancárselo de las manos y buscar ella misma el teléfono. Al fin, la mujer encontró el aparato, lo desbloqueó y buscó el mensaje. Marcela y Vila se colocaron uno a cada lado.

El vídeo duraba doce segundos. Mismo suelo de hormigón, misma luz mortecina, similar ausencia de cualquier otra pista. Francisco Sarasola permanecía inmóvil en el centro del plano, muy pálido, con la boca abierta y la mirada perdida. Solo el leve movimiento de su pecho demostraba que seguía vivo. El mensaje volvía a estar escrito sobre las imágenes: *Se os acaba el tiempo. Medio millón de euros. A medianoche, junto a la antena repetidora del monte Ezkaba. Marchaos sin mirar atrás. Nada de policía o el hijo de puta morirá.*

—La necesito en comisaría dentro de una hora —le dijo a Valeria mientras le devolvía el teléfono.

—Yo no… Mi hijo… —empezó ella.

—Me quedaré yo —intervino Natalia—. Los dos —añadió mirando a Carlos.

—Eres una cría…

—Mamá, estaré bien, tienes que ir —zanjó Máximo.

Valeria Huguet asintió.

—Estaré allí en una hora.

Marcela salió de la habitación con su propio móvil en la oreja.

—Supongo que ha recibido el vídeo —dijo cuando descolgaron.

—Sí, hace unos minutos —respondió Javier Sarasola.

—Los espero en comisaría dentro de una hora —ordenó a continuación—, a su hermano y a usted. Es importante.

Por una vez, Javier Sarasola no tuvo nada ocurrente ni mordaz que decir.

—De acuerdo.

José Luis Cambra seguía sin responder al teléfono. De hecho, la línea ni siquiera daba señal. «No se encuentra operativo», repetía la voz grabada de la compañía telefónica cada vez que intentaban contactar. Tampoco lo encontraron en su oficina, donde aseguraron no tener noticias suyas.

Su secretario le dijo que no tenía ningún viaje programado para esos días, aunque el secuestro del señor Sarasola había trastocado los planes de toda la plantilla. Le confirmó también que Cambra vivía solo, que no tenía hermanos y que sus padres llevaban años en un geriátrico.

—¿Qué opinas? —preguntó Vila mientras se dirigían a la sala de reuniones—. ¿Crees que han podido secuestrarlo también?

Marcela sacudió la cabeza de un lado a otro.

—Tiene dinero, pero no es más que un empleado. No, más bien me inclino a pensar que se trata de una desaparición voluntaria.

—No veo el motivo…

—Bueno, quizá espera cobrar pronto una buena cantidad y está preparando la huida. Llama al jefe, explícale esto y pídele una orden de busca y captura para José Luis Cambra.

Diego Vila se quedó en la antesala con el teléfono en la mano.

Pieldelobo entró sin llamar y saludó a los presentes: Javier y Sergio Sarasola, el inspector Asensio y el inspector Ortega.

—¿La señora Huguet no ha llegado todavía? —preguntó. Pasaban diez minutos de la hora acordada.

—Estará sacándole brillo a la bola de cristal —dijo Javier Sarasola. Su boca sonreía; sus ojos retaban a la inspectora a preguntarle a qué se refería. Marcela no recogió el guante, no estaba de humor para rencillas familiares.

Ocupó una silla junto a Asensio y le pidió que reprodujera los dos vídeos recibidos en la pantalla de la pared.

Durante los siguientes segundos nadie dijo ni una palabra, todos los ojos fijos en el movimiento de la cámara, en el hombre tendido en el suelo, en los escasos detalles que la imagen ofrecía, en el mensaje sobreimpreso.

Marcela estaba a punto de empezar a hablar cuando la puerta de la sala se abrió. Vila sujetó la hoja para dejar paso a Valeria Huguet antes de entrar él mismo. La esposa del secuestrado se había puesto un severo vestido negro y se había dejado la melena suelta.

—Ya está preparada para el desenlace final —le susurró Javier Sarasola a su hermano, no lo bastante bajo.

Valeria se quedó parada junto a la puerta, decidiendo dónde sentarse. Estaba claro que no tenía intención de ocupar la silla libre junto a Sergio Sarasola.

Finalmente, Ortega se levantó, le ofreció su asiento y él se instaló al lado de los hermanos.

—Inspector Asensio, por favor —invitó Pieldelobo. El aludido tocó varias teclas en su ordenador y la imagen congelada y duplicada de Francisco Sarasola ocupó la pantalla. A un lado, la del primer vídeo; al otro, la del que acababan de recibir. En ambas, Sarasola estaba en la misma posición forzada e incómoda, la cabeza unos centímetros más cerca del suelo en la segunda.

—Me temo que los secuestradores están cumpliendo con su amenaza de no alimentar ni dar de beber al señor Sarasola. La coloración y textura de la piel es indicio de una deshidratación más que incipiente. No estamos seguros de cuándo se produjo el secuestro, ya que fue visto por última vez el viernes, pero no se denunció su desaparición hasta ayer lunes, si bien me atrevería a decir que hace al menos tres días que no ingiere líquidos.

—No se ha movido —comentó Valeria Huguet.

—Suponemos que está herido —respondió Marcela—. La mancha oscura que se aprecia en su ropa parece sangre.

Valeria se puso de pie.

—Me gustaría irme —dijo. Le temblaban las manos y tenía los ojos brillantes—. Mi hijo está en el hospital y no quiero…, no puedo verlo así —añadió con un sollozo—. No me necesitan para lo que sea que vayan a hablar. Inspectora, puede llamarme cuando quiera —añadió. Luego dio media vuelta y salió de la sala.

Asensio pulsó un par de teclas y Francisco Sarasola desapareció de la pantalla. Su hijo menor cerró los ojos unos segundos, con la mano en la frente y los hombros caídos. Javier se levantó y se acercó a la ventana. Desde allí pudo ver a la mujer de su padre abandonar el edificio a toda prisa y girar a la izquierda, hacia la avenida del Ejército, seguramente en busca de un taxi. Apretó los labios y se volvió hacia los demás, incapaz de ocultar la repulsión que esa mujer le producía. Esa y todas, pensó un segundo después.

—El móvil desde el que se envió el mensaje también fue robado poco antes —continuó Asensio—. El propietario dice que lo tenía protegido con contraseña, pero hay programas capaces de hackear una clave en pocos segundos. —Le lanzó una rápida mirada a Marcela, que bajó la vista y fingió estudiarse las uñas—. No lo hemos encontrado y ya no emite señal. O lo han destruido, o está apagado.

—Tenemos que hablar del tema del rescate —intervino entonces Marcela.

Javier Sarasola volvió a sentarse junto a su hermano y cruzó los dedos sobre la mesa.

—Pagaremos, claro —dijo—. No creo que sirva para nada, pero pagaremos.

—¿Por qué dice eso? —preguntó Ortega.

—Me he estado informando —respondió—, tengo amigos en Madrid, gente que entiende de esto de verdad. —Esperó a que sus palabras provocaran el efecto buscado, pero siguió hablando cuando las caras de los policías permanecieron inmutables—. Es frecuente que los secuestradores cojan el dinero y huyan sin soltar al retenido, o incluso que lo asesinen para evitar que los identifique. Me han hablado de los secuestros exprés —continuó—. En esos casos sí suele producirse la liberación, pero todo pasa en pocas horas y la policía casi nunca interviene. Pero en secuestros como el de mi padre la resolución suele ser… poco o nada satisfactoria.

Marcela observó detenidamente a los hermanos Sarasola. Javier mantenía la espalda erguida y las manos sobre la mesa. Blanquísimas y pulcras, de uñas rosadas y brillantes. El jersey oscuro de cuello cerrado parecía excesivo para un día de primavera, pero Sarasola no parecía incómodo y no distinguió ni una gota de sudor en su frente. Había bajado un poco la cara, apenas un par de centímetros, lo justo para que las cejas ocultaran en parte su mirada y poder observar a los demás impunemente. A su lado, Sergio Sarasola parecía un corderito protegido por un león. De mejillas redondeadas, piel sonrosada, cabello ondulado y porte desinhibido, vestía un pantalón vaquero azul, chaleco negro sobre la camisa blanca y una americana jaspeada en blanco y negro. El contraste con su hermano era como la noche y el día. Ocultaba las manos debajo de la mesa y apenas había dicho un par de palabras desde que llegó, depositando todo el peso de la conversación en su hermano. Marcela dedujo que también habría delegado cualquier decisión que hubiera que tomar. Dejó de esforzarse por incluirlo en la reunión y se centró en Javier.

—Tiene razón —reconoció—. Los secuestros no suelen salir bien.

—Inspectora… —dijo Ortega por lo bajo.

Marcela levantó una mano y el inspector dejó en suspenso el resto de la frase.

—Además —siguió Pieldelobo—, nosotros no somos partidarios de acceder al chantaje, y mucho menos si la exigencia es dejar el dinero en un paraje apartado sin ningún tipo de garantía de que vayan a entregar al secuestrado. Pero tengo la obligación de preguntárselo: ¿van a pagar el medio millón de euros que les piden?

—Javier… —susurró el segundo hermano. El mayor alargó la mano y la colocó sobre el antebrazo de Sergio, que cerró la boca con fuerza.

—Inspectora —empezó Javier Sarasola—, debe entender que no nos sobran quinientos mil euros, lo que nos exigen no es precisamente calderilla, y además en billetes pequeños no marcados y metido en una bolsa impermeable negra. Como ha dicho, no tenemos ninguna garantía de que el pago del rescate conduzca a la liberación de mi padre. Ni siquiera sabemos si sigue vivo, en el vídeo no se especifica cuándo fue grabado.

—Así es —reconoció Pieldelobo.

—Pero es… —empezó Sergio Sarasola. Su hermano volvió a detenerlo con un solo gesto.

—Pero es nuestro padre —añadió el mayor—, y pagaremos lo que nos piden. Confiamos en ustedes, y no nos queda más remedio que confiar en los secuestradores.

—Pase lo que pase —siguió Marcela—, la investigación no se detendrá, seguiremos buscando a los secuestradores.

—Por supuesto, pero eso ya nos importa menos —zanjó Javier con los labios apretados.

Marcela decidió pasar por alto el comentario.

—El inspector Ortega los ayudará a organizar la entrega con la mayor seguridad posible. Nosotros nos desplegaremos en el monte Ezkaba con la máxima discreción.

—¡Han dicho que nada de policía! —exclamó Sergio.

—No nos verán, pero no vamos a dejarlos solos. De hecho, creo que lo mejor sería que el propio inspector llevara el dinero. Si los están esperando, pueden atacarlos.

—Y si los ven a ustedes, pueden matar a nuestro padre —insistió el hermano pequeño.

Marcela suspiró.

—Es una zona muy poco iluminada, sin tráfico ni cámaras de vigilancia. No hay viviendas en kilómetros a la redonda, excepto el mastodonte del fuerte, que permanece a oscuras. Salvo que se acerquen a menos de un metro, será imposible que distingan al inspector de uno de ustedes.

—No podemos ir solos —convino Javier Sarasola.

—Bien. Vayan a hablar con el inspector, él me informará de lo que decidan.

Los hijos de Sarasola se levantaron y se dirigieron a la puerta. Sin embargo, Marcela los detuvo antes de que llegaran.

—Una cosa —dijo—. ¿Han hablado últimamente con el señor Cambra?

—¿Con Cambra? —preguntó Javier, sorprendido—. No hablo con él desde ayer por la mañana, no tenemos ningún asunto que tratar. ¿Ha pasado algo?

—No lo sé —reconoció Pieldelobo—, pero nos gustaría hacerle unas preguntas y no conseguimos contactar con él. Es importante que comprobemos el contenido de las cajas fuertes de su padre y creemos que Cambra podría conocer la combinación. La señora Huguet nos dijo que fue varias veces al despacho que su padre tiene en casa cuando él estaba de viaje para recoger algún documento.

—¿En serio? —Las cejas de Javier Sarasola estaban a punto de encontrarse—. Eso es muy inusual, mi padre no dejaría que nadie hurgara en sus cosas, y mucho menos sin estar él presente. Tenía…, tiene —corrigió en el acto— un sentido muy desarrollado de la privacidad y del espacio propio. No, inspectora, no me creo que Cambra tuviera el permiso de mi padre para abrir su caja fuerte, y no tengo ni idea de dónde está, pero avíseme si lo encuentra, me gustaría hacerle un par de preguntas.

Los dos hermanos se perdieron pasillo adelante en dirección al ascensor y a la calle.

—¿Qué pinta Cambra en todo esto? —preguntó Ortega antes de seguir a los hermanos.

—Eso me gustaría a mí saber —reconoció Marcela—. Se ha cursado una orden de busca y captura y una patrulla ha ido a su casa.

—Manténgame informado —ordenó.

Marcela cabeceó y se dirigió a la calle. Necesitaba fumar y pensar.

11

Marcela se apoyó en uno de los enormes maceteros que convertían la calle en peatonal y encendió un cigarro. Bajó la cabeza y apretó los labios. Había muchas cosas fuera de control, tenían demasiados frentes abiertos. El apartamento, la amante, la casa de Sorauren, la desaparición de Cambra, el enorme desapego de Javier y Sergio Sarasola respecto a su padre, la agresión a Máximo... No sabía por dónde empezar.

Desde luego, ella no era nadie para criticar las relaciones de ninguna familia. Tenía muy claro de qué tamaño era la viga de su ojo. Cómo se llevara Sarasola con sus hijos no era en absoluto de su incumbencia, y tampoco que tuviera «amiguitas» alojadas en pisos y casas. Dejando a un lado su opinión al respecto, tampoco en esto tenía nada que decir.

El resto de las cuestiones eran hilos de los que urgía tirar.

Apuró el pitillo y lo aplastó en la tierra reseca del macetero, repleta de colillas de otros fumadores (seguramente más de uno de la propia Marcela), vasos de plástico, latas de bebidas y envoltorios de comida rápida. Miró a la planta, verde y esbelta, y alargó la mano para tocar una de las hojas. Casi se alegró de que fuera de plástico, al menos eso suponía que no había ningún ser vivo asfixiándose bajo la basura.

Echó un vistazo al reloj. Ni siquiera era la una. La mañana se le estaba haciendo eterna. Las escasas horas de sueño empezaban a pasarle factura, pero no podía pensar en dar por terminada la jornada, ni siquiera en escaquearse un rato para echar una cabezadita temprana. La siesta del burro, la llamaba su madre. Pensar en ella le trajo a la memoria a su hermano Juan. Hacía más de una semana que no hablaban. Ella fue la que dijo «te llamaré», de modo que él simplemente estaba esperando. Era una pésima hermana, igual que había sido una mala hija. Pensó en Damen, convencido de que vivir juntos era una buena idea. ¿Estaría ella a la altura como pareja? Maniática, malhumorada, individualista… Una joya de mujer. Necesitaba pensar si Damen se merecía una persona como ella.

Vio salir a Diego Vila del edificio y dirigirse hacia el macetero. El subinspector se puso las gafas de sol y se acomodó a su lado. Marcela sacó de nuevo el paquete de tabaco, cogió otro cigarrillo y le ofreció uno a Vila, que negó con la cabeza.

—No fumo —le recordó.

—Era por si habías cambiado de opinión —respondió Marcela.

Vila sonrió brevemente y hundió las manos en los bolsillos de los tejanos.

—Una patrulla ha entrado en casa de José Luis Cambra —empezó—. El juez lo ha autorizado al considerar que, dadas las circunstancias, podía estar en peligro. El piso está vacío y revuelto. Cajones y armarios abiertos, perchas vacías y ni rastro de maletas ni documentación.

Marcela se giró hacia él con el ceño fruncido.

—O se ha largado, o lo han secuestrado —afirmó.

—Estoy de acuerdo —convino el subinspector—, y no sé qué teoría me convence más.

—¿Han comprobado si su coche seguía en el garaje? —preguntó de pronto.

—Han mirado, claro. El coche está allí.

—Vamos —ordenó Pieldelobo al instante—. Tengo que comprobar una cosa.

Subieron las escaleras aprisa, Marcela delante y Vila dos peldaños más abajo. Al llegar a la puerta de su despacho, Marcela se detuvo y miró a su compañero. No era Bonachera, Miguel ya no estaba, no volvería a estar. Vila era nuevo, no lo conocía, no sabía de qué pie cojeaba y no se podía arriesgar a que fuera un purista de las normas.

—Espérame en tu mesa, te aviso enseguida.

Esta vez fue Vila quien frunció el ceño, pero no dijo nada. Dio media vuelta y se sentó en su escritorio.

Marcela se sintió mal durante unos segundos, lo que tardó en encender el ordenador y abandonar la red de comisaría. Lo conectó a la wifi portátil de su móvil, seleccionó una IP lo más alejada posible de ella y entró en la intranet de Renfe. La ventaja de las ciudades de tamaño medio era que el número de trenes que pasaban o salían de ellas era bastante limitado. Aun así, la lista de viajeros era larga. Copió las pantallas para salir lo antes posible del servidor ajeno, cambió de IP y visitó las pocas líneas aéreas que operaban en el aeropuerto de Pamplona. Para ahorrar tiempo, hizo una foto con el móvil al listado de pasajeros de la veintena de aviones que habían despegado desde que vieron a Cambra por última vez y se entretuvo unos minutos en borrar su rastro y volver a conectar su terminal a la red oficial. Luego solo tuvo que revisar la larguísima lista de nombres y apellidos y comprobar que José Luis Cambra no había comprado un billete a ningún sitio en los últimos días. Desde luego, era consciente de que podía haberse marchado en autobús, pero en ese caso era más sencillo comprobar las cámaras de la estación que intentar colarse en los servidores de cada una de las empresas que ofrecían viajes por carretera.

Levantó el auricular del teléfono y marcó la extensión de Vila.

—Cuando puedas —dijo sin más, y colgó.

El subinspector se tomó su tiempo. Marcela lo vio ordenar los papeles que tenía sobre la mesa, abrir un cajón, volver a cerrarlo y apagar la pantalla del ordenador antes de levantarse con total parsimonia y recorrer los escasos metros que lo separaban del despacho de Marcela.

Tocó a la puerta, esperó el permiso, entró y se sentó sin decir una palabra.

—¿Cuántos años tenemos, Vila? —le preguntó Marcela clavándole la mirada. El subinspector no respondió—. Pues eso —zanjó ella—. Es pronto para afirmar que Cambra ha desaparecido, tanto voluntaria como forzadamente, pero tenemos que empezar a trabajar con esa posibilidad. Necesito personal para revisar las cámaras de tráfico en las salidas de Pamplona y las instaladas en la estación de autobuses.

Vila, con el sapo todavía a medio digerir y la cara encarnada, se debatía entre la dignidad y el deber.

—Deberíamos revisar también las cámaras de Renfe y el aeropuerto —dijo por fin. Sentido del deber uno, orgullo cero. Tragó saliva y apoyó los antebrazos en la mesa de la inspectora.

—No ha cogido ni un tren ni un avión —le aseguró Marcela.

—¿Cómo puedes estar tan segura?

—Lo sé —dijo sin apartar sus ojos de los del subinspector, retándolo a volver a preguntar.

—Me pongo con ello —respondió por fin—. Y otra cosa: le han dado el alta a Máximo Sarasola, ya está en casa.

—Bien. Vamos por orden. Lo más urgente es visitar a la amiga especial de Sarasola. Tenemos la dirección, confiemos en que esté en casa. Después podemos pasar a hablar con la señora Huguet y con su hijo.

El edificio que albergaba el nidito de amor de Francisco Sarasola estaba en una calle de Ripagaina llena de niños y de coches. Era un bloque de cuatro plantas con balcones acristalados, amplias ventanas y un patio central privado con bancos de madera, un pequeño circuito para las bicis de los más pequeños y un miniparque infantil.

Llamaron al portero automático con insistencia, pero no obtuvieron respuesta. Aprovecharon la llegada de un vecino cargado de bolsas para entrar y subir hasta la segunda planta.

—Escalera izquierda, puerta C —dijo Vila consultando sus notas.

Siguieron el pasillo hasta el último recodo. La puerta C estaba entreabierta. Llamaron al timbre y golpearon la madera con los nudillos. Nada. Marcela sacó un guante de látex del bolsillo de la cazadora, el único que le quedaba de los que cogió antes de ir a Sorauren, y empujó la puerta para abrirla por completo.

—¿Hola? —llamó en voz alta—. Policía, ¿hay alguien? —De nuevo, nada—. Entramos —le dijo a Vila.

Ambos desenfundaron sus armas y avanzaron despacio por el

pasillo. Antes de llegar al salón escucharon un ruido a su derecha, procedente de una de las habitaciones. Parecía música latina, un ritmo suave y cadencioso y una voz de mujer.

—¿Hay alguien? —volvió a preguntar Pieldelobo. La canción no se interrumpió ni cambió el ritmo—. Policía, vamos a entrar —anunció a continuación.

Se colocaron uno a cada lado de la puerta y Marcela empujó la manija. Luego dio un paso al frente y entró en la habitación con la pistola preparada. Sintió la respiración de Vila sobre su hombro.

No vieron a nadie. Rodearon la enorme cama que ocupaba el centro de la habitación hasta el equipo de alta fidelidad responsable de la música que estaban escuchando. Marcela pulsó el botón rojo de la consola de mando y el silencio sustituyó al calor del Caribe.

La habitación parecía un campo de batalla. Ropa femenina tirada por todos los rincones, una silla volcada, cajones abiertos y revueltos… En el suelo vieron una maleta pequeña, varios zapatos y zapatillas de mujer y algunos envases de productos de higiene personal.

—Se ha llevado la maleta grande —supuso Marcela—, esta parece de las que se meten unas dentro de otras.

—Yo tengo una parecida —reconoció Diego.

—Y quién no. —Señaló hacia la cama y le hizo una seña para que se acercara. Marcela se agachó con cuidado mientras Vila apuntaba con su arma. Luego levantó el edredón de un golpe y estudió el suelo bajo la cama. Vacío, como el resto de la casa.

El baño también estaba revuelto. Botes sobre el lavabo, cajones abiertos y blísteres de medicamentos en el armarito junto al mueble. Ibuprofeno, paracetamol y anticonceptivos.

—Llama a Asensio, que mande un equipo aquí cuanto antes. Necesitamos identificar a la mujer. Parece que se ha marchado con mucha prisa.

Vila salió al pasillo para llamar por teléfono. A través de la puerta abierta pudo ver a una mujer que corrió a ocultarse en cuanto se creyó descubierta. Le hizo un gesto a Pieldelobo y juntos se dirigieron al descansillo, Marcela delante y Vila detrás, con la mano en el arma.

La mujer estaba tan nerviosa que no atinaba a meter la llave en la cerradura de la puerta de al lado. Vestía unas mallas de deporte de un rosa furioso, una sudadera negra y unas deportivas violetas con pequeños puntos fosforescentes.

—Buenas tardes —saludó Marcela—. Policía.

La mujer soltó un gritito sobresaltado y terminó de abrir la puerta de su casa. No entró, aunque mantuvo la mano en el pomo, por si acaso.

—Hola, hola —saludó nerviosa—. No piensen que yo... Marianela se ha dejado la puerta abierta esta mañana y quería avisarla, no iba a entrar ni a hacer nada, eh.

—No pasa nada —la tranquilizó Marcela, que agradeció conocer el nombre de la amante—. Estamos buscando a Marianela. ¿Cuándo se ha dado cuenta de que la puerta estaba abierta?

La mujer soltó la puerta y se giró hacia ellos.

—Esta mañana, cuando he vuelto de llevar a mis hijos al colegio. Serían las nueve y media, más o menos. Solo estaba abierta una rendija. Cuando ahora he visto que estaba de par en par he pensado que había vuelto, por eso estaba mirando.

Los dos le dedicaron una sonrisa tranquilizadora que ella les devolvió.

—¿Conoce el nombre completo de su vecina? —siguió Marcela.

—Marianela Parra —respondió al instante—. Lo sé porque a veces he recogido paquetes que le traían cuando no estaba —justificó al instante—. Me contó que vino de Venezuela hace cinco años. Una mujer guapísima, guapísima.

—¿Vive sola?

La vecina bajó la cara y miró hacia otro lado. Volvió a alargar la mano hacia la puerta de su casa.

—Bueno... —dudó.

—Es importante —insistió Pieldelobo.

Ella respiró hondo.

—Bueno, casi todo el tiempo vive sola, pero hay un hombre que la visita con frecuencia y que a veces se queda a pasar el fin de semana. Es el que... —dudó de nuevo, soltó el aire y continuó—: es el que ha salido hoy en las noticias, el que han secuestrado.

—Francisco Sarasola —dijo Marcela para confirmar. La vecina subió y bajó la cabeza un par de veces—. ¿Recibe más visitas?

—Algunas amigas, compañeras del bar en el que trabajaba antes.

—¿El nombre del bar?

—Claro, el Strong. Yo nunca he estado, debe de ser un sitio de música latina y…, bueno…, chicas, ya sabe.

Marcela asintió mientras Vila anotaba el dato.

—Y ahora, ¿sigue trabajando?

—Qué va, para nada. Se pasa la mañana bailando en casa, salsa, bachata y esas cosas. La oigo canturrear, las paredes son de papel… Por la tarde suele salir, y a veces vienen sus amigas, como le he dicho.

—¿Ha oído algo extraño esta mañana? —siguió Marcela.

La mujer se quedó pensando unos segundos, recopilando recuerdos.

—Las mañanas son un poco locura en mi casa —les explicó—. Tengo tres hijos, el mayor de ocho años y el pequeño de tres. Se pueden imaginar, no paran, no hacen caso a nada y siempre vamos con la hora justa, así que apenas puedo prestar atención a otra cosa que no sean los desayunos, la ropa, las mochilas, los almuerzos… Pero esta mañana he escuchado un par de golpes en el piso de al lado, en este —matizó, señalando la casa de Marianela—. Pensé que quizá la estábamos molestando con el ruido y he reñido a los niños. Luego la he oído abrir y cerrar un par de puertas, pero nada más. He salido corriendo, como todas las mañanas, y cuando he vuelto la puerta estaba mal cerrada, pero no he querido tocarla, por si acaso la había dejado así a propósito, no sé… —Vaciló un instante y luego los miró con el ceño fruncido—. ¿Le ha pasado algo a Marianela? ¿Ha hecho algo?

—Solo queremos hablar con ella —dijo Marcela.

—Claro, por lo del hombre… —se respondió ella misma.

Le agradecieron su colaboración y volvieron a entrar en el apartamento. La vecina corrió a su propia casa y cerró la puerta con decisión.

—Si está en lo cierto, Marianela empezó a hacer las maletas a la misma hora que se recibió el segundo vídeo. Quizá ella también lo vio, o puede que recibiera algún otro tipo de mensaje.

—Cambra, la amante, Sarasola… Esto parece *Leftovers* —sugirió Vila.

—¿Has leído el libro? —se asombró Marcela.

—He visto la serie —aclaró Vila.

Marcela hizo una mueca con los labios que el subinspector no llegó a ver.

Unos minutos después, el inspector Domínguez apareció en el pasillo encabezando un escueto equipo. Pieldelobo se giró para que no viera su disgusto y volvió a girarse para recibirlo de cara.

—Inspector —saludó.

—Inspectora. Tiene mal aspecto.

—¿No ha podido venir Asensio?

—No —zanjó la Reinona—. ¿Qué es esto?

—Vila, informe al inspector. Le espero abajo.

12

El niño de la bicicleta roja dio tres vueltas al parque a una velocidad excesiva en opinión de Marcela. Trazaba las curvas tumbando la diminuta bici, levantaba el pie y la rodilla y la enderezaba con la habilidad de un motociclista profesional. La madre, sentada en uno de los bancos, charlaba tranquila con otras dos mujeres jóvenes que prestaban a sus vástagos la misma atención que la primera: ninguna.

Un balón azul y blanco cayó a los pies de Marcela. Detrás aparecieron un niño y una niña vestidos con el mismo uniforme escolar. Se detuvieron a un par de metros de ella, mirando expectantes la pelota. Por fin, Marcela estiró un pie y la lanzó hacia ellos, que la recogieron con habilidad y se marcharon corriendo.

Sacó el móvil y tecleó un rápido mensaje para Damen.

¿Ocupado? ¿Puedes hablar?

La respuesta llegó en forma de llamada.

—Hola —la saludó Damen—. ¿Qué tal va todo?

—Complicado —reconoció Marcela.

—La cosa no pinta bien —añadió.

—No me lo recuerdes...

—¿Dormirás en casa hoy?

—Eso espero, estoy hecha polvo, y Vila está peor. No aguantaremos mucho más.

—Prepararé la cena, algo que aguante frío por si tardas. Y así te enseño los pisos que he seleccionado, a ver si te gusta alguno.

—¿Has mirado en Ripagaina? —preguntó Marcela.

—Hay uno o dos, ¿por qué?

—No me gusta mucho esta zona, demasiado follón todo el día. Coches, niños, colegios, los bares…

—Los vecinos en esa zona tienen más o menos nuestra edad —apuntó Damen.

Marcela miró al banco de al lado, donde las tres madres les repartían unas piezas de fruta a sus hijos. En efecto, tendrían más o menos su edad, igual que la vecina de Marianela, que ya tenía tres hijos.

—No sé, no me convence mucho —insistió.

—De acuerdo, Pamplona es grande, seguro que hay algo que nos guste a los dos. Nos vemos esta tarde.

Marcela se dirigió hacia la verja de la finca. No había visto letreros que prohibieran fumar, pero no le parecía bien hacerlo en una zona infantil. Salió a la acera, se acomodó a la sombra y encendió un cigarro. A su derecha se extendía un solar de buen tamaño en el que un cartel publicitario anunciaba la próxima construcción de pisos de dos, tres y cuatro habitaciones, ideales para familias numerosas. El plano sugería una zona escolar en los terrenos más cercanos y un área comercial en la parte de atrás. Marcela estaba segura de que mucha gente estaría ahorrando hasta el último céntimo para hacerse con una de esas viviendas.

—Inspectora —oyó a su espalda. Vila se acercaba a ella con pasos rápidos. Tenía la cara colorada, las cejas casi juntas y una mirada severa.

—Domínguez —dijo Marcela sin más.

—Valiente hijo de puta —bufó Vila entre dientes.

—Lo sé, bienvenido al club. ¿Nos vamos?

El subinspector condujo en silencio hasta el domicilio de Francisco Sarasola. La asistenta les abrió la puerta y los invitó a pasar, pero no al salón, sino a una pequeña sala al fondo del pasillo. Una gruesa cortina azul noche cubría la ventana y hacía necesaria la lámpara, una araña de cristales geométricos que repartían la luz en todas las direcciones y creaban diminutos arcoíris en las paredes, sobre los muebles y en el suelo.

En la pared del fondo se alzaba un gabinete de madera con aspecto de ser una antigüedad. Marcela contó cuatro columnas y diez filas de cajones estrechos que se abrían con un tirador dorado de formas onduladas.

Una mesa igual de oscura que el gabinete, en la pared de enfrente, sostenía un buen número de libros cuyos títulos no lograba distinguir, excepto el primero, que reproducía en la portada el grabado de un joven colgado cabeza abajo de un solo pie. El suelo estaba cubierto por una gruesa alfombra de figuras geométricas en la que predominaban los tonos azules y dorados.

Y a un lado, delante de una librería de suelo a techo repleta de libros y diversos artilugios cuya utilidad no alcanzaban a adivinar, excepto la bola de cristal que ambos descubrieron casi al mismo tiempo y que les hizo fruncir el ceño y sonreír con discreción en un solo gesto, Valeria Huguet los esperaba sentada a una mesa de escritorio. Mezclaba con cuidado una baraja de cartas de buen tamaño.

Les señaló las sillas al otro lado de la mesa y Marcela y Vila tomaron asiento. Valeria Huguet colocó tres cartas sobre la mesa, boca abajo, una junto a otra, repasó el dorso con la punta de los dedos y acarició las que todavía quedaban en el mazo cerca de ella. Giró la primera de las cartas. Se llevó las manos al pecho y dejó escapar un gritito ahogado. Acto seguido le dio la vuelta a la del otro extremo. Apretó los labios, buscó con las uñas el borde de la carta central y la giró muy despacio.

Dos gruesas lágrimas se deslizaron raudas por sus mejillas.

A continuación, dejó otras cuatro cartas boca arriba muy deprisa, golpeando la mesa cada vez que colocaba un naipe. Miró las siete cartas, dejó el mazo sobre la mesa y escondió la cara entre las manos.

—¿Todo bien? —preguntó Pieldelobo.

Valeria Huguet sacudió rápidamente la cabeza.

—No —respondió—. Nada está bien. Intento ver…, encontrar… —No terminó la frase. Volvió a pasar la mano por las cartas, como si quisiera borrar las ilustraciones—. Mi marido está muerto —dijo por fin.

La mujer se cubrió la cara con las manos y empezó a llorar con fuertes hipidos y un constante pero arrítmico subir y bajar de los hombros. Pieldelobo y Vila permanecieron inmóviles en sus asientos, unas incómodas sillas de estilo rococó estrechas, brillantes y tapizadas con un grueso tejido adamascado que estaba empezando a hacerles sudar.

Vila sacó la libreta, escribió dos palabras y se las mostró a la inspectora sin decir nada.

¿Sabe algo?

Marcela se encogió de hombros y se puso de pie.

—Señora —la llamó—. ¿Ha recibido alguna nueva comunicación de los secuestradores?

—¿Desde esta mañana? —Esperó el asentimiento de la inspectora—. No, nada. ¿Por qué lo pregunta?

—Me ha dado la sensación de que o sabe algo, o está preparando el escenario —respondió Marcela con la mano extendida hacia la mesa y las cartas de tarot.

—¿Cómo? —La mano voló de vuelta hacia su pecho—. ¡Oh, no! ¡No, no, no! ¿Cómo puede pensar…? ¡Oh, no, madre mía, Dios santo! ¡No!

—Cálmese —le pidió Marcela, que volvió a sentarse—. Y explíquese.

—¿Qué está insinuando? —exclamó Valeria—. ¿Me está acusando…? ¡No me lo puedo creer!

—La inspectora no la ha acusado de nada, señora. Tranquilícese. —Vila cerró filas.

Valeria Huguet se recompuso un poco, estiró la espalda y se limpió la cara con un pañuelo. Luego alargó una mano temblorosa hacia las cartas.

—La carta del Juicio está boca abajo. —Señaló un naipe en el que un angelote rubio vestido de blanco aparecía tras una nube con una trompeta en los labios. Abajo, un hombre, una mujer y un niño se levantaban, desnudos, de sus sepulturas—. Significa que tu vida está en manos de otros. También indica un debilitamiento físico y mental. La segunda carta es la Torre —continuó, señalando el naipe del lado contrario, en el que una torre en llamas era alcanzada por un rayo. De las ventanas caían de cabeza dos figuras humanas, una de ellas tocada con una corona—. La Torre indica cambio y destrucción, alerta sobre una terrible crisis. Y en el centro…

Un hombre con el brazo alzado, una especie de cetro en la mano y un símbolo del infinito sobre la cabeza parecía observar los objetos depositados en una mesa: una espada, un báculo, un cáliz y una enorme moneda dorada.

—Señora, tenemos que… —intentó Marcela.

—El Mago es Francisco, un embaucador muy listo, consciente de su poder, acostumbrado a conseguir lo que quiere. Representa el triunfo, pero también la ira, la vanidad, el egoísmo —continuó Valeria Huguet, ignorándola—. Los arcanos mayores que lo acompañan son terribles, y las cartas que he descubierto debajo… El Carro y el Mundo, ambos invertidos, y el tres de espadas. Francisco está muerto, se lo aseguro. La Luna soy yo, que me quedo sola.

—¿Esas son todas las evidencias que tiene? —preguntó el subinspector Vila con la mano extendida hacia la mesa.

—No necesito más —afirmó ella, que había empezado a llorar de nuevo.

Marcela se levantó, se dirigió a la ventana y corrió la cortina con un movimiento seco y decidido. El ambiente esotérico y fantasmal desapareció al instante.

—Prefiero que nos veamos las caras —justificó Pieldelobo.

Valeria, sorprendida por la repentina claridad, cerró los ojos y se secó la cara con el pañuelo. La luz del sol mostró los churretones de rímel, las arrugas bajo los ojos, el marcado rictus alrededor de la boca.

—Tenemos que hablar de su marido —retomó Marcela—, y de sus… amantes.

Valeria Huguet tuvo la decencia de no mostrarse sorprendida.

—Mi marido no tiene amantes —respondió cortante—. A las amantes hay que amarlas, y él solo me ama a mí, a su hijo y a sí mismo. Quizá no en este orden —reconoció con amargura—. Mi marido tiene… compañeras de juegos, podríamos decir. Un entretenimiento, nada más.

—No la veo molesta.

—¡Claro que me molesta! Me enfado cada vez que su ropa huele a perfume, cuando desaparece sin avisar o cuando lo oigo hablar por teléfono con alguna de esas… —dejó el adjetivo en el aire—. No le importa que lo oigamos. Hemos discutido mucho por eso, pero a él le da igual lo que yo piense. Hace lo que le da la gana y punto. Lo tomas o lo dejas. Me molesta —añadió tras unos segundos—, pero puedo soportarlo.

—El señor Sarasola frecuenta un piso en Ripagaina en el que vive una tal Marianela Parra —siguió Marcela—, ¿le suena ese nombre? —Valeria negó con la cabeza—. ¿Y el piso? ¿Conoce el piso?

La señora Huguet respiró hondo, hinchó el pecho y expulsó el aire muy despacio.

—Conozco ese, y otros antes que ese. No sé si mi marido mantiene la propiedad de una vivienda en una calle de Azpilagaña. Viví allí un par de años, mientras todavía estaba casado con su primera mujer. Luego se divorció, nos casamos y me mudé aquí.

—Entiendo —dijo Marcela.

—La verdad, no lo creo, pero tampoco me importa —respondió Valeria.

—Ha dicho que su marido está muerto —siguió la inspectora, ignorando los desaires de la mujer.

—Yo no. Lo ha dicho el tarot.

—Eso no es una prueba…

—La intuición, el corazón, nunca se tienen en cuenta, cuando deberían ser considerados como una pieza clave en la vida y, por supuesto, en su investigación. Conozco a mi marido —siguió—, nunca habría faltado a una reunión, y jamás habría consentido que lo raptaran sin plantar cara, sin presentar pelea.

Marcela asintió y cambió de tema.

—¿Qué cree que le ha pasado a su hijo? ¿Tiene idea de quién ha podido atacarlo?

Valeria Huguet movió la cabeza de un lado a otro.

—No, no. De verdad, no tengo ni idea. Supongo que vio algo, o que estuvo a punto de ver algo, y por eso lo agredieron. Podrían haberlo matado… Máximo solo estaba preocupado por su padre.

—Nos gustaría hablar con él un momento —pidió Marcela.

—¿Es necesario? —protestó la madre—. Acabamos de llegar del hospital, está cansado y dolorido…

—Solo será un momento y lo dejaremos tranquilo, se lo prometo.

Valeria asintió en silencio.

—Una cosa más —añadió Pieldelobo—. ¿Ha conseguido recordar la clave de la caja fuerte?

—Nunca la he sabido —respondió—. Pregúntenle a Cambra, él la conoce.

—No logramos dar con él, ¿han estado en contacto últimamente?

—No, en absoluto —aseguró. Luego recogió con rapidez las cartas que seguían sobre la mesa y las mezcló con los ojos cerrados durante unos segundos. Luego los abrió y depositó tres cartas boca arriba—. El Sol, la Emperatriz y el Mago de nuevo —explicó, poniendo un dedo sobre cada una de las cartas al nombrarlas—. Cambra está vivo.

Tuvieron que esperar hasta que Valeria Huguet recogió las cartas con total parsimonia para que los acompañara a la habitación de Máximo. Encontraron al joven en la cama, incorporado sobre unos cojines. A su lado, sentado en un sillón de *gamer*, el joven que habían visto en el hospital le mostraba a su amigo algo en un libro. Entre ambos, prácticamente tumbada sobre el edredón, Natalia permanecía atenta a la pantalla de su móvil. Carlos cerró el libro de golpe y la joven se incorporó y se alejó de su novio, que hizo una mueca cuando el movimiento repentino de la chica repercutió en sus heridas.

—Hola de nuevo —saludó Marcela mirándolos de uno en uno antes de centrarse en el pequeño de los Sarasola—. ¿Qué tal estás, Máximo?

—Muy dolorido, pero mejor, gracias —añadió a continuación.

—Nos gustaría hablar un momento contigo —pidió enseguida—. A solas —añadió.

—Es menor de edad —protestó la madre.

—Por supuesto —respondió Vila—. Usted puede quedarse, pero no intervenir.

—Me quedo —afirmó Valeria—. Natalia, Carlos, esperadnos en la cocina, podéis coger lo que queráis.

Carlos guardó el libro en su mochila, en la que metió también varios folios que había esparcido sobre la mesa, y desapareció. La joven hizo un mohín de disgusto, pero no dijo nada. Besó a su novio en los labios y salió de la habitación. Valeria se acomodó en la silla de la zona de estudio y cruzó los brazos. Vila se echó un poco hacia atrás, situándose muy cerca de la madre y dejando a la inspectora espacio para moverse.

—¿Qué hacías en Sorauren? —empezó Pieldelobo.

Máximo hizo un gesto de dolor al acomodarse en las almohadas.

—Ya se lo dije, se me ocurrió que quizá mi padre estuviera allí.

—Debiste llamar a la policía…

—Ahora lo sé —reconoció el joven.

—¿Has recordado algún detalle más del atacante? Cualquier cosa.

Máximo negó con la cabeza.

—Todo fue muy rápido, no me dio tiempo a ver nada, ni antes, ni durante ni después de la paliza.

—El ruido de un motor, voces…

El joven volvió a negar. Marcela lo observó un instante. Máximo aparentaba calma, pero se dio cuenta de que apretaba la sábana entre los dedos y de vez en cuando movía compulsivamente el pie.

—¿Qué tal te llevas con tu padre? —preguntó entonces.

El muchacho dudó un instante y luego miró a su madre, que se revolvió en la silla.

—Bien —respondió—. Como cualquier hijo, supongo. A veces me riñe y discutimos, claro, pero no todos los días. De vez en cuando —aclaró.

—¿Por qué soléis discutir? —insistió Marcela.

Máximo se encogió de hombros.

—Por mi pelo —dijo—. No le gusta que lo lleve largo. Y por las notas. Pero no necesito hacer la EVAU, voy a ir a la universidad en Estados Unidos, así que qué más dan las notas. —Escupió las palabras como si tuviera a su padre delante.

—Supongo que es una suerte poder estudiar en el extranjero.

—Lo es —reconoció Máximo con la primera sonrisa que dejaba escapar—. Me iré en agosto, ya tengo la carta de aceptación.

—Enhorabuena —lo felicitó Marcela.

—Gracias. —Sonreía de oreja a oreja.

Se despidieron pocos minutos después. Seguían con las manos vacías, la cabeza embotada y un agujero en el estómago.

Valeria Huguet volvió a cerrar las cortinas del gabinete en cuanto los policías se perdieron pasillo adelante en dirección al ascensor. Se sentó en la silla mullida, respiró hondo varias veces y sacó de nuevo las cartas de su refugio de terciopelo.

Cuando era pequeña pasaba tardes enteras con su abuela aprendiendo a leer las cartas del tarot. A su madre no le hacía demasiada gracia, pero hacía la vista gorda porque necesitaba que cuidara a su nieta mientras ella trabajaba. Al padre le parecían patrañas que entretenían a la niña tanto como los cuentos de hadas, así que no tuvo nada que objetar cuando descubrió el entretenimiento de la abuela y la nieta.

Sin embargo, poco a poco las cartas se convirtieron en una guía, sobre todo en una adolescencia marcada por su físico. Valeria era una joven exuberante, demasiado desarrollada para su edad. Todos la miraban. Con lascivia, con envidia, con odio... Las cartas se convirtieron en su refugio. Los naipes y su abuela le construyeron una coraza con la que enfrentarse al juicio diario al que era sometida.

—Eres la Papisa —le decía la anciana—, la más sabia, poderosa. Míralos desde arriba.

Consultó las cartas cuando Francisco Sarasola comenzó a cortejarla. Le mostraron abundancia y seguridad. No lo dudó. El tarot era luz en la oscuridad, respuestas, orden en el caos de su mente indecisa.

Sostuvo unos instantes las cartas entre las manos, respiró de nuevo profundamente y las mezcló con cuidado. Luego giró tres de ellas muy despacio, una tras otra, y las dejó con delicadeza. Frunció el ceño, se echó hacia atrás en la silla y las miró un momento. Sonrió durante una fracción de segundo y volvió a arrugar la frente, preocupada. Luego se inclinó sobre las cartas.

Los ojos amarillentos del Diablo la miraban fijamente. La ilustración le ofrecía un ser delgado y musculoso, con rostro cabrío, largos cuernos rojos y unas enormes alas de murciélago. Abría las manos para abarcar un pentagrama invertido que parecía flotar sobre un mar de fuego.

—Cuida mis bienes y libérame de las ataduras —susurró en voz baja, acariciando los números troquelados del naipe. El quince.

En el centro de la tirada, La Rueda de la Fortuna, dorada, brillante, perfecta con su diez en la esquina superior derecha.

—Sube y baja, rueda —musitó Valeria—. Sube y baja, como la vida, como la suerte. Como las amenazas —añadió en un siseo—. Esas siempre llegan, siempre están. Por ahora… La rueda es el fin de un ciclo. El fin…

Por último, la oscura figura del Colgado, con un pie amarrado a la rama de un árbol y el otro en escorzo tras la pierna, las manos atadas a la espalda, inmovilizado, paralizado. Como ella.

El número de este arcano, el doce, ofrecía una suma final de treinta y siete, cuyos dígitos sumados volvían a ofrecer el número diez.

—La Rueda vuelve una y otra vez —dijo Valeria con un mohín de disgusto.

Tres cartas que hablaban del mal, del deseo de hacer daño, de la necesidad de liberarse por la fuerza.

Echó un último vistazo a los naipes y los recogió de la mesa. Reunió la baraja y se dispuso a guardarla en su paño de terciopelo. Estaba a punto de hacer un último doblez en la tela cuando algo llamó su atención. En el suelo, sobre la alfombra, un naipe había escapado de la baraja, supuso que cuando la abrió para esta última tirada acelerada. Le dio la vuelta y se llevó la otra mano al corazón.

La capa negra, los ojos rojos, la calavera de siniestra sonrisa. La guadaña.

La Muerte la miraba desde el suelo con su sonrisa desdentada y le repetía lo que ella ya sabía: «Valeria, Valeria. Eres una asesina».

13

Cuatro mil quinientos veintitrés euros. Ese era todo el dinero que Marianela Parra había conseguido antes de huir. Vació su cuenta corriente, reunió el dinero en efectivo que tenía en casa y aceptó los ochocientos euros que su amiga Nely le ofreció. Su querida Nely, con su acento bailarín y su capacidad para reír incluso en las situaciones más desesperadas. Pero esa mañana se guardó la sonrisa y se comportó como la gran amiga que era. No solo le prestó el dinero «sin fecha de devolución», sino que la sentó en una silla y la transformó por completo. Ropa oscura y anodina, una peluca castaña que le recogió en una coleta baja, gafas de montura gruesa y negra, un maquillaje que le aclaró la piel al menos dos tonos y una cadenita con una medalla.

—Es Nuestra Señora de Altagracia —le dijo con la medallita en la mano—. Es nuestra patrona, la de todos los dominicanos. No te pasará nada mientras la lleves.

Luego besó el metal y se la colgó al cuello a Marianela.

La convenció para que llevara solo una bolsa de viaje, algo que pudiera colgarse a la espalda «y que no sea un estorbo si tienes que salir corriendo». Así que abrió la maleta y metió en la mochila de Nely un par de pantalones vaqueros, dos camisas, otras tantas camisetas, una chaqueta gruesa, calcetines, bragas y sujetadores. Apretó la ropa para hacer sitio a unas botas bajas y seleccionó lo imprescindible del neceser, que acomodó en un bolsillo exterior. El resto se lo regaló a Nely, que la miró con ternura y la besó en las dos mejillas antes de abrir la puerta y despedirse de ella.

Había salido de su casa a toda prisa cuando recibió el mensaje. La imagen de Francisco en el suelo, inmóvil y ensangrentado, la conmocionó menos que las palabras que leyó a continuación. *Corre. Si hablas, estás muerta.*

Y corrió. Corrió a casa de Nely, el único lugar que se le ocurrió en el que poder detenerse para trazar un plan. Luego, con un aspecto totalmente diferente, corrió hasta la estación de tren. Compraría en efectivo un billete a Madrid, donde no conocía a nadie y nadie la conocía a ella. Desde allí podría embarcarse en un vuelo a casa, a Caracas, y desaparecer.

«Si hablas, estás muerta». Ella no pensaba hablar, no diría nada, conocía la ley. Pero también sabía que no la creerían, que era un incómodo cabo suelto y que corría un peligro real.

Le temblaban las manos cuando entró en el baño de la estación. Esperaría allí hasta que el tren estuviera en el andén. Entonces correría a por el billete y subiría sin esperar. Cuanto menos tiempo pasara al alcance de las cámaras, mejor. Había tres retretes, por suerte con puerta hasta el suelo. Podía entrar y quedarse allí en silencio. El resto de los usuarios pensaría que estaba averiado, nada extraño, por otra parte.

Oyó la puerta abrirse a su espalda justo cuando entraba en el último cubículo. Se giró para cerrar la puerta, pero una mano se lo impidió. Levantó la vista e intentó gritar. La mano le apretó la boca mientras la empujaba al interior del baño. Chocó con el váter y perdió el equilibrio, pero la mano que le impedía gritar la sujetó para que no cayera.

Luego, de pronto, llegó el dolor en el pecho, el calor de la sangre que la bañaba, el frío de un cuerpo que se vaciaba. La mano se apartó de su cara, consciente de que ya no podía gritar. Dos brazos la sentaron en el suelo, con la espalda contra la pared y las piernas recogidas. Bajó la vista. Su propio cuerpo le resultó desconocido, apenas lo sentía, aparte del dolor, claro, el enorme y punzante dolor. No había mucha sangre, quizá…

El frío se apoderó de ella. Y el miedo. Tenía mucho miedo. Se acordó de la medallita y pensó que no moriría, pero le costaba respirar.

Las manos se impacientaron y volvieron a apoyarse sobre su cara, le apretó la nariz y puso la palma sobre su boca.

Luces, baldosas, frío y nada. Nada.

14

El sentido del deber puede ser abrumador a veces, hasta el punto de saetearte con dardos de culpabilidad por disfrutar de un mínimo descanso.

Ni Pieldelobo ni Vila podían más. Cada músculo de su cuerpo pesaba una tonelada, incluidos los párpados, que tendían a apoyarse con demasiada frecuencia sobre la línea de agua del ojo. Abandonaron el domicilio de los Sarasola en silencio, arrastrando los pies, y se sentaron en el coche con la mirada perdida al frente.

Marcela se frotó los ojos y se pellizcó el puente de la nariz.

—Tenemos que ir al local en el que trabajaba Marianela —dijo por fin. Vila asintió en silencio—, pero necesitamos comer algo. Al menos, yo lo necesito.

—Yo también; me voy a caer redondo —reconoció el subinspector.

—Allí mismo hay un par de restaurantes. —Marcela señalaba a la acera de enfrente, donde, en efecto, dos bares anunciaban con pizarras en la calle su menú del día—. Vamos.

El milagro lo obraron unas lentejas estofadas, una dorada al horno para Diego y un bistec de ternera con patatas fritas en el plato de Marcela. Sin postre, café solo para los dos. Marcela observó a Vila llevarse la taza a los labios. El subinspector arrugó la nariz, dio un sorbo diminuto y se pasó la lengua por los labios.

—Tú no tomabas café —dijo Pieldelobo.

92

—Y no tomo, no me gusta, pero necesito cafeína para acabar la jornada.

—Luego no podrás vivir sin él.

—No creo que llegue a tanto —respondió Vila después de dar un trago un poco más largo—. ¿Qué opinas de esa mujer? —preguntó después.

—¿De Valeria Huguet? Bueno, es, como mínimo, una mujer peculiar. Javier Sarasola insinuó que era poco menos que una prostituta, y ella misma ha reconocido que vivió en uno de los pisos que su marido destina a sus amigas especiales.

—Y lo de las cartas… —bufó el subinspector—. Hay que estar un poco de la cabeza.

—Cada uno se consuela como quiere. —Marcela se encogió de hombros.

—¿Alguna vez te han echado las cartas?

—¿A mí? No, nunca. No creo en esas cosas. La adivinación y los que leen el futuro me parecen una farsa.

Vila asintió.

—Una vez me leyeron la mano —dijo después—. Las líneas, ya sabes. La madre de una amiga. Decía que nunca fallaba.

—¿Y qué te dijo?

—Que iba a triunfar en la vida, que me iba a casar joven con una mujer muy guapa, que tendría tres hijos y que iba a nadar en la abundancia.

—Todo lo que una persona quiere oír.

—Así es.

—¿Y acertó? —preguntó Marcela mientras se levantaba de la silla.

—No nado en la abundancia, pero mi mujer es preciosa, así que mitad y mitad.

—Bueno, eres un crío, aún hay tiempo para que triunfes y te forres. Y para que tengas tres hijos —añadió.

Vila sonrió y se levantó también.

En total, tardaron menos de una hora en comer, pagar cada uno su cuenta, pedir la factura y volver a entrar en el coche.

El Strong, el local en el que trabajaba Marianela Parra, estaba en el barrio de La Milagrosa, el más multicultural de Pamplona. Aparcaron entre una tienda de alimentación búlgara, un kebab y una peluquería africana. El bar era un antro con ínfulas de discoteca, a falta de una buena limpieza y una renovación profunda de la decoración, pero a los clientes no parecía importarles demasiado. La música latina sonaba a medio volumen y varios parroquianos discutían de fútbol a voz en grito, como si les fuera la vida en ello. Marcela comprobó que, a pesar de las formas y el tono, no había violencia en el enfrentamiento dialéctico. Al fondo distinguieron una zona reservada con mesas bajas, asientos tapizados en terciopelo y lamparitas de luz melosa.

Marcela y Diego se acercaron a la barra y esperaron a que la camarera, una morena de formas redondeadas subida a unos tacones imposibles, se acercara a ellos con una amplia sonrisa carmesí.

—Policía —anunció Vila—. Buscamos a Marianela Parra.

—Ya no trabaja aquí —respondió con voz cantarina.

—Lo sabemos, pero necesitamos hablar con ella.

—¿Han probado en su casa?

Ambos guardaron silencio ante lo obvio. La mujer chasqueó la lengua y cambió el peso del cuerpo de un tacón a otro.

—No la he visto desde que se marchó —dijo por fin.

—¿No ha venido nunca por aquí? —insistió Vila.

—Este no es un lugar al que se quiera volver, no sé si me entiende…

Peso a un lado, peso al otro y una nueva sonrisa radiante, de las que se utilizan en las despedidas.

—¿Cuándo dejó de trabajar aquí?

—No lo sé, hace un año, quizá más. O puede que menos. La gente viene y va, no llevo la cuenta —añadió encogiendo un hombro y ladeando la cabeza. Hace diez años, ese gesto habría sido coqueto y descarado. Entonces, la grasa flácida cubierta de piel morena se bamboleó unos segundos.

Vila asintió y siguió.

—Creemos que Marianela tenía una relación con Francisco Sarasola. Es posible que se conocieran aquí.

—¿Con quién?

—Francisco Sarasola. Su foto ha salido en todos los informativos.

La mujer levantó las manos e hizo un gesto indicando las paredes del bar. Los policías se movieron casi al mismo tiempo. Ni televisión, ni periódicos, ni la revista del barrio. Marcela sacó el móvil y le enseñó una fotografía de Sarasola. La mujer hizo un rápido mohín y volvió la vista hacia el reservado.

—No tengo ni idea —dijo sin más—. Un día pidió la cuenta y se largó. Si se fue con un tipo o con otro, ni lo sé ni me importa.

—¿Nadie la ha visto? Es importante.

Los labios encarnados formaron una rosa apretada mientras el cerebro tras los ojos oscuros intentaba decidir qué le convenía más.

—Su amiga Nely sigue trabajando aquí, pero hoy libra —dijo por fin—. Son amigas del alma —añadió—, aunque son tan diferentes...

—Nos gustaría hablar con Nely —la interrumpió el subinspector.

—Claro, les daré su número.

Un par de minutos después salieron del bar con un teléfono anotado en un trozo de papel. Se acomodaron en el coche y Vila se lo ofreció a Pieldelobo, que rehusó con un gesto de la mano.

—Sigue tú —le dijo.

El subinspector sacó el móvil, marcó los nueve números y conectó el altavoz. Escucharon el tono de llamada y, poco después, una profunda voz de mujer.

—¿Quién habla? —preguntó Nely.

—Policía —se presentó de nuevo Vila—. Queremos hablar con usted sobre Marianela Parra. Nos han dicho que son amigas.

—¿Está en problemas? —preguntó inquieta.

—No lo sabemos —respondió Vila—. La estamos buscando.

—Estará en su casa...

—No —zanjó el subinspector.

—Pues no lo sé...

—¿Conocía usted la relación que Marianela Parra mantenía con Francisco Sarasola?

—¿Relación? —preguntó Nely tras una duda.

—Marianela vive en un piso propiedad del señor Sarasola —aclaró Vila.

—Ah, ese señor. Son amigos —respondió ella—. Buenos amigos, supongo. Verá, yo no me meto en la vida de nadie.

—Háganos un favor —siguió Vila—, si se pone en contacto con usted, dígale que es urgente que hablemos con ella. Puede darle el teléfono desde el que la estoy llamando o pedirle que se persone en comisaría, lo que prefiera, pero cuanto antes.

—No entiendo…

—Por favor, no lo olvide —añadió antes de colgar.

Marcela consultó su reloj y se puso el cinturón de seguridad.

—Son las cuatro y media —dijo—. Tenemos que descansar un rato antes del operativo de esta noche. Acércame a la calle Mayor y vete a casa.

Los hermanos Sarasola esperaron en silencio hasta que el empleado de la entidad bancaria y los dos guardias de seguridad salieron del despacho. El director del banco no había puesto ninguna traba ni hecho preguntas innecesarias cuando Javier Sarasola le telefoneó para pedirle medio millón de euros en efectivo en el plazo de dos horas. El hijo mayor firmó todos los documentos que el empleado desplegó sobre la mesa de su despacho y observó cómo los guardias depositaban dos bolsas con el logo de la empresa.

Sergio Sarasola permaneció en todo momento a la sombra de su hermano, en un silencio roto únicamente por el crujido de las falanges de sus dedos cuando las apretaba contra la palma de la mano. Esquivó dos miradas furiosas de Javier y el ceño fruncido del hombre del traje. Los dos guardias se limitaron a mirar al infinito mientras esperaban junto a la pared, quietos como estatuas, con el medio millón a sus pies.

Se moría por un trago. O por un porro nevado. Lara los hacía como nadie. Pensó en Lara. En las tetas de Lara. En Lara debajo de él. Se movió un poco hacia la ventana. No quería que su hermano notara su incipiente erección. Estaba empezando a sudar. Sentía las axilas húmedas y la camisa pegada a la espalda. Se concentró en las palabras del banquero, pero el tipo trajeado se estaba limitando a soltar una serie de formalidades vacuas para rellenar el silencio mientras Javier firmaba un papel tras otro.

Cuando por fin se marcharon, regresó junto a su hermano y los dos observaron las bolsas de tela recia y basta con el logo del banco en un lateral.

—¿Cuánto pesa medio millón de euros? —preguntó Sergio.

Javier lo miró un instante antes de responder.

—Unos cinco kilos.

—Necesitamos una mochila —sugirió Sergio.

—Que se ocupe la policía. Los llamaré dentro de un rato para que se hagan cargo de esto.

—¿No vamos a hacer nosotros la entrega? El mensaje decía…

—No pretenderás que nos pongamos a tiro de un loco, ¿verdad? O de más de uno, eso no lo sabemos. No —siguió—, la sugerencia de la inspectora me parece de lo más acertada, que sean ellos mismos los que acerquen el dinero al sitio indicado. A esas horas de la noche y en un paraje deshabitado es imposible que el secuestrador nos distinga. Nosotros estaremos allí —le aseguró después—, iremos y esperaremos junto a la policía.

—Tenemos que estar atentos al teléfono, por si acaso.

—Lo estaremos, por supuesto. —Javier se sentó en el sillón de su padre y conectó el ordenador, que respondió al instante con un discreto bip.

—¿Por qué pregunta la policía por Cambra? —quiso saber Sergio.

Javier frunció el ceño y se concentró en la pantalla.

—Ni idea, pero yo también tengo ganas de hablar con él. Tiene muchas cosas que explicarme. Para empezar, qué hacía en casa de papá cuando él no estaba.

—¿Hizo eso?

—¿No has oído lo que ha dicho la inspectora? —Javier había levantado la voz y Sergio dio un paso hacia atrás.

—No, eso no…

—Tienes que estar atento, Sergio. Atento y alerta. Nos jugamos mucho, ¿no te das cuenta? Tienes que dejar toda esa mierda que te da tu mujer.

—No metas a Lara en esto —protestó el pequeño de los Sarasola.

—¡Pues haz lo que tienes que hacer en lugar de esconderte bajo sus faldas! —gritó Javier.

—Yo no me escondo…

—¡Te escondes! Siempre lo has hecho, desde que eras un crío. Es como si todo el mundo tuviera que protegerte.

—¿A mí? ¿De qué me protegéis?

—¡De papá! Todos nos hemos puesto siempre delante para librarte de él. Fue un error, ahora eres un hombre débil. —Javier se levantó y sacó un botellín de agua de la nevera encastrada en el mueble de madera—. Ya no necesitas protección, él ya no está, pero te toca demostrar que vales cada hostia que nos hemos llevado por ti. Y no han sido pocas, hermano, no han sido pocas.

Sergio se dejó caer en uno de los sofás y hundió la cara entre las manos.

—Ni se te ocurra llorar —bramó Javier.

—¡No estoy llorando! —respondió airado el más joven de los hermanos—. No estoy llorando —repitió un poco más calmado—, pero no quiero que me grites, ni que me digas que soy débil. No soy como tú, eso está claro, pero tampoco soy un estúpido ni un cagado. Y no vuelvas a meterte con mi mujer —añadió, con un dedo extendido en dirección a Javier.

—Claro —aceptó el mayor con las manos levantadas—. No volveré a mencionar a Lara. ¿Tampoco si la descubro tirándose a otro? ¿En ese caso tampoco querrás que te la mencione?

—Eres idiota —bufó Sergio.

Javier rio por lo bajo y volvió frente al ordenador.

—Necesito al puto Cambra —retomó de nuevo serio—. No podemos consentir que abran las cajas de papá por la fuerza.

Sergio se encogió en el sillón y observó a su hermano. A Javier, Sergio le recordó a un perro abandonado, de esos que te miran con los ojos tristes y las orejas caídas.

—No quiero que vuelva —dijo Sergio por fin—. Preferiría que estuviera muerto.

—En ese caso —suspiró Javier—, no tendríamos ningún problema para que un juez nos autorizara a abrir las cajas fuertes.

15

Cerró los ojos y las veloces luces blancas se movieron de un lado a otro detrás de sus párpados. Los abrió y el techo del salón, igual de blanco que las estelas que acababa de ver, ocuparon todo su campo visual. Los cerró de nuevo. Las ráfagas se ralentizaron, disminuyeron. Oyó algo a lo lejos. ¿Campanillas? Las luces se volvieron grises y desaparecieron.

—Marcela, despierta.

Las luces se enfurecieron. Se movieron de un lado a otro y la marearon.

Durante unos segundos no estuvo segura de dónde estaba, hasta que una mano conocida le acarició despacio la mejilla.

—¿Estás bien? —insistió Damen—. He llamado varias veces antes de usar mis llaves. Te he dejado dormir un rato, pero si no te espabilas ya, llegarás tarde.

—¿Qué hora es? —consiguió preguntar.

—Casi las ocho.

Marcela dejó caer la cabeza hacia atrás. A esa hora, los efectivos policiales ya habrían colocado cámaras, micros y sensores en un amplio perímetro del monte Ezkaba, y el Grupo Especial de Operaciones estaría situado en los lugares desde los que seguirían la entrega del rescate, protegerían al inspector Ortega e intentarían detener a los secuestradores. Fácil sobre el papel; una de las situaciones más complicadas y comprometidas en la realidad.

—Tengo tiempo —respondió Marcela—. Y me muero de hambre —añadió.

Damen pasó al otro lado de la barra que separaba la cocina del salón y abrió la nevera.

—Nosotros nos ocuparemos del control del tráfico —le dijo mientras observaba el interior del frigorífico. Seleccionó un táper y varios alimentos envueltos en film transparente y los colocó en la encimera.

—Lo suponía —reconoció Marcela—. Andamos justos de efectivos.

Damen cabeceó un segundo.

—También está listo uno de los helicópteros —añadió.

Marcela no respondió. Se levantó despacio del sofá en el que se había quedado dormida, metió los dedos por debajo de su pelo y se masajeó la cabeza con fuerza.

—Soy incapaz de pensar —gruñó poco después—. Esta siesta me ha dejado hecha polvo. —Se acercó a la encimera, se apropió de uno de los trozos de queso que Damen había cortado y se dirigió al baño—. Necesito una ducha o me volveré a dormir.

—Tengo que irme en media hora —dijo Marcela. Todavía tenía el pelo húmedo y la piel caliente. Había dado buena cuenta del sándwich que Damen había preparado para los dos y ahora disfrutaba de los últimos minutos de paz. Había subido los pies al sofá y los había escondido bajo la pierna de Damen, que le acariciaba distraído la pantorrilla mientras tomaban café.

—Yo también —respondió Damen—. Estaré en el control de operaciones hasta que todo termine.

—El otro día leí una cosa curiosa —siguió Marcela—. La Tierra lleva cuatro años seguidos batiendo récords de velocidad. Cada vez gira más rápido.

Damen la miró divertido.

—Estamos hablando de milisegundos —respondió.

—Casi dos milisegundos —matizó ella—. Eso quizá no sea nada para nosotros, al menos de momento, pero la Tierra lo nota por dentro y por fuera. Las fallas que provocan los terremotos, el magma que expulsan los volcanes… Todo está más agitado y eso favorece los desastres naturales. Las mareas, el viento…

—Eso no está demostrado en absoluto —le rebatió Damen.

—De momento. —Marcela levantó el dedo índice para enfatizar su preocupación—. ¿Y quién dice que esos milisegundos extra de velocidad no nos afecten también a nosotros, a los humanos? Tú mismo puedes verlo, los delitos aumentan, las riñas de bar cada fin de semana, las agresiones…

—Y en tu opinión, la responsable de todo eso es la velocidad de la Tierra. —A Damen le estaba costando un esfuerzo ímprobo no reírse.

Marcela frunció el ceño, apuró el café y señaló a Damen con el índice extendido.

—Sé lo que estás pensando —dijo—, y sé que no está demostrado, pero piénsalo. Es una posibilidad con fundamento. Ríete, pero que la Tierra se acelere no puede ser bueno.

—Seguro que los científicos lo tendrán en cuenta.

Marcela sacó los pies de debajo del cuerpo de Damen y se puso de pie. Él la imitó, todavía sonriendo, y se preparó para salir.

—Luego hablamos —se despidió Marcela ya en la calle.

—Ten cuidado —le pidió él—. Llámame cuando puedas, estaré esperando.

Marcela sonrió y apretó el paso hacia el aparcamiento. Damen la miró un par de segundos antes de echar a andar en dirección contraria.

Pieldelobo y Vila siguieron al pie de la letra las instrucciones del jefe del operativo para subir sin ser detectados por un posible observador y apostarse en los lugares asignados. Ambos habían tenido la precaución de abrigarse. Las noches navarras son frescas la mayor parte del año, pero en una primavera recién estrenada y en la cima de un monte las temperaturas podían bajar hasta los tres o cuatro grados.

Ascendieron en silencio y a oscuras. El suelo estaba blando por la humedad, y aunque elegían las zonas de hierba para caminar, no pudieron evitar pisar la escandalosa gravilla en más de una ocasión.

La enorme mole del fuerte de San Cristóbal los recibió con una bocanada de aire frío procedente de sus galerías. Olía a moho, a tiempo, a miedo y a muerte.

—Vaya sitio —murmuró Vila al descubrir los altos muros de piedra húmeda, los gruesos barrotes y la impresionante entrada al recinto.

—Ni te lo imaginas —respondió Marcela también en voz baja—. No venía por aquí desde lo del inspector Vázquez, y habría preferido seguir sin acercarme.

—¿Es el que estuvo secuestrado ahí dentro?

Marcela asintió en silencio.

—Si no hubiera conseguido salir por sus propios medios, nadie lo habría encontrado en mucho tiempo. O nunca.

Esta vez fue el subinspector quien miró asombrado hacia los muros grises y movió la cabeza arriba y abajo.

—Me gustaría venir un día —dijo después.

—Conmigo no cuentes —zanjó Marcela.

Llegaron al parapeto natural tras el que los esperaba el inspector Ortega, el negociador que se encargaría de dejar la mochila con el dinero en el punto indicado por los secuestradores. El emplazamiento elegido para esperar estaba un metro y medio por encima del camino, lo que les permitía controlar las dos únicas vías de acceso a ese punto: la carretera y el monte. Los efectivos armados se habían dispuesto estratégicamente en ambas laderas, además de ocupar varios de los huecos abiertos en el baluarte del fuerte.

—¿Dónde están los Sarasola? —preguntó Marcela.

—En Jefatura —respondió Ortega.

Marcela asintió, conforme. No le gustaba tener civiles nerviosos a su alrededor durante una operación en la que todo el mundo iba armado.

Consultó el reloj. Casi dos horas para la medianoche. En cuclillas, se dio la vuelta y apoyó la espalda en la tierra. Luego sacó el paquete de tabaco y se encendió un cigarrillo.

—¿Novedades? —le preguntó a Ortega. El inspector negó con la cabeza.

—Nada, ni más vídeos, ni nuevas instrucciones. Javier Sarasola trajo el dinero a primera hora de la tarde. Estaba disgustado, aunque no tengo claro si era por su padre o por los quinientos mil.

—Se le veía muy cómodo ayer en el despacho de su padre —intervino Vila.

—Nadie parece apreciar demasiado al viejo —comentó Marcela.

—No he oído ni una palabra en su contra —dijo Vila.

—Ni a su favor —le recordó Pieldelobo—. Todo el mundo repite que es el mejor en los negocios, pero nadie ha comentado nada sobre él como padre, como marido, como persona...

—Supongo que tienes razón —aceptó Ortega.

—Tengo razón —ratificó Marcela—. No lo echarán de menos si no vuelve.

Un sonido inesperado rompió la calma nocturna. Un zumbido intenso y sostenido, agudo durante unos segundos y más grave a continuación. Escucharon mientras el ruido se acercaba y se elevaba. Todos giraron instintivamente la cara hacia arriba, pero el cielo seguía despejado.

—Atentos —les llegó a través del auricular. El responsable del operativo esperó un segundo antes de continuar—: Armas listas, no disparen. Ortega, ¿ha depositado el rescate?

—Negativo —respondió el inspector—. Es pronto —añadió, como si necesitara justificarse.

—Permanezcan alerta —ordenó de nuevo.

Pieldelobo y Vila desenfundaron sus armas y esperaron, ella con la espalda pegada al túmulo de tierra y las piernas en tensión y él controlando el lado opuesto, con los brazos estirados sobre el suelo y los pies listos para saltar. Ortega se colocó la mochila a la espalda y preparó también su arma.

El zumbido sonaba ya sobre sus cabezas.

—¡Desde el camino, arriba! —escucharon en los auriculares.

Entonces distinguieron una pequeña luz roja intermitente que zigzagueaba entre las copas de los árboles. Avanzaba a gran velocidad hacia la torre de alta tensión.

—Es un...

Marcela no tuvo tiempo de terminar la frase. El dron bajó en picado y dejó caer algo a tierra. Acto seguido subió y repitió la operación unos metros más a la izquierda, donde se ocultaba la mayoría de los efectivos policiales.

Un humo denso y oscuro se extendió por la explanada, elevándose hacia el fuerte y deslizándose sobre los agentes desplegados. Se oyeron voces sobresaltadas y órdenes lanzadas a gritos a través de los auriculares, que enmudecieron cuando una salva de disparos los obligó a lanzarse al suelo y protegerse como pudieron.

Las balas sonaban muy cerca a derecha e izquierda, casi todo el tiempo sobre sus cabezas.

—¡Agáchate! —ordenó Ortega cuando Marcela se asomó al otro lado del parapeto.

—¡No hay nadie! —gritó ella de nuevo a cubierto.

—Es el puto dron, pero no lo veo.

Algunos policías comenzaron a contestar al fuego prácticamente a ciegas, disparando hacia arriba entre el humo. Sin embargo, la mayoría de los efectivos esperaban con las armas listas a tener un objetivo a la vista.

Los disparos terminaron tan repentinamente como habían empezado. El humo se disipó poco a poco, deshaciéndose monte abajo, y el zumbido del dron se perdió en la noche hasta desaparecer.

—¡No se muevan! —bramaban los auriculares—. ¡Mantengan posiciones! ¡Alerta! ¿Heridos? ¿Hay heridos?

La retahíla de «negativo» contribuyó a calmar un poco los nervios, aunque esperaron unos largos minutos antes de levantarse y empezar a evaluar los daños.

Marcela avanzó delante de Vila con las piernas flexionadas, los brazos estirados y el dedo cerca del gatillo. Ortega corrió a reunirse con el jefe del operativo. Llevaba medio millón de euros a la espalda, no era cuestión de perderlos monte abajo.

Tardaron media hora en peinar el perímetro y constatar lo evidente.

—No hay impactos de bala, proyectiles ni casquillos, nada. Solo humo y ruido. Nos han engañado.

El jefe estaba pálido. Apretaba los dientes y daba vueltas en círculo a su alrededor.

—Es posible que nos hayan descubierto —propuso Ortega—. Si nos han visto, no habrán querido arriesgarse.

—Una actuación como esta no se improvisa —le contradijo Pieldelobo—. Lo tenían todo preparado. Botes de humo y ruido de disparos. Un dron y un altavoz, no han necesitado nada más para engañarnos. Mierda —bufó—. Sabían que vendríamos y decidieron jugar con nosotros. No les importa el dinero, o al menos no este —añadió señalando la mochila—. Quizá se pongan en contacto de nuevo con la familia para acordar otra entrega. Vila —llamó—, contacta con Jefatura y que te digan dónde está la familia y si han salido en algún momento del edificio.

Vila se retiró unos metros y volvió un minuto después.

—Siguen allí y no se han movido en toda la noche —informó.

—Vamos a hablar con ellos —decidió Marcela—. Y después intentaremos averiguar de dónde ha salido este puto dron.

—Nosotros esperaremos a la científica —anunció el jefe—. Ortega, baje con ellos y ponga ese dinero a buen recaudo.

Marcela esperaba gritos. Esperaba insultos, quizá alguna lágrima. No le habría sorprendido un ataque de ansiedad, aunque fuera leve, o gestos de desesperación. Lo que no esperaba en absoluto era una carcajada, una risotada amplia y sonora, larga y profunda, de esas que nacen en el estómago y van creciendo hasta que salen por la boca, de las que rebotan entre los dientes y se amplifican.

—Vaya banda de inútiles —dijo Javier Sarasola cuando se repuso del ataque de risa y consiguió hablar—. Os han engañado, os han tratado como a estúpidos. ¿Y vosotros nos tenéis que proteger?

La carcajada se rehízo en su garganta y sonó estentórea unos segundos más, hasta que el mayor de los Sarasola se encontró con la mirada de estupor de su hermano. Sergio había permanecido en silencio, encogido en su asiento mientras Javier reía. Valeria Huguet había optado por marcharse, aduciendo cansancio y una insoportable jaqueca.

—¿Qué opinas, Sergio? —le preguntó a su hermano—. ¿Son o no son unos inútiles?

Sergio Sarasola lo miró un instante y luego se volvió hacia la inspectora Pieldelobo, que había asistido a la pantomima de pie y con los brazos cruzados.

—¿Y ahora qué? —dijo sin más—. No sabemos nada de mi padre. No nos han llamado, ¿no quieren el dinero?

—Suponemos que volverán a ponerse en contacto con ustedes y les exigirán que acudan sin policía. Esto ha sido una especie de advertencia —respondió Marcela.

—Nos llevamos el dinero —anunció Javier Sarasola—. No me fío.

El inspector Ortega dejó la mochila sobre la mesa. Estaba sucia, cubierta de polvo y tierra. Sarasola la miró con aprensión, pero la cogió y se la colgó del hombro.

—Vámonos. No pintamos nada aquí, esto ha sido una completa pérdida de tiempo.

Sergio se puso en pie y siguió a su hermano sin decir una palabra más.

—Es imbécil —masculló Marcela cuando se quedaron solos.

—Sin duda —corroboró Ortega. Vila se limitó a mover la cabeza afirmativamente.

—Pero tienen razón —añadió Pieldelobo—. Lo hemos hecho todo mal.

—Eso no es verdad —protestó el inspector.

—Sí que lo es —insistió ella—. Y sospecho que hemos pasado algo por alto, pero no lo veo.

Ortega suspiró y abrió la puerta.

—Todo el mundo a descansar. Mañana a las ocho lo revisaremos desde el principio.

Marcela y Diego no se hicieron de rogar. Salieron de comisaría en silencio y se despidieron con un escueto movimiento de cabeza.

Lucía Armengol, la agente en prácticas con la que Vila compartía piso, todavía estaba levantada cuando Diego entró en casa. La encontró recostada en el sofá, viendo una serie en la televisión. Permanecía a oscuras, salvo por la luz de la pantalla, que bañaba su cuerpo de azules, verdes y grises. Diego la observó desde la puerta y ella le devolvió la mirada. Luego estiró las piernas sobre el sofá y sonrió. El pantalón que llevaba apenas le cubría los muslos. Él la miró sin recato desde la puerta del salón. «Nadie se enteraría», pensó. Nadie, absolutamente nadie lo sabría jamás.

Dio un paso hacia atrás y entró en el baño. Abrió el grifo de la ducha, se desnudó y dejó que el agua caliente se llevara el polvo del monte. Vaya día, se dijo. Él esperaba un destino tranquilo y, sin embargo, sentía que nadaba en una piscina de adrenalina.

Deslizó la mano hasta su pene y se acarició despacio. Apenas necesitó moverse, su imaginación hizo el resto. Salió de la ducha, se anudó una toalla a la cintura que no conseguía ocultar su erección y volvió al salón. De nuevo se detuvo en la puerta, miró a Lucía y esperó a que ella lo recorriera con los ojos, como antes había hecho él.

Luego dio un paso adelante y entró.

Javier Sarasola esperó hasta que la puerta del garaje se cerró por completo antes de salir del coche. Había dejado a Sergio en su casa y lo imaginaba lloriqueando en brazos de su mujer. Cogió la mochila del maletero y entró por la puerta que daba a la cocina.

—No enciendas la luz —dijo una voz desde algún lugar de la oscuridad.

—Pero ¿qué coño…?

Javier alargó la mano y pulsó el interruptor.

Las siguientes dos acciones se produjeron en la misma fracción de segundo: primero, una detonación ensordecedora y, casi al mismo tiempo, un dolor atroz cuando la bala impactó en su pierna. Javier se desplomó en el suelo y empezó a gritar, aterrorizado. Giró y se retorció intentando eludir el dolor, que lo seguía fiel y se adentraba cada vez más en su cuerpo.

Luego la luz se apagó. Oyó pasos que se acercaban hasta él. Cerró los ojos y esperó el impacto, la muerte. Luego, algo que se arrastraba, pasos de nuevo, esta vez a la carrera, y una puerta que se cerraba.

Javier volvió a gritar y a revolverse mientras se desangraba en el suelo. Le costó un enorme esfuerzo volver a ser dueño de sí mismo y sacar el teléfono del bolsillo de la chaqueta. La luz de la pantalla iluminó su mano ensangrentada. Gritó de nuevo, gimió y marcó el 112.

Luego se arrastró hasta la puerta y se apoyó en el quicio, a la espera de ayuda. Pensó en llamar a su hermano, pero para qué. No había nada que Sergio pudiera hacer por él.

Tembló de miedo, de dolor y de rabia mientras presionaba la herida como le había indicado la operadora.

Las luces azules no tardaron en iluminar su casa, que seguía a oscuras. Giró la cabeza hacia la cocina y buscó encima de la mesa.

La mochila había desaparecido.

Se habían llevado el dinero.

16

Despertar es como morir. Te arrancan de un lugar plácido y sereno y te lanzan de golpe a un mundo lleno de ruido y dolor. De la luz de un sueño cálido a la oscuridad de una habitación cerrada, oscura y sin referencias.

Marcela no quería despertar. Durante unos largos segundos fue incapaz de reconocer el timbre del móvil. No sabía qué hora era ni qué debía hacer a continuación. El edredón la abrazaba como un amante sutil, con calidez y sin presión, y no terminaba de entender por qué tenía que abandonar todo aquello y abrir los ojos a la oscuridad.

La insistente melodía consiguió su objetivo. Pateó el edredón para deshacerse de él y se puso de pie. Se sintió mareada durante un instante, mientras su cerebro intentaba acostumbrarse de nuevo a la verticalidad y conectaba las neuronas.

Localizó el móvil en la mesita de noche y consultó la pantalla.

—Mierda —fue lo único que dijo antes de contestar—. ¿Sí?

—Pieldelobo, soy Ortega. Han disparado a Javier Sarasola en su casa y se han llevado la mochila con el dinero.

Entonces Marcela murió del todo. Completamente despejada, encendió la luz y buscó el paquete de tabaco en el salón.

—¿Cuándo? —preguntó.

—Hace una media hora. Las asistencias ya han llegado. Nos vemos allí.

Presionó la rueda del mechero y acercó la llama al cigarrillo. Inspiró, espiró y se puso en marcha.

Diego Vila remoloneaba en la cama de Lucía. El sexo no había estado mal. Después de un tanteo inicial en busca de los límites y los gustos del otro, optaron por lo tradicional. Mejorable, pero satisfactorio. Supuso que si no hubiera estado tan cansado habría dado más de sí, pero de nada valía machacarse ahora. Se giró hacia Lucía, que lo miraba con una sonrisa en la cara.

—Tengo que descansar un rato —le dijo—, estoy roto.

—Puedes quedarte aquí si quieres —sugirió ella.

Diego se sentó en la cama y buscó la toalla húmeda. Luego se levantó y la miró.

—Prefiero mi cama —dijo por fin—, yo...

—Lo sé, estás casado. He visto la alianza —acabó por él, señalando su propio dedo desnudo. Lo miró un momento con el ceño fruncido—. ¿Te sientes mal por lo que ha pasado?

—No, en absoluto —se apresuró a responder Diego—. Ha sido genial, de verdad. Es solo que...

—Estás casado —repitió Lucía.

—Sí, y ahora soy un hombre infiel.

—Tú lo ves así, pero la fidelidad es una imposición de la sociedad moderna. En mi opinión, solo te debes fidelidad a ti mismo.

Diego sonrió.

—Es una forma de verlo —admitió.

Escuchó el zumbido de su teléfono móvil, que se había quedado en su habitación.

Cruzó el pasillo en dos zancadas y cerró la puerta detrás de él. Si era Cristina, no quería que la mujer con la que se acababa de acostar escuchara la conversación.

No era ella.

—La inspectora Pieldelobo —farfulló antes de contestar—. Mierda.

***

110

Llegaron a Olloki justo a tiempo de ver cómo la ambulancia se alejaba con Javier Sarasola en su interior. Pieldelobo y Vila cruzaron la puerta y se encontraron con Ortega en el límite del perímetro marcado por la científica. Buscó al inspector Domínguez con la mirada, pero no encontró su desagradable figura.

—¿Quién se encarga? —preguntó, señalando la escena del crimen con la cabeza.

—Asensio. Domínguez está con un homicidio, han encontrado un cadáver sin identificar en los lavabos de la estación de tren.

—¿Un homicidio? —preguntó Vila—. Menos mal que esta es una ciudad tranquila.

—La Tierra se está acelerando —respondió Marcela—, y eso nos dispara la agresividad.

El subinspector la miró con el ceño fruncido, intentando decidir si hablaba en serio o si estaba bromeando. Era demasiado pronto para saberlo, así que lo dejó pasar y se concentró en el caso.

—¿Has podido hablar con Sarasola? —le preguntó Marcela a Ortega.

—Apenas un minuto, pero los agentes que han atendido la llamada le tomaron declaración. Llegó a su casa directamente desde Jefatura y lo asaltaron en cuanto entró en la cocina. Dice que oyó una voz que le decía algo, no recuerda muy bien qué, y que acto seguido le dispararon. Lleva un balazo limpio en la pierna, entrada y salida. Tendrá problemas musculares, pero no ha afectado a huesos ni arterias.

—Ha tenido suerte —apuntó Pieldelobo.

—Ya lo creo.

—¿Cuántos atacantes? —siguió preguntando Marcela.

—Solo recuerda uno, el que le habló y supone que le disparó. Si había más, no los vio ni los oyó. Un hombre, pero de momento es incapaz de darnos una descripción.

Marcela se acercó un poco más al lugar en el que habían atacado a Sarasola. El charco de sangre empezaba a oxidarse por los bordes. El rastro granate le mostró los movimientos de la víctima: del lugar en el que había caído hasta los pies de la mesa, supuso que en busca de refugio, y de ahí a la puerta, donde de nuevo se había acumulado la sangre. Observó las huellas de policías y sanitarios, el tumulto alrededor del herido, las gasas manchadas, los restos de apósitos y los capuchones de las agujas hipodérmicas que habrían perforado el brazo de Javier Sarasola.

—¿Cámaras? —preguntó de vuelta junto a sus compañeros.

Ortega señaló un rincón de la cocina. En el techo, una cámara de formas redondeadas vigilaba sus movimientos.

—Hay otra en la entrada. La empresa de seguridad ya ha descargado las imágenes, las podremos ver enseguida. —Atendió el zumbido de su teléfono y alzó el pulgar—. Las tenemos —anunció—. Puso el móvil en horizontal sobre la palma de su mano y esperó hasta que las imágenes terminaron de cargarse—. Veamos.

Marcela y Diego acercaron sus cabezas a la de Ortega y se concentraron en las seis pulgadas de la pantalla. Avanzó la imagen hasta que una sombra se materializó en la cocina. Marcela se giró en busca del punto de acceso: el salón. Todo indicaba que estaban viendo a un hombre de constitución fuerte y al menos uno ochenta de altura, vestido de negro, con un pasamontañas cubriéndole la cabeza y guantes en las manos. El tipo se quedó pegado a la pared y apenas se movió hasta que Javier Sarasola apareció en escena un minuto después.

Sarasola encendió la luz, pero el asaltante estaba de espaldas y no pudieron apreciar ningún rasgo. Luego, un disparo y la víctima cayó al suelo con una mueca de terror en el rostro. El secuestrador apagó la luz, se acercó a la mesa, cogió la mochila y se giró hacia el salón para desaparecer de la imagen en el acto.

Sarasola tardó unos minutos en moverse. Lo primero que hizo fue buscar su móvil. La luz de la pantalla iluminó la sangre del suelo. Luego lo vieron arrastrarse hasta la puerta y apoyarse en el dintel. Ni rastro del asaltante o de otras personas hasta que las luces de emergencia tiñeron de azul la escena.

—¿Algo de la munición? —preguntó Marcela.

—Nada todavía. No hay casquillo, pero tenemos la bala. Te digo algo en cuanto pueda —respondió Ortega.

—No he visto al asaltante agacharse para recoger la vaina —apuntó Marcela.

Vila y Ortega asintieron y reiniciaron el vídeo.

112

—Voy a buscar el punto de acceso —dijo, y se alejó sin esperar respuesta.

Caminó atenta al suelo y a los muebles para no tocar ni pisar nada que pudiera contener una prueba. Al fondo, los cristales de las puertas que daban al jardín habían formado una alfombra en el suelo del salón. Regresó a la cocina, salió de la casa y dio la vuelta al edificio. El jardín solo era accesible desde el interior, de modo que el intruso tuvo que saltar el seto. No le pareció complicado para un hombre como el del vídeo. Se acercó a la fachada y buscó el sistema de seguridad. Lo encontró junto al garaje, accesible para accionarlo sin bajarse del coche. Una alarma sencilla que seguramente no incluiría sensores de movimiento. El panel no parecía forzado. Marcela sonrió para sí. El asaltante era un tipo listo.

Regresó a la cocina y se reunió con Vila y Ortega.

—¿Algo interesante? —preguntó Ortega.

—Muy interesante —reconoció—. ¿Salimos? Necesito un cigarro.

Los dos policías la acompañaron hasta la calle, donde buscaron cobijo del viento de la madrugada.

—El secuestrador, si damos por hecho que es él, se coló en el jardín en algún momento de la noche y esperó allí hasta que llegó Javier Sarasola, que desactivó la alarma para poder entrar. En ese momento, mientras la víctima todavía estaba en el garaje, nuestro hombre rompió el cristal de la puerta del salón y esperó en la cocina. El resto ya lo habéis visto. No sé si le disparó a propósito o fue fruto de las circunstancias. Sarasola no parece defenderse ni mucho menos atacar, pero nos falta su versión.

—Joder —exclamó Vila.

—Así es —admitió Marcela.

—Puede ser como dices, desde luego —reconoció Ortega—. Sencillo y eficaz, pero muy pensado. Un asalto como este no se improvisa.

—Está claro que lo tenían todo planeado, empezando por la farsa del monte Ezkaba y siguiendo con el robo del dinero. En ningún momento pensaron arriesgarse a una entrega del rescate convencional. Se han llevado el medio millón de una manera limpia, rápida y sin testigos ni apenas riesgo.

—¿Profesionales? —preguntó Vila.

Marcela se encogió de hombros.

—Profesionales, oportunistas… Quién sabe.

Ortega le echó un vistazo a su reloj.

—Me temo que el comisario se levantará en breve y empezará a dar por saco. Podemos descansar un rato o buscar un sitio en el que desayunar tranquilos.

—Desayunar, sin duda —respondió Marcela.

Vila asintió con la cabeza. No había pegado ojo, pero la adrenalina había vuelto a apoderarse de su cuerpo y sabía que no podría dormir, así que más le valía alimentarse al menos para aguantar la jornada.

—Tendremos que ir a un polígono industrial —propuso el inspector—, es el único sitio en el que encontraremos algo abierto a estas horas.

Aparcaron en una explanada llena de camiones y furgonetas de reparto de todos los tipos y tamaños. No les costó encontrar una mesa libre. El local era enorme, una nave industrial reconvertida en bar y restaurante abierto las veinticuatro horas del día, siete días a la semana. Huevos fritos, magras de jamón con tomate, lomo de cerdo a la plancha y una botella de vino que apenas tocaron. Terminaron con dos cafés dobles para Pieldelobo y Ortega y un té para Vila.

Los tres sonreían cuando salieron del restaurante.

—No hay nada mejor que un estómago satisfecho —aseguró Ortega palmeándose la barriga.

—El tuyo debe de estar feliz —respondió Marcela señalando la hilera de botones tirantes de la camisa del inspector. Encendió un cigarrillo y lanzó el humo al cielo.

—¿Y ahora? —preguntó Vila.

—Necesitamos la bala para empezar a buscar —dijo Marcela—. Y estar pendientes de la evolución de Sarasola para tomarle declaración. Los de Fugitivos ya se han coordinado con Policía Foral para revisar las cámaras de tráfico de Olloki. No sabemos cómo llegó y se marchó el agresor.

—Y hay que seguir buscando a Francisco Sarasola —les recordó Ortega—. Si damos por hecho que los secuestradores ya tienen el dinero, ahora la pelota está en su tejado. Ahora, o nos lo devuelven herido, o muerto.

—Pueden intentar hacerlo desaparecer —sugirió Vila.

—Desde luego —reconoció el negociador—, no sería el primer secuestro que termina mal y en el que nunca se ha recuperado el cuerpo.

Marcela sintió vibrar el móvil en el bolsillo de la chaqueta. Se alejó un par de pasos, descolgó y escuchó en silencio después de saludar. Luego colgó y se giró hacia sus compañeros. Respiró hondo y expulsó todo el aire antes de hablar.

—No será en este caso. Han encontrado a Francisco Sarasola.

17

Las tres de la madrugada es una hora estúpida; la hora del desvelo, de comer a hurtadillas para calmar la ansiedad, de dar vueltas en la cama en busca de un descanso que no termina de llegar. Es la hora de los sueños más profundos, sin movimientos oculares ni sacudidas de los músculos. Sueños que pueden convertirse en pesadillas, sueños premonitorios de desgracias propias o ajenas.

Valeria Huguet seguía despierta a las tres de la madrugada, sentada en una butaca en su dormitorio, completamente vestida y despejada. Lo había visto en las cartas. El Mago, el Carro, el Mundo y el tres de espadas. Y la Luna, ella, sola. Y lo vio también en su sueño, el primero y el único de esa noche, poco después de acostarse. Vio a Francisco decirle adiós con la mano levantada. No sonreía, solo se alejaba por un camino de grava fina. Luego bajó la mano y desapareció.

Llevaba desde entonces esperando, preparada, con el bolso en el regazo y el abrigo sobre la cama. Por eso no se sorprendió cuando el teléfono sonó a las tres de la madrugada. Cerró los ojos un instante, respiró profundamente y se puso de pie antes de contestar.

—Sí —dijo sin más.

El resto fue justo lo que esperaba.

Nadie hablaba alrededor de la larga zanja en la que dos cazadores habían encontrado el cadáver de Francisco Sarasola. Solo algún paso apresurado o el crepitar de las bolsas de papel en las que se etiquetaban las evidencias encontradas rompían el silencio de la noche. La acequia, húmeda y embarrada, tenía menos de un metro de profundidad, pero se prolongaba de una finca agrícola a la siguiente en un curioso serpenteo interrumpido de vez en cuando por unas compuertas rústicas que debían abrirse y cerrarse a mano para dejar pasar el agua o cortar el caudal una vez regado el terreno, la mayoría pequeñas huertas de recreo, a excepción del espacio en el que se encontraban en ese momento.

Una decena de agentes peinaban un amplio perímetro de terreno sembrado. Avanzaban despacio, con las linternas apuntando al suelo cubierto de brotes verdes con flores amarillas.

—¿Qué es eso? —preguntó Vila señalando la tierra. Tenía los ojos rojos y la voz congestionada.

—Colza —respondió Pieldelobo—. Para hacer aceite o para forraje, supongo.

—Me da alergia —se quejó el subinspector.

—Pídele una mascarilla a la Reinona.

Vila miró hacia donde Marcela señalaba con la cabeza. El inspector Domínguez permanecía quieto y erguido sobre la zanja, controlando los movimientos de su equipo y tomando notas de vez en cuando. Como si supiera que hablaban de él, justo en ese momento levantó la vista y la clavó en ellos. Luego les hizo un gesto con la mano para que se acercaran.

—Tiene sentido arácnido —murmuró Vila.

Marcela sonrió. El nuevo empezaba a caerle bien.

—Este hombre no ha muerto hoy —dijo Domínguez cuando se situaron a su lado—. Como mínimo, falleció ayer. Lo veremos más tarde. Una forense recién llegada se encargará de la autopsia, quizá prefiera tratar con ella directamente. —La Reinona clavó en Marcela sus ojos oscuros—. Entre mujeres se entienden mejor, ¿no?

Domínguez dibujó una sonrisa burlona en sus labios y esperó la reacción a su pulla.

—Trataría con el mismísimo demonio con tal de no verte la cara —respondió Pieldelobo sin retirar la mirada.

—No me tutee —escupió Domínguez.

—Solo trato de usted a quien respeto, y no es el caso. ¿Algo más? —preguntó a continuación, girándose hacia la zanja.

Los párpados del inspector se amorataron aún más, igual que sus protuberantes labios y la piel de la cara, habitualmente sonrosada. Inclinó la espalda para acercarse a la cabeza de Marcela y le habló despacio, casi al oído.

—Elija bien sus enemigos, inspectora. El infierno le parecerá un parque de atracciones si me toca los cojones.

Marcela giró el cuerpo para situarse de frente al inspector, que irguió el torso y recuperó su imponente altura.

—Eres muy desagradable, Domínguez. Mucho. Los agentes echan a suertes trabajar contigo. El que pierde, te acompaña. Eres mala persona, y ni siquiera lo compensas siendo un buen policía. Lárgate de mi vista cuanto antes. —Levantó la mano cuando Domínguez abrió la boca para hablar—. Sé que presentarás una queja, de verdad que lo sé, pero si quieres podemos abrir el melón del sexismo en el trabajo. Es un tema delicado, ¿no crees? Los jefes están muy concienciados con este asunto, y lo que acabas de decir sobre las mujeres no ha sido nada afortunado.

Pieldelobo y Vila observaron a Domínguez mientras este se alejaba en dirección a los coches con el teléfono en la mano.

—Te la va a liar —comentó el subinspector.

—No será la primera vez —respondió ella. Luego se giró hacia el nuevo y sonrió de medio lado—. Tranquilo, esto no te va a salpicar.

Hundió las manos en los bolsillos del abrigo y se concentró en los lentos movimientos de los agentes de blanco mientras Vila intentaba averiguar qué gesto había delatado sus pensamientos.

En una cosa tenía razón Domínguez: la nueva forense era justo el tipo de persona con la que Marcela estaba encantada de tratar. Directa, educada, enemiga de los tecnicismos innecesarios, concienzuda y muy buena en su trabajo.

La doctora Emilia Sastre no había cumplido los cuarenta, y aunque se le notaba el esfuerzo por domesticar su acento andaluz, no podía evitar que de vez en cuando le bailaran las eses y las ces. Bajita y rotunda, con la cara morena llena de pecas y unos vivaces ojos oscuros, la recibió con una sonrisa y la mano extendida. Otro punto para ella: no era de las que se lanzaban a dar dos besos a cualquier desconocido.

Se sentaron una a cada lado de una pulcra mesa de escritorio en un despacho pequeño pero bien aprovechado, sin adornos superfluos, macetas ni fotos familiares.

—Me han hablado de usted —empezó la doctora Sastre.

—Mal, supongo —medio bromeó Marcela.

La forense sonrió.

—No suelo dar crédito a las habladurías, así que tranquila. —Acto seguido abrió una de las carpetas y extendió sobre la mesa las imágenes de la autopsia de Francisco Sarasola—. Una agonía larga y una muerte cruel —empezó—. Calculo que la víctima murió unas cuarenta horas antes de ser encontrada.

—Le dispararon en la espalda —comentó Marcela. Extendió la mano y cogió la foto que mostraba un pequeño agujero de bala en la base del cuello. No era una herida reciente, las quemaduras que provoca la pólvora casi habían desaparecido, igual que las muescas del impacto al perforar la piel.

—La bala impactó en la C7 y la seccionó limpiamente. Imagino que en ese mismo momento la víctima se desplomaría como un saco y ya fue incapaz de moverse por sí mismo. Apenas podría mover el cuello, y desde luego habría quedado incapacitado para controlar las extremidades inferiores y superiores, el tronco, etc.

Marcela estudió las imágenes de la ropa de Sarasola. El tejido había empapado una gran cantidad de sangre, pero nada hacía pensar que se hubiera desangrado.

—El disparo no lo mató —apuntó Marcela a media voz.

—No, no lo hizo —reconoció la doctora—. La víctima murió por deshidratación. La pérdida de sangre ayudó a acelerar el desenlace, pero la herida de bala no era mortal, al menos no por sí sola.

—Los secuestradores amenazaron con no darle de comer ni de beber si no se les entregaba el rescate.

—Pues cumplieron su palabra —corroboró Emilia Sastre, y acercó un nuevo documento a Marcela, una tabla de contenido indescifrable para ella—. El estómago estaba completamente vacío, apenas encontramos restos de alimentos o residuos en tránsito. Me atrevería a decir que llevaba al menos cuatro días sin comer ni beber. Eso, unido a la pérdida de sangre, precipitó el final.

Marcela calculó que el secuestro y la agresión debieron producirse el mismo viernes, el último día que fue visto con vida. Cerró los ojos un instante y se concentró en las imágenes de su cabeza. Desconocía dónde habían interceptado los secuestradores a Sarasola, dónde lo habían retenido, cómo lo habían llevado hasta allí y después hasta la zanja. Demasiados interrogantes.

Cuando volvió a abrirlos, la forense había colocado otra foto sobre las que había extendido en la mesa.

—Extrajimos la bala de la vértebra —continuó—. No fue fácil —añadió ladeando la cabeza—. Lo que nos costó menos fue identificarla. —Adelantó la foto hasta situarla junto a las manos de Marcela—. Es una GECO 9 mm Luger Hexagon, una munición utilizada casi exclusivamente en el tiro olímpico con pistola. Su principal característica son estas seis estrías en la punta —añadió, golpeteando la foto con el índice— que ayudan a estabilizar la trayectoria del proyectil en condiciones adversas. —Sacó su móvil del bolsillo de la bata blanca, trasteó unos segundos con él y lo colocó junto a la foto—. Este proyectil —siguió, señalando la imagen de la pantalla— es igual al que extrajimos del cadáver. La foto me la ha enviado el inspector Asensio, es la bala que ha herido al hijo de la víctima —añadió.

—Interesante —dijo Pieldelobo sin más.

—Sí, yo también lo creo —sonrió la doctora.

Marcela aparcó en el lateral del edificio de la comisaría y apagó el motor. Luego tuvo que hacer acopio de toda su fuerza de voluntad para salir del coche. Había perdido la cuenta de las horas que llevaba despierta. ¿Qué día era hoy? ¿Miércoles, jueves?

En recepción, Matías la informó de que la esperaban en la sala de reuniones de la primera planta.

—¿Quién está? —preguntó.

—El jefe de brigada, el nuevo y un par de forales —enumeró el agente, que tenía sobre el mostrador su sempiterno cuaderno de sudokus y un bolígrafo.

—¿Ya no los haces con lápiz? —le lanzó Marcela con una sonrisa.

—¡Ya no hago trampas! —rio él.

Golpeó en la puerta con los nudillos y abrió sin esperar respuesta. Allí estaban el subinspector Diego Vila, el jefe de brigada Sanvicente, un agente de la Policía Foral al que no conocía y, de paisano, el inspector Andueza. Damen. Marcela le dedicó una breve sonrisa y se sentó en la silla libre entre él y Vila. Sintió los dedos de Damen apretar brevemente su antebrazo bajo la mesa.

—Inspectora —empezó Sanvicente—, sé que están siendo unos días duros, así que vamos al grano para que el subinspector y usted puedan descansar un poco. Bien, ¿novedades?

Pieldelobo resumió la conversación que acababa de mantener con la forense y mostró copias de las fotos que Emilia Sastre le había dado.

—La bala es del mismo tipo que la que atravesó la pierna de Javier Sarasola —explicó.

—Encontramos un pequeño armero portátil en la finca de Sorauren —siguió Vila—. Estaba vacío, pero llevaba impreso el logo de la Federación Navarra de Tiro en la tapa y el troquelado de la espuma podría coincidir con ese tipo de arma.

—Arma que sigue sin aparecer —apuntó el jefe de brigada.

—Así es —reconoció Marcela—. ¿Se sabe algo del dron? —preguntó a continuación.

—Por eso está aquí la Policía Foral. Ellos llevan un registro de todos los drones con permiso para volar en Navarra y de las personas con autorización para hacerlo. Inspector Andueza… —invitó Sanvicente.

Damen abrió el portafolios que descansaba sobre la mesa y echó un rápido vistazo a los datos anotados.

—En estos momentos —empezó— hay más de mil cien operadores de drones autorizados en Navarra, veinte veces más que hace cinco años. El problema no es localizar a estas personas, sino dar con los cientos de aficionados que operan sin licencia, gente que compra un aparato y lo modifica para convertirlo en profesional. En este caso podríamos estar hablando de otro millar de personas.

—Más de dos mil personas… —musitó Vila.

—Así es. No todo el mundo sabe que es necesario pasar una serie de pruebas y obtener una licencia para manejar un dron, muchos piensan que es algo así como un juguete, pero un dron tiene muchas utilidades, y no todas lícitas.

—¿Has podido ver las imágenes del que nos atacó la otra noche? —preguntó Marcela—. Aunque no fue exactamente un ataque… —matizó.

—Lo sé. Sí, nuestro equipo ha analizado las imágenes y ha consultado con la Agencia Estatal de Seguridad Aérea. El vídeo no era muy bueno por culpa del humo, pero han determinado que ese dron no es un modelo que se comercialice tal cual, sino que lo han modificado para transportar y dejar caer pequeños objetos.

—Como botes de humo —añadió Pieldelobo.

—Así es —siguió Andueza—. Y suponemos que el ruido de disparos lo consiguieron con un sencillo altavoz y una grabación activada con un mando a distancia.

—¿Quién es capaz de modificar un dron comercial y convertirlo en lo que nos atacó en el monte? —siguió Marcela.

—Por desgracia para nosotros, mucha gente. Casi cualquier graduado en Ingeniería Mecánica, Electrónica o Aeroespacial es capaz de hacerlo, igual que los técnicos de Formación Profesional de esas ramas, por no hablar de los que trabajan en el sector y de los aficionados hábiles. Hay críos realmente mañosos en todo lo que se refiere a la electrónica, y no olvidemos los tutoriales que pueden encontrarse en Internet. Literalmente, cientos de ellos.

—Esto no es de gran ayuda…

—Lo sé, lo siento. Lo sería más si tuviéramos el aparato, podríamos hacer un seguimiento de las piezas. De momento, estamos hablando con los suministradores habituales de *gadgets* para drones. Ese aparato cuesta mucho dinero, suponemos que habrán recurrido a proveedores de calidad.

El jefe de brigada pasó al siguiente tema, pero el cerebro de Marcela se negó a seguir el hilo.

—¿… ahora, inspectora?

Pieldelobo volvió al presente de golpe, ayudada por el codazo que el subinspector Vila le propinó con disimulo.

—Tenemos intención de volver a interrogar a la familia Sarasola, empezando por el primogénito. Además, considero necesario activar una orden de busca para la amante de Francisco Sarasola, Marianela Parra. Tanto ella como José Luis Cambra desaparecieron poco después de conocerse el secuestro del señor Sarasola.

—Me parece bien —respondió Sanvicente—. La tramitaré ahora mismo. Una última cosa —añadió ya de pie—. La señora Huguet acudirá al Anatómico Forense para la identificación del cadáver dentro de una hora. Después los espera en su domicilio. Inspectora Pieldelobo, ¿se encuentra en condiciones de dirigir el interrogatorio? Puedo posponerlo a mañana, si lo prefiere.

—Gracias, jefe, pero estoy bien.

—De acuerdo. Entonces, tras el encuentro con la señora Huguet, tómense libre hasta mañana a mediodía.

En el pasillo, Marcela sintió el calor de la mano de Damen en su espalda. Se movió hacia atrás para intensificar el contacto.

—Te invito a comer —dijo él.

Marcela sonrió y asintió. En esos momentos, comer y descansar le sonaba a estar en el paraíso.

18

Eligieron plato de cuchara. Pochas, ajoarriero y arroz con leche. Marcela se llevaba la comida a la boca despacio, casi con desgana, a pesar de estar disfrutando de cada bocado. Le gustaba aplastar las mantecosas alubias blancas contra el paladar y deleitarse con la sensación de tener la boca llena de aromas, de calor, de tiempo.

Damen la observaba desde el otro lado de la mesa. Fruncía ligeramente el ceño y tenía los ojos más oscuros que de costumbre. Su mano derecha viajaba suave del plato a sus labios. La izquierda se estiró sobre el mantel inmaculado hasta alcanzar la de Marcela, lasa, exhausta e inmóvil.

Marcela levantó la cara y le devolvió la sonrisa.

—Estás agotada —afirmó Damen.

Pieldelobo se reclinó en la silla mientras el camarero retiraba los platos y suspiró.

—Todo está yendo muy rápido —reconoció—. Tengo la sensación de que voy de un lado a otro sin rumbo, atolondrada, dando palos de ciego, y eso me saca de quicio. Nos han tomado el pelo, se ríen de nosotros en nuestra cara. —Marcela cogió la taza de café y se la acercó a la nariz—. Tienen el dinero, nos han devuelto un cadáver y no tenemos ni idea de quién o quiénes son.

—La investigación acaba de empezar —le recordó Damen.

—Nuestro trabajo era evitar que mataran a Francisco Sarasola, encontrarlo vivo, y hemos fracasado. Sé que seguramente ya estaría muerto cuando empezamos a buscarlo —añadió para atajar la protesta de Damen—, pero dudo que hubiéramos dado con él. Y lo del dron… —Suspiró y se terminó el café—. Qué ridículo más espantoso.

Marcela recuperó su mano de entre los dedos de Damen y recolocó los cubiertos sobre la mesa. Luego el vaso, la copa y la servilleta, todo con la mirada baja y una profunda arruga vertical en el centro de la frente.

—¿Has acabado ya de fustigarte? —Damen sonreía.

—Yo no le veo la gracia —bufó ella.

—Yo tampoco. —Damen adelantó el cuerpo para acercarse un poco—. ¿Sabes lo que pasa cuando te enfadas? —Marcela levantó la vista y lo miró interrogante—. Comienzas a producir cortisol y adrenalina, la sangre que debería nutrir a tu estómago se concentra en los músculos, por lo que tienes dolor abdominal y los miembros agarrotados; aumenta la presión arterial, las pupilas se dilatan, la frecuencia cardíaca aumenta y la respiración se vuelve superficial y rápida, lo que puede hacer que te marees. Cabrearse no es bueno para la salud —concluyó con una sonrisita de suficiencia.

Marcela abrió mucho los ojos y dejó que su boca se curvara hacia arriba.

—¿De dónde has sacado tú eso? —preguntó por fin.

—De una charla sobre el control de la ira. Lo siento, pero cuando el instructor llegó a esta parte no pude evitar pensar en ti. La apunté y la memoricé para soltártela en el momento adecuado —sonrió.

—¿Una charla para controlar la ira? Pero ¿qué tipo de agentes sois vosotros?

Damen se encogió de hombros.

—No quieren que nos liemos a porrazos en las manifestaciones, y todos temen una primavera caliente.

Marcela movió la cabeza de un lado a otro.

—El dinero nos ha domesticado —dijo de nuevo seria—. Lo único que queremos es que nos dejen como estamos. Nada de líos, nada de huelgas, nada de nada. Nos recortan el sueldo, las prestaciones, nos meten más horas, nos jubilamos más tarde, y nosotros como si nada, tragando y tragando.

Damen asintió y volvió a cogerle la mano un momento.

—Pago yo —dijo con una nueva sonrisa.

Cambiaron el paseo por un banco al sol en el parque de Yamaguchi. Grupos de jóvenes charlaban y escuchaban música sentados en la hierba. Los ancianos preferían la seguridad de los caminos asfaltados. Al fondo, el parque infantil y el planetario disfrutaban de sus últimos minutos de silencio y soledad antes de que los colegios terminaran la jornada y lanzaran a la calle una horda vociferante de niños y niñas que no aguantaban ni un minuto más entre cuatro paredes.

Marcela encendió un cigarro, cerró los ojos y levantó la cara para recibir la caricia del sol. Cientos de lucecitas naranjas se movieron detrás de sus párpados. Sintió el viento suave revolviéndole el pelo y jugando con su camisa. Y deseó poder tumbarse allí mismo y descansar.

—¿Cuánto tiempo crees que necesitarás con la viuda?

Marcela se encogió de hombros sin abrir los ojos mientras daba una larga calada a su cigarrillo.

—Depende de lo colaboradora que esté. Una hora como máximo, supongo. O eso espero…

—Si te apetece, puedo llevarte a Zugarramurdi después. Tienes libre hasta mañana a mediodía.

—Sería fantástico —susurró Marcela.

—Hecho, entonces. Yo me ocupo.

Valeria Huguet se sentó en su habitual sillón a esperar la llegada de la policía. Se recostó en los cojines y cerró un momento los ojos. Pensó que hacía muchos años que nada era como ella esperaba. Se recordó a sí misma recién cumplida la mayoría de edad. Se vio con la cabeza alta, la melena larga, rizada, brillante, el cuerpo como un junco, la risa fácil. Francisco se acercó a ella en un bar. Era mucho mayor que ella, pero eso no le impidió cortejarla hasta conseguir su objetivo. Nunca supo ni quiso decirle que no a nada. A alargar la hora de volver a casa por las noches a pesar del enfado creciente de sus padres, los castigos que nunca cumplían y la amenaza de dejarla sin dinero. A pasar la tarde con él, aunque eso supusiera no estudiar, no asistir a clase, no ver a sus amigos. A escaparse de casa para pasar el fin de semana a solas con él en la finca de Sorauren. Aceptó el tipo de sexo que a él le gustaba, toleró que la grabara, vestirse a su gusto, incluso utilizar el perfume que él le elegía.

Cuando su padre se presentó en la empresa de Francisco y le montó un numerito, le costó poco convencerla de que los dos estarían mejor si ella se instalaba en un apartamento que tenía vacío. Lo hizo, y allí vivió solo para esperarle. Cada mañana, cada tarde, cada noche. Podía llegar en cualquier momento, y ella siempre era feliz cuando oía la puerta. A veces salían a cenar, pero cada vez con menos frecuencia. A Francisco le gustaba llegar, follársela, echar un trago y marcharse a su casa. Y ella sonreía.

Sentada en el sillón, Valeria pensó que fue precisamente esa sonrisa y esa falta de exigencia de ningún tipo lo que decidió la balanza a su favor. Un día, Francisco entró en el apartamento y, en lugar de llevarla a la habitación, se sentaron en el sofá y él le contó que su mujer era historia, que iba a empezar una nueva vida y que un hombre como él necesitaba a una mujer como ella a su lado.

¿Una mujer como ella? Guapa, callada, sonriente y complaciente. No lo dijo con palabras, pero Valeria lo supo entonces como lo sabía ahora, y no le importó. Sonrió una vez más, lo besó y, entonces sí, la llevó al dormitorio.

Esperó una plácida vida doméstica, pero todo cambió cuando se quedó embarazada. No era lo que Francisco esperaba, él ya tenía dos hijos, pero Valeria se negó a abortar. Lloró, suplicó e hizo promesas que él le recordó a diario. «Nada cambiará entre nosotros, yo me ocuparé del bebé, me ligaré las trompas para que no vuelva a ocurrir…».

Pero todo cambió, y Francisco empezó a pasar las tardes fuera, y alguna noche, y varios fines de semana. No mentía. Cuando le preguntaba dónde había estado se limitaba a sonreír de medio lado y a levantar las cejas en un gesto obvio.

De eso hacía ya dieciocho años. Siguió sonriendo a su lado en los eventos, cenaban juntos de vez en cuando y se la follaba cuando a él le apetecía, y ella nunca decía que no.

Ahora, todo eso había cambiado para siempre.

Lo había visto muerto, un despojo de carne amarillenta que en nada recordaba a Francisco Sarasola. Pero era él. Insistió en verlo. La forense pretendía mostrarle unas fotografías en su despacho, pero ella exigió su derecho a comprobar que el cadáver que allí tenían era efectivamente el de su marido.

Lo era. Tenía la boca abierta y ladeada, un morado en la cara y arañazos en el hombro. No se lo mostraron completo, pero se imaginó el resto. Conocía ese cuerpo como la palma de su mano, y la alegraba saber que no volvería a verlo nunca más.

—No tuvo una muerte fácil —murmuró para sí ante la camilla.

—No, no debió serlo —corroboró la doctora—. Lo siento mucho.

Marcela se despidió de Damen en el parque y caminó hasta el domicilio de Valeria Huguet. El nuevo ya estaba allí cuando llegó. No tenía mejor aspecto que ella. La esperaba apoyado en el coche, con las manos en los bolsillos del pantalón y la cabeza baja.

—¿Estás dormido? —le preguntó cuando llegó a su altura.

—Por los pelos —respondió Vila con voz ronca.

La propia Valeria Huguet les abrió la puerta y los precedió hasta el salón, donde volvió a sentarse en el mismo sillón. Marcela prefirió quedarse de pie. Una superficie mullida era lo último que necesitaba en esos momentos.

—Sentimos mucho que las cosas hayan acabado así —empezó Marcela—. Nuestros esfuerzos se concentran ahora en encontrar a los culpables.

—¿Cree que ha sido más de una persona? —preguntó Valeria con voz ondulante.

—No lo sabemos con certeza —reconoció Pieldelobo—. Estamos redirigiendo la investigación y recabando todos los datos…

—Me irán informando, ¿verdad? —la cortó Valeria Huguet.

—Por supuesto. —Marcela frunció el ceño—. Tengo que insistir en la necesidad de que accedamos al despacho de su marido, ahora más que nunca.

Valeria imitó el gesto de la inspectora y la miró unos instantes.

—Tengo que pensarlo —respondió por fin.

—Puede haber indicios que nos conduzcan hasta su asesino.

—¿Ahora solo es uno? —se burló Valeria.

—Ya le he dicho que no lo sabemos con certeza, y si usted se empeña en seguir obstaculizando la investigación, es posible que no lo sepamos nunca.

—Lo pensaré —repitió— y la avisaré de mi decisión.

—Podemos pedir una orden judicial —lanzó Marcela.

Valeria se encogió de hombros.

—Hagan lo que consideren oportuno. —Se levantó del sillón y se acercó a la ventana. El sol vespertino se reflejó en las lentejuelas de su vestido—. ¿Saben? En realidad no me importa que cojan o no al asesino. O asesinos —añadió—. Francisco está muerto, ese es el único dato que me importa. Lo demás… —Agitó la mano en el aire y luego la dejó caer junto a su costado—. Estoy segura de que ustedes harán su trabajo.

—No lo dude —zanjó Marcela, que le hizo un gesto a Vila para que se levantara de su asiento—. Piense rápido y llámeme cuanto antes. Por favor —añadió cuando ya se dirigía hacia la puerta.

Valeria Huguet cerró la puerta y se giró hacia el vestíbulo. Estiró el brazo hasta que sus dedos rozaron la pared. Acarició despacio el papel pintado que cubría los muros y siguió hasta el primero de los cuadros, una escena de caza en la que un ciervo era abatido por un hombre armado. Cogió el cuadro, lo descolgó y lo dejó en el suelo, apoyado en la pared. Hizo lo mismo con el siguiente, un bodegón de perdices y faisanes, y con el último, una fotografía coloreada a mano en la que su marido…, su difunto marido posaba con una enorme escopeta en una mano y un jabalí a sus pies.

En el salón, descolgó todos los cuadros y los dejó sobre el sillón en el que se sentaba Francisco. Añadió después una buena pila de libros y dos cajas de vídeos.

Entró en el baño como un torbellino. Abrió el armario de la derecha y sacó cremas, pastas, cepillos, lociones, cortaúñas, pastillas, sobres, toallitas, bálsamo labial, perfumes y el espray que utilizaba para que le brillara el pelo. Lo dejó todo dentro del primer lavabo del mueble doble, el de Francisco, y lo cubrió con la toalla que estaba usando cuando se marchó.

Estaba sudando, pero no se detuvo. Entró en el dormitorio conyugal y abrió de par en par el armario de Francisco. Descolgó todas las perchas y tiró la ropa al suelo. Chaquetas, americanas, camisas y pantalones. Vació los armarios y el mueble zapatero, volcó el contenido de los cajones de la cómoda y la mesita de noche y se agachó para buscar las zapatillas debajo de la cama. Las sacó, pero no se levantó. Detrás, al fondo, había una caja metálica plateada. Necesitó tumbarse en el suelo y estirar la mano para alcanzarla. Sacó el armero portátil, lo abrió y observó la espuma troquelada vacía. Sonrió de medio lado, la cerró y la dejó junto al resto de la basura de la que pensaba deshacerse de inmediato.

Salió y se detuvo en la puerta del despacho. Tenía la respiración acelerada y sudaba debajo del vestido de seda. Sabía lo que necesitaba y sabía dónde encontrarlo. Entró decidida y se dirigió a la caja fuerte del fondo. Conocía la combinación, por supuesto que la conocía, pero no podía permitir que la policía hurgara en las intimidades de la familia antes de que ella tuviera tiempo de poner orden.

Sacó todas las carpetas del interior de la caja y las dejó sobre la mesa de escritorio. Francisco era metódico etiquetando y clasificando sus papeles. Se vanagloriaba de que nunca había perdido ni un solo documento. Encontró la que buscaba: disposiciones finales. Hacía mucho tiempo que su marido había hecho testamento. Ponía a su hijo mayor al frente del negocio con el treinta y cinco por ciento de las acciones, legaba a Sergio y a Max el veinticinco por ciento a cada uno y, oh, sorpresa, le dejaba a ella un suculento quince por ciento de la empresa. Encontró también el documento por el que se convertía en propietaria de la casa en la que vivía a partir de ese momento y, por fin, el papel manuscrito que estaba buscando.

Hacía un par de años, Francisco la llamó un día a su despacho. Había redactado sus últimas voluntades y quería que ella firmara como testigo.

—No hace falta que lo leas —le dijo—, firma abajo y punto.

Ella obedeció. No había nada que temiera más que su ira. Pero al día siguiente, cuando Francisco se marchó, abrió la caja, buscó el documento y lo leyó. Controlador como siempre, su marido había dejado por escrito cómo quería que fuese la despedida tras su muerte. Misa en la catedral, el orfeón, las autoridades en las primeras filas, junto a la familia. Su exmujer podía acudir, pero se quedaría en los bancos centrales, nunca en los delanteros. Javier leería el panegírico, y el presidente del Colegio de Arquitectos, al que pertenecía a pesar de no haber ejercido nunca la profesión, lo despediría como el gran profesional que había sido. Deseaba ser incinerado y que sus cenizas reposaran en un panteón de su propiedad.

Valeria terminó de leer el documento, lo cogió con las dos manos y lo hizo pedazos. Lo rompió en dos, en cuatro, en ocho partes, hasta que los trozos fueron tan pequeños que no pudo sostenerlos entre los dedos. Apretaba los dientes y su frente brillaba. Temblaba de arriba abajo. Las piernas, el estómago, los brazos, el pecho. Sentía sus carnes liberarse por fin en este último gesto.

Llevó los pedazos al salón, cogió un jarrón vacío y los metió dentro. Buscó un encendedor en su bolso, prendió el que le quedaba en la mano y lo lanzó también. Pronto, los papeles fueron pasto de las llamas. Se encendió un cigarrillo mientras veía cómo el fuego consumía la voluntad de Francisco.

—Fumaré cuando quiera —dijo en voz alta—, viviré como quiera en mi casa, educaré a mi hijo… y te enterraré como me dé la gana. La última voluntad será la mía. Cuánto has tardado en morirte, hijo de puta.

19

Marcela no estaba segura de si el hecho de que Damen se hubiera encargado de todo le gustaba o le molestaba. Había comprado comida y bebida para preparar una suculenta cena y una buena comida al día siguiente; se preocupó de que no faltara café y llamó a Antón para que encendiera la calefacción un par de horas antes de que ellos llegaran. Como si fuera su casa, salvo que no lo era.

Navegaba entre el agradecimiento y el enfado, la necesidad de sonreír y las ganas de preguntarle quién le había pedido ayuda. Sabía que Damen solo quería cuidar de ella, agotada después de cuatro días de intenso trabajo y escasas horas de sueño, pero sospechaba que él era siempre así, que estaba acostumbrado a decidir qué era mejor para los demás. Con su mejor intención, pero eran sus decisiones. Y Marcela tenía muy mal obedecer.

Damen condujo en medio de un silencio satisfecho, a juzgar por la sonrisa que asomaba de vez en cuando a su cara. Con Fito Cabrales de fondo y serpenteando despacio en las cerradas curvas del puerto, Marcela se esforzó por deshacerse del cabreo y disfrutar de sus horas libres. Pensó en el fantástico menú que a buen seguro Damen prepararía, en la botella de vino que escogería de su bodega. Pensó en Antón, en su sonrisa y en sus historias, y en Azti, ese perro loco que la obligaba a pasear más de lo que lo había hecho nunca.

Si lo pensaba bien, Azti era el único ser vivo al que Marcela cuidaba. No tenía plantas ni otras mascotas; no había hijos, madre, padre ni familiares que la necesitaran; nada de marido ni de amigas o amigos exigentes. Muchos conocidos, sí, alguno al que incluso apreciaba, pero amigos que pudieran llamarse así… Quizá Miguel Bonachera, pero ahora estaba lejos. Quería a Antón, pero no tenía que cuidarlo, y tampoco a Damen, que era completamente autosuficiente. Solo Azti dependía de ella, y ni siquiera del todo, porque Antón se ocupaba de él cuando ella estaba en Pamplona. Sí, el perro también sobreviviría sin ella.

«Qué poco vales, Pieldelobo», pensó.

Azti empezó a ladrar antes incluso de que apagaran el motor del coche. Antón lo había dejado dentro de la casa. El perro saltó sobre ellos en cuanto abrieron la puerta. Marcela se agachó y le acarició la cabeza y el lomo, negro como la noche, mientras Azti se revolvía contento, intentaba lamerle la cara y movía la cola con fuerza.

—Perro loco —rio Marcela—, cada día estás peor.

Azti brincó un par de veces y la siguió al interior. El sol de la tarde calentaba la fachada e inundaba de luz la planta baja. Marcela abrió la puerta acristalada que daba al jardín y salió con el perro pegado a su pierna. Encendió un cigarro y lanzó el humo con fuerza. El jardín necesitaba un buen repaso. El césped había crecido mucho en unas zonas, poco en otras y estaba plagado de dientes de león, margaritas y otras hierbas que era incapaz de identificar. Del seto surgían ramas indómitas y algún topillo se había entretenido haciendo hoyos aquí y allá. Se prometió a sí misma encargarse de todo en cuanto tuviera unos días de vacaciones.

Apagó el cigarro en el ladrillo que hacía las veces de cenicero y regresó al interior. Damen trajinaba en la cocina. Había guardado el contenido de las bolsas y estaba sirviendo dos copas de vino sobre la encimera.

—¿No es muy pronto para ti? —bromeó Marcela.

Damen levantó su copa y brindó hacia ella. Marcela cogió la suya y probó el vino. Serio, oscuro, contundente. Sonrió y se acomodó en un taburete alto al otro lado de la barra para observar a Damen, que estaba llenando la encimera de alimentos y utensilios.

—He estado dándoles vueltas a las vacaciones —empezó Damen mientras troceaba un enorme lomo de bacalao fresco. Al lado había dispuesto una cerveza tostada, harina y un huevo. Marcela lo observó con curiosidad. Ese hombre era un pozo de sorpresas—. Quizá un mes entero sea mucho tiempo para estar viajando.

—Lo es —aseveró ella.

—De acuerdo, de acuerdo, pero ¿qué me dices de tres semanas? Podemos hacer una especie de *tour* de Francia. Subimos por las Landas hasta Bretaña y de ahí a Normandía, bordeamos la frontera con Bélgica, Luxemburgo, Alemania y Suiza y bajamos desde Niza por Marsella, Montpellier y Perpiñán hasta la muga con Cataluña. Podemos regresar por un lado u otro de los Pirineos.

Marcela había dejado de escuchar en Luxemburgo. Tres semanas de un lado a otro, durmiendo en hoteles, comiendo fuera, caminando kilómetros y kilómetros para disputarse con otros cientos de turistas unos segundos frente a un monumento, una montaña o una fuente, escuchando explicaciones que olvidaría al instante, intentando hacerse entender en un idioma extraño… No. Simplemente, no podía. No quería.

—Estoy tan cansada que no puedo pensar más allá de la cena y la cama —se excusó. Por suerte, Damen estaba demasiado entretenido con el bacalao como para descubrir la mueca que dibujaron sus labios.

—No te preocupes —respondió él—, yo me encargo de todo. Tú solo tendrás que sentarte en el coche y disfrutar del paisaje.

Él se encarga de todo. De todo, como siempre.

Vila decidió descansar un par de horas antes de viajar a Logroño. Pasaría el poco tiempo libre del que disponía con su mujer, así al menos dormirían juntos una noche. Sin embargo, las cosas no siempre salen como uno planea.

Ni siquiera se duchó cuando llegó al piso. Fue directo a su habitación, bajó la persiana y se quitó la ropa a los pies de la cama. Tampoco encendió la luz, le bastaba con la que llegaba del pasillo, al menos hasta que una sombra alargada se situó en el umbral.

Diego se giró despacio. Lucía lo miraba apoyada en el dintel. Sonreía mientras esperaba una invitación para entrar. Diego alargó la mano y ella avanzó sin pensarlo. Luego cerró la puerta y eliminó la distancia que los separaba.

Dos horas después estaba en el coche, recién duchado, relajado y sonriente. Ni siquiera se sentía cansado, y mucho menos culpable. Le sorprendió descubrir esa nueva faceta de su personalidad. Intentó sentir remordimientos, estaba convencido de que era lo que tenía que hacer, lamentar lo sucedido y jurarse a sí mismo que nunca volvería a ocurrir, pero no era capaz. El recuerdo de Lucía le provocaba una erección inmediata y un cosquilleo mucho más intenso del que su mujer le había hecho sentir jamás. Respiró despacio para intentar controlar la tirantez de sus pantalones.

Mientras conducía por la autovía en dirección a casa tomó dos decisiones: la primera, disfrutar cuanto pudiera de la situación; la segunda, buscar una habitación en otro piso. No se imaginaba a Cristina cruzándose en el pasillo con Lucía cuando viniera de visita. Y cuando su mujer consiguiera el traslado, si es que lo lograba, ya vería cómo se apañaba. Ver venir, como decía su abuela.

Bacalao en tempura, eso fue lo que Damen había preparado con el pescado y la cerveza. Marcela lo observó cocinar desde el sofá, con la copa de vino en la mano y Azti calentándole los pies. Ya no protestaba cuando el perro se subía al sofá. En lugar de eso, había comprado un cepillo para eliminar el pelo de los cojines.

Damen puso la mesa, sirvió la cena, rellenó las copas y sonrió mientras esperaba a que Marcela ocupara su sitio. Luego cargó con el peso de la conversación, volvió a rellenar las copas, puso la cafetera y recogió los platos sucios antes de colocar las tazas sobre la mesa.

Marcela apenas se movió. No podía. Estaba cansada, cierto, pero también se sentía apabullada. No le gustaba esa sensación, y mucho menos no estar segura de qué la provocaba. O no querer estar segura.

Cuando terminó el café, se levantó de la mesa, se puso una chaqueta y salió al jardín con un cigarro en la mano. La tumbona estaba helada. Se acurrucó sobre la tela rayada y dio una larga calada.

—Un día de estos tendrás que dejar de fumar —dijo Damen a su espalda mientras Marcela exhalaba el humo.

—Tengo la fuerza de voluntad concentrada en otras tareas —respondió ella.

—¿Por ejemplo?

—La lista es larga —dijo tras una nueva calada.

—Hablando de listas. —Damen se acercó a ella con el móvil en la mano—. He seleccionado unos cuantos pisos que creo que podrían gustarte. Cuando termines, los miramos.

Marcela cerró los ojos y aspiró la boquilla. El humo le calentó la garganta. Lo retuvo unos segundos antes de volver a lanzarlo al aire.

—Me muero de sueño —respondió por fin—. ¿No podemos verlo en otro momento?

Damen tardó unos largos segundos en contestar.

—¿En el mismo momento en el que hablaremos de las vacaciones?

Marcela frunció el ceño y apretó los dientes. Aplastó el cigarro en el ladrillo, se levantó de la tumbona y entró en casa sin mirar a Damen.

—Si te parece bien —empezó—, me voy a acostar. Estoy muy cansada, no quiero decir nada de lo que tenga que arrepentirme después.

Damen la miró desde la puerta del jardín. No se había movido ni un centímetro, seguía en el umbral de la cristalera, de cara a la noche cerrada que había engullido Zugarramurdi.

—Tú no eres de las que se arrepiente —dijo por fin—. Y siempre sabes lo que dices.

—Te espero arriba —respondió ella desde el primer escalón.

Damen se giró hacia ella, pero Marcela no se detuvo. Era consciente de que cada paso que daba agrandaba la brecha que ella misma había cavado, pero se sentía incapaz de detenerse. Entró en el dormitorio y empezó a cerrar la puerta. Esperó, escuchó el silencio procedente del salón y volvió a abrirla.

Cuando se despertó en mitad de la noche, Damen la abrazaba por la espalda. Sintió su aliento cálido en la nuca, el peso de su brazo sobre la cintura, el cosquilleo del vello de sus piernas en los muslos. Quizá pudiera, pensó. Quizá fuera capaz de ser lo bastante dúctil como para amoldarse a la vida en pareja, aprender a dar y a ceder, a callar y a dar explicaciones. Si se ablandaba y se encogía quizá cupiera en esa otra vida. La deseaba, de verdad que quería la vida que Damen le ofrecía. Veía a los demás, a los que no eran como ella, y los intuía felices. Quería ser feliz, maleable, pero sabía que nunca sería suficiente. Hoy era un piso en común y unas vacaciones. Mañana tendría que dejar de fumar, y pasado la intentaría convencer para tener hijos. ¿Podría ser lo bastante adaptable como para ceder?

Impulsó el cuerpo hacia delante unos centímetros, hasta dejar de sentir el aliento de Damen en su cuello. Él contuvo la respiración un instante y luego dejó salir un largo suspiro. Retiró el brazo de la cintura de Marcela y se dio media vuelta en la cama, cuidando bien de no tocarla.

Las camas hospitalarias son incómodas incluso en las clínicas privadas más exclusivas. Javier Sarasola cambió de postura una vez más. Ya no debía mantener la pierna en alto y el vendaje le permitía flexionar la rodilla, lo que ya era algo, pero el calor y el picor en la zona de la herida, sumado al intenso dolor en las lumbares por permanecer tantas horas boca arriba, le impedían dormir. Eso, sin contar las imágenes que acudían a su cabeza cada vez que cerraba los ojos. La sombra negra corriendo hacia él, la voz, la amenaza, el fogonazo… El dolor, la sangre y la convicción de que iba a morir.

Pensó en lo curiosa que era la mente, que en lugar de reproducir los recuerdos tal como los había vivido, se los ofrecía en tercera persona, desde un punto elevado, casi cenital, en el que se veía a sí mismo entrando en la cocina, encendiendo la luz y cayendo al suelo fulminado tras el disparo. No veía el rastro de sangre en el suelo, ni sus dedos oscurecidos y pegajosos, sino una figura que se impulsaba con las manos en dirección a la puerta dejando tras de sí un reguero gris. Porque, otra curiosidad de la mente, sus recuerdos eran en blanco y negro.

El dinero había volado. Apretó los dientes al pensar en el medio millón de euros que había perdido y le deseó la muerte al hijo de puta que se lo había llevado después de dispararle. Luego pensó en su padre. Todo aquello, la pantomima de la entrega del rescate, el robo y la agresión, no había servido de nada. La policía le había dicho que su padre llevaba al menos dos días muerto.

Reacomodó el trasero sobre el colchón e insultó mentalmente a la policía. Banda de ineptos, estúpidos gilipollas, cabrones inútiles. Luego cerró los ojos y respiró despacio. El picor y el dolor se habían amortiguado un poco, le pesaban las extremidades y las escenas de su cabeza eran cada vez más lentas y difusas.

Su último pensamiento antes de dormirse fue para su padre. Javier Sarasola dio por bien invertidos los quinientos mil si habían servido para quitárselo de encima. No más mentiras, no más cinturones ni palizas.

El rey ha muerto. Larga vida al rey.

20

Damen había elegido el camino más largo, pedregoso y empinado. Avanzaba deprisa, con largas zancadas que lanzaban pequeños guijarros hacia abajo. Habían dejado atrás las últimas casas del pueblo y se habían sumergido en la parte más frondosa del monte. Pronto llegarían a un claro al que solían subir dando un agradable paseo, no como si se tratara de una carrera. Azti trotaba encantado delante de Damen, aunque de vez en cuando el perro se detenía y miraba atrás en busca de Marcela, algo que Damen no había hecho ni una sola vez desde que empezaron a subir. Sin embargo, sabía que estaba allí, unos metros por detrás, respirando con fuerza, agarrándose a los troncos de los árboles, a las ramas y a las raíces para superar los obstáculos mayores. Azti iba y venía de uno a otro. Damen solo subía.

Habían desayunado en silencio, y la respuesta de Damen cuando Marcela propuso dar un paseo fue un gruñido. Apoyó la espalda en el tronco de un árbol y se esforzó por recuperar el aliento. Al dejar de escuchar sus pasos, Damen se detuvo y se volvió hacia ella por primera vez en toda la travesía.

—¿Estás bien? —le preguntó en voz alta para que lo oyera.

—Sí —respondió ella.

Al instante, Damen volvió a encarar la cuesta y siguió ascendiendo.

Marcela lo vio alejarse. La espalda ancha, las piernas robustas, los pies pisando seguros. Así era Damen. Firme, confiable, decidido.

Y así era ella.

Marcela era muy consciente de sus defectos. Quizá no de todos, pero sí de la mayoría. Arrogante, egoísta, indisciplinada, terca, sorda a los consejos, a veces caprichosa, indolente respecto a sus hábitos personales, un tanto voluble. Pero nunca nadie la pudo tildar de mentirosa. Ella no mentía en lo importante ni maquillaba la verdad, fueran cuales fuesen las consecuencias. Así que allí estaban ahora, al borde de un precipicio emocional, sin arnés ni más cuerda que la que ella guardaba y que no estaba segura de querer utilizar. ¿Para qué querría salvarse?, ¿para volver a caer dentro de un tiempo desde más arriba? ¿Para seguir haciéndose daño mutuamente durante la escalada y no llegar nunca a la cima? ¿Para dejar caer al otro y contemplarlo destrozado en el suelo? No. La deslealtad no estaba entre sus defectos. De hecho, una de sus pocas virtudes era que siempre había sido capaz de afrontar la realidad sin bajar la cara.

Encontró a Damen al fondo del claro, contemplando el espectacular paisaje que se divisaba desde allí. Montañas abrazadas por las nubes, inmensos prados moteados de ganado, pequeñas construcciones aquí y allá, bordas y refugios para los pastores.

Marcela se situó a su lado y paseó la vista por la majestuosidad que los rodeaba mientras recuperaba el aliento. Su corazón, sin embargo, se negaba a calmarse. Se giró para mirar a Damen, que seguía con la vista perdida en el horizonte.

—Bajar es siempre lo más difícil —dijo en voz baja. Damen asintió sin mirarla—. Mientras subes, vas conquistando metas, unas pequeñas y otras grandes, pero todas son un éxito. La adrenalina del triunfo hace que subir sea una aventura. —Damen se volvió y clavó sus ojos verdes en los de ella. Marcela se sintió morir—. Bajar es duro y peligroso. Puedes tropezar y caerte, o lo que es peor, equivocarte de camino y acabar en otra cumbre, una que te mate, en la que no haya oxígeno y sea imposible vivir. Yo… —empezó—. Yo no puedo…

Damen se acercó a ella sin decir nada. Le cogió la cara con las manos y la besó con fuerza en la boca. Le hundió la lengua, le mordió el labio, apretó su cabeza contra la de ella. Lista para morir, Marcela levantó las manos y rodeó la espalda de Damen. Lo acercó a su cuerpo, lo pegó a su pecho, le besó, coló la lengua en su boca y le mordió. Se sintió flotar. Damen la cogió en brazos y la llevó hasta la hierba más verde, un mar de sol cálido protegido del viento. Tumbada boca arriba, recorrió su cuerpo con la mirada mientras Damen se desnudaba. Luego la obligó a levantar los brazos para quitarle el jersey, tiró de los pantalones hacia abajo y los sacó a la vez que las botas. Apoyó las manos a ambos lados de su cara y se inclinó para besarla, ahora con dulzura, despacio, con los ojos cerrados para no verla irse. Marcela le acarició la espalda, el pecho, las nalgas. Le besó y recibió sus besos. Suspiró cuando él inició el último descenso y le besó los pechos, las costillas, el vientre, el pubis. Se sintió arder cuando él puso las manos en sus caderas y la subió hacia su boca. Gimió y se retorció bajo su lengua. Pero caerían juntos. Lo obligó a volver a sus labios, a girar y a tumbarse sobre su espalda. Y entonces fue ella la que besó, lamió y mordisqueó, la que paseó sus manos por el cuerpo de Damen, que seguía con los ojos cerrados. Lo vistió de saliva y lo sintió gemir muy bajo, el sonido grave de un moribundo. La agonía debía terminar. Marcela sintió las manos de Damen en sus hombros, pidiéndole que subiera. Y de nuevo la tumbó sobre la hierba templada, se colocó sobre ella, con los codos en el suelo y las manos acariciándole la cara, el cuello, los pechos, mientras entraba en ella despacio. Solo entonces abrió los ojos y los clavó en los de Marcela. Estaba llorando. Una lágrima rápida, larga, se deslizó por su mejilla. Marcela habría querido bebérsela, enjugarla al menos, pero no podía moverse. Estaba casi muerta. Damen se movió despacio dentro de ella sin dejar de mirarla. Marcela no se atrevió a cerrar los ojos. Lo vio llorar y respirar entre dientes. Lo sintió subir y bajar, y ella también subió y bajó. Odiaba las últimas veces, las odiaba con toda su alma. Damen se inclinó sobre ella y la besó con fuerza mientras aceleraba el movimiento de sus caderas. Ella se aferró a su espalda y respiró con él, subió y bajó con él para morir juntos. Y de pronto, Damen se detuvo. Marcela sintió sus espasmos y unió los suyos. Damen la abrazó con fuerza. Marcela lo rodeó con sus brazos y con sus piernas. Y esperaron. Un segundo. Un minuto. Cinco. Siempre.

Despacio, Damen salió del interior de Marcela y se tumbó a su lado. El sol era agradable allí arriba. Ninguno dijo nada. No había nada que decir. Solo tenían que bajar.

***

Antón necesitó un buen rato para limpiarle a Azti el barro de las patas.

—Si lo llevo así a casa, mi madre me mata —les dijo.

Antón navegaba sin rumbo en el mar de silencio que se había extendido en casa de Marcela. Vio bajar a Damen del piso superior con una bolsa llena de ropa y útiles de aseo mientras Marcela, de espaldas al salón, recogía la cocina por tercera vez.

—¿Hoy no tienes clase? —le preguntó Damen cuando hubo dejado la bolsa en el coche.

—No, hoy no. Hemos terminado las clases y ahora me toca hacer prácticas en algún sitio. Me he apuntado en todas las clínicas veterinarias de la zona, a ver si me cogen en alguna…

—Siempre puedes aprender en la de tus padres —propuso Marcela.

Antón movió la cabeza de un lado a otro.

—Preferiría que no. Ellos son mis padres y no me tratarían como a un alumno. Quiero que me elijan en otro sitio, pero sé que no es fácil.

—Bueno, nunca se sabe —comentó Marcela distraída. Mantenía la mirada en el suelo para no cruzarse con los ojos de Damen. El descenso estaba siendo muy duro desde el principio para los dos.

—A ver —siguió Antón—, yo sé que mis padres lo harían lo mejor que pudieran, pero siempre quedaría la duda de si me aprueban porque lo hago bien o porque son mis padres. Tengo que demostrar que sé hacer las cosas. Es siempre lo mismo —se quejó—, todo el mundo piensa que soy idiota. —Se detuvo frente a Marcela y la miró a los ojos—. La gente diferente, como tú y como yo, siempre tenemos problemas para que nos acepten.

La gente diferente.

Las palabras de Antón resonaron en su cabeza durante el resto del día, en medio del silencio en el que regresaron a Pamplona; después de la breve despedida; en su casa, sentada en el sofá, envuelta en el silencio.

Gente diferente.

Eso es lo que ella era, diferente. Una discapacitada emocional.

142

21

José Luis Cambra intentaba orientarse en el cruce de dos avenidas. Había mirado el plano de Barcelona antes de salir del hostal en el que se alojaba y había memorizado la ruta hasta su destino, pero las obras en una calle le obligaron a dar un rodeo que había acabado por despistarlo. No podía consultar Google Maps. Su teléfono llevaba cuatro días apagado y debía permanecer así hasta que todo aquello terminase. Lo que debería haber sido un viaje rápido de ida y vuelta se había convertido en una odisea sin fin. Y ahora, con el cadáver de Sarasola sobre la mesa, las cosas se iban a complicar aún más.

Decidió seguir recto un tramo más en busca de alguna referencia conocida. Bingo. Le sonaba el nombre de esa plaza. Era por ahí, ya no faltaba mucho. Dos calles, tres a lo sumo.

Sudaba debajo de su traje impecable. Llevaba el gabán en el brazo, pero la americana, la camisa y la corbata perfectamente anudada parecían demasiado para los húmedos veinticinco grados de la ciudad. Pero no podía presentarse de cualquier manera. Después de haber llegado hasta allí, de todo lo que había hecho, no podía aparecer como un funcionario de medio pelo. La clase se demuestra, decía su madre. Y a él le sobraba clase, toda la que le faltaba a Javier Sarasola, por no mencionar a su hermano, un drogadicto pusilánime, un títere sin voluntad.

Sin embargo, tenía que reconocer que no esperaba que las cosas hubieran llegado tan lejos cuando accedió a aquel juego. Sabía que sería peligroso y que al final rodarían cabezas, pero nunca pensó que todo fuera tan rápido y tan dramático. ¿Le importaba? La verdad era que no. No lamentaba la muerte de Francisco. Quizá sí su sufrimiento, del todo innecesario, pero su muerte… Ya lo dice el refrán, quien a hierro mata…

Estaba en la dirección correcta. Cruzó la calle a la carrera y se detuvo frente a una puerta en arco decorada con una gran reja de hierro fundido pintada de un negro brillante. Las líneas rectas acababan en retorcidas volutas que dotaban de movilidad a un conjunto que de otra manera sería demasiado sobrio y pesado. Los cristales de los huecos estaban limpios, igual que el bronce del dintel en el que diez botones nacarados esperaban a ser pulsados. No estaba seguro de a cuál llamar.

Dio un paso atrás, hasta situarse en el centro de la acera, y miró a su alrededor. A un lado, un horno de pan; al otro, la persiana metálica de un garaje herméticamente cerrado. Sobre su cabeza, una hilera de balcones del mismo estilo modernista que el portal protegían unas puertas de madera pintadas de blanco.

Se acercó de nuevo a la botonera. No vio ningún nombre ni distintivo, nada. Pensó en llamar a cada uno y decir «soy Cambra» a quien respondiera hasta dar con el correcto, pero le pareció una solución infantil y peligrosa. Empujó la puerta por si estaba abierta, pero fue en vano.

Estaba a punto de rendirse cuando un hombre se acercó a él desde la izquierda y se detuvo a su lado.

—Llega pronto —le dijo a modo de saludo.

—No estaba seguro de encontrar la dirección —se excusó Cambra—. Barcelona es grande, y sin poder usar el GPS…

—Bueno, ya está aquí —le cortó el hombre.

Acto seguido, el recién llegado se giró hacia la puerta, sacó del bolsillo una llave de aspecto antiguo y del mismo color bronce que los timbres y empujó la puerta, que se abrió sin un solo chirrido.

El portal era amplio, de veteadas losas marmóreas, buzones grises y, al fondo, un ascensor de aspecto poco fiable. El hombre abrió la doble puerta metálica, corrió la batiente de madera y cristal y se hizo a un lado para invitarlo a pasar.

Cambra entró en un ascensor que aparentaba más de cien años, con botonadura metálica, suelo de madera y un banco para que los ocupantes pudieran sentarse durante el lento trayecto. Ascendió despacio, renqueante, permitiéndole observar la cantidad de mugre acumulada en los rieles, la corrosión de las maromas y los chorretones de grasa que habían escurrido por el exterior de la caja.

El ascensor se detuvo con una sacudida al llegar al tercero. El hombre abrió las dos puertas y salió el primero. Cambra lo siguió al descansillo. El hombre lo miró unos segundos y luego sacudió la cabeza como un maestro ante el alumno tonto de la clase.

—Hay que cerrar las puertas —le dijo—, si no, no funciona.

—Perdón —susurró, aunque su disculpa se perdió entre los dos portazos que clausuraron el cajón.

Acto seguido el hombre se dirigió hacia la puerta de la izquierda, mucho más grande que las de los pisos modernos, y llamó con los nudillos.

Cambra vio cómo la enorme mirilla redonda se separaba unos centímetros para volver a cerrarse al momento y dejar paso al sonido de al menos tres cerrojos descorriéndose. Al otro lado de la puerta, un hombre bajo y menudo, tan trajeado como él, se hizo a un lado para franquearles el paso a un recibidor enorme pintado de azul cielo, con una mesa blanca cubierta de folletos turísticos de la ciudad y dos butacas estilo Luis XVI tapizadas en azul y rosa.

—Llega pronto —repitió el segundo tipo.

—No sabía… —empezó Cambra.

El hombre menudo hizo un gesto con la mano y Cambra calló.

—No importa. Tenemos mucho de lo que hablar. Nosotros hemos hecho nuestra parte. ¿Ha traído lo que le pedimos?

Cambra abrió la cartera de cuero que llevaba cruzada del hombro y sacó un cuaderno de tapas oscuras, una memoria externa y cinco USB con el logo de la empresa Sarasola impreso en blanco sobre negro.

Los dos hombres se miraron y sonrieron. Un escalofrío helado recorrió la espalda de Cambra. Ya no tenía calor; ahora temblaba de miedo.

***

Marcela no aguardó a que el subinspector Vila llegara a la clínica. Le había asegurado por teléfono que no tardaría más de quince minutos, pero no tenía ganas de esperar. El descenso se le estaba haciendo mucho más duro de lo que esperaba. Le ardían los ojos, tenía el corazón en la boca del estómago y necesitaba fumar cada pocos minutos.

Clavó la colilla en un macetero y entró en el hospital.

Todos los pasillos le parecían iguales. Todas las puertas, idénticas. Las enfermeras, clones con sus uniformes grises.

Golpeó la puerta con los nudillos y entró sin esperar respuesta. Javier Sarasola se abrochaba los botones de la camisa sentado en la cama mientras una mujer de mediana edad le estiraba los calcetines en los pies. En el suelo esperaban un par de zapatos relucientes y, sobre la cama, una chaqueta azul acolchada.

La mujer, que se había arrodillado en el suelo para poder calzar al herido con comodidad, se levantó con presteza y la miró con fuego en los ojos.

—¿Cómo se le ocurre entrar sin permiso? —preguntó en un tono de voz demasiado agudo para la incipiente jaqueca de Marcela.

—Es de la policía, mamá —dijo Sarasola.

—¿De la policía? —La mujer torció el gesto para mostrar su desagrado. Marcela supuso que esperaba un hombre o, al menos, una mujer bien vestida.

—Inspectora Pieldelobo —se presentó.

—No es un buen momento —respondió la mujer.

Marcela la ignoró y se acercó a la cama. A un metro de distancia todavía eran visibles los estragos del miedo en la cara de Sarasola. Círculos oscuros bajo los ojos, venas rojas alrededor del iris, un tic que le hacía fruncir los labios y arrugar la frente cada pocos segundos.

—Tiene suerte de estar vivo —dijo Marcela.

Sarasola frunció los labios, arrugó la frente y pestañeó con fuerza. Tic completo.

—Sí —dijo sin más.

—Su padre no ha tenido tanta suerte —siguió Marcela.

La mujer había terminado de calzar al herido y los observaba de pie junto a una silla.

—Así es. He pedido el alta voluntaria para poder organizar su funeral. Será mañana por la tarde en la catedral. Valeria es incapaz de hacer nada a derechas…

—Y qué esperabas —murmuró la mujer lo bastante alto como para que la oyeran.

—¿Y usted es…? —preguntó Marcela.

—Carmen Otamendi.

—Es mi madre —aclaró Javier.

—Estuve veinte años casada con su padre —añadió la mujer. Superaba con creces los cincuenta. Alta y muy delgada, vestida con ropa deportiva con el logo de la marca bien visible para que todos supieran cuánto le había costado, iba impecablemente peinada y maquillada. Al verla quedaba claro de dónde había sacado Javier Sarasola su tez pálida y el pelo negro y tupido. Cuando la observó un poco más comprobó que ella también fruncía los labios, aunque seguramente el bótox le impedía arrugar la frente.

—No me ha llamado para decirme si ha recordado algo más del asalto a su casa —siguió Marcela.

—No he recordado nada más —respondió Sarasola.

—Señora Otamendi —dijo a continuación, volviéndose hacia la mujer—, ¿recibió usted los mensajes y los vídeos que enviaron los secuestradores?

—Por supuesto que no. Yo no soy de la familia.

—Y los secuestradores lo sabían —comentó Pieldelobo.

La mujer se encogió de hombros y se volvió hacia la pequeña maleta negra en la que estaba empaquetando las pertenencias de su hijo.

—¿Cómo queda su situación tras la muerte del señor Sarasola? —preguntó Marcela.

La mujer se volvió hacia ella. Dos manchas rosas coloreaban su pálida piel.

—¿Cómo se atreve? —gruñó—. Eso no es de su incumbencia. Ni de la suya, ni de la de nadie. Hace mucho que no tengo nada que ver con ese hombre. Pregúntele a su fulana, seguro que es más interesante saber cómo se queda ella que cómo me quedo yo.

—Inspectora —intervino el hijo—, yo responderé a todas sus preguntas, pero deje a mi madre tranquila.

—Usted no puede responder por ella.

Carmen Otamendi dio un paso adelante y se situó entre su hijo y la inspectora.

—Mi situación no va a cambiar ni un ápice de ayer a hoy —dijo—. Recibí una compensación económica con la firma del divorcio y varias propiedades inmobiliarias a cambio de renunciar a una pensión. Mis inversiones me permiten vivir holgadamente y, además, tengo mi trabajo; soy escritora.

A Marcela no se le escapó el gesto del hijo, que subió las cejas, miró hacia arriba y frunció los labios una vez más.

Un golpeteo en la puerta interrumpió lo que la mujer fuera a añadir. Tampoco Diego Vila esperó a que le dieran permiso para entrar.

—Subinspector —saludó Marcela—, ya me iba. Señor Sarasola —añadió—. Quiero hablar con usted, puede ser en su despacho, en su casa o en comisaría; tengo varios puntos que tratar.

—En el despacho está bien —respondió Javier—. Mañana a primerísima hora, a las ocho de la mañana. Después estaré muy ocupado con el funeral de mi padre, como ya le he dicho.

—A las ocho —corroboró Marcela—. Señora Otamendi, necesito un modo de contactar con usted.

La mujer se dirigió a su bolso, abrió una pequeña carterita y sacó una tarjeta de visita. Sobre un fondo beis brillante, una máquina de escribir gris tecleaba el nombre y el teléfono de la propietaria y añadía la profesión, escritora, en gruesas versalitas.

—Hablaremos —anunció Marcela.

Carmen Otamendi se encogió de hombros y frunció los labios.

—No te costaba nada haberme esperado —protestó Vila ya en la calle.

Marcela se encendió un cigarrillo y lo miró desde detrás del humo.

—No espero a nadie. La cosa no va de esperar, va de estar a su hora y trabajar. Me voy a casa —añadió ya en marcha—, repasaré los informes desde allí.

Dejó al subinspector plantado en la acera y fue en busca de su coche. Veinte largos minutos después aparcó en el casco viejo y encendió otro pitillo. Dio un pequeño rodeo para comprar tabaco en un bar y subió a su casa. Tiró sobre el sofá la chaqueta, el teléfono y las llaves y entró en la cocina. Sacó del congelador una botella de Jagger y un vasito helado. La había metido allí poco después de morir su madre, pero una paliza inoportuna le impidió bebérsela. Perfecto, ahora la necesitaba más que nunca.

Cogió el cenicero de la encimera y volvió al salón. El ordenador estaba sobre la mesita baja. La empujó para hacerse un hueco y se sentó en el suelo, con la espalda apoyada en el sofá. La computadora en medio, el tabaco a un lado y el Jagger al otro. Estaba lista.

Escuchó un trueno lejano y el olor de la lluvia se coló a través del balcón abierto. Se aproximaba una tormenta. Llenó el vasito, brindó hacia el cielo oscurecido y se lo bebió de un trago.

Una lluvia fina salpicó los cristales. Volvió a tronar. Lo peor estaba por llegar. Rellenó el vasito, apuró la mitad y encendió un cigarro. Un fogonazo blanco y, pocos segundos después, el estallido del trueno. Ya estaba allí.

Se rodeó la cintura con los brazos, recogió las piernas hacia el pecho y apoyó la frente en las rodillas. Si tuviera alma, en ese momento se le estaría desgarrando. Si su corazón fuera algo más que un músculo, lo tendría abierto en canal. Si su cerebro fuera capaz de detenerse, de dejar de lado el análisis y las predicciones inciertas, de adelantar y dar por seguras situaciones solo supuestas, quizá entonces no estaría allí, hecha un ovillo para que el descenso la dañara menos, con el Jagger a mano para amortiguar los sentidos, y sola, siempre sola.

Para siempre sola.

22

Cuando era pequeña, su madre la despertaba cada mañana con un beso. Marcela gruñía por costumbre, pero aunque llevara un rato despierta, oyéndola trajinar en la cocina preparando el desayuno para su hermano Juan y para ella, no se movía de la cama hasta que su madre la besaba. No importaba dónde. En la frente, en la nariz, en el pelo, en la mejilla. Ese beso marcaba el inicio de la jornada, que terminaría con otro similar muchas horas después y que Marcela siempre acompañaba, cómo no, con un gruñido de protesta.

Hacía tiempo que se acabaron los besos matinales. Con dieciocho años se marchó a estudiar a Zaragoza, y cuando volvía a casa algún fin de semana o en vacaciones, salía hasta tarde por la noche y no tenía hora para levantarse por la mañana. Al principio, su madre preparaba café aunque fuera mediodía y la besaba en el pelo cuando Marcela se sentaba a la mesa, pero poco a poco los besos, como las visitas, se fueron distanciando hasta desaparecer.

Algunos de los amantes con los que había pasado la noche la besaban por la mañana, unos para despedirse y otros porque querían desayunar sexo. Y Damen…

Mierda.

Apartó el edredón de una patada y apagó el despertador que le había traído los recuerdos de los besos de su madre. Nada de besos, se dijo. Nada de Damen.

Tiró el paquete de tabaco y la botella de Jagger vacíos a la basura, abrió las ventanas y respiró el aire limpio cargado de humedad. No recordaba haberse acostado, pero se alegró de haber conservado la suficiente cordura como para conectar el despertador. Puso la cafetera al fuego y abrió un nuevo paquete de tabaco. El cenicero apestaba, lleno a rebosar de colillas. Las tiró a la basura, cerró la bolsa y la dejó junto a la puerta.

Se tomó una taza de café antes de ducharse y dedicó casi cinco minutos a lavarse la boca. Sentía la lengua espesa y lenta, y el paladar y los carrillos cubiertos por una gruesa capa de nicotina y alcohol. Luego se sirvió el resto del café y lo acompañó con un par de ibuprofenos.

Javier Sarasola se sentó con cuidado en el sillón de su despacho. El médico le había inyectado una generosa dosis de calmantes para que pudiera aguantar toda la jornada. Había mucho que hacer, y no solo en cuanto al funeral se refería. Nuevos nombramientos, varios ceses, reorganizar la junta y la plantilla, remodelar el despacho de su padre, hacerlo suyo.

Había colocado pulcramente sobre la mesa el contenido de la pequeña caja fuerte de la oficina. Varias memorias USB y dos carpetas a rebosar de papeles y legajos. Ni rastro de su cuaderno personal, en el que anotaba desde hacía años los negocios y las transacciones que ningún ojo debía controlar, pero que no convenía olvidar. Cabía la posibilidad de que se lo hubiera llevado a casa, pero algo le decía que no lo encontraría allí.

—Puto Cambra —masculló—. Tienes las horas contadas, cabrón.

Su hermano había registrado el despacho del hasta ahora subdirector y le había llevado todo lo que había encontrado, pero el cuaderno no estaba.

—¿Qué pasa si no lo encontramos? —le había preguntado Sergio.

—Que vamos a perder un montón de dinero. Papá anotaba los nombres de las personas a las que podía recurrir en cada momento para que le apañaran un negocio. Nombre, favor y precio. Está todo escrito. La fecha, el lugar y el resultado. Lo necesitamos para saber a qué puerta llamar.

—Bueno, siempre podemos hacer nuestros propios contactos —propuso Sergio—, empezar de cero, ya sabes.

Javier apretó los labios y frunció el ceño.

—Claro —dijo sin más. Había cosas que no merecían la pena, y estaba claro que intentar aleccionar a su hermano sería una lamentable pérdida de tiempo. Suspiró y se centró en lo más urgente—. Te he enviado por *e-mail* un listado de llamadas urgentes que hay que hacer cuanto antes. Son personas que tienen que estar en el funeral, pero que no vendrán si no los invitamos, ¿de acuerdo? Sé educado, mantente sereno y sobrio y diles que nos gustaría que nos acompañaran en el último adiós a papá, ¿entendido?

Sergio sacudió la cabeza y salió del despacho. Se había instalado en el que hasta entonces ocupaba Javier, justo enfrente del que ahora era suyo. Lo vio sentarse, consultar el correo y llevarse el teléfono a la oreja. Estaba en marcha. Suspiró y consultó el reloj. Si era puntual, la inspectora pesada llegaría en unos minutos. Se atusó el pelo, se acarició despacio la pierna herida y repasó mentalmente la lista de asuntos pendientes. Tenía que librarse de la policía cuanto antes, tenía un montón de cuestiones que atender. Para empezar, qué coño iba a hacer para librarse de la mujer de su padre y del hijo que tuvieron juntos, Máximo. Ninguno pintaba nada en la empresa. Intuía que el testamento los convertiría en socios, pero estaba dispuesto a extender un cheque en blanco a cambio de perderlos de vista para siempre.

Agua. Siempre olvidaba beber agua entre trago y trago de alcohol. Conocer la teoría no significaba llevarla a la práctica, y menos cuando lo único que se pretende es cerrar todos los compartimentos susceptibles de sentir algo y convertirse en un pedazo de madera.

No había avisado a Vila de la cita con Sarasola. El día anterior se le había olvidado y esa mañana no tenía ganas de hablar con nadie.

Caminaba con las manos en los bolsillos y la cabeza baja mientras elaboraba una lista mental de lo que necesitaba de Sarasola. Sabía que hablar con ese hombre era como darse de cabeza con una pared, pero...

152

El móvil empezó a zumbar dentro del bolso. Se detuvo un momento y sacó el teléfono.

—Mierda —masculló. El número y la extensión correspondían a la científica. La Reinona. Pulsó el verde y se llevó el teléfono al oído—. Diga.

—Inspectora, la espero con urgencia en Beloso —dijo Domínguez sin molestarse en saludar.

—Estoy ocupada —repuso ella. Era lo último que le faltaba.

—Tenemos a la supuesta amante de Francisco Sarasola. Está muerta.

Marianela Parra no había tenido una vida fácil y, desde luego, su muerte no había sido mejor. Una única puñalada certera y eficaz en el pecho había bastado para convertirla en un cadáver indocumentado en la estación de tren.

La joven llevaba tres días en el depósito de cadáveres, pero hasta la noche anterior no habían sido capaces de identificarla. La policía había publicado una serie de fotografías de algunos de los enseres personales que la víctima llevaba encima en el momento de su muerte, incluida una cadenita con una virgen grabada. La tarde anterior, una mujer aseguró entre lágrimas que ella misma le había regalado esa medalla a una amiga que se marchaba de viaje.

La mujer, de piel oscura y entrada en años, lloraba sentada en una silla. Su figura destacaba entre el vaivén de batas blancas en un pasillo también blanco. Nely Méndez, natural de la República Dominicana, camarera, con permiso de residencia desde hacía más de veinte años. Había dado muchas vueltas por España, aunque llevaba casi un lustro afincada en Pamplona.

Nely esperó paciente fuera del despacho de Domínguez mientras Pieldelobo leía el informe y escuchaba las explicaciones del inspector.

—Una sola puñalada en el pecho. Debió de morir en un par de minutos. Presenta una zona amoratada alrededor de la nariz y la boca, posiblemente *perimortem*. El asesino le tapó la boca con fuerza para evitar que gritara.

—La mató en unos baños públicos en medio de una estación de tren. O es muy osado, o estaba muy desesperado —comentó Marcela más para sí que para Domínguez, que la miraba sin pestañear.

—Le enviaré el informe cuando lo tenga —añadió mientras abría una carpeta.

Marcela salió sin despedirse y se presentó ante la mujer. Tenía los ojos rojos e hinchados por las lágrimas y retorcía con las manos la banda del bolso que llevaba cruzado. Hombros hundidos, mirada perdida y un ligero escalofrío. Marcela reconocía el dolor cuando lo veía.

—Señora Méndez, soy la inspectora Pieldelobo. —La mujer levantó la cabeza para mirarla y luego se puso en pie—. ¿Puede dedicarme unos minutos? —Esperó el gesto afirmativo antes de continuar—. Permítame invitarla a un café, creo que nos vendrá bien a las dos.

Nely daba vueltas a la cucharilla dentro de la taza mientras seguía con la mirada las evoluciones de la espiral de leche en la superficie. El local olía a pan, a mantequilla y a café. Los clientes iban y venían, pedían en la barra o en el mostrador y se marchaban a continuar con sus vidas. Marcela y Nely se habían sentado en una mesa apartada. Esperó hasta tener las bebidas delante antes de pedirle permiso para conectar la grabadora del móvil y empezar a hablar.

—¿Cuándo vio a Marianela por última vez? —le preguntó.

No estaba segura de si Nely la había oído. El ritmo de la cucharilla se mantenía inalterable, y la mirada de la mujer, perdida en algún punto de la crema.

—Hace tres días —empezó de pronto—. Vino a mi casa muy temprano, yo ni me había vestido. Estaba muy nerviosa, asustada. Dijo que venía a despedirse —añadió.

Nely pareció de pronto consciente de la presencia de la taza de café con leche, detuvo el giro de la cucharilla y le dio un sorbo.

—¿Le contó qué había pasado?

La mujer movió la cabeza de un lado a otro.

—No exactamente —dijo por fin—. Algo relacionado con su novio…, o lo que sea que fuese ese señor. La dejaba vivir en ese piso estupendo y no la trataba mal, pero era como un animal enjaulado, y mi Marianelita necesitaba ser libre.

—Dice que estaba asustada…

—¡Mucho! Temblaba, la pobre. Venía con una maleta, pero la convencí para que llevara solo una mochila. La ayudé a cambiarse, a camuflarse.

Marcela recordó la burda peluca del cadáver y la ropa una talla más grande. También había visto la mochila, manchada de sangre.

—Marianela llevaba una considerable cantidad de dinero —siguió Marcela.

—Le di algo —reconoció Nely—, pero ella ya llevaba unos cuantos billetes. Iba guardando de lo que le daba el tipo, por lo que pudiera pasar.

Marcela buscó en el móvil una foto de Francisco Sarasola y se la mostró a la mujer.

—¿Es este el novio de Marianela?

Ella lo miró un par de segundos y asintió.

—No lo vi nunca en persona —aclaró—, pero ella me enseñó alguna foto de los dos juntos.

—¿Le contó su amiga de qué tenía miedo? —siguió Marcela.

—No…, no me contó nada, solo que tenía que irse, que todo se había ido al carajo y que le pasaría algo malo si se quedaba. Le di la medallita de Nuestra Señora de Altagracia para que la protegiera, mi pobre niña, y no le ha servido de nada. Debería haberla acompañado, pero no quiso, no quiso… Quería marcharse cuanto antes, tanta prisa…

El llanto y el hipo le impidieron seguir hablando. Marcela bajó la mirada, incómoda. Su taza estaba vacía, pero no le parecía bien levantarse ahora a por más café. Esperó hasta que Nely se tranquilizó un poco y fue capaz de continuar.

—¿Guarda en su casa la maleta de Marianela, la que no se llevó? —preguntó Marcela. Nely afirmó en silencio—. Me gustaría verla, por favor.

La acompañó hasta el piso del casco viejo que la mujer compartía con dos compatriotas, dos hombres altos y fuertes que la observaron con los brazos cruzados desde el pasillo.

Nely tenía razón. La maleta de Marianela era demasiado grande para una huida. Marcela la fotografió y se puso unos guantes antes de tocarla. Revolvió en su interior con cuidado. Ropa, calzado, un secador de pelo, un bote de laca, un manojo de llaves y un móvil. Marcela intentó conectarlo, pero estaba sin batería.

—¿No se llevó el móvil? —pregunta Pieldelobo.

—No —confirma la mujer—, le dije que comprara uno cuando llegara a Madrid y que me diera el número nuevo. Pensaba que no había podido hacerlo todavía y que por eso no tenía noticias suyas…

Las lágrimas volvieron a acallar a Nely, que lloraba con la mirada fija en las pertenencias de la amiga cuyo cadáver acababa de identificar en la morgue. Marcela salió de la habitación con el teléfono en la mano, pero sin perder de vista a la mujer, que había escondido la cara entre las manos.

Vila respondió al segundo tono.

—Te necesito en esta dirección con un equipo de la científica —le dijo—. El cadáver de la estación es el de la amante de Sarasola.

—Lo sé —respondió Vila, seco—. Estaba esperando tu llamada.

—Pues ya te he llamado. No tengo bolsas y aquí hay un móvil, unas llaves y una maleta llena de ropa. Necesito a los de la científica ya.

Colgó y regresó a la habitación. Cerró la maleta y se sentó sobre la cama para vigilar que nadie tocara nada. Confiaba en que Vila no tardara demasiado.

23

La vida de Marianela Parra cabía en un folio mecanografiado. Natural de Venezuela, veintiséis años, camarera, sin familia conocida en España. Muerta.

Marcela le dio la vuelta al papel en busca de más información, pero no encontró nada. Ni denuncias, ni altercados, ni premios o distinciones. Un saco de ilusiones destrozado en una estación de tren. En el lavabo de una estación de tren, para ser más exactos.

El subinspector Vila tocó en la puerta y entró en el despacho de Marcela. Había apagado la luz del techo y la estancia solo estaba iluminada por un flexo que apuntaba a la pared y el brillo de la pantalla del ordenador. Diego se quedó de pie junto a la puerta.

—¿Ahora te tengo que invitar a sentarte? —le preguntó Marcela.

—Con que me avisaras cuando tenemos un servicio me bastaría —respondió él mientras ocupaba la silla.

Marcela levantó levemente las cejas y volvió a girar el papel entre sus manos.

—Llevaba más de cuatro mil euros repartidos en dos monederos en la mochila —empezó Pieldelobo, ignorando deliberadamente a su subinspector—, además de la cadena y la medalla de oro que Nely Méndez le había regalado. No ha sido un robo.

—Quizá el asesino tenía prisa por largarse —sugirió Vila.

—Eso seguro, pero si lo que buscas es el dinero, no te vas sin él.

Podría haberse llevado la mochila, arrancarle la cadenita… Pero se limitó a apuñalarla.

—¿Cómo la encontraron?

—La seguirían desde su casa, supongo. No llevaba el móvil, no podían localizarla hackeando su GPS.

—Eso no lo sabe hacer cualquiera —comentó Vila.

Marcela levantó una ceja durante una fracción de segundo y siguió hablando.

—No cabe duda de que esta muerte está relacionada con el secuestro y asesinato de Francisco Sarasola. Era su amante, él la visitaba con mucha frecuencia. Marianela sabía algo o fue testigo de algo. Quizá del secuestro, o incluso del asesinato. Puede que la utilizaran para llegar hasta él, que estuviera metida en el ajo. Ella se marchó poco después. ¿Algo en las cámaras? —le preguntó a continuación.

Vila se enderezó en la silla.

—Nada de momento. No hay dispositivos en el interior de los lavabos, y la que enfoca a la puerta tampoco es de mucha ayuda. Los baños están al fondo de la cafetería, al lado de la caja en la que hay que pedir y pagar y donde siempre hay cola y gente apelotonada esperando su pedido. Lo estamos revisando y aislando todas las caras nítidas, pero de momento no tenemos nada.

Un rápido golpeteo en la puerta interrumpió la conversación. Una de las agentes en prácticas asomó la cara por el hueco entreabierto y pidió permiso para entrar.

—Policía Foral ha enviado un informe y nos han pedido que se lo entreguemos directamente a usted cuanto antes, inspectora —dijo marcial.

Marcela alargó la mano y cogió el abultado sobre que la joven le ofrecía.

—¿Lo han traído en persona? —preguntó.

—Un mensajero —aclaró la agente.

Claro. Damen no lo habría llevado en ninguna circunstancia, pero por un momento pensó que…

—Gracias —dijo sin más.

Dentro del sobre encontró un extenso informe sobre los tipos de drones capaces de llevar y soltar una carga ligera o de sostener en vuelo durante un largo rato un suplemento más pesado, como unos altavoces de gran potencia. No habían conseguido imágenes del aparato, por lo que todas las hipótesis no eran más que eso, meras suposiciones técnicas. El dosier incluía también un listado de las personas que aparecían en los archivos como capaces de construir y manejar una aeronave de esas características.

Deslizó los papeles por la mesa en dirección a Vila.

—Ocúpate tú —le dijo—. Avísame si surge algo.

Vila cogió los papeles y salió del despacho sin decir una palabra. Marcela lo siguió un par de minutos después. Bajó las escaleras, salió a la calle y encendió un pitillo.

Caminó con pasos cortos a lo largo de la fachada de la comisaría, giró a la izquierda y enfiló por la acera, dejando a un lado el impresionante bloque gris del Palacio de Baluarte. Cuatro personas ocupaban la marquesina de la parada del autobús, las cuatro con la cabeza inclinada hacia sus teléfonos móviles. Dos de ellas llevaban auriculares en las orejas, y los pulgares de todas ellas volaban sobre la pantalla táctil del dispositivo.

¿Cuánto sabían sobre los móviles desde los que los secuestradores habían enviado los mensajes? Todo había sucedido tan deprisa en tan pocos días que Marcela no recordaba haber leído nada al respecto. Quizá el informe se había traspapelado.

Volvió deprisa sobre sus pasos y se encerró en su despacho. Revisó todos los correos, avisos y documentos virtuales y en papel que habían llegado en los últimos días, pero, aparte de las copias de las denuncias por robo y el informe preliminar sobre la ubicación del primero de ellos, no había nada más.

—Asensio —saludó cuando el inspector respondió al teléfono—, ¿tenéis algo sobre el móvil desde el que se envió el segundo vídeo del secuestrado?

—No mucho, aparte de la denuncia —reconoció Asensio—. No hemos tenido tiempo de ponernos con ello.

—¿Habéis triangulado su última ubicación?

—Mmmm..., no —dijo por fin tras teclear con rapidez en su ordenador—. ¿Te interesa?

—Claro que me interesa. Cuanto antes, por favor.

—No esperes milagros, recuerda que el primer vídeo se envió desde el centro de la ciudad y no hemos sacado nada en claro.

—Cuanto antes —repitió Marcela—. Por favor —añadió antes de colgar.

Sergio Sarasola pasó la mano una vez más por la madera pulida de su nuevo escritorio. Acababa de trasladarse a la zona noble del edificio, a un despacho enorme con amplios ventanales a la calle, una mesa de reuniones a la que podían sentarse ocho personas, armarios color caoba y un espacio de descanso con un sofá, dos sillones, una mesa baja y un minibar escasamente surtido, aunque eso tenía solución.

Quería a su hermano y le estaba muy agradecido por la confianza que había depositado en él. Javier sería presidente, y Sergio, director general. Cambiarían los estatutos de la empresa para que los nuevos cargos fueran efectivos cuanto antes. «Juntos, adelante», le había dicho su hermano.

Le dolía el estómago. Había llamado a todas las personas del listado, que habían aceptado encantados la invitación para asistir al funeral de su padre después de darle su pésame. Había hablado con el deán de la catedral y con el Orfeón Pamplonés, que enviaría una coral a la catedral. Sabía que se le olvidaba algo, pero no sabía qué y no podía preguntarle a su hermano.

Acarició la mesa una vez más y tamborileó con los dedos. Abrió de nuevo la agenda y activó la pantalla del ordenador por si encontraba algún recordatorio, pero no había nada. Abrió y cerró los cajones del escritorio. Cuadernos, carpetas, bolígrafos, una agenda y varios caramelos. Javier se había llevado sus cosas al nuevo despacho, el que hasta ese mismo día había pertenecido a su padre.

Su padre… Se recriminó su falta de sentimientos. Apenas había pensado en él en toda la mañana y tampoco el día anterior, excepto cuando alguien lo mencionaba o aparecía en las noticias, claro. Sin embargo, el dolor de estómago que normalmente le producía pensar en su padre no se había disuelto.

Le preocupaba que Javier se diera cuenta de que, en realidad, él solo era una carga, una rémora, y decidiera librarse de él. Tenía que aprender a ser útil, imprescindible. Era bueno en muchas cosas. Podía tratar con la gente, negociar, viajar donde hiciera falta. Tenía buen ojo con las personas, descubría sus verdaderas intenciones con solo unos minutos de conversación. Eso le ocurrió con Lara, su mujer. En cuanto la vio, supo que estaban hechos el uno para el otro. Ella era dulce y generosa, siempre preocupada por él, por su bienestar y tranquilidad. No escatimaba en sexo y lo acompañaba en sus pequeñas escapadas mentales, como le gustaba llamar a las veladas de alcohol y marihuana. Sí, la vio desde el primer momento, tan transparente, tan etérea y perfecta.

Un administrativo llamó a la puerta y entró sin esperar respuesta.

—Un paquete para usted —anunció. Lo dejó sobre la mesa y salió a toda prisa.

Pero el nombre escrito en el sobre era el de su hermano. Al otro lado del pasillo, Javier parecía concentrado. Distinguió su ceño fruncido y los labios apretados en un mohín de eterno descontento.

Sin embargo, Sergio debía ser útil y asertivo, así que cogió el paquete, enderezó la espalda y se dirigió a la oficina de enfrente. Su hermano le hizo un gesto con la mano para que pasara cuando tocó a la puerta.

—Esto es para ti, se han confundido —dijo mostrándole el paquete.

Javier lo cogió y lo abrió con gesto rápido. Sus labios se convirtieron en un punto amoratado mientras estudiaba con detenimiento el teléfono móvil que había dentro.

—No lo entiendo… —empezó.

Lo giró y pulsó el botón lateral. No había contraseña. El teléfono se desbloqueó y mostró el fondo de pantalla. Javier empalideció en el acto y puso el teléfono boca abajo sobre la mesa.

—Déjame un momento —ordenó a su hermano. Sergio sonrió y se marchó.

Despacio, como si pudiera explotar o quemarle los dedos, Javier Sarasola le dio la vuelta de nuevo y lo activó. La pantalla de inicio era una galería de fotos. En todas y cada una de las imágenes, Javier era el protagonista. Desnudo, pálido, con la boca abierta, los ojos cerrados y un hombre sobre él, a su lado, detrás de él. La sucesión de fotos indicaba que se habían tomado en distintos días. No siempre era el mismo hombre, ni la misma hora, aunque sí la misma habitación, la suya, en su propia casa. Cuerpos mezclados, manos que iban y venían, bocas llenas, piernas rodeando las caderas del otro para atraerlo, atraparlo, acercarlo. En varias fotos no lo acompañaba un hombre, sino dos. Eso había ocurrido ayer mismo.

Un escalofrío le recorrió la espalda. La última imagen era una foto suya tumbado desnudo en la cama, exhausto después de una sesión salvaje de sexo. Su piel blanca coloreada por rojeces y erosiones, su cara y su pecho brillantes de sudor, los ojos cerrados, las piernas separadas, una sonrisa estúpida en su cara.

Nada más. Ni un mensaje de ningún tipo, ninguna exigencia. Solo las fotos. No había números en la agenda y sus escasas habilidades tecnológicas no bastaban para averiguar nada sobre el origen del móvil, de las fotos o del envío. Volvió a guardar el teléfono en el sobre y lo metió en un cajón que cerró con llave. Perdió la mirada en la pantalla de su ordenador, borrosa detrás de las imágenes que su retina reproducía una y otra vez. Y entonces recordó el nombre de la única persona que podría ayudarlo. Buscó su tarjeta y marcó el número. No tardaron en responder.

—Inspectora Pieldelobo —dijo—. Soy Javier Sarasola. Necesito hablar con usted. En privado.

24

Dicen que la guerra forja aliados inesperados. La llamada de Javier Sarasola había sorprendido a Marcela más de lo que estaba dispuesta a reconocer. Fingió desconfianza cuando él le propuso verse lejos de comisaría y de la empresa y aceptó a regañadientes acudir al exclusivo club del que era socio.

Lo encontró de pie junto a uno de los balcones, con la mirada perdida y lo que parecía un *gin-tonic* en la mano. Pestañeó despacio cuando fue consciente de la presencia de la inspectora a su lado y se giró para saludarla con una sonrisa gélida.

—Gracias por venir —dijo.

—No esperaba su llamada —reconoció Pieldelobo—, me ha picado la curiosidad.

Sarasola extendió el brazo en dirección a dos sofás discretamente colocados de espaldas al enorme salón social en el que, en cualquier caso, apenas había socios a esas horas de la mañana.

—¿Puedo ofrecerle algo? —preguntó Sarasola.

Marcela consultó su reloj y miró el vaso empañado de su anfitrión.

—Un café estará bien —pidió por fin—. Doble, si es posible.

Sarasola pulsó un botón que había sobre la mesa y un minuto después un camarero con pantalón negro y chaquetilla blanca apareció junto a ellos, memorizó el pedido y se marchó para regresar un par de minutos después. Marcela aprovechó la espera para observar el lugar. Techos altos con artesonados de madera, largas lámparas de araña, bodegones y animales al óleo en las paredes y mullidas alfombras en el suelo, desgastadas por el paso de miles de pies a lo largo de los años. Solo había hombres a su alrededor, y ninguno de ellos bajaba de los sesenta a excepción de su anfitrión. Unos leían la prensa en silencio y otros, reunidos en parejas o en pequeños grupos, charlaban en tono comedido y discreto.

Marcela ignoró el café que el camarero había dejado sobre la mesa. Su atención estaba centrada ahora en Sarasola. Apenas lo conocía, pero le pareció que estaba más pálido incluso que la noche en que le dispararon. Cojeaba ligeramente y de vez en cuando se acariciaba la pierna herida, pero la recuperación parecía ir bien y muy deprisa. Tuvo suerte, pensó Marcela. Mucha suerte.

—¿Qué es eso tan urgente? —preguntó ante el mutismo de Sarasola.

El empresario la miró un segundo y a continuación sacó un sobre acolchado del maletín que descansaba en el suelo.

—Esto ha llegado a mi despacho esta misma mañana —empezó Sarasola. Luego, ante la pasividad de Marcela, abrió el paquete y sacó el teléfono móvil—. Pero, antes, quiero que quede claro que nada de lo que vea y de lo que hablemos después puede hacerse público, ni ahora, ni nunca. Debe darme su palabra.

—No puedo hacer eso —respondió Pieldelobo—. Si lo que contiene ese móvil es importante para la investigación no me quedará más remedio que…

—No lo es —la cortó Sarasola—. Van a por mí. Quien sea, va a por mí. Han intentado matarme y ahora quieren destruir mi reputación. Lo que va a ver no puede salir de aquí —insistió.

Marcela nunca creyó que llegaría a ver el miedo reflejado en los ojos de Javier Sarasola, pero ahí estaba, brillante y abrasador, casi salvaje, un terror primitivo y poderoso que empequeñecía su mirada hasta convertirla en la de un ser casi humano.

No contestó a las exigencias de Sarasola. Alargó la mano, cogió el dispositivo y lo accionó. Pasó las imágenes una a una despacio, estudiando los detalles, el ángulo, a los protagonistas. Cuando terminó, entró en los ajustes del teléfono e hizo una foto con su propio móvil a los datos que encontró. Luego abrió el dispositivo en busca de la tarjeta SIM, pero no la encontró.

—¿Algo más? —preguntó por fin.

—¿Le parece poco? —exclamó Sarasola, enfadado.

—¿Le han pedido algo? Lo que sea. —Lo vio negar con la cabeza—. ¿Llamadas, mensajes directos o por otro cauce? —Nueva negación—. ¿Cómo se lo han enviado?

—Lo ha traído un mensajero esta misma mañana.

Marcela estudió el sobre, lo giró entre sus manos y analizó el logo.

—No creo que fuera un mensajero de verdad —dijo por fin—. No ha pedido a la recepcionista que firme el justificante y el sobre no tiene el logo de ninguna empresa de mensajería.

—No me había fijado, yo…

—¿Tienen cámaras en el vestíbulo? —continuó Marcela.

—Por supuesto.

—Vamos, entonces.

—Nadie debe saber… —empezó Sarasola.

—Nadie sabrá —le aseguró Pieldelobo—, pero después va a contestar a todas mis preguntas. Sin tapujos, sin chorradas. Pregunta, respuesta, ¿entendido? —Esperó el asentimiento y luego continuó—. Llame a la empresa de seguridad y pida que le envíen las imágenes de la recepción de esta mañana a su correo electrónico. Y de las cámaras de la calle. No acepte excusas ni dé explicaciones, ¿de acuerdo?

Sarasola asintió de nuevo.

—¿Quitará la cámara de mi casa? —preguntó después.

—Vamos —insistió Marcela.

Mientras seguía al coche de Sarasola en dirección a Olloki, valoró todas sus posibilidades. No estaba segura de querer acceder a la exigencia de no informar sobre la existencia de las imágenes y de un más que posible chantaje que a buen seguro llegaría en las próximas horas. Además, necesitaría la ayuda de alguien dentro del laboratorio para analizar el teléfono móvil y el sobre, además de las cámaras que encontrara. Lo lógico sería informar cuanto antes y organizar una intervención con todas las de la ley, pero estaba segura de que Sarasola preferiría destruir el móvil y su contenido antes que arriesgarse a que se hiciera público.

Aparcó detrás del deportivo y cogió un par de guantes de la bolsa del maletero.

—Desactive la alarma —le pidió a Sarasola. Este se dirigió hacia un discreto teclado a un lado de la puerta y tecleó con rapidez una secuencia de seis números. Marcela se acercó y suspiró—. ¿No ha cambiado nunca la contraseña? —preguntó.

—Nunca la he compartido con nadie.

—Los números que utiliza están desgastados. La ha compartido con todo el mundo.

—¿Sabe cuántas combinaciones distintas pueden formarse con seis dígitos? —planteó Sarasola con arrogancia.

Marcela sacó su móvil y tecleó con rapidez.

—Más de novecientos millones. Active la alarma de nuevo.

Sarasola hizo lo que le pedía y esperó con los brazos cruzados. La pierna lo estaba matando desde hacía un buen rato. Miró el reloj sin disimulo. Tenía muchas cosas que hacer, no tenía tiempo para tonterías; no habían ido a eso, sino a arrancar las cámaras ocultas y a estamparlas contra el suelo.

Marcela presionó varios iconos y esperó con la vista fija en la botonera digital. Uno a uno, en menos de tres minutos los dígitos de la contraseña se iluminaron hasta desbloquearse por completo.

Sarasola abrió la boca y volvió a cerrarla.

—John the Ripper puede ser muy útil. Esta aplicación es fácil de conseguir con unos conocimientos informáticos medios. Hoy en día, casi cualquier chaval puede hacerlo —dijo—. ¿Su dormitorio? —preguntó a continuación.

No tuvo que volver a ver las fotografías para encontrar la cámara del dormitorio. La habían escondido sobre el armario, en un ángulo discreto pero no invisible. Marcela necesitó un taburete para alcanzar el dispositivo sin cable.

—Diga adiós —dijo, enfocándole con la lente oscura.

—No me hace ni puta gracia —bufó Sarasola, que lanzó la mano para apartar la cámara de su cara.

—Pues ellos parecen divertirse mucho —respondió Marcela—, mire.

En la parte trasera de la cámara alguien había dibujado una lengua burlona y escrito una sola palabra.

—*Cucú* —leyó Sarasola—. ¿Cucú? —repitió en voz alta—. Pero ¿qué tipo de broma es esta? ¿Quién es el imbécil que se dedica a espiarme y que encima se pitorrea? ¿Qué tipo de gilipollas descerebrado haría esto?

Mientras Sarasola gritaba y daba vueltas por la habitación, Marcela registró el resto del espacio y continuó después por el salón, los cuartos de baño, la cocina y el despacho. Avanzó despacio, concienzudamente, revisando tanto las ubicaciones más obvias para una cámara espía como otras menos comunes, pero no encontró nada.

Casi dos horas después se reunió con Sarasola en el salón. Parecía más calmado, concentrado en la pantalla de su ordenador portátil.

—Tengo la grabación —dijo sin más, y giró el dispositivo hacia Marcela.

La escena que les interesaba apenas duraba diez segundos. Una persona con un anorak rojo y gorra del mismo color cruzó la puerta de la empresa, llegó al mostrador de recepción en tres zancadas, dejó el paquete y salió a toda velocidad.

—Se ha levantado el cuello del abrigo para esconder la parte inferior de la cara y la visera de la gorra oculta el resto —dijo Marcela—, y el anorak es tan grande que no podemos aventurar la verdadera complexión de la persona, aparte de su altura, que también se puede modificar con unas alzas.

Las imágenes de la calle no eran mucho más clarificadoras. Vieron al tipo de rojo llegar a toda prisa, entrar en la empresa, salir a los pocos segundos y desaparecer a la carrera dándoles la espalda.

—¿Profesionales? —preguntó Sarasola.

Marcela se encogió de hombros.

—Llame a recepción y pida una descripción lo más completa posible de la persona que entregó el paquete. Insista, la memoria es perezosa.

Sarasola no necesitó más indicaciones. Mientras hablaba, Marcela salió al jardín y se encendió un cigarro. El césped amarronado empezaba a verdear, y los macizos de unas flores que era incapaz de identificar estaban llenos de fragantes capullos. El aroma le recordó a su colegio de Biescas. Uno de los muros del patio estaba cubierto de arbustos como ese, que en primavera y verano lo llenaban todo de un olor dulce, a veces empalagoso, pero que funcionaba como un asombroso calmante en ella. Solía cerrar los ojos y aspirar con fuerza para que el recuerdo de la fragancia durase el máximo tiempo posible.

Cerró los ojos y aspiró, pero los arbustos estaban demasiado lejos y las flores aún no se habían abierto. Le dio otra calada al cigarrillo y buscó dónde aplastarlo. Optó por agacharse, apagarlo en la tierra reseca y guardar la colilla en el plástico del paquete.

—Allí hay un cubo de basura —dijo Sarasola a su lado. Señalaba un rincón al otro lado del jardín—. La recepcionista no recuerda nada, dice que no tuvo tiempo ni de levantar la cabeza para ver quién le hablaba. Oyó a alguien decir «paquete» y, cuando lo miró, ya salía por la puerta. De lo único que está segura es de que era un hombre.

—No es mucho —comentó Marcela. Sarasola sacudió la cabeza a su lado—. Lo más inteligente por su parte sería presentar una denuncia…

—De ninguna manera —zanjó él. Se detuvo junto al cubo, esperó a que Marcela tirara la colilla y dio media vuelta en dirección a la casa.

—Volverán a ponerse en contacto con usted, no han corrido el riesgo de entregarle el móvil por nada. Llámeme cuando lo hagan —pidió Marcela.

Sarasola cabeceó con la mirada perdida.

Se dirigieron en silencio hacia el exterior de la casa.

—Gracias por su ayuda —dijo cuando llegaron al coche.

—Estamos en contacto —se despidió Marcela.

Sarasola se había negado a entregarle el móvil con las fotos, pero llevaba la cámara espía en una bolsa. No tenía tarjeta de memoria, aunque confiaba en que las placas internas o la conexión wifi le ofrecieran algo más de información. Solo tenía que decidir a qué puerta llamar en busca de ayuda.

***

Natalia estaba preciosa vestida de negro. Lo cierto era que, para Máximo, Natalia siempre estaba preciosa. Era preciosa. Pero el negro realzaba su pelo rubio y estilizaba aún más su cuerpo de atleta.

Llevaban media hora besándose en la habitación de Max, él sentado en la butaca y ella sobre sus rodillas. Su madre estaba ocupada con los preparativos del funeral y llevaba toda la mañana encerrada en su gabinete, envuelta en incienso y música de trinos, gongs y agua. Además, ella nunca entraba en su cuarto cuando venía Natalia.

Hacía tiempo que Max había traspasado la barrera de la ropa, e incluso un par de veces había colado la mano por debajo del sujetador de su novia, pero no esperaba aquello. Natalia se separó unos centímetros de él y le acarició el pelo mientras lo miraba a los ojos. Luego se alejó un poco más y empezó a soltarse uno a uno los botones de la blusa, sin dejar de mirarlo hasta mostrar un sostén también negro. Tenía la piel brillante, luminosa, cubierta de puntitos plateados y dorados. Máximo acarició despacio el borde del sujetador y gimió en voz baja al sentir la tirantez de sus pantalones. Natalia sonrió y llevó las manos hasta el jersey de Max, que se dejó hacer, dócil, y la ayudó a librarse de él.

Natalia le acarició el pecho y jugueteó con el escaso vello que le cubría los pezones. Luego se inclinó y volvió a besarlo. Las manos de él volaron a la espalda de la chica y soltaron el único corchete del sujetador. Ella abandonó la boca de Max y lanzó la prenda al suelo. Lo miró jadeante, muy quieta delante de él.

—¿Quieres…? —preguntó Máximo en un susurro. Le besó un pezón y sacó un poco la lengua para acariciarlo despacio. Natalia no pudo evitar arquearse hacia su boca.

—Hace tiempo que lo pienso —contestó la chica—. Te quiero con toda mi alma. Estoy lista si tú lo estás. He traído… —Señaló el bolso que estaba en la silla y sonrió—. Tengo dos, se los he cogido a mi hermano.

Máximo pasó un brazo por debajo de las piernas de su novia y con el otro le rodeó la espalda. Se levantó con ella en brazos y la dejó despacio sobre la cama. Le temblaban tanto las manos que le costó un gran esfuerzo desabrocharse el pantalón. Cuando por fin consiguió quitárselo, se inclinó sobre Natalia y hundió la cara en sus pechos brillantes.

Su intención era besarla, quitarle la falda y las braguitas e intentar lamerle ahí abajo como tantas veces había visto hacer en las películas porno, pero no pudo. Mientras la secuencia de imágenes se reproducía en su cabeza sintió que su pene engordaba y crecía como nunca lo había hecho y, acto seguido, un líquido espeso y caliente le empapaba los calzoncillos.

—No... —suspiró decepcionado—. Mierda...

—Tranquilo —lo animó ella—. Ven.

Lo atrajo hacia su boca y lo besó mientras le acariciaba la espalda con la yema de los dedos. El placentero escalofrío pronto se convirtió en una nueva erección que esta vez, se dijo, no desaprovecharía.

La desnudó con rapidez, se deshizo del calzoncillo sucio y se puso el condón con manos torpes. Luego se colocó sobre ella, entre sus piernas, y le besó los pechos y el cuello mientras jadeaba. Natalia lo miraba expectante. Se había quedado rígida ante lo que sabía que estaba por venir. Había leído que podía ser muy doloroso o apenas sentir nada, y que era frecuente sangrar un poco. Llevaba una compresa en el bolso, por si acaso. Cerró los ojos, abrió mucho las piernas y esperó. Sintió el miembro de Max presionar contra su sexo y abrirse paso despacio. Max gemía bajito, un sonido gutural que le gustaba escuchar. Gemía por ella, pensó, y eso nunca lo olvidaría, por muy lejos que estuviera. Nunca se olvida la primera vez.

Max empujó con más fuerza y la penetró por sorpresa en un solo movimiento. Natalia gritó de dolor y él se detuvo un segundo, pero al instante comenzó un balanceo rítmico de cadera mientras susurraba palabras ininteligibles pegado a su cuello.

Tampoco esta vez duró mucho, aunque a Natalia se le hizo eterno. Le escocía la entrepierna y sentía un dolor agudo en su interior. Quizá aquello no hubiera sido tan buena idea. ¿En qué momento había pasado del placer y el deseo al dolor y el desastre, a contar los segundos que faltaban para que aquello terminara?

Max se quedó quieto sobre ella, dentro de ella. Lo vio sonreír con los ojos cerrados y cambió de opinión. Sí que había merecido la pena. Nunca, nunca, la olvidaría. Era suyo para siempre. Aprenderían juntos a que no doliera y a que eso se pareciera cada vez más a lo que veía en las películas y leía en los libros. Juntos. Allí o en Estados Unidos. Nadie se lo quitaría.

Media hora después, se vistió y lo besó largamente antes de marcharse. Ambos tenían que prepararse para el funeral. Estiraron la colcha y envolvieron con cuidado el preservativo usado en un par de pañuelos de papel que Max tiraría a la basura cuando su madre no lo viera.

Habían cambiado tantas cosas y, sin embargo, parecían los mismos. Natalia se abrazó a él, apoyó la cabeza en su pecho y suspiró.

—Nos vemos en un rato —le dijo ya en la puerta.

Max sonrió. Le brillaban los ojos.

Natalia fue feliz hasta que se cruzó con Carlos en el portal.

—¿Adónde vas? —le preguntó.

—¿Tú qué crees? —le respondió el amigo de Max—. Hemos quedado.

—Tiene que ir al funeral —le recordó ella.

—Lo sé, pero tenemos que hablar un momento. Cosas nuestras —añadió con una sonrisa.

—¿De Estados Unidos? —preguntó quisquillosa. Carlos había conseguido plaza en el mismo instituto que Máximo para el próximo curso. No le hacía ninguna gracia que ese cerebrito imbécil acaparara a su novio sin que ella pudiera hacer nada. De hecho, estaba convencida de que Carlos estaba secretamente enamorado de Max.

—De varias cosas —respondió el muchacho eludiendo la pregunta.

Natalia hizo un mohín y se dirigió a la puerta.

—Adiós —dijo Carlos.

Ella no respondió. Él sonrió y entró en el ascensor.

25

Las campanas de la catedral llevaban diez minutos lanzando al aire su fúnebre llamada. Cada golpe de badajo contra el bronce retumbaba en el pecho de quienes esperaban en la plazoleta para entrar en el templo, una cadencia solemne que se imponía sobre las conversaciones susurradas, las sonrisas protocolarias y las manidas frases de pésame. No se puede acompañar a nadie en el dolor, el dolor es dueño y soberano, único habitante del alma de las personas, de su mente, de su cuerpo, que enferma y se marchita hasta desaparecer si el dolor aprieta.

Acompañar...

Marcela sentía el dolor clavado en la carne, un dolor solitario que se le había pegado a la piel. Lo sentía en las uñas que laceraban la palma de su mano; en los pulmones, que se negaban a retener el oxígeno y la obligaban a boquear, agotada; en las piernas, que le pedían a gritos un descanso; en la cabeza, activa, siempre activa, recordando, gritando, revolviéndose.

Se había situado con el subinspector Vila junto a una de las gruesas columnas del pórtico de la catedral para observar el lento flujo de personas que iban llegando, todos elegantemente vestidos de un negro riguroso apenas roto por un toque morado o azul.

El cortejo fúnebre llegó puntual. Primero, dos coches de los que descendió la familia directa de Francisco Sarasola, sus hijos mayores y la esposa de Sergio en uno, y su actual esposa y Máximo en el segundo. Cuando se colocaron de pie junto a la verja de la catedral llegó el coche que trasladaba el ataúd. Los tres hijos dieron un paso al frente y se situaron a ambos lados del portón, junto con un hombre con el logo de la funeraria en el bolsillo de la americana.

El chófer tiró de los raíles y el féretro emergió del interior. Acto seguido se colocó al frente y dirigió los movimientos de los portadores hasta que el ataúd estuvo listo para entrar en la iglesia.

Valeria Huguet se situó justo detrás e inició un lento avance a través de la plazoleta. Quedaba muy poca gente fuera, apenas unos cuantos curiosos, fotógrafos de prensa y algún rezagado al que no le quedó más remedio que esperar a que pasara el cortejo.

Natalia, sentada junto a sus padres en un banco de la parte delantera, sintió un retortijón en el estómago al ver a Max. A pesar del dolor, el escozor y la sangre, su mente recreó una serie de imágenes que hicieron que sus braguitas se humedecieran. Incómoda por lo inapropiado de la situación, bajó la cabeza y se concentró en sus manos.

Los porteadores acomodaron el féretro sobre la peana dispuesta ante el altar y permanecieron durante unos instantes unos frente a otros. Javier Sarasola observó a su hermanastro y sonrió con discreción. Esperó hasta que Máximo llegó a su lado y le susurró:

—Dile a tu novia que no se ponga purpurina en las tetas, tu cara parece una nebulosa, guarro.

Máximo sintió que se sonrojaba hasta las orejas y se apresuró hasta su sitio en primera fila, al lado de su madre. Sintió la mirada de Javier desde el banco al otro lado del pasillo, pero se obligó a seguir mirando al frente y a aguantar las ganas de frotarse la cara con la manga de la americana.

Pieldelobo y Vila, situados cada uno a un lado de la nave central, intentaban captar los gestos, las interacciones e incluso los desplantes de los asistentes. Caras vueltas, manos ofrecidas y rechazadas, besos al aire, sonrisas.

Diego avanzó pegado a las capillas laterales hasta situarse junto a su jefa.

—Ni una lágrima —dijo en voz baja cuando llegó. Marcela afirmó con la cabeza—. No veo nada destacable —añadió.

—Todo según el guion —respondió—, pero mira a los dos

hermanos, el mayor y el más joven. —Señaló con la cabeza en dirección a los primeros bancos—. Javier Sarasola ha estado a punto de hacer llorar a Máximo.

Vila se fijó en el rubor brillante del muchacho y en la mal disimulada satisfacción del mayor de los Sarasola.

—¿Qué crees que ha pasado? —preguntó Vila. Marcela se limitó a encogerse de hombros—. Ese Sarasola es un mal bicho —dijo por encima de las voces de la coral.

—En eso estamos de acuerdo. Vámonos de aquí —añadió.

Sergio Sarasola no se encontraba bien. Tenía el estómago revuelto y la cabeza nublada. Lara le había ofrecido una pastilla antes de salir de casa, pero prefirió no tomársela para tener la mente despejada. Ahora se arrepentía. Todo aquello lo sobrepasaba. El féretro brillante, el olor pegajoso del incienso, los panegíricos, lecturas y sermones que parecían no tener fin. ¿Cuánto más iba a durar aquello? Se removió inquieto en el banco. Su hermano Javier puso la mano sobre su muslo y apretó con fuerza.

—Estate quieto —le ordenó en voz baja—. Haz el favor de comportarte.

Sergio bajó la cabeza y reprimió un escalofrío. Aguantó la misa, los cánticos, los apretones de mano y las palmadas en el hombro de pie junto al féretro y el lento desfile hasta salir por fin de allí. En cuanto estuvo en la calle, soltó la mano de su mujer y aceleró el paso sin mirar atrás. Lara y Javier lo vieron alejarse sin tratar de impedírselo.

—Tienes que controlarlo —dijo Javier en voz baja.

Lara se giró hacia él y sonrió.

—¿Qué te hace pensar que puedo?

—Sé que puedes —insistió Sarasola—; simplemente, hazlo.

—Eso es un trabajo a jornada completa —susurró ella para evitar los oídos ajenos—, y el trabajo se paga.

—¿Tienes problemas de dinero? —se mofó Javier.

Lara fingió buscar algo en el bolso mientras varias personas se despedían de Javier.

—Sergio me da todo lo que necesito —respondió cuando volvieron a estar solos—, pero tu padre me obligó a casarme en régimen de separación de bienes y a firmar un contrato matrimonial que me deja en la calle y sin nada en caso de divorcio.

—Mi padre era un tipo listo —sonrió Sarasola.

—Tú también lo eres, y si sabes lo que te conviene me agradecerás convenientemente la labor que hago con tu hermano... y que puedo dejar de hacer en cualquier momento. De hecho, podría convencerlo de cualquier cosa, como de que venda su participación en la empresa al primero que pase y nos dediquemos a viajar el resto de nuestras vidas.

—Podrías solucionar tu situación muy fácilmente si tuvieras un niño.

—Ya tengo un niño, tu hermano, aunque no descarto darle un hermanito. Sí, eso garantizaría de algún modo mi futuro. Mira tu madre, sin ir más lejos...

Javier esquivó la puñalada y la miró desde detrás de sus gafas de pasta.

—¿Qué quieres? —le preguntó.

—Seguridad, lo que cualquier chica querría. Bienes a mi nombre, una cuenta corriente. Un buen futuro, pase lo que pase.

—¿Y te ocuparás de mi hermano?

—Será como un corderito —le garantizó Lara—. Es un buen chico —añadió después con un mohín—, pero anda un poco perdido.

—Muy bien. Habla con él, contrólalo. Tiene que estar en su papel, tampoco es tan complicado.

—Claro —aceptó Lara—, y tú, a cambio...

—Hay varias promociones en marcha, pondré un par de viviendas a tu nombre.

—¿Y...?

—Y tendrás una remuneración anual en una cuenta solo tuya, como una paga de beneficios. Avísame cuando la abras. Y sé discreta. Sergio no debe enterarse de nada.

—No lo hará. Voy a buscarlo. Un placer charlar contigo, como siempre.

Javier estiró el brazo y frenó a Lara, que se detuvo sorprendida y se giró para mirarlo.

—Sobre todo —le dijo en un susurro—, no se te ocurra jugar conmigo. Un funeral más, un funeral menos…

Lara se separó bruscamente de su cuñado, frunció el ceño y se alejó a toda prisa. Satisfecho, Javier apretó los labios y se situó a un lado de la puerta de madera a esperar la salida del féretro. Estaba en la recta final. En poco más de doce horas, la urna con las cenizas de su padre estaría enterrada en una tumba vallada, cubierta con una lápida de mármol y vigilada por un ángel de piedra. Francisco Sarasola sería el primero de la familia en ocupar una sepultura que compró a modo de inversión. Javier pensaba encargarse ese mismo día de que a él no lo metieran nunca en ese agujero. Pensar en una eternidad junto a su padre le producía más escalofríos que la propia muerte.

El inspector Asensio la esperaba detrás de un café con leche humeante. Marcela se sentó frente a él al otro lado de la mesa y le pidió una cerveza al camarero.

—No son horas, Asensio —le dijo señalando el café.

—Lo mismo digo, Pieldelobo.

Ambos sonrieron un momento y dedicaron su atención a sus respectivas bebidas.

—No sé qué le has hecho a Domínguez —retomó por fin Asensio—, pero no se puede mencionar tu nombre sin que explote.

—Más de lo mismo. —Marcela se encogió de hombros—. Me limito a hacer mi trabajo.

Asensio cabeceó y apuró el café, que había dejado de humear.

—Todavía no me he puesto con lo del móvil —le dijo después.

—Tengo otra cosa, pero necesito discreción absoluta.

El inspector enderezó la espalda y apartó la taza vacía.

—No quiero líos —dijo. Luego bajó la voz y la miró a los ojos—. ¿Qué tienes?

Marcela sonrió.

—Una persona relacionada con el caso Sarasola ha recibido una serie de imágenes comprometedoras. Habían instalado una minicámara en su dormitorio —explicó—, y está decidido a hacer lo que haga falta para que no salgan a la luz.

—¿Cómo te has enterado tú? —preguntó Asensio.

—Él me llamó.

—¿En serio? Sí que está desesperado...

Marcela pasó la pulla con un trago de cerveza.

—No quiere presentar denuncia ni informar de lo ocurrido.

—¿Qué le piden?

—Nada, de momento. Un falso mensajero le entregó un paquete con un teléfono móvil que contenía las imágenes.

—¿Lo tienes?

Marcela negó con la cabeza.

—No se fía de nadie —dijo—, pero no se opuso a que me llevara la cámara que encontré en su dormitorio. —Se miraron en silencio un largo minuto—. Necesito que la analices —pidió por fin—, estoy segura de que encontrarás un rastro que seguir.

Marcela dejó sobre la mesa una abultada bolsa de papel marrón y la empujó hasta situarla a medio camino entre ella y el inspector, que ignoró la presencia del paquete.

—Dos cosas, Pieldelobo —empezó Asensio—. Primero, creo que confías demasiado en mis habilidades como forense tecnológico. —Levantó la mano cuando Marcela hizo ademán de interrumpirlo—. Y segundo, si lo hago y Domínguez me pilla, estoy acabado, y no sé si merece la pena.

—Lo comprendo —respondió Marcela—, pero no se enterará.

Asensio la miró un minuto entero antes de alargar la mano y coger el paquete. Abrió el sobre y estudió la cámara.

—Veré qué puedo hacer —accedió por fin. Marcela no pudo reprimir una amplia sonrisa—. No te alegres tanto —le cortó él—, no te prometo nada. Y, desde luego, si la Reinona me pilla te echaré la culpa a ti.

—Por supuesto —aceptó ella levantando las manos—. ¿Quieres algo de verdad? —preguntó señalando la taza de café vacía.

Asensio apretó los labios y movió la cabeza de un lado a otro.

—Un chupito de pacharán —pidió por fin—. Eres mi perdición, Pieldelobo.

—Tú déjate llevar —sonrió ella de camino a la barra.

26

Asensio la había dejado sola en el bar. La mañana soleada se había convertido en una tarde brumosa en la que el viento arrastraba las nubes arriba y la suciedad abajo. Apuró su segunda cerveza y miró el móvil. Ni una llamada de Damen, ni un mensaje. No le sorprendía su silencio; es más, lo esperaba y comprendía. Si algo tenía Damen era dignidad y respeto por sí mismo. Buscó el contacto en el listado y le sonrió a su foto. También podía llamarlo ella... No, no podía hacerle eso.

Sintió un fuerte dolor en la boca del estómago y las lágrimas le escocieron en los ojos. Apretó los dientes, guardó el móvil y se levantó.

—Te jodes, Pieldelobo —dijo entre dientes mientras salía del bar—. Por idiota.

El subinspector Vila pasó una vez más las páginas del extenso informe sobre drones que les había enviado la Policía Foral. La mayor parte de aquellos párrafos era ininteligible para él, una sucesión de frases en inglés, expresiones técnicas e incluso fórmulas. Aquello parecía más un tratado de ingeniería que un informe pericial.

La tercera vez que intentó comprenderlo levantó el auricular del teléfono y llamó a la oficial que firmaba el documento. Las extensas explicaciones de la agente solo consiguieron aumentar la carga de trabajo que se acumulaba sobre su mesa. Tendría que llamar a empresas que diseñaban, construían, vendían o alquilaban drones, a universidades, laboratorios de aeronavegación e incluso a estudios de cine, por no hablar del Ejército y, por supuesto, de los cientos de aficionados anónimos capaces de transformar un juguete en un arma.

Se echó hacia atrás en el asiento y se llevó las manos a la cabeza. Era imposible seguirle la pista a un aparato del que ni siquiera tenían una imagen borrosa. Pero no sería él quien se lo dijera a la inspectora Pieldelobo.

Sacó el móvil del bolsillo y llamó a su mujer.

—Ya te habían advertido que era peculiar —le dijo Cristina. El motor acelerado del coche en el que iba de patrulla por Logroño acompañó sus palabras—. Busto —le dijo al conductor—, que no es un tractor.

Diego sonrió al imaginar a su mujer aleccionando al joven agente en prácticas que le hubieran asignado ese día. Cristina se encargaba de buena parte de la formación de las nuevas incorporaciones. Empezaba a estar harta de su trabajo, pero no le quedaba más remedio que aguantar al menos hasta la siguiente promoción de destinos.

—No es peculiar —protestó Vila—. Es bipolar. Tan pronto me trata como si fuéramos uña y carne como que pasa de avisarme de un interrogatorio importante. Y ahora me tiene con lo de los drones. Si me lo dan en chino no me enteraría menos.

Cristina rio al otro lado del teléfono.

—Tengo que dejarte —dijo a continuación—. Tenemos un aviso.

Colgó sin despedirse, pero Vila no se molestó; él habría hecho lo mismo.

Seguía hirviendo por dentro.

Buscó en el WhatsApp el contacto de Lucía y tecleó deprisa.

¿Tienes unos minutos? Cinco, por ejemplo.

Ella tardó solo unos segundos en responder. Vila recibió tres caritas sonrientes seguidas de un enorme corazón rojo.

Vestuario femenino del sótano, escribió Lucía, *en un minuto.*

Diego cerró la aplicación y se apresuró escaleras abajo. El sótano estaba desierto. Los calabozos estaban vacíos esa tarde, y todas las salas, cerradas y con las luces apagadas. Nadie utilizaba el vestuario femenino de esa planta, habilitado a toda prisa cuando la incorporación de las primeras agentes hizo necesario un lugar propio para ellas. Años después, con la rehabilitación de parte del edificio, se instalaron unos nuevos en la primera planta. Los vestuarios del sótanos servían… para lo que servían.

Diego entró en el vestuario. Olía a humedad y a goma de neumático. El garaje estaba a unos metros en dirección contraria, era casi imposible que alguien entrara allí por error. Unos segundos después escuchó pasos fuera, cortos y rápidos, directos hacia él. La puerta se abrió un instante y Lucía entró. Cerró a su espalda y corrió el pasador. En la penumbra, Diego intuyó sus ojos e imaginó su sonrisa ladeada. La vio avanzar despacio, felina, soltando un botón de la camisa a cada paso. Vila se libró del jersey y de la camiseta y dio un paso largo hacia ella. Aspiró su aroma y escuchó su respiración acelerada. Agachó la cabeza hasta alcanzar sus labios y se lanzó a por ellos con decisión.

Cinco minutos, pensó.

Le cogió el trasero con las dos manos, la subió sobre sus caderas y, con las piernas de Lucía alrededor de su cintura, avanzó hasta apoyarla en la pared desnuda.

Siete minutos. Luego, en silencio y sin dejar de besarse, se recompusieron la ropa y se dispusieron a marcharse. Ella primero, él un par de minutos más tarde. Veinte minutos después de levantarse de su escritorio, Diego Vila revolvía de nuevo el informe sobre los drones adelante y atrás, esta vez con una sonrisa en los labios.

Limerencia.

Damen recordaba a la perfección la primera vez que estuvo con Marcela. Cada segundo, cada detalle, cada frase dicha, incluso las inacabadas. Cada sugerencia, cada risa y cada gemido. Cuando se miraron, tumbados, exhaustos, satisfechos, Damen reconoció que nunca le había pasado algo así, desear a una persona al segundo de haberla visto, sin siquiera haberla conocido ni apenas saber su nombre, consciente además de que no era un deseo estrictamente sexual, sino que su cerebro llevaba horas gritándole que era ella.

—Limerencia —dijo Marcela mientras se levantaba y buscaba un cigarrillo en su bolso. Lo encendió sin dejar de mirarlo, con una sonrisa pícara en los ojos, mientras abría la ventana y le daba una larga calada—. Eso se llama limerencia. Es un estado mental involuntario que te obliga a enamorarte de una persona. La atracción romántica y sexual es inevitable.

—Limerencia —repitió Damen.

—Ajá. Conviene saberlo e intentar controlar los síntomas.

—¿Como si fuera una enfermedad? —bromeó Damen.

—Más o menos.

—Mi cerebro no es idiota, y el resto de mí, tampoco.

Marcela apagó el cigarrillo y volvió a la cama.

—Nadie ha dicho que tú seas idiota —dijo mientras le besaba despacio la comisura de la boca—, pero concéntrate en no enamorarte de mí.

Quizá fuera eso, quizá todo este tiempo simplemente había estado enfermo.

Había salido de casa antes del amanecer y llevaba tres horas caminando, ascendiendo pesadamente hasta la cima del monte Adi. Le había costado llegar más que otras veces. Se sentó sobre una roca áspera cubierta de musgo y dejó que la vista se perdiera en el impresionante horizonte. Había tenido que obligarse a hidratarse durante toda la ascensión, pero era incapaz de comer nada. Apenas comía desde… Contuvo la respiración, cerró los ojos e inició una cuenta atrás desde diez antes de espirar y volver a abrirlos. Nada había cambiado.

Siempre había pensado que el amor, como la tristeza, la alegría, la angustia o cualquier otro sentimiento del ser humano, estaba producido y controlado por la mente. La química del cerebro nos convierte en lo que somos, condiciona nuestras acciones. Si controlamos la química, seremos los dueños de nuestra mente.

Y ahí estaba él, con las terminaciones nerviosas aguijoneándole los dedos, el estómago encogido y el corazón latiendo tan deprisa que dolía. Sí, dolía. El dolor era físico, real. No dormía y apenas respiraba. Trabajaba con la mente en blanco y el ceño fruncido, y escondía el móvil en un cajón para no comprobar cada dos minutos que ella no había llamado, no había escrito.

Tenía que reconocer que estaba asombrado ante su propio dolor, tan real y físico, apenas controlable. Aunque sabía que era una irresponsabilidad, había subido al monte sin teléfono, consciente de que allí arriba, cubierto de dolor de los pies a la cabeza, acabaría por claudicar y la llamaría. Pero Damen no tenía intención de suplicar, no le prometería nada. Ella sabía lo que había, la oferta estaba sobre la mesa, clara desde el principio.

Ella sabía lo que dejaba atrás. Ahora, Damen solo podía ver los cuervos en la espalda de Marcela Pieldelobo.

27

La secretaria dejó el sobre encima de la mesa y dio un paso atrás. Javier Sarasola la miró y después centró su atención en el envío. Un sobre manila con acolchado de burbujas en el interior, sin remite y con la dirección de la empresa escrita en asépticas mayúsculas. Utilizó un pañuelo de papel para darle la vuelta. En la parte trasera del sobre, una sola palabra: *CUCÚ*.

—Hijos de puta —bufó Sarasola entre dientes—. Pida la grabación de las cámaras de seguridad y que la envíen a mi correo. Ahora —gruñó.

La secretaria salió del despacho a la carrera. Sarasola cogió su móvil y marcó un número que casi se sabía ya de memoria.

—Inspectora —dijo cuando Pieldelobo descolgó—. Ha llegado otro sobre.

—¿Lo ha abierto? —preguntó Marcela.

—No, ni lo he abierto ni lo he tocado. Mi secretaria sí —añadió, pensando en despedirla. Había sido muy claro en sus instrucciones el día anterior—, y no sé qué habrán hecho en recepción. Ya he pedido las imágenes.

—Bien, vamos para allá.

—Inspectora —la interrumpió Sarasola con la urgencia agarrotándole las cuerdas vocales—, le pido la máxima discreción.

—Sin luces ni sirenas, entonces.

Sarasola colgó y echó la silla hacia atrás para alejarse del sobre.

Había empezado a pensar en la posibilidad de que contuviera algún explosivo. Se levantó despacio y salió del despacho. Marcela y Vila lo encontraron de pie en el pasillo quince minutos después, con los brazos cruzados y la mirada fija en el paquete, que de momento no había explotado.

—Podemos llevarlo a un entorno seguro, si le parece —propuso Vila. Se habían colocado alrededor de la mesa y los tres lo miraban sin decidirse a abrirlo—. A nuestras instalaciones en Beloso, por ejemplo.

—No hay ningún explosivo ahí dentro —dijo Marcela por tercera vez. Sin embargo, los dos hombres no parecían tan convencidos.

Inspiró profundamente, soltó el aire y cogió el sobre con las manos enguantadas. Vila y Sarasola dieron un rápido paso atrás. Marcela los miró, sonrió de medio lado y separó con cuidado la solapa adhesiva. Ahuecó el sobre y miró en su interior. Luego le dio la vuelta y dejó que el contenido se deslizara hasta la superficie pulida de la mesa.

Nada explotó, no hubo humo ni polvo sospechoso. Una hoja de papel y una fotografía resbalaron mansamente hasta al exterior. La imagen ya la conocían. Vila se sonrojó hasta la raíz del pelo al acercarse para comprobar que el protagonista de la curiosa escena era ni más ni menos que Javier Sarasola. El empresario, por su parte, hundió las manos en los bolsillos del pantalón para no ceder a la tentación de coger la foto y hacerla añicos en ese mismo instante.

La hoja de papel era medio folio toscamente cortado y escrito a mano con las mismas pulcras mayúsculas que la dirección del sobre. Marcela leyó en voz alta el mensaje:

—*Las fotos valen doscientos mil. Transfiere el dinero a través de esta pasarela de pago a la cuenta que hemos anotado antes de medianoche y te enviaremos la tarjeta de memoria.*

Tras el mensaje, el nombre de una conocida aplicación de envío de dinero y una serie de dígitos y letras. Marcela se sentó en el sillón de Sarasola sin pedir siquiera permiso y entró en la pasarela virtual. Tecleó en el buscador interno la cuenta indicada y esperó el resultado.

—*Cucú* —leyó. Ni un dato más.

—¿Pueden hacer eso? —preguntó Sarasola—, ¿pueden abrir una cuenta poniendo esa chorrada en el lugar de los datos del titular?

—El nombre público puede ser cualquiera, pero la ley exige a la pasarela de pago recabar los datos reales del titular. —Tecleó unos segundos más y apoyó la espalda en el asiento. Sonrió un instante y leyó la información que le ofrecía la pantalla—. Javier Sarasola Otamendi, documento de identidad número 59175624W.

—¿Cómo? —gritó Sarasola—. Yo no… ¿Qué coño está pasando aquí?

—Suplantación de identidad —le explicó Marcela—. La pasarela, igual que las empresas que comercian con tarjetas virtuales, no verifican los datos aportados por el cliente. Son capaces de confirmar que el nombre y los apellidos corresponden con el DNI, pero nada más.

—Hijos de puta… ¡Hijos de puta! —gritó.

El empresario caminó de un lado al otro de su despacho, demasiado pequeño para tanta ira. Por fin, se detuvo junto al perchero y cogió su americana.

—Necesito tomar el aire —bufó.

—Voy con usted. Vila, lleva las pruebas a Beloso y pide prioridad. Habla con Asensio.

—La foto no —exigió Sarasola. Marcela le sostuvo la mirada unos largos segundos. Por fin, el protagonista de la escena en blanco y negro soltó el aire que guardaba para el siguiente exabrupto y claudicó—. Qué más da, pero si se filtra… —Dejó la amenaza en el aire, no hacía falta decir más.

Salió al pasillo y bajó las escaleras de dos en dos, ignorando el ascensor. Marcela lo siguió en silencio a un paso de distancia. Una vez en la calle, Sarasola miró a derecha e izquierda, dudando hacia dónde dirigir sus pasos.

—Conozco un sitio —dijo Marcela, que giró hacia la izquierda. Caminó deprisa, convencida de que Sarasola necesitaba quemar parte de la furia que le ardía por dentro. Esa sensación le era muy familiar.

Cruzaron a la carrera una avenida de cuatro carriles, evitaron a los viandantes y avanzaron como locomotoras en dirección a la muralla de Pamplona. Marcela siguió caminando cuando dejaron atrás el último edificio poblado y lo único que tenían a su alrededor eran ruinas deshabitadas a un lado y un muro de piedra al otro.

Sarasola sudaba por el esfuerzo. Su cara pálida brillaba y el pelo engominado se movía en mechones pegajosos de un lado a otro de la cabeza. Tenía las mejillas coloradas y los ojos chispeantes, furiosos. Apretaba los puños y avanzaba con el torso levemente inclinado hacia delante. La cojera todavía era evidente, y de vez en cuando torcía el gesto y se llevaba la mano al muslo, pero no aflojaba el ritmo.

Pieldelobo, un par de metros delante de él, se detuvo ante una doble puerta metálica pintada de rojo oscuro. Sobre el dintel, un cartel negro anunciaba en letras igual de rojas el nombre del garito: *PELIGRO*.

—¿Es un aviso? —preguntó Sarasola con el ceño fruncido.

—Solo es un nombre. Vamos.

Marcela abrió la puerta y esperó hasta que Sarasola se decidió a entrar. Bajaron por unas escaleras estrechas y empinadas hasta un sótano de paredes grises y luces violáceas. La sala era amplia, con la barra a la izquierda y al menos diez mesas a la derecha. Casi todos los taburetes estaban ocupados, pero quedaban media docena de mesas libres. Marcela se dirigió a una del rincón y se sentó. Sarasola la miró un instante de pie. Vigiló su espalda, luego inspeccionó el bar con detenimiento y por fin separó la silla de la mesa y se sentó.

—Esto es un tugurio —protestó.

—No se crea, hay sitios peores en barrios que tiene por decentes.

La música estaba alta, pero no impedía la conversación. La gente parecía tranquila. Mucho cuero negro, pantalones vaqueros y camisetas oscuras.

—No es ni mediodía y toda esta gente… ¿No tienen nada mejor que hacer que perder el tiempo en un bar? —siguió Sarasola.

Marcela cruzó los brazos por delante del pecho y miró fijamente esos ojos oscuros y fríos.

—¿Conoce a alguna de estas personas? —Observó cómo el empresario negaba con la cabeza—. ¿Qué le hace pensar que no son trabajadores de cualquier sector que simplemente disfrutan de su tiempo libre? Médicos, conductores de autobús. Policías —añadió, y sonrió.

Sarasola volvió a mirar a su alrededor, a las personas acodadas en la barra o sentadas en las mesas, a los camareros y, más allá, a la colección de botellas de *whisky* pulcramente ordenadas en las estanterías de cristal. Se le iluminaron los ojos.

—¿Qué quiere tomar? —preguntó Marcela. Sarasola consultó su reloj—. Pida lo que de verdad le apetezca.

Sarasola apretó los labios finos hasta convertirlos en una línea sonrosada.

—Un Macallan de doce años —pidió por fin—, o un Jameson Black Barrel si no tienen.

Marcela asintió y se dirigió a la barra. Volvió poco después con dos vasos llenos hasta la mitad de líquido ambarino y un par de cubos metálicos girando en su interior. El empresario los miró con el ceño fruncido.

—Hielo de acero inoxidable —le explicó Marcela—, enfría, pero no aguachina.

Sarasola asintió en silencio, hizo girar las piedras heladas y se concentró en la espiral de *whisky* mientras obligaba a su corazón a recuperar la calma.

—Ya tienen los quinientos mil del rescate. Nos devolvieron un cadáver y a mí me pegaron un tiro. Y ahora esto. No van a acabar nunca, ¿verdad?

—Seguirán hasta que los cojamos —afirmó Marcela.

Sarasola sonrió tristemente y paladeó el *whisky* con deleite.

—Tenían Macallan —aprobó.

—Ya le dije que no es un tugurio.

Javier volvió a beber y miró a Marcela. El fuego había desaparecido de sus ojos y las comisuras de sus labios apuntaban hacia abajo.

—¿Cómo de cerca está de cogerlos? —preguntó.

Marcela soltó el aire por la nariz y bebió antes de responder.

—Tenemos muchos frentes abiertos. La chispa saltará en cualquier momento.

—Y mientras tanto —siguió Sarasola—, me tengo que quedar de brazos cruzados viendo cómo unos hijos de puta arruinan mi reputación.

—No han hecho públicas las fotos —terció Marcela.

Sarasola levantó una ceja y bebió.

—Creo que todo esto va más allá del dinero —siguió Pieldelobo—, es una cuestión personal, con usted, con su padre, con su familia…

—Yo también lo he pensado —reconoció él. Levantó la cabeza y miró a Marcela, que esperaba en silencio. Sarasola dejó el vaso sobre la mesa y relajó los hombros—. Mi padre no es el cabrón que pintan —empezó—, al menos no fuera de casa. Tenía muchos amigos, colegas de negocios. Mucha gente se benefició con sus inversiones. Cuando veía una posibilidad de hacer dinero, buscaba socios entre sus conocidos. Y si el negocio se torcía, no tenía inconveniente en asumir la mayor parte del descubierto. Fuera de casa era todo un personaje, agradable, generoso, un lince de los negocios.

—¿Y dentro de casa? —preguntó Marcela.

—No creo que eso tenga relevancia para el caso. Está buscando enemigos, alguien que nos quiera mal.

—Yo creo que sí la tiene —insistió ella.

—Mi padre era muy exigente con sus hijos —reconoció por fin—, esperaba la excelencia de nosotros, y no siempre se puede dar el doscientos por cien. No toleraba las debilidades ni los errores y era duro en los castigos, pero ahora agradezco esa educación. Él me hizo como soy.

Apuró el vaso y perdió la mirada en el fondo del bar. Marcela lo imitó y se levantó a por dos nuevos tragos.

—Solo somos empresarios —siguió Sarasola mientras enfriaba el segundo *whisky* con las piedras de hielo—, promotores inmobiliarios, y somos buenos en nuestro campo, de los mejores, pero no creo que ni mi padre, ni mi hermano ni yo hayamos dañado nunca a nadie hasta el punto de que quieran matarnos.

Marcela asintió en silencio y bebió. Sabía que podía tratarse simplemente de un secuestro que se había complicado y una huida hacia delante de los secuestradores para conseguir el máximo rescate posible, pero no lo creía. Estaba la cámara colocada en el dormitorio de Javier Sarasola, el intento de chantaje. Y el disparo, por supuesto.

Bebieron un rato en silencio. Cuando dentro del vaso solo quedaban los cubitos metálicos, Sarasola se levantó.

—He de irme —dijo, y sacó la cartera del bolsillo.

—Está pagado —respondió Marcela levantando una mano.

Sarasola se puso la americana, cabeceó en dirección a Marcela y dio media vuelta hacia las escaleras y la salida. Cinco minutos después, Marcela seguía sus pasos. El móvil vibró furioso en cuanto cruzó la puerta del local, recuperando las llamadas y mensajes que no habían podido entrar por la falta de cobertura.

Revisó el breve listado y seleccionó la más urgente.

—Pieldelobo —la saludó el inspector Asensio casi al instante—, ¿te habías caído a un pozo?

Marcela sonrió ante el comentario.

—Casi —dijo—. Estaba con Javier Sarasola, ha recibido otro mensaje, un nuevo intento de chantaje. Adjuntan una foto, esta vez impresa. ¿Tienes algo? —preguntó.

—Por eso te llamo. La cámara espía es muy sencilla, nada de última tecnología ni nada de eso. Es fácil de conseguir a través de Internet.

—Habrá que rastrear el número de serie —propuso Marcela.

—Estoy en ello, nada de momento. Se venden miles de este tipo cada día. Lo mejor de todo —siguió— es que quien colocó la cámara la conectó al wifi del propio Sarasola.

—¿En serio? —exclamó Marcela.

—Como lo oyes. Conectó la cámara a la red privada de su víctima y luego descargó las imágenes a un servidor seguro haciendo exactamente lo mismo.

—Además de puta… —empezó Marcela.

—A poner la cama —terminó Asensio—. Imposible de rastrear, aunque no tiro la toalla. Estos tipos son listos —añadió— y están teniendo mucha suerte.

Colgó y llamó a la segunda persona que había intentado ponerse en contacto con ella.

—Ortega —saludó.

—Pieldelobo, te andaba buscando.

—Lo sé; estaba sin cobertura.

Ortega dejó pasar unos segundos, quizá esperando una explicación.

—El inspector Domínguez me ha enviado a mí un informe que

debería estar en tu mesa —dijo al ver que el silencio se prolongaba—. Supongo que se habrá confundido.

—Domínguez no se confunde nunca —bufó Marcela—. ¿De qué se trata?

—El informe sobre el asalto a la casa de Javier Sarasola la noche del disparo. Hay algo que me ha llamado la atención.

—Que es… —lo animó Marcela. Estaba claro que Ortega necesitaba de cierta interactuación para soltar lo que tenía.

—La casa no fue forzada —dijo por fin.

—Había una cristalera rota, la puerta que da al jardín, si no recuerdo mal.

—Cierto —confirmó Ortega—, pero el informe sugiere que el cristal se rompió *a posteriori*, es decir, cuando el asaltante ya estaba dentro.

—Las esquirlas estaban en el interior.

—Las dos hojas de la puerta estaban abiertas —le recordó Ortega—. Pudo romperlo desde el lateral.

Marcela guardó silencio unos segundos, procesando la información. El *whisky* había comenzado a dar furiosas volteretas en su estómago.

—Eso significa —empezó en voz baja— que, o bien el asaltante encontró una puerta abierta, cosa que dudo conociendo a Sarasola, o tenía una llave. Romper la puerta serviría para despistarnos, para que pensáramos en un asalto con fuerza.

—Pero se olvidó de pisar los cristales rotos —añadió Ortega—, y por eso la gente de Domínguez ha deducido lo que ha deducido.

—Que primero entraron y después fingieron el allanamiento.

—Bingo.

28

Sergio Sarasola sonrió con los ojos cerrados. La música lo envolvía como un suave velo, acariciándole el cuerpo desnudo y deslizándose armoniosa entre su pelo. Si abría los ojos veía la espalda y el trasero de su mujer, desnuda como él, sentada sobre su miembro, subiendo y bajando despacio. Se agarraba a sus pantorrillas y gemía muy bajo.

La tarde no había empezado bien. Habían ido a comprar ropa «para la nueva etapa que empieza», en palabras de Lara. Trajes, camisas, corbatas, zapatos… Nada de eso iba con él. Al principio la dejó hacer. Lara daba vueltas entre los maniquíes y escuchaba atenta a los dependientes hablar sobre anchos de pierna, hombreras y colores. Luego se cansó. Las cosas habían cambiado, sí. Su padre estaba muerto, su hermano era el jefe y él ocuparía un puesto de relevancia en la empresa, pero no por eso debía renunciar a su identidad, a su forma de ser.

—Piensa en lo que tu padre esperaría de ti, en lo que querría de su heredero. La imagen lo es todo, Sergio —decía Lara mientras le estiraba las solapas de una americana.

—Javier es el único que debe preocuparse por la imagen, yo no soy tan importante —protestó él mirándose en el espejo. Apenas se reconocía en ese tipo trajeado y envarado.

—Tu hermano espera mucho de ti —siguió ella—, y tú le vas a demostrar lo mucho que vales, se lo vas a demostrar a todo el mundo.

Sergio se quitó la americana con brusquedad y la tiró al suelo.

—Acabamos de enterrar a mi padre. Han herido a mi hermano y no han encontrado a los culpables. Lo último en lo que me apetece pensar es en trajes o en trabajar.

—Has de hacerlo —insistió ella—, hay que mirar adelante.

—Estoy preocupado…

Lara le acarició las mejillas y acercó las caderas a las de Sergio. El probador era amplio, pero lo empujó despacio hasta la pared. Notó su erección casi instantánea. Era tan fácil…

—Todos estamos preocupados, pero esto pasará y tú tienes que estar ahí, al frente, con tu hermano. Javier nunca te dejará en la estacada, pero no puedes darle motivos para dudar, ¿de acuerdo, mi vida?

—De acuerdo. ¿Vamos a casa? —susurró contra su boca.

—Primero, los trajes. Luego, lo que quieras.

Sergio arrugó la boca en un mohín de disgusto.

—OK, pero rápido.

Tardaron más de una hora en llegar a casa. Ya en la puerta, Sergio le recordó a Lara su promesa y ella sonrió complaciente.

—Voy al baño un momento —le dijo Lara.

Cerró la puerta a su espalda y su sonrisa se amplió. Mientras se daba una ducha rápida decidió que debía estar al tanto de las promociones de la empresa para elegir dónde quería las propiedades que Javier pondría a su nombre. Desde luego, no serían solo dos. Además, su cuñado le había dado una buena idea, seguramente sin ser consciente de ello. Con una toalla envolviéndole el cuerpo, abrió el armarito sobre el lavabo y sacó sus píldoras anticonceptivas. Le quedaba una para completar el ciclo. Luego, un pequeño Sarasola afianzaría su posición en la familia. Pasara lo que pasara en el futuro, ella siempre tendría la sartén por el mango. Sacó el blíster, se tomó la última pastilla y tiró el resto a la papelera. Luego dejó caer la toalla al suelo y entró en la habitación.

Subía y bajaba sobre la pelvis de Sergio, que estaba inusualmente callado. Hacía unos minutos que había empezado a dolerle la cabeza y notaba los músculos laxos, sin fuerza. Quizá estuviera incubando algo. Se giró hacia su marido. Tenía los ojos cerrados y las manos abiertas a los costados.

—¿Cariño? —lo llamó. Sergio no contestó.

El pene se deslizó flácido fuera de ella. Lara apenas tuvo fuerzas para darse la vuelta y tumbarse a su lado antes de desmayarse.

No hacía ni media hora que Pieldelobo se había sentado a su escritorio cuando recibió la llamada de Javier Sarasola. Dejó a un lado el informe que le había reenviado Ortega y descolgó. La voz del empresario sonó extremadamente aguda.

—¡Han matado a mi hermano! —gritó Sarasola—. ¡Está muerto, y ella también!

—Tranquilícese —le pidió Marcela mientras salía del despacho y le hacía señas a Vila para que se levantara—. ¿Qué ha pasado?

Al otro lado del auricular, Marcela pudo oír pasos a la carrera y la respiración agitada de Sarasola.

—No contestaba al teléfono y he venido a su casa. No se mueven, ¡llame a una ambulancia!

—¡Salga de ahí! —gritó Marcela, pero Javier ya no la oía—. Mierda —gruñó por lo bajo. Acto seguido se puso en acción—. Una ambulancia al domicilio de Sergio Sarasola en Olloki, ¡ya! Todas las unidades alerta, posible doble homicidio.

Marcela corrió pasillo adelante hacia el ascensor con Vila pegado a sus talones.

—¡Avisad a la científica! —gritó antes de que se cerrara la puerta.

Se puso al volante y Vila colocó las luces giratorias en el techo. El tráfico se detenía o se hacía a un lado a su paso. Cuando llegaron, encontraron la puerta de la vivienda abierta y las luces encendidas, pero ni rastro del empresario.

—Puto Sarasola —masculló Marcela.

Dos coches patrulla hicieron chirriar las ruedas en la carretera al frenar en seco. Los agentes desmontaron, prepararon el arma y se situaron a ambos lados de los oficiales, que inspeccionaban el acceso con la pistola en la mano.

—¡Javier! —gritó desde el dintel—, ¿está ahí?

—¡Están vivos! —respondieron desde el interior—, ¡aquí!

Marcela guardó el arma y corrió en dirección a la voz. Javier

Sarasola la esperaba junto a la puerta de una habitación. Entró con cuidado, se puso unos guantes y se acercó a la cama. Sergio Sarasola y su mujer, completamente desnudos, parecían dormidos sobre las sábanas. Un hilo de vómito blanquecino reseco se había deslizado desde la boca de Sergio hasta la almohada. Su respiración era tan superficial como la de su mujer, que tenía los ojos entreabiertos vueltos hacia arriba.

Médicos y camilleros irrumpieron en tropel en el dormitorio. Sarasola y Pieldelobo se hicieron a un lado y los observaron hacer. Suero salino en vía, máscaras de oxígeno, control del ritmo cardíaco y de la saturación, comprobación de pupilas reactivas... Los sanitarios ejecutaban un baile perfectamente coreografiado alrededor de los dos cuerpos inertes. La única voz que se oía era la de la doctora al mando. El resto murmuraba o simplemente actuaba.

Las dos ambulancias se marcharon a toda velocidad veinte minutos después con Sergio y Lara en su interior y las urgencias hospitalarias alerta para su llegada. Javier Sarasola amagó con echar a correr detrás, pero Marcela lo cogió del brazo y lo retuvo.

—No puede acompañarlos ahora —le dijo—. Ayúdeme a mí.

Sarasola pareció dudar, pero por fin bajó los hombros y dejó que Pieldelobo lo guiara hasta la calle para no entorpecer el trabajo de la científica. Vila los acompañó en silencio y se detuvo un paso por detrás de ellos.

—Cuénteme qué ha pasado —le pidió.

Sarasola cerró los ojos y respiró hondo un par de veces. Estaba más pálido de lo habitual, lo que hacía que sus ojeras parecieran aún más moradas.

—He recibido un mensaje, una foto de mi hermano y su mujer como los ha visto. Lo he llamado varias veces y no ha contestado. Luego he probado con el teléfono de su mujer, con el mismo resultado, así que he decidido venir. Vivo a doscientos metros. Cuando he llegado, he encontrado la puerta de la casa abierta, así que he entrado, los he llamado y luego los he visto exactamente como los acaba de ver. He pensado que estaban muertos. Estaba convencido de que estaban muertos —repitió.

—Debería habernos llamado al recibir el mensaje y al ver la

puerta abierta. Corrió un riesgo innecesario al entrar, podían seguir dentro.

—¿De verdad se habría quedado usted fuera? —Sarasola miró el ceño fruncido de Marcela y desvió la vista—. Habría entrado, estoy seguro. Cogí mi arma —añadió en voz más baja.

—¿Va armado? —exclamó Marcela. Sarasola asintió y se señaló el bolsillo del pantalón—. Vila, por favor, hazte cargo.

Sarasola sacó el arma del bolsillo y se la entregó al subinspector por la culata. A ninguno de los dos se les pasó por alto que era una pistola de tiro olímpico. Se miraron un instante y luego Vila cogió el arma y se alejó con ella en dirección al coche.

—De acuerdo, entró. ¿Tocó algo?

—La puerta de la casa y la de la habitación. Luego los toqué a ellos, pero no los moví.

—¿Nada más? —insistió Marcela. Sarasola meditó unos instantes antes de negar con la cabeza—. Déjeme ver el mensaje —le pidió a continuación.

Sarasola sacó el móvil, lo desbloqueó y se lo pasó a la inspectora. La imagen estática reproducía casi exactamente la escena que habían visto unos minutos antes.

—Tengo que ir al hospital —insistió—. Tengo que llamar a mi madre y estar pendiente de todo.

Sarasola se acarició la pierna herida. La carrera desde su casa y el paseo de esa mañana le estaban pasando factura. Marcela distinguió una mancha oscura en la pernera del pantalón.

—Se le han abierto los puntos —le dijo.

Sarasola cabeceó en silencio y dio media vuelta. Lo vieron alejarse cojeando en dirección a su casa, tres chalés más allá. Marcela regresó al interior de la vivienda, donde los hombres y mujeres de blanco habían desnudado la cama para llevarse las sábanas y se afanaban en manchar de negro la puerta, las paredes y las mesitas de noche.

Buscó a Asensio con la mirada. Lo encontró en el salón, inclinado sobre la puerta acristalada que daba al jardín. La casa era una copia exacta de la de Javier Sarasola, aunque la decoración variaba sustancialmente. Sergio y Lara habían elegido colores cálidos para el salón, ocres, rojos y naranjas. Había cojines en los sofás, sillas amplias y una mesa con la superficie cubierta de objetos variopintos: papeles, fotografías, una chaqueta, dos jarrones gemelos y la reproducción de un guerrero de Xi'an. Marcela recordó la lista que escribió hacía más de veinte años, cuando todavía vivía en Biescas, con todos los lugares del mundo que le gustaría visitar. La provincia china de Shaanxi, donde estaban los dos mil guerreros de terracota, se encontraba entre los diez primeros, junto con Nueva Zelanda, Vietnam y Sudáfrica. Más de dos décadas después, seguía sin haber puesto un pie en ninguno de esos lugares.

—No hay indicios de allanamiento —dijo Asensio cuando la descubrió a su lado—, y esta vez ni siquiera se han molestado en disimularlo. No hay nada roto ni forzado.

Una sombra al otro lado del inspector le hizo levantar la vista. Domínguez acababa de hacer acto de presencia. Asensio se enderezó y saludó a su superior. Marcela cabeceó en silencio y se alejó. No tenía ganas de recibir ni una sola pulla. La respuesta podía suponerle un expediente disciplinario y que la Reinona consiguiera su objetivo.

Se reunió con Vila en la calle y juntos se dirigieron hacia el coche.

—¿La pistola? —preguntó Marcela sin más.

—Embolsada y entregada. Uno de los técnicos me ha confirmado que es un arma de tiro olímpico —respondió Vila.

—Sarasola se lo tenía muy callado.

—Puede ser de su padre… —propuso Vila.

—Claro, pero estaba en su poder —zanjó Marcela.

Se detuvieron junto al coche y Marcela sacó un cigarrillo del paquete. Lo encendió, lanzó el humo hacia arriba y se quedó mirando cómo las volutas se desintegraban en el aire.

—Tenemos demasiados frentes abiertos —siguió poco después—. Vamos como pollos sin cabeza. Llama a Jefatura y organiza una reunión. Que vengan Asensio y Ortega, y los oficiales que se estén ocupando de la amante.

Vila se alejó un par de pasos y se dispuso a obedecer. Mientras, Marcela sacó el móvil del bolsillo del pantalón y comprobó llamadas y mensajes. Nada. Damen seguía ampliando la distancia que los separaba. Bloqueó la pantalla y lo guardó. ¿Esperaba otra cosa, acaso?

Fue incapaz de responder la pregunta. Se sentó al volante y aguardó hasta que Vila se ató el cinturón de seguridad.

—Necesitamos café —dijo mientras ponía rumbo al centro.

Marcela iba de un lado al otro de la sala sin perder de vista la pizarra blanca metálica en la que varios imanes sostenían las fotografías de los protagonistas de la reunión. Debajo de cada una de ellas habían escrito palabras clave para definir la situación de la investigación. Todas eran bastante descorazonadoras.

—Tenemos dos muertos, tres heridos y un desaparecido —empezó Marcela—. Han agredido a los tres hijos de Francisco Sarasola, lo que no deja lugar a dudas sobre la motivación del agresor o los agresores. Hay que ahondar más en el historial y las relaciones de la familia, sobre todo del padre.

Los agentes más jóvenes tomaban notas en sus portátiles. Asensio, Ortega y Vila seguían el ir y venir de Pieldelobo por la sala con las manos entrelazadas sobre la mesa.

—¿Cambra? —preguntó Marcela de pronto. Golpeó con un dedo la foto del subdirector de la empresa.

—Desaparecido —respondió una de las agentes.

—No hemos detectado ningún movimiento en sus cuentas bancarias ni en su teléfono móvil desde que desapareció —añadió una oficial—. Ni billetes de avión o tren ni transacciones de ningún tipo. Estamos atentos —aseguró.

—Ese tipo puede estar muerto o en Cuba —apostilló Marcela—, pero no desapareció porque sí. Necesitamos toda la información sobre él que podamos conseguir.

Daría un brazo por poder fumarse un cigarro. La falta de nicotina le estaba retorciendo la boca del estómago. Se giró y golpeó la última imagen.

—Marianela Parra —dijo—. Amante de Francisco Sarasola; vivía en un apartamento propiedad de la empresa que no era la primera vez que servía para alojar a sus queridas. Se marchó el mismo día que apareció el cadáver de Sarasola. Encontraron el suyo esa misma tarde en los lavabos de la estación de tren. ¿Qué sabemos?

—Nada por las imágenes —reconoció Asensio—, y poco por los análisis que tenemos hasta el momento. La puerta del lavabo es un compendio de huellas nuevas y viejas, sucias y emborronadas que de momento no está arrojando ningún resultado. Seguimos en ello —añadió.

—En resumen —le cortó Marcela—, que estamos hasta el cuello de barro y de mierda y no tenemos ni un solo hilo del que tirar. De puta madre. —Caminó hasta la ventana y apoyó la frente en el cristal. Abajo, un grupo de policías fumaba alrededor de un banco de piedra—. Asensio —añadió un segundo después—, me urge que me des algo. Sobre el teléfono de los mensajes, sobre la cámara de vídeo, sobre las agresiones a los hermanos… Lo que quieras, pero necesito algo ya.

Cruzó la sala a grandes zancadas y salió de la habitación. Cuando llegó a la calle, se dio cuenta de que Vila la había seguido.

—¿Qué haces aquí? —le preguntó.

—Sueles aprovechar estos momentos para largarte a algún sitio —dijo con las manos en los bolsillos—. Voy contigo.

Marcela siguió fumando con la vista perdida en los adoquines del suelo. Cuando apagó la colilla, se giró hacia el subinspector y sonrió de medio lado.

—¿Te has traído las gafitas? Tú conduces. Vamos al hospital.

29

Los dedos de los pies, los tobillos, las pantorrillas, las rodillas, los muslos, las caderas, la cintura… Marcela siguió al pie de la letra las conocidas indicaciones de relajación. Calculó que habría repetido la misma letanía más de mil veces, y nunca, ni una sola vez, había conseguido llegar a los hombros sin hartarse y desistir. La brusca manera de conducir de Vila tampoco ayudaba. Esperaba hasta el último momento para girar en los cruces y cogía las rotondas a tal velocidad que Marcela pensó un par de veces que circulaban sobre dos ruedas.

Aparcaron en el espacio reservado al personal del hospital y le mostraron la placa al vigilante que se lanzó sobre ellos. Volvieron a identificarse una vez dentro, esta vez en el mostrador de admisión.

—Sergio Sarasola y Lara Ostiz —dijo simplemente.

El joven tras la mesa levantó el auricular del teléfono y explicó la situación a quien estuviera al otro lado sin dejar de mirarlos de reojo ni un momento.

—La doctora Linero los atenderá enseguida. Pueden esperarla ahí fuera. —Y extendió una mano señalando la zona de recepción.

Marcela aprovechó para salir a fumar a la calle, junto a un enorme macetero que le resultaba tan familiar que casi había memorizado las grietas que lo surcaban.

Cuando volvió a entrar, Vila charlaba con una joven de pelo naranja, un *piercing* en la nariz, otro en el labio inferior e incontables pendientes en ambas orejas. Unas pequeñas gafas azuladas protegían unos ojos vivos.

—Doctora Linero —se presentó extendiendo la mano hacia Marcela—. Estaba de guardia en Urgencias cuando han traído a los pacientes por los que preguntan.

—Sergio Sarasola y Lara Ostiz —repitió, solo para que no hubiera duda.

—Eso es —confirmó la doctora con una sonrisa que mostró un diminuto brillante rosa en el colmillo—. Por aquí —añadió mientras les indicaba el pasillo que tenían enfrente.

—¿Cómo están? —preguntó Pieldelobo mientras caminaba a su lado.

—Fuera de peligro —aseguró.

—¿Están conscientes?

—La última vez que los he visto, hace una hora más o menos, ya se habían despertado, aunque estaban confusos y con un fuerte dolor de cabeza. Les hemos dado algo para aliviarlos.

Dos agentes de uniforme custodiaban otras tantas puertas consecutivas al fondo de un pasillo. La doctora Linero se detuvo antes de llegar.

—Por si les sirve de ayuda, he hablado con ellos y aseguran no recordar nada. Simplemente se quedaron dormidos, o más bien se desmayaron, él antes que ella, y se despertaron en el hospital cuando los reanimamos.

—¿La causa? —preguntó Marcela.

—Inhalación de óxido nitroso en muy alta concentración. Apenas estaba mezclado con oxígeno, lo que lo hace muy tóxico.

—¿Óxido nitroso? ¿El gas de la risa?

—Es curioso que utilicen ese nombre para un compuesto que tiene poco de gracioso. Tiene utilidades en el campo de la medicina, de la agricultura y de la gastronomía, por lo que no es difícil de conseguir, pero ya ve lo que ocurre si se manipula con malas intenciones.

—Ya veo, sí —murmuró Marcela—. ¿Podían haber muerto? —preguntó a continuación.

—Desde luego, podría haber ocurrido. Si hubieran estado en un cubículo estanco, estarían muertos, pero si como dicen sucedió en el dormitorio, el óxido nitroso se filtraría por los huecos de las puertas, por donde también entraría algo de oxígeno que impediría un resultado letal. Pero todo depende de la concentración del gas, de los metros cuadrados de espacio, de la masa corporal de la víctima...

—Entiendo —la cortó Marcela—, muchas gracias.

La doctora los acompañó hasta la primera de las habitaciones y entró con ellos, aunque se quedó prudentemente junto a la puerta.

Sergio Sarasola estaba semitumbado en la cama, con la cabeza hundida en uno de esos almohadones blandos e informes. Una máscara de oxígeno conectada a una espita en la pared le cubría la boca y la nariz. Un tubo transparente bajaba desde una bolsa colgada sobre su cabeza hasta su mano, donde se colaba en su organismo a través de una aguja cubierta de gasas y esparadrapo. Al verlos, se incorporó un poco más en la cama y se bajó la máscara.

—Inspectora —saludó con voz ronca.

—Señor Sarasola, lamentamos mucho lo sucedido —empezó Marcela—, ¿qué tal se encuentra?

—Me duele la cabeza —dijo—, pero ya no veo borroso.

Intentó una sonrisa y parpadeó muy despacio.

—Necesito hacerle unas preguntas sencillas para avanzar en la investigación —le explicó Pieldelobo—, procuraré ser concisa para que pueda responder sí o no y así no tenga que quitarse la máscara.

Sarasola asintió despacio y se puso de nuevo la máscara de plástico. La doctora Linero se acercó hasta la cama para colocársela bien.

—Puedes hablar con ella puesta, no te preocupes. O quitártela si te molesta, la has llevado el tiempo suficiente —le dijo.

El joven asintió en silencio y sonrió bajo el plástico grueso.

—¿Inhalaron óxido nitroso voluntariamente? —empezó Marcela.

Sergio movió la cabeza de un lado a otro con vehemencia.

—¿Notaron algo raro al llegar a casa?

Sarasola cerró los ojos un instante. Cuando entraron él solo podía pensar en follarse a su mujer. Ni siquiera se habría dado cuenta si hubiera habido alguien en el salón. Se encogió de hombros y negó de nuevo.

—¿Han recibido últimamente algún tipo de amenaza? Llamadas, escritos, mensajes...

—¿Le parece poca amenaza lo que le ha pasado a mi padre? ¿O a mi hermano?

La voz sonó hueca desde detrás de la máscara de oxígeno, pero perfectamente inteligible. El resto de las preguntas de rigor obtuvieron la misma respuesta negativa. Entró entonces en las cuestiones espinosas.

—¿Conocía a Marianela Parra?

—¿A quién? —preguntó Sergio con el ceño fruncido.

—Una… amiga de su padre —le aclaró Marcela.

Sergio cerró los ojos un momento y apretó los labios.

—No, no la conozco.

—Pero sabe quién es —insistió la inspectora.

—No la reconocería si me la cruzara por la calle ni había oído nunca su nombre —aclaró él—, pero supongo quién es. O qué es y dónde vivía. ¿Qué pasa con ella?

—La han asesinado —respondió Marcela. La cara de Sergio se contrajo, abrió la boca, la cerró, dilató las aletas de la nariz y subió las cejas hasta el centro de la frente.

—¿Cuándo…?

—El mismo día que apareció el cadáver de su padre. Intentaba marcharse.

—Dios mío… ¡Estamos en auténtico peligro! Alguien quiere acabar con todos nosotros.

Sergio empezó a llorar y a gemir como un niño pequeño. Se bajó la máscara y dejó que las lágrimas y los mocos surcaran libremente su cara.

La puerta se abrió sin previo aviso y la doctora Linero tuvo que saltar a un lado para que la hoja no la golpease. Javier Sarasola se detuvo en el umbral, sorprendido ante lo que encontró, y al instante se apresuró junto a su hermano.

—¿Qué ha pasado? —preguntó con la ira vibrando en su voz.

—Estábamos hablando de Marianela Parra —le explicó Marcela.

—¿De quién?

—Una amiga de su padre.

—¿Qué quiere?

—Nada. Está muerta.

Javier miró a Sergio, que seguía llorando, y luego a Marcela, que estudiaba cada gesto de los hermanos.

—¿Podemos hablar en privado? —le preguntó después. El mayor de los Sarasola movió afirmativamente la cabeza. Le acarició el pelo a su hermano y salió de la habitación—. Vila —dijo a continuación—, interroga a la esposa. Mismas preguntas. Avísame si hay algo. Nos vemos abajo.

Javier Sarasola se detuvo en la puerta de la cafetería del hospital. La cola del autoservicio era kilométrica, decenas de personas renqueaban de un lado a otro sosteniendo en precario una bandeja mientras buscaban una mesa libre, y el olor a café demasiado tostado y bollería industrial inundó al instante su nariz.

—¿Podemos ir a otro sitio? —le preguntó a Marcela.

—¿Cuánto le duele la pierna?

—Aguantaré unos metros, tranquila.

Compartieron el silencio hasta que tuvieron delante un *espresso* en una cafetería cercana.

—Si un día decide diversificar sus inversiones podría hacerse cargo de la cafetería del hospital y ofrecer algo de calidad —comentó Marcela para romper el hielo.

Sarasola movió la cabeza de un lado a otro.

—Entonces sería un negocio y el objetivo serían los beneficios. Haría lo mismo que los actuales concesionarios: productos de calidad básica y precios en el máximo estipulado.

Apuraron sus cafés y se miraron de frente. Los ojillos oscuros de Sarasola brillaban detrás de las gafas de pasta, unos rectángulos negros sobre una piel nívea. Iba pulcramente afeitado y peinado y se había vestido con un traje impecable, sin corbata, pero con la punta de un pañuelo asomando con discreción en el bolsillo de la pechera. La viva imagen de un dandi, pensó Marcela.

—¿Cuándo fue la última vez que vio o habló con José Luis Cambra? —empezó Marcela después de retirar su taza vacía.

Sarasola la imitó y empujó la suya hasta el centro de la mesa.

Luego pasó una servilleta de papel por la superficie despejada antes de apoyar los antebrazos.

—Un día después del secuestro. Hablé con él sobre la empresa. Se negó a darme acceso al ordenador y a la caja de mi padre. Inaceptable —bufó.

—¿Ha conseguido acceso? —se interesó Marcela.

—Cuando apareció su cuerpo... —Vaciló un instante—. Bueno, su muerte lo desbloqueó todo para que la empresa siguiera adelante.

—¿Cambra se ocupó del relevo?

Sarasola negó con la cabeza.

—No volvió a aparecer en la oficina. Discutimos cuando se negó a abrir la caja y cuando le pedí... —vaciló de nuevo— ciertos documentos que mi padre guardaba personalmente. Le dije que lo despediría en cuanto pudiera. No era una amenaza —añadió mirándola a los ojos.

—Entiendo que está todo controlado —sugirió Marcela. Sarasola cabeceó de nuevo de un lado a otro.

—Han desaparecido algunos documentos —reconoció—. Supongo que Cambra se los ha llevado.

—¿Qué tipo de documentos?

—Información confidencial, datos sensibles que cualquier empresa tiene y custodia con celo —respondió.

—¿Y para qué puede quererlos Cambra?

—Supongo que el muy cabrón pretenderá abrir su propia empresa, actuar contra nosotros, robarnos los clientes, enterarse de las negociaciones que hay en marcha para intentar adelantarse o simplemente jodernos.

Sarasola se encogió de hombros intentando aparentar indiferencia, pero sus cuerdas vocales vibraban por la ira y había achicado los ojos hasta convertirlos en dos botones negros.

—¿Saben algo de él? —preguntó a Pieldelobo. Fue su turno de negar con la cabeza.

—No puedo comentar una investigación en curso —respondió.

—Yo estoy siendo sincero y claro, inspectora. Creo que no lo está teniendo en cuenta.

Marcela soltó aire y lo miró de nuevo.

—No hay ni rastro de él, ni vivo ni muerto, desde que lo vimos en su oficina.

—Hijo de puta… —murmuró Sarasola.

Marcela esperó a que Sarasola relajara la mandíbula para cambiar de tema.

—¿Conocía a Marianela Parra? —preguntó entonces.

—No —respondió al instante—, ni a ella ni a ninguna otra. Mi padre no era un hombre discreto, inspectora —añadió ante el silencio de Marcela—. No le importaba que su familia conociera sus aventuras. Mi madre sufrió mucho, y supongo que la fulana con la que se casó después también, pero ella ha tomado de su propia medicina. —Giró la mano que tenía sobre la mesa y se miró las uñas. Las tenía pulidas, igualadas, sin pieles ni irregularidades. Perfectas—. Mi padre estaba acostumbrado a hacer lo que le daba la gana, y lo hacía porque podía permitírselo. Nunca daba explicaciones. Seducía a jovencitas o se iba de putas, le daba igual. Lo único que le preocupaba era que su imagen de cara a la empresa fuera impecable, y lo era.

—Marianela desapareció el mismo día que encontramos a su padre.

—Su cadáver, querrá decir —le cortó él.

—Su cadáver, sí —admitió Marcela—. Pidió ayuda a una amiga para marcharse, cambió de aspecto y compró un billete de tren. Murió en la estación.

—No tengo respuesta para eso —reconoció Sarasola.

—¿Ni una hipótesis?

Él se encogió de hombros.

—Ese es su trabajo —dijo después—. ¿Tienen una hipótesis?

—Suponemos que vio algo, quizá a los secuestradores. Puede que reconociera a alguien, o que escuchara algo…

—Suposiciones —escupió Sarasola con desdén.

—Hipótesis de trabajo —le rebatió Marcela—, puntos de partida en una investigación. ¿Otro café? —ofreció.

Sarasola aceptó y levantó la mano para llamar la atención del camarero.

—¿Ha tomado una decisión sobre el asunto de las fotos? —preguntó Marcela a continuación.

—¿Qué garantías tengo de que no cumplan su amenaza de publicarlas cuando tengan el dinero? —planteó Sarasola a su vez.

—Ninguna —reconoció ella—. Es imposible saber si han hecho copias de los archivos, si le enviarán la tarjeta de memoria original o si, como dice, las sacarán a la luz a pesar de todo.

—Lo suponía. ¿Y qué posibilidades hay de paralizar la publicación de esas fotos antes de que se hagan virales? —siguió el empresario.

—Ninguna —repitió Marcela en voz baja—. Los jueces son muy quisquillosos en cuanto a los derechos fundamentales se refiere. Libertad de prensa, de expresión… No les gusta secuestrar publicaciones ni cerrar páginas web, y se lo piensan mucho antes de intervenir en las redes sociales. Tendríamos que confiar en los moderadores de los canales en los que se publiquen, hablar con ellos y convencerlos para que las quiten, pero es imposible saber cuánta gente las verá, las compartirá y se las guardará antes de eso.

—Entiendo. No voy a pagar —afirmó por fin.

—Creo que es la mejor decisión.

—Es la única. No voy a plegarme a las exigencias de un hijo de puta que me va a joder sí o sí. Lo que espero —añadió mirándola a los ojos— es que la policía haga todo lo que esté en su mano para proteger a un inocente, a mí en este caso.

Marcela le sostuvo la mirada.

—Tenemos que hablar de la pistola que tenía en su poder, señor Sarasola. Recuerdo haberle oído mencionar su rechazo por las armas y asegurar que no tenía ninguna.

—Esa conversación la tendremos en presencia de mi abogado, si no le importa.

Pieldelobo se encogió de hombros y asintió en silencio. A continuación, Sarasola se puso de pie y Marcela le imitó.

—Quiero volver junto a mi hermano —dijo.

—Le acompaño, tengo el coche allí.

El silencio esta vez fue más espeso, lleno de preguntas, ideas a medio formular y posibilidades inciertas. Marcela lo vio cojear a su lado, la espalda recta y las manos a los lados, con los labios apretados para domesticar el dolor.

Vila la esperaba bajo el porche de piedra, muy cerca de los maceteros.

Dedicaron a Sarasola un saludo breve y formal y fueron en busca de su coche. Marcela encendió un cigarrillo en cuanto estuvieron solos.

—No se puede fumar en un recinto hospitalario —protestó Vila.

—Estamos en la puñetera calle —respondió Marcela—. Relájate un poco.

Una serie de época; un documental; otra serie, esta algo más moderna; un programa de cotilleo; y otro; una película de vaqueros; un informativo; una serie en catalán; un informativo en catalán... José Luis Cambra había perdido la cuenta de las veces que había dado la vuelta completa a todos los canales sintonizados en la televisión. Llevaba horas sentado en el mismo sofá en el que había dormido. El apartamento en el que lo habían confinado tenía un pequeño dormitorio con una cama diminuta y un colchón cuyos muelles habían dejado una huella visible en su cuerpo en forma de moratones y un persistente dolor en la cadera izquierda, así que decidió pasar la segunda noche en el sofá. Los cojines eran duros, pero había agradecido el cambio.

Dejó el mando sobre el sofá, se levantó y se asomó a la ventana abierta. Cuatro pisos más abajo, Barcelona bullía de actividad. Aceras llenas, coches y motos avanzando despacio hacia el cruce, risas... Hacía una tarde preciosa, templada y soleada, con un vientecillo a la temperatura justa para no resultar frío ni incómodo. Pero no podía salir de allí. Se lo habían prohibido expresamente y se lo habían repetido hasta la saciedad. No podía salir a la calle, llamar por teléfono, escribir un *e-mail* o un mensaje, comprar nada ni interactuar con nadie que no fueran ellos y solo ellos. Había comida en la nevera, todo lo que había pedido, de hecho, pero estaba encerrado, preso. No soportaba la incertidumbre. Todos los hombres que lo custodiaban habían guardado silencio cuando les preguntó por su futuro. «Y ahora, ¿qué?», insistía en cuanto tenía ocasión. La respuesta era siempre la misma, una mirada fugaz y el silencio. Ni un encogimiento de hombros, una sonrisa o un ceño fruncido, algo que le indicara qué iba a ser de él. Nada. Eran estatuas. Hijos de puta...

Había hecho todo lo que le habían pedido, paso por paso sin

dejarse ninguno. Tenían lo que querían. Cierto que ellos habían cumplido su parte, pero Cambra empezaba a pensar que el precio era demasiado alto, que no calculó bien las consecuencias y que quizá debería habérselo pensado dos veces antes de liarse con esa gente.

Volvió al sofá y recuperó el mando. No merecía la pena enredarse en pensamientos que no conducían a ninguna parte. Lo hecho hecho estaba. Saldría de esta, siempre lo hacía. Había tenido un buen maestro, el mejor. Sintió lástima por Francisco Sarasola, pero era incapaz de sentir la más mínima compasión o empatía por el futuro de sus hijos. «Víboras», pensó, y empezó un nuevo recorrido por las cadenas de televisión.

30

Esperar es tener la esperanza de conseguir lo que se desea, creer que algo va a suceder, pero también significa permanecer inmóvil, inactivo, con los nervios a flor de piel, las aletas de la nariz dilatadas, el corazón a mil por hora y el oxígeno apenas rozando los pulmones. Esperar era la muerte para Marcela. Movió el ratón para que la pantalla del ordenador no se apagara y refrescó el correo electrónico. Nada. Seguía esperando.

Descolgó el teléfono y marcó la extensión de Asensio, que respondió al tercer tono.

—Pieldelobo, estás muy pesada —protestó solo medio en broma.

—Te librarás de mí en cuanto me des algo —le devolvió ella—. ¿Habéis triangulado la posición del teléfono móvil robado cuando se envió el vídeo de Sarasola?

—Todavía no, es lo siguiente en mi lista —reconoció Asensio.

—Que sea lo primero, puede ser un hilo interesante del que tirar.

—Como quieras —aceptó el inspector con un sonoro suspiro.

—¿Algún rastro del móvil desde entonces?

—Nada.

—Pásame el número, por favor —pidió Marcela.

—Uy, has dicho «por favor». No te reconozco, inspectora.

—Vete a la mierda —bufó con una sonrisa.

—Ahora sí que eres tú. Te mando los datos y me pongo con la triangulación. La voy a tener con Domínguez por tu culpa, ya lo verás.

Marcela escuchó en el teléfono la señal de que alguien estaba intentando contactar con ella. *Valeria Huguet*, leyó en la pantalla.

—Tengo que dejarte. Dime algo pronto, ¿vale?

Colgó sin darle opción de réplica y cogió la llamada entrante.

—Señora Huguet —saludó apresurada.

—Inspectora —respondió Valeria. Estaba llorando.

—¿Ocurre algo? —preguntó Marcela alarmada.

—Mi hijo está en peligro. —Las palabras salieron atropelladas de su boca—. Máximo corre un grave peligro y no sé qué hacer para protegerlo.

—¿De qué está hablando? ¿Han recibido algún tipo de amenaza? ¿Está el chico bien?

—¿Puede venir? —suplicó Valeria sin dejar de llorar.

—Por supuesto —respondió Marcela.

No vio a Vila en su sitio, así que bajó sola en el ascensor y recuperó el coche que habían aparcado hacía menos de una hora.

Valeria Huguet se frotaba nerviosa las manos en el descansillo mientras esperaba al ascensor en el que subía la inspectora Pieldelobo. Se había vestido apresuradamente. Desde que Francisco había muerto no se maquillaba ni peinaba con cuidado para estar en casa, no se ponía vestidos vaporosos ni los corpiños apretados que tanto le gustaban a su marido. Ahora usaba pantalones holgados, camisas cómodas y zapatillas deportivas, y se dejaba el pelo suelto o recogido en una cola de caballo.

Sin embargo, la costumbre era un ama severa y, en cuanto la inspectora le dijo que estaba de camino, corrió a arreglarse mínimamente. Camisa negra entallada, una falda larga en tonos ocres y dorados, zapatos de tacón bajo y el pelo recién cepillado y retirado de la cara con una diadema marrón.

Contuvo la respiración cuando el siseo de la puerta metálica precedió al sonido de unos pasos decididos.

—Inspectora —la recibió ansiosa. Luego se hizo a un lado para invitarla a pasar.

Marcela la siguió a través de un recibidor que no reconoció hasta un salón visiblemente más despejado y luminoso. Observó la dirección de la mano extendida de Valeria y ocupó el sillón que le señalaba. Ella se sentó en una butaca de respaldo recto y asiento acolchado con la espalda erguida y las manos sobre el regazo.

—¿Dónde está su hijo? —preguntó Marcela.

—En clase —respondió Valeria—, no tardará en llegar.

Marcela arrugó la frente y miró a su alrededor sin terminar de entender qué hacía allí.

—Me ha dicho que Máximo corre peligro —le recordó. La mujer sacudió la cabeza con vehemencia—. Entonces, debería…

Valeria Huguet no la dejó terminar. Se puso de pie y sacudió el puño con un gesto infantil de frustración.

—No espero que me entienda —dijo entonces con el dedo índice extendido hacia Marcela—, pero le exijo que al menos me respete.

—Señora Huguet —empezó Pieldelobo. No pudo terminar. Valeria abrió la puerta del salón y se dirigió decidida hacia el pasillo. Marcela se puso en pie y la siguió después de respirar hondo. Reconocía el camino.

La extraña sala estaba exactamente igual que la primera vez que la vio, en penumbra, silenciosa y muy caliente. Marcela tuvo que resistir la tentación de dirigirse hacia la ventana y descorrer la cortina para que entrara algo de luz y de aire, pero prefirió esperar y permitir que Valeria Huguet se explicara. Quizá esta vez no hubiera cartas de por medio…

Se equivocaba.

La mujer se dirigió hacia una mesa cubierta de naipes e invitó impaciente a Marcela a sentarse. Pieldelobo se acercó cautelosa y se quedó de pie a un par de palmos de distancia. Valeria arrastró la silla y se sentó con fingida parsimonia. Marcela captó el temblor de sus dedos, su respiración acelerada y el brillo del sudor en su cara sin maquillar. También vio el miedo y la súplica en su mirada. Volvió a respirar hondo y aceptó el asiento ofrecido.

—Gracias —susurró Valeria, que acto seguido extendió la mano con la palma hacia arriba y la movió en abanico para mostrarle lo que había sobre el tapete—. El Loco, el Sol, el Carro… —explicó en voz baja.

Marcela observó las cartas antes de levantar la vista.

—No la sigo —reconoció por fin. Le echó un vistazo al reloj. Tiempo era precisamente lo que no le sobraba.

—He consultado las cartas tres veces, y el resultado ha sido siempre el mismo —respondió Valeria exasperada.

—No pretendo faltarle al respeto —la cortó Marcela—, pero necesito que me diga qué le hace pensar que su hijo está en peligro. ¿Ha recibido amenazas, le han vuelto a agredir, cree que alguien lo sigue?

Valeria Huguet se levantó, volvió a sentarse y golpeó las cartas con los dedos.

—¡El Loco, el Sol, el Carro! ¡Tiene que hacer algo!

Marcela se levantó y la miró severa.

—Señora Huguet, creo que es usted la que no siente ningún respeto por mí ni por mi trabajo. ¿De verdad cree que puede hacerme venir aquí con engaños? —Dio un paso adelante hasta quedar a un palmo escaso de la mesa—. ¿De verdad está su hijo en peligro?

—El tarot es una ciencia muy antigua…

—No es una ciencia —aclaró Marcela.

—Desde hace miles de años, hombres y mujeres han utilizado estas cartas u otras muy parecidas para entender el pasado y el presente y prepararse para el futuro. Antes de que lo diga —añadió, con los ojos fijos en Marcela—, no se trata de adivinación, eso solo lo hacen los charlatanes. Hay que ser sincera cuando se escoge una carta y saber leer su significado.

—Señora Huguet…

Valeria se puso de pie y sujetó a Marcela por el brazo.

—Mi hijo ya ha sido agredido una vez, han asesinado a su padre y han intentado matar a sus dos hermanos. ¡Es normal que esté preocupada! —gritó. Las gruesas cortinas y la espesa alfombra recogieron su voz y la engulleron hasta hacerla desaparecer—. Me senté con las cartas en la mano y traté de entender, de saber. El Loco fue el primero —añadió más calmada, sujetando la carta de un *joker* burlón con un hatillo en la mano—. Él me dice que mi hijo ha entrado en algo que no controla, que avanza sin mapa ni esquemas. —Dejó la carta sobre la mesa y cogió la siguiente—. El Carro es un joven que maneja a dos caballos que parecen desbocados. ¡Corre hacia un muro oculto entre la niebla! Él mismo se va a poner en peligro. Y el Sol… —Acarició el naipe amarillo y naranja—. Con estas cartas, el Sol abrasa, es un peligro. Más peligro —añadió entre lágrimas.

—¿Alguien le ha amenazado de cualquier manera, directa o indirectamente? —insistió Marcela. Valeria movió la cabeza de un lado a otro—. Me marcho, señora Huguet.

—El tarot no miente —afirmó Valeria—, y puedo demostrárselo. —Recogió todas las cartas, las mezcló y se las ofreció a Marcela—. Elija.

—Por favor…

—De acuerdo, lo haré en su nombre.

—Tengo que irme —repitió Marcela.

—¡Un minuto! —exclamó Valeria—. Por favor, déjeme demostrarle que no estoy loca.

Marcela frunció el ceño y se quedó de pie junto a la mesa. Satisfecha, Valeria escogió cinco cartas y las puso sobre el tapete. Luego las examinó con atención, acariciando las coloridas figuras que tenía frente a sus ojos.

—El Mago anuncia el inicio de algo —empezó con voz templada—, pero se ha colocado junto al arcano trece, la Muerte, así que debe esperar un cambio radical. Puede tratarse de un sentimiento nuevo, algo que no haya experimentado hasta ahora, o de la llegada de una persona que no conoce o que hace mucho que no ve o no piensa en ella.

—¿No le parecen demasiados condicionantes? —preguntó Marcela. Valeria la ignoró y cogió la siguiente carta.

—La Muerte está junto al Enamorado. ¿Una despedida? El Enamorado no siempre se refiere al amor; en realidad, muchas veces es la carta de la duda. Sí —añadió tajante—, hablamos de decir adiós. Y, por último —siguió a toda prisa para evitar que Marcela diera un paso más hacia la puerta—, tenemos nada menos que al Diablo y a la Papisa.

Marcela miró las cartas con curiosidad. El Diablo, con rostro de carnero, largos cuernos rojos y negros y unas alas oscuras y puntiagudas como las de un murciélago, parecía reinar sobre un mar de fuego.

A su lado, una mujer tocada con una mitra papal que sujetaba con la mano derecha una férula culminada en una cruz y un orbe y, con la izquierda, un libro.

—El Diablo nos habla de las ataduras —retomó Valeria—, de librarse de lo que nos hace daño. Hay que ser sincero con uno mismo, inspectora. La Papisa nos lleva a un mundo reflexivo, nos obliga a mirar hacia dentro. Juntos, creo que le están anunciando una sorpresa, algo inesperado.

—Tengo que irme —insistió Marcela—. No hace falta que me acompañe.

Salió de la habitación a la luz del pasillo, atravesó el salón y cruzó el vestíbulo. Una vez en el descansillo, sacó el paquete de tabaco del bolsillo y se encendió un pitillo. Bajó por las escaleras despacio, pensando en la locura y en la cordura, en las supersticiones y en los asideros que busca el ser humano para enfrentarse a lo desconocido, al miedo y a las preguntas sin resolver. Por eso lo mejor siempre era el conocimiento. El saber ilumina los rincones más oscuros y calma la mente y el espíritu.

Se detuvo cuando llegó a la calle. Le dio una última calada al cigarro y lo lanzó a la carretera. Frente a ella, apoyado en su coche, Vila la miraba con los brazos cruzados.

—Si no me quiere como compañero, debería hablar con el jefe de brigada y dejárselo claro —dijo sin molestarse en saludar—, así al menos me ahorraría el quedarme con cara de idiota cada vez que voy a buscarla y me encuentro con que ha vuelto a darme esquinazo.

—¿Hemos vuelto al usted? —preguntó Marcela. Vila no respondió—. Valeria Huguet llamó diciendo que su hijo estaba en peligro —explicó por fin—. Fui a buscarte, pero no estabas en tu sitio.

—Estaba meando. Fueron dos minutos.

Marcela se encogió de hombros.

—Podía haber llamado —añadió Vila con el móvil en la mano.

—Supuse que era urgente —alegó Marcela.

—¿Y no lo era?

—No, no lo era. Acaban de echarme las cartas.

—¿Qué?

—La señora Huguet —aclaró Marcela—. Me ha leído el futuro.

214

Vila no pudo reprimir una carcajada. Pieldelobo le dio la espalda y se encendió otro cigarrillo.

—¿Y qué tal pinta? —siguió Vila, todavía con la risa en la boca.

—De maravilla, como siempre —bufó Marcela.

Un joven alto y de pelo largo y rizado se detuvo al principio de la calle, a unos treinta metros de ellos. Junto a él, un chaval moreno y algo más delgado cargado con una mochila a la espalda dio dos pasos más antes de darse cuenta de que su amigo se había parado. El primero los miró y giró la cabeza hacia el cruce del que venía. Marcela lo vio y levantó la mano a modo de saludo. Luego tiró el pitillo y se dirigió hacia ellos, que retomaron el paso sin prisa.

—Hola, Máximo —saludó cuando estuvieron frente a frente. Vila se situó a su lado y guardó silencio.

—Señora... —empezó el joven, visiblemente azorado.

—Inspectora Pieldelobo. ¿Estás bien?

—Sí, claro. Gracias —respondió él mientras hacía ademán de marcharse. Su amigo se había adelantado varios metros y se apoyó en la pared a esperar.

—Tu madre piensa que estás en peligro —le dijo entonces Marcela.

—Mi madre, ¿qué? No, yo no...

—¿Has recibido llamadas o mensajes amenazantes o has visto a alguien merodear por tu casa o por el instituto?

—No, no, en absoluto. Mi madre está nerviosa...

—Tiene motivos para estarlo, ¿no te parece? Tu padre, tus hermanos... Tú mismo recibiste una buena paliza. ¿Qué tal estás, por cierto?

—Bien, bien, gracias. Ya casi no me duele —le aseguró Máximo—. Tengo que irme, mi madre se preocupa si tardo y tengo que hacer varios trabajos para el instituto.

—Claro —aceptó Marcela—. No dejes de avisarnos ante cualquier sospecha de peligro, ¿de acuerdo?

—Por supuesto, claro, gracias. Adiós.

Los vieron alejarse calle arriba hasta el portal y desaparecer un segundo después.

—Estaba nervioso —comentó Marcela.

—La policía suele causar ese efecto en la gente —respondió Vila—. Eso, o que sabe que su madre está como una cabra y que es ella la que en realidad lo pone en peligro.

—Tu madre me pone nervioso —dijo Carlos mientras esperaban el ascensor—. Nunca sabes por dónde va a salir.

—Me saca de quicio —reconoció Max—, pero la perderé de vista dentro de muy poco.

—Dos meses —le recordó Carlos con una sonrisa.

—Dos meses y toda esta mierda será historia.

—Tu padre ya es historia —añadió con una sonrisa.

A Máximo le brillaron los ojos. La sensación de ser libre era lo mejor que había experimentado en toda su vida, más incluso que el sexo con Natalia.

—Sí. Por una vez, todo ha salido bien —dijo—. ¿Has traído lo que necesitamos para el trabajo? —cambió de tema. Carlos le mostró la mochila.

—Lo llevo todo aquí dentro. Será de diez, como siempre.

31

Marcela cerró la puerta del coche y dejó el mundo fuera. Se había despedido de Vila hasta el día siguiente. Lo vio alejarse en su propio coche hacia el centro de la ciudad. Ella esperó quieta y en silencio, intentando decidir qué hacer. Todo era mucho más fácil hacía solo dos días. Habría llamado a Damen y habrían organizado una cena temprana, o habrían ido al cine, o a tomar algo, o simplemente a casa.

Sacó el móvil y abrió el WhatsApp. Por un momento pensó en la posibilidad de que Damen la hubiera bloqueado, pero esa chiquillada habría sido propia de ella, no de él.

Dudó unos instantes con los pulgares en alto antes de empezar a escribir.

Voy a ir a Zugarramurdi. Puedo traerte lo que tienes allí.

Unos segundos después, Damen estaba en línea. Tardó un minuto eterno en responder. Marcela lo imaginó leyendo una y otra vez las dos frases, quizá molesto, quizá sorprendido. Posiblemente dolido.

Puedes tirarlo, dijo sin más. Y desapareció de la línea.

Marcela bloqueó el móvil, lo volvió a activar y abrió la aplicación una vez más. Damen no estaba en línea.

Soy idiota, tecleó. Lo envió antes de tener tiempo de pensárselo dos veces.

Eso no te lo discuto, escribió Damen casi al instante.

Marcela miró la pantalla sin pestañear, con los pulgares tensos sobre el cuadro de texto. Damen seguía allí, esperando en silencio.

¿Algo más?, preguntó él por fin.

No sabía qué decir. Cerró los ojos un momento y respiró despacio. El teléfono vibró en su mano anunciando un nuevo mensaje.

Dale recuerdos a Antón de mi parte. Adiós.

Bloqueó el teléfono, lo lanzó dentro del bolso y encendió el motor, pero no se movió. Había empezado a caer una lluvia fina que se deslizaba marrón sobre la luna delantera, cubierta de polvo.

No sabía por qué le había dicho a Damen que pensaba ir a Zugarramurdi. Ni siquiera se le había pasado por la cabeza hasta que escribió el mensaje.

—Excusas de mal pagador —gruñó entre dientes, emulando a su madre.

Puso el intermitente y se incorporó a la carretera. El sirimiri se había convertido en una lluvia contundente y ruidosa desgajada de un cielo plomizo y demasiado cercano para su gusto. Casi podía tocar las nubes, podrían llegar hasta ella y tragársela. Había leído sobre fuertes vientos que arrancaban animales de la superficie terrestre, los elevaban hasta las nubes y los devolvían al suelo en forma de lluvia, a veces enteros, a veces desmembrados y en ocasiones incluso congelados. Ranas, peces, murciélagos… ¿Por qué no a ella? No era mucho más inteligente que un batracio.

Caminó bajo la lluvia hasta su casa. Las gotas le golpeaban la cabeza, los hombros, le empapaban la cara y las manos. Sentía el agua sobre su piel, deslizándose sibilina por su cuello, bajo su ropa, enfriándole el alma. O el agujero que dejó su alma al convertirse en cenizas.

Se dejó caer en el sofá sin quitarse la ropa ni el calzado, mojada de los pies a la cabeza, empapada por dentro y por fuera. Cogió el paquete de tabaco que tenía en la mesita y encendió un cigarro. El calor del humo le devolvió algo de sentido. Se obligó a levantarse y entró en el baño. Dejó la ropa mojada en el suelo y se puso el albornoz. Luego regresó al salón, recuperó el pitillo y fue a la cocina. Le quedaban cuatro cervezas en la nevera, pero tenía ron, Jagger y Coca-Cola. Pidió medio pollo con patatas fritas a través de una aplicación móvil y se bebió la primera cerveza mientras esperaba.

Cenó de pie en la barra de la cocina un pollo grasiento y unas patatas fritas gomosas y demasiado saladas. Necesitó otras tres cervezas para dejar de escuchar los insultos que ella misma se dedicaba. Luego se acurrucó en el sofá, fumó y vio una película que después sería incapaz de recordar. Lo único de lo que estaba segura era de que el protagonista se parecía a Damen. Igual que el repartidor y el vecino con el que se había cruzado en el portal.

—Valeria Huguet estará como una cabra —dijo en voz alta de camino al dormitorio—, pero tú no le vas a la zaga, Pieldelobo. Estás como una regadera.

La ciudad parecía otra con la cara lavada. La lluvia nocturna, furiosa a ratos, mansa casi siempre, se había convertido en una película brillante y delicada, una segunda piel para el asfalto y el hormigón que los suavizaba, casi los humanizaba. El sol dibujaba curiosos arcoíris en los escaparates empapados, en los adoquines, en los charcos de las hondonadas que esperaban quietos las botas de los chiquillos. La gente se apresuraba con los paraguas todavía desplegados para no sucumbir bajo las traicioneras goteras de los canalones. Los pájaros llevaban un rato piando y revoloteando de un tejado a otro. Marcela miró hacia arriba en busca de las audaces urracas, pero apenas llegó a entrever sus alas bicolor y su tripa blanca antes de que desaparecieran al otro lado de los edificios lanzando estridentes chirridos.

Salió despacio del aparcamiento y puso rumbo a Beloso Alto. Asensio le había alegrado el día poco después del amanecer.

—¿Tienes las neuronas funcionales? —le preguntó el inspector cuando la llamó por teléfono a las siete de la mañana. Marcela ni siquiera se había levantado de la cama.

—Por supuesto, siempre estoy operativa —respondió somnolienta.

—Ya veo —rio él—. Ven a verme —añadió—, tengo una sorpresita para ti. La Reinona libra hoy, así que tranquila.

—Estoy tranquila —bufó Marcela—. Domínguez no me va a condicionar la vida.

—Ya, pero igual condiciona la mía si me ve contigo.

Aguantó estoica los atascos en las cercanías de cada colegio e instituto por el que pasó y apagó la radio cuando los tertulianos matinales empezaron a hablar de fútbol. La ansiedad había anudado su estómago y disparado su corazón, que sentía latir con fuerza en el cuello.

Asensio la esperaba en el vestíbulo con las manos en los bolsillos y una sonrisa en la cara.

—¿Un café? —ofreció.

—Luego —respondió Marcela—. ¿Qué tienes?

Asensio le hizo un gesto con la cabeza para invitarla a seguirlo y caminó con paso vivo hacia las escaleras que conducían a su despacho. Una vez allí, retiró las carpetas que ocupaban una de las sillas, la acercó a la mesa y se la ofreció a Marcela mientras él rodeaba el escritorio y conectaba el ordenador.

—Saltándome todas las normas, órdenes y protocolos establecidos —empezó—, ayer dediqué la tarde a intentar establecer la situación del segundo móvil en el momento en el que los secuestradores enviaron el mensaje a la familia.

—¿Y...?

—El suspense te mata, ¿verdad? —se burló Asensio.

—Me matan los idiotas.

El inspector levantó las manos en son de paz y giró la pantalla del ordenador para que Marcela pudiera verla. Distinguió el plano de un barrio de Pamplona, el Soto de Lezkairu, con sus enormes manzanas, las amplias avenidas y los numerosos solares a la espera de nuevas edificaciones que no tardarían en llegar. En menos de quince años, el hormigón había sustituido al trigo y la cebada que todavía se cultivaba en esa zona limítrofe de la ciudad. Cereal, un convento, caminos secundarios y naves industriales, eso era todo lo que había a principios del dos mil en uno de los barrios más cotizados de la actualidad.

—La triangulación no es demasiado precisa. Esta zona está en plena fase de expansión y las telefónicas no han instalado todavía sus repetidores. —Siguió con el dedo el amplio círculo que había dibujado en el mapa—. Es todo lo que he podido conseguir —añadió.

—Me sirve —dijo Marcela—. ¿Puedes sobreponer un callejero detallado en la pantalla?

Asensio giró el monitor y tecleó unos segundos. Luego observó el resultado, sonrió y volvió a mover la pantalla hacia Marcela.

—Las zonas sin construir aparecen con el número de parcela. Algunas calles no tienen ni nombre —explicó el inspector.

—Suficiente —le aseguró Marcela—. ¿Ves esto? —Señalaba una extensa mancha marrón en la parte superior del mapa. Asensio asintió con el ceño fruncido—. En esta finca apareció el cadáver de Francisco Sarasola.

—No me jodas…

Marcela asintió, satisfecha.

—Si me lo imprimes, pago yo el café.

El subinspector Vila se había refugiado bajo el alero del edificio mientras esperaba a que Pieldelobo lo recogiera. La lluvia arreciaba de nuevo y no encontraba un rincón en el que refugiarse. Por un momento pensó en esperarla dentro de Jefatura, pero no quería darle ni la más mínima excusa para que se fuera sin él. Bastante era que se hubiera acordado de llamarlo.

Pegó la espalda a la pared y estiró un poco el cuello para observar el tráfico. Ni rastro de la inspectora. Suspiró y miró el móvil. Pensó en llamar a su mujer, pero la imaginó ya en el trabajo, lidiando con el novato que le hubiera tocado en suerte esa semana.

Había dormido con Lucía. La noche anterior, tras el sexo, se había dejado vencer por el sueño. Estaba agotado, trabajaba mucho, dormía poco y follaba como nunca, así que ni siquiera fue consciente de que el mundo desaparecía detrás de sus párpados. Se despertó de madrugada al sentir un peso sobre su cadera. Era el brazo de Lucía, que respiraba profundamente a su espalda. Pensó en despertarla y pedirle que se fuera a su habitación, o levantarse él y pasar el resto de la noche en el sofá, pero las dos opciones le parecieron ridículas, así que volvió a dormirse. Cuando sonó el despertador, Lucía ya no estaba en la cama ni en casa, pero Diego sabía que tenían que hablar. No podía demorarse mucho en buscar otro piso de alquiler, uno pequeño en el que pudiera vivir solo y compartirlo con su mujer cuando fuera a Pamplona.

El nada discreto coche de la inspectora Pieldelobo se acercó a la acera y Vila corrió desde su refugio hasta la puerta del acompañante.

—Llegas justo cuando más llueve —dijo mientras se abrochaba el cinturón de seguridad.

—¿Siempre eres tan gruñón por las mañanas? —bufó Marcela. Vila la miró con el ceño fruncido—. Veo que hemos vuelto al tuteo, aunque igual prefiero mantener las distancias hasta que se te temple el humor.

—Como quiera.

Marcela puso el intermitente y se detuvo a la derecha. Vila la miró con el ceño fruncido.

—No sé quién te has creído que eres para hablarme así —le dijo muy seria—, pero no te lo voy a consentir. No te conozco y no me conoces, y vamos a intentar seguir así. Cumple con tu trabajo y olvídate de mí el resto del tiempo. No hace falta que me hables, ni que me saludes si no quieres, pero las chorradas, las malas respuestas y esos humos que te traes, los dejas en casa, ¿queda claro?

Miró al cabizbajo subinspector, que apretaba los labios con la mirada fija en sus piernas.

—Tiene razón, lo siento. He pasado una mala noche…

—Me vale la disculpa —le cortó Marcela—, me sobra la explicación.

Se incorporó de nuevo a la calzada y condujo en silencio hasta el Soto de Lezkairu. Avanzó por las amplias y rectas avenidas hasta sobrepasar la zona edificada y habitada. Calculó otros cien metros y aparcó en la calle desierta. Luego bajó del coche y recuperó unos papeles del asiento de atrás.

—Lo siento —repitió Vila a su lado.

—El inspector Asensio ha conseguido triangular la situación del móvil desde el que se envió el primero de los mensajes —explicó Pieldelobo ignorando al subinspector—. No es muy exacto por la falta de repetidores en esta zona. —Giró sobre sí misma y estudió lo que la rodeaba. Solares baldíos; edificios a medio construir en cuyas tripas se afanaba un enjambre de obreros; algunos bloques ya terminados, pero todavía vacíos, y muchos contenedores de obra, camiones de todo tipo, hormigoneras, vallas amarillas y furgonetas con el logo de diferentes gremios.

Marcela estudió el plano y volvió a mirar al frente.

—Los Sarasola tienen dos promociones en esta parte del barrio. No hay nombres de calles ni ninguna indicación que nos sirva, pero en su web las sitúan casi al final de esta avenida, muy cerca de aquel pequeño montículo. A partir de ahí comienza la zona agrícola. —Pieldelobo miró hacia el subinspector y lo encontró con la vista fija en la colza del fondo—. Donde encontraron el cadáver de Francisco Sarasola —le aclaró con la mano extendida en dirección a la finca.

Avanzaron hacia la zona del mapa que Marcela había señalado con dos amplias equis en rojo, los dos bloques pertenecientes a la empresa de Sarasola. Sortearon vallas y pilas de escombros hasta llegar a un recuadro sin apenas urbanizar en cuyo centro se erigían dos edificios idénticos. Diez alturas, fachada blanca, persianas y balcones grises, ventanas ribeteadas de listones negros. Una cromática muy pocó original, a juzgar por lo que habían visto de camino.

Sobre lo que en un futuro sería una amplia acera, un cartel publicitario mostraba a una sonriente pareja joven que posaba con unas llaves en la mano y una recreación de los edificios terminados y urbanizados. *VISITE NUESTRO PISO PILOTO*, rezaba la publicidad, y añadía un número de teléfono en el que solicitar una cita.

—Vamos —ordenó Marcela.

—¿Ha llamado? —preguntó Vila.

La inspectora no respondió. Cruzaron la calle y se dirigieron al primero de los edificios. Empujaron la puerta del portal, que no opuso resistencia, y entraron en un vestíbulo de mármol gris y buzones negros. No había luz, pero la que entraba de la calle bastó para conducirlos hasta las escaleras y subir al primer piso. Contaron seis viviendas en la planta, tres a cada lado de los dos ascensores todavía inútiles. Marcela señaló un cartel en la pared y se dirigió a la derecha. Vila leyó el letrero y la siguió. *PISO PILOTO*, anunciaban en grandes letras de imprenta.

Marcela se detuvo en la puerta y se giró hacia el subinspector.

—Vuelve al coche y llama al inspector jefe. Que te autorice a pedir una orden judicial para este piso. O que la pida él mismo, así tendrá algo que hacer. —Le tendió uno de los planos que llevaba en la mano—. Aquí consta el número de parcela y la licencia de construcción.

Boquiabierto, Vila cogió el papel y miró a Pieldelobo sin pestañear.

—¿Va a entrar? —preguntó.

—Obedecer órdenes es básico, subinspector. Yo mando, usted obedece. Si se niega a hacerlo, puede marcharse, yo misma pediré la orden, pero no quiero verlo en su mesa cuando vuelva a Jefatura.

Vila le sostuvo la mirada.

—Entraré con usted —dijo por fin.

—Vaya a pedir la orden —repitió Marcela, cortante.

—No puedo dejarla sola —insistió—. Conozco mi trabajo. Y el suyo —añadió muy serio—. Entraré con usted y luego pediré la orden. No habrá problemas. Ni ahora, ni nunca.

Marcela calibró sus posibilidades. Uno, podía dar media vuelta, marcharse y regresar sola más tarde. Dos, confiar en que el juez firmara la orden y lo hiciera pronto. Tres, podía ordenar tajantemente a Diego Vila que se marchara. Eligió la cuarta.

—Tú sabrás dónde te metes —bufó mientras observaba la puerta.

—¿Hemos vuelto al tuteo? —bromeó Vila.

Marcela se irguió y lo miró un segundo.

—Yo sí.

El piso piloto estaba protegido por una cerradura sencilla que claudicó sin esfuerzo ante la llave maestra que Marcela siempre llevaba consigo.

—Guantes y calzas —ordenó.

Una vez pertrechados, cruzaron el umbral y cerraron la puerta a sus espaldas. La decoración parecía haber salido de un catálogo de Ikea, salvo porque la mayoría de los objetos estaba en el suelo. Jarrones, cuadros y falsos libros de cartón tapizaban el parqué del salón. Había sillas volcadas, cojines sacados de los sillones y cortinas arrancadas. Avanzaron con cuidado de no tocar ni desplazar nada. Marcela sacó el móvil y comenzó a fotografiar lo que veía. El primero de los dormitorios parecía impecable, dos camitas gemelas, una alfombra de alegres colores, un armario de dos puertas y estores azules y rosas en la ventana. Al segundo dormitorio, sin embargo, parecía haberle pasado un huracán por encima. La cama de matrimonio estaba deshecha, con las sábanas revueltas y el colchón ladeado sobre el somier. Vieron latas de cerveza vacías, botellas de ron y vodka, vasos de plástico y envases de zumos de varios colores. Por los rincones y debajo de la cama, cajas de *pizza*, envoltorios de hamburguesas, plásticos y más latas vacías. El suelo estaba alfombrado de colillas y ceniza. La puerta del fondo daba a un cuarto de baño que apestaba a meados y heces. Había papel en el suelo y pintadas en las paredes embaldosadas.

—¿Okupas? —preguntó Vila.

Marcela no respondió. Fotografió lo que veía y regresó al pasillo.

La siguiente puerta era otro baño en un estado similar al primero. La última conducía a la cocina. Pieldelobo se detuvo en el umbral, observó un instante y dio un paso atrás.

—Vila —llamó—. Pide refuerzos.

32

Había sangre en el suelo, en las paredes y en los muebles de la cocina. Salpicaduras negras sobre el mármol blanco, los azulejos blancos, la madera blanqueada. Ya no olía a sangre, convertida en un plastón casi sólido e inmóvil. Algunos insectos se habían quedado pegados en los charcos más espesos, incapaces de liberar sus patas después de libar el alimento. Distinguieron pisadas ensangrentadas y marcas de arrastre hasta la terraza, donde una puerta metálica se abría a la escalera de incendios, que descendía directamente a la calle. Junto a la reja que protegía la escala de quienes pudieran aprovecharla para acceder a las viviendas, el enorme portón del garaje y un acceso peatonal.

El rastro de sangre se diluía en los peldaños, pero no era difícil seguirlo. Pequeñas manchas aquí y allá, goterones dispersos y la marca inequívoca de un objeto de gran tamaño siendo arrastrado por el suelo. Como un cuerpo envuelto en una manta, un edredón, una alfombra o un plástico. Cuestión de física, pensó Marcela; era más sencillo acarrear un objeto compacto que ofreciera un asidero que uno más ligero pero móvil, maleable y escurridizo.

El equipo de la policía científica desplazado hasta el piso piloto de Sarasola tenía trabajo para el resto del día. Consciente de las explicaciones que tendría que dar, Pieldelobo prefirió no cabrear más a Asensio y bajar solo con Vila en lugar de pedirle que un par de sus hombres la acompañaran. Tuvo que jurar por su vida que no tocaría nada. Asensio, quizá para curarse en salud, la obligó a ponerse un chaleco con cámara incluida que registraría todos sus movimientos.

—Me parece excesivo —protestó.

Asensio ni siquiera respondió. Le ajustó los cierres y conectó la cámara, que parpadeó unos segundos antes de fijar la luz en rojo.

El garaje era una cueva oscura y profunda que les devolvía el eco de su respiración acelerada. Las dos potentes linternas que habían cogido de uno de los coches patrulla convirtieron ese agujero en un lugar civilizado. Siguieron las marcas y las pisadas hasta uno de los trasteros, todavía sin numerar. No estaba cerrado con llave.

Vila sacó su arma y apuntó con ella hacia la puerta. Marcela le imitó y colocó la mano libre sobre la manija. La bajó, empujó la hoja metálica y gritó:

—¡Policía! —No hubo respuesta. Su voz llegó hasta el final del garaje y regresó repetida diez veces. Iluminó la pequeña estancia desde el umbral—. Mierda —susurró.

Movió despacio la linterna de derecha a izquierda, alumbrando cada centímetro. Luego sacó el móvil y buscó el número de Asensio en la agenda.

—Creo que tenemos el lugar en el que estuvo secuestrado Francisco Sarasola hasta su muerte —le dijo.

—No toques nada, ya bajo.

Marcela colgó y soltó el aire que retenía.

El comisario estaba exultante. La localización del zulo en el que había permanecido secuestrado Sarasola y la confianza ciega en que entre toda esa mierda encontrarían alguna prueba que los condujera hasta el o los culpables le habían dibujado una inusual sonrisa en la cara.

Andreu la había citado en su despacho para que lo informara personalmente. Ya que el inspector Asensio continuaba en el escenario, la Reinona había acudido a la llamada del jefe. Esperaba sentado muy erguido en una silla que le quedaba pequeña. Sus enormes pies ocupaban todo el espacio entre la pata y la mesa, y sus rodillas prácticamente tocaban el escritorio del comisario. Sin embargo, Domínguez no parecía incómodo. Había abierto un pequeño portátil sobre sus piernas y observaba con el ceño fruncido lo que fuera que aparecía en la pantalla.

—Buen trabajo, inspectora —la felicitó Andreu—. Hemos dado un paso de gigante en una investigación que parecía atascada.

A Marcela le divirtió el uso del plural.

—Gracias, jefe. Trabajo en equipo.

—Así es como funcionan las cosas —aseveró el comisario.

—Señor, si me permite —interrumpió Domínguez—, me gustaría hacer notar que la inspectora Pieldelobo no ha trabajado en absoluto en equipo. Ha utilizado recursos que no le corresponden para proceder a un registro efectuado, por cierto, sin orden judicial.

—¿A qué te refieres? —preguntó Marcela.

—Una vez más —respondió Domínguez con los dientes apretados—, le exijo respeto.

—Como quiera, inspector —accedió ella con una sonrisa burlona—. ¿A qué se refiere?

—La inspectora forzó el orden del trabajo en mi departamento para que la cuestión del teléfono móvil pasara a primer lugar, obviando otros casos activos.

—¿Alguno más urgente que este? —preguntó Andreu.

—Bueno… —Domínguez balbuceó un segundo.

—¿No? —insistió el comisario—. Entonces, su personal hizo bien en acceder a la petición de la inspectora, que seguro que llegó por los cauces adecuados.

—Por supuesto —se apresuró a ratificar Marcela.

—Respecto a la orden judicial —siguió Domínguez—, la inspectora no puede actuar como una justiciera, hay normas, leyes, y…

—Eso ya está solucionado —le cortó Andreu. Pieldelobo levantó las cejas, sorprendida.

—¿Ah, sí? —preguntó la Reinona.

—Por supuesto —aseguró Andreu—. La jueza ha entendido la urgencia de la situación. La inspectora no podía arriesgarse a que los delincuentes regresaran para deshacerse de las posibles pruebas. Todos tenemos presentes varios casos de triste recuerdo en los que la demora de un juez acabó con un criminal en la calle. Lo que quiero saber —continuó— es qué tenemos.

—Debemos esperar a que el laboratorio lo confirme… —empezó Marcela.

—Lo que hará de manera prioritaria —puntualizó el comisario. Domínguez asintió en silencio, con fuego en los ojos.

—… pero todo parece apuntar a que esa vivienda y el trastero del sótano son los escenarios del secuestro y el asesinato de Francisco Sarasola. Todavía no sabemos cómo llegó el señor Sarasola hasta allí, si fue interceptado por alguien en el edificio, que al fin y al cabo era de su propiedad, o si lo condujeron hasta allí por la fuerza o engañado, conscientes de que el bloque está vacío y apenas hay nadie en los alrededores. Estoy segura de que la zona permanece desierta durante la noche.

Domínguez carraspeó para pedir la palabra. Andreu asintió en su dirección.

—Hemos rastreado toda el área. No hay cámaras de tráfico ni de ningún otro tipo en más de un kilómetro a la redonda. Ninguna obra cuenta con seguridad privada y desde Policía Municipal nos han asegurado que, aunque algunas patrullas alargan la ronda hasta allí, eso no sucede a menudo y hasta ahora nunca han visto nada sospechoso ni nadie ha llamado quejándose de ruido, okupas ni nada parecido.

—Bien —asintió Andreu—. Informaré a la familia de inmediato y después a los medios de comunicación. Inspectora, pida un cordón de seguridad alrededor del edificio para evitar el paso de periodistas y curiosos. Inspector —añadió—, entiendo que tiene mucho trabajo, así que no le entretengo más.

Domínguez parpadeó, sorprendido, y frunció sus labios morados hasta convertirlos en una flor carnosa. Marcela reprimió un escalofrío. Ese hombre le daba grima. La Reinona se puso de pie a regañadientes, saludó con un cabeceo rápido en dirección al comisario y alcanzó la puerta en dos largas zancadas.

Marcela se levantó en cuanto Domínguez abandonó el despacho, lista para marcharse.

—Una vez más —la detuvo Andreu—, las cosas han salido bien a pesar de usted.

—No era mi intención causar problemas —respondió Pieldelobo.

—Como siempre, inspectora. A usted siempre hay que suponerle la mejor de las intenciones, pero al final siempre acaba por arrastrarnos a todos al lodo. Ni un paso en falso —añadió—, porque no habrá nadie para lanzarle un cabo.

Marcela apretó los labios casi tanto como Domínguez hacía un momento y se despidió del comisario. No podía negar que, a pesar de esperarlo, le escocía el latigazo. Ahora tenía que concentrarse en evitar el golpe de Domínguez. No sabía cuándo ni cómo, pero estaba segura de que el puñal que le lanzaría la Reinona sería afilado y no lo vería venir hasta que fuera demasiado tarde.

Necesitaba hablar con Asensio, pero sabía que el inspector no la recibiría de buen grado. No le interesaba quemar todas sus naves en Beloso Alto. Por otra parte, tenía que esperar a que el comisario hiciera pública la noticia antes de dar el siguiente paso. Recuperó la chaqueta y bajó a la calle con el paquete de tabaco en la mano.

El inspector Ortega fumaba apoyado en el respaldo de uno de los bancos de piedra. Marcela se acomodó a su lado y encendió el cigarrillo.

—Ya me han contado el pelotazo de esta mañana; enhorabuena, Pieldelobo.

—Pura suerte —respondió ella.

—No te quites mérito, te vendrá bien el día que la cagues —bromeó él—. Le pediste a la científica que triangulara la situación del móvil, cotejaste la zona con las promociones de Sarasola, encontraste el edificio y diste con el zulo. *Chapeau.*

Ortega se quitó un sombrero imaginario y Marcela sonrió e inclinó la cabeza.

—Seguimos sin tener un nombre o una pista sólida, aunque estoy convencida de que no debo alejarme mucho de los Sarasola y su entorno.

—¿Algo sobre la amante? —preguntó Ortega.

—Nada. Tenemos una colección de huellas sin cotejar que se sumarán a las que sacarán hoy del piso piloto y el trastero.

—Mujer de poca fe...

—Yo ya no espero nada. Todo es demasiado difuso en este caso. Tenemos a tres agentes siguiendo el rastro del dron e investigando a posibles pilotos, sin resultado; tu equipo está detrás del dinero y ¿hay algo? —Ortega movió la cabeza de un lado a otro—. Tenemos una colección de imágenes borrosas del tipo que disparó a Javier Sarasola antes de llevarse el dinero y un atisbo del mismo hombre entrando en casa del hermano para intentar envenenarlo con gas. Todo es muy retorcido…

—Tienes razón —reconoció Ortega—, es un lío de narices, pero lo resolverás.

Marcela apagó el pitillo y se giró hacia Ortega.

—¿A qué viene ese repentino apoyo incondicional? —le preguntó.

Ortega sonrió y la miró a los ojos.

—Ribas y yo éramos amigos, trabajamos juntos en Madrid durante muchos años. Sacaste la cara por él cuando todos lo condenamos, incluido yo, y demostraste que era inocente. Todos mis respetos, inspectora.

Volvió a quitarse el sombrero imaginario y regresó al edificio. Marcela lo vio marcharse y pensó en Fernando Ribas. Ella también lo creyó culpable, las pruebas eran apabullantes, pero el molesto grillo estridulante de su cabeza no dejó de frotar sus alas para obligarla a seguir investigando. Ahora, sin embargo, no había ninguna chicharra en su mente, solo una espesa niebla que le impedía ver otra cosa que no fuera caos y violencia.

Cerró la puerta del despacho con el teléfono vibrando en su mano. Lo dejó en la mesa, se quitó la chaqueta y deslizó el icono verde.

—¿Qué he hecho yo para merecer este honor? —preguntó a modo de saludo.

Escuchó la risa de Miguel Bonachera al otro lado de la línea.

—Siento haber tardado tanto en llamar —se disculpó—. Necesitaba ordenar mi cabeza y mi vida y poner algo de distancia, ya sabes…

—Lo sé, tranquilo. ¿Todo bien?

—Todo lo bien que se puede —reconoció Miguel—. La fecha del juicio se acerca, serán días intensos.

Marcela no dijo nada, no sabía qué decir. ¿Debía consolarlo, decirle que todo saldría bien? Mentiría, y Miguel lo sabía. Se enfrentaba a ocho años de cárcel en el peor de los casos, dos si las cosas salían bien, pero, en cualquier caso, dejaría de ser policía para siempre. Había manipulado y robado pruebas de un caso para pagar una deuda de juego, había cedido a un chantaje que lo convertía en cómplice de una trama de corrupción policial y, aunque su colaboración facilitó la caída del líder, no le quedaba más remedio que rendir cuentas de sus actos. Marcela confiaba en que no saliera mal parado. Habían sido compañeros durante varios años; de hecho, Bonachera aguantó a su lado más que nadie hasta entonces. Colega, cómplice y amigo. Y ahora, al otro lado de la ley.

—Mi abogado quiere interrogarte —dijo entonces.

—No hay problema, ya me ha citado la fiscalía, está en su derecho —repuso Marcela.

—Quiere que hables de mí —añadió Bonachera—. Que hables bien.

Marcela se sintió repentinamente incómoda.

—No sé si tú y yo deberíamos estar comentando el caso…

—¿Qué hay de malo en eso? —protestó Miguel—. Somos amigos, ¿no?

—Lo somos —admitió Pieldelobo.

—No te preocupes, no tendrás que mentir. Quiere que hables bien de mí como policía y como persona. Todo lo bien que puedas, claro.

—Eso no será difícil —reconoció ella.

—¿Cuento contigo, entonces?

—Como siempre. ¿Qué tal por Barcelona?

—Tenías razón, mucha humedad, pero me gusta.

—¿Tienes trabajo? —se interesó Marcela.

—Hago mis cosillas. Y tú, ¿cómo lo llevas? —cambió él de tema.

—Como siempre…

—O sea, regular tirando a mal —rio Bonachera.

—Tengo un subinspector que lo mismo está bien que está mal y da por saco. No sé a qué atenerme con él. Y la Reinona me la tiene jurada.

—¿Todavía?

—Otra vez —aclaró ella.

—Domínguez es un mal bicho…

—De los peores —concedió Marcela. Luego suspiró—. Tengo que dejarte, el marrón que tengo sobre la mesa es monumental.

—Sarasola, ¿no? Lo he oído en las noticias.

—Eso es. Un nido de víboras.

—Ese es tu hábitat natural, Marcela. Eres la mejor nadando entre tiburones.

Marcela sonrió y pensó en los tres mil dientes de un tiburón. Eran muchos colmillos afilados a los que enfrentarse.

—Nos vemos pronto —se despidió.

—Sí. Cuídate mucho.

Suspiró de nuevo, guardó el teléfono y se concentró en lo que tenía sobre la mesa. Los expedientes esperaban pulcramente colocados por orden cronológico: la desaparición de Francisco Sarasola, la agresión contra Máximo, el intento fallido de entrega del rescate, el ataque a Javier Sarasola, la aparición del cadáver del promotor inmobiliario, la desaparición de José Luis Cambra, el asesinato de Marianela Parra, el intento de homicidio de Sergio Sarasola y su mujer y lo poco que todavía tenía sobre el escenario del primero de los crímenes. La espiral de violencia giraba a toda velocidad y Marcela era incapaz de vislumbrar el ojo del huracán, quién agitaba las alas para levantar el polvo espeso que le impedía ver a un palmo de sus narices.

Buscó en el cuaderno el número que Asensio le había dado, el del segundo móvil, desde el que se enviaron los últimos mensajes sobre Francisco Sarasola. Abrió en su teléfono una aplicación de rastreo que ya había demostrado su utilidad en más de una ocasión, introdujo los nueve dígitos y activó la alarma.

Su siguiente pensamiento se vio interrumpido por el zumbido del teléfono sobre la mesa.

—Inspectora —la saludó el comisario Andreu—. Venga a mi despacho. Tenemos un problema.

33

No le gustó la cara del comisario cuando entró en su despacho por segunda vez esa mañana. La sonrisa de hacía un rato había sido sustituida por un rictus arrugado y severo. Marcela no pudo evitar repasar sus últimas actuaciones y conversaciones en busca del motivo del enfado de Andreu.

Se quedó de pie en mitad del despacho, a medio camino entre la puerta y el escritorio, y esperó.

—Tenemos que suspender la orden de busca y captura contra José Luis Cambra —anunció el comisario.

Marcela eliminó la distancia que la separaba de la mesa y apoyó las manos en la madera.

—¿Cómo dice?

Andreu se pasó la mano por el pelo y luego la deslizó por la nuca hasta masajearse el cuello.

—Órdenes directas del Ministerio del Interior —explicó.

—No puede ser, no entiendo…

—Cambra es persona de interés en una investigación activa de uno de los juzgados de instrucción de Pamplona. El juez abrió el caso a instancias del Ministerio de Hacienda y ambos han solicitado que se suspenda la búsqueda del sospechoso por el momento.

—Está vivo, entonces.

—Está vivo —confirmó el comisario.

—Tengo que hablar con él, su declaración es vital para el caso.

—Marcela habló muy deprisa, como si solo tuviera unos segundos para defender su causa—. ¿Qué ocurre si está implicado, si Cambra ha sido partícipe de los hechos?

—Él lo niega y ellos le creen.

—¿Y si miente?

—Interior ha priorizado el caso de Hacienda —intentó zanjar Andreu.

—¿Frente a dos homicidios consumados y cuatro tentativas? No me lo puedo creer...

—Pues créaselo, inspectora. Es lo que hay.

—Tengo que hablar con Cambra. Si está implicado, que la Judicial lo custodie hasta que sea juzgado. Si es inocente, la información que nos facilite puede ser el empujón que nos falta para resolver el caso. Jefe... —suplicó Pieldelobo.

—Veré lo que puedo hacer —accedió Andreu.

—¿Dónde está?

El comisario movió la cabeza de un lado a otro, indeciso.

—En Barcelona —dijo por fin—, en un piso franco, custodiado las veinticuatro horas del día. Asegura que salió de Pamplona al día siguiente de la desaparición de Francisco Sarasola.

—No hay constancia de ello, lo hemos comprobado.

—El juzgado y Hacienda se encargaron de todo —respondió Andreu.

—Iré —afirmó Marcela—. Iré y hablaré con él, un interrogatorio oficial con presencia de un abogado, como quieran y donde quieran —insistió, casi rogó.

—Veré lo que puedo hacer —repitió Andreu.

—Es urgente...

—Inspectora...

Marcela salió del despacho del comisario y se encerró en el suyo.

Vila la miró cuando pasó a su lado, pero su aspecto lo disuadió de intentar siquiera hablar con ella. Se giró de nuevo hacia la pantalla del ordenador y trató de concentrarse, pero una mano sobre su hombro lo sobresaltó. Pieldelobo.

—Trabajaré desde casa el resto del día —le dijo a Vila—. Estaré localizable, llámame si surge algo.

Marcela se alejó antes de que el subinspector tuviera ocasión de decir algo.

No necesitaba hacer la maleta para ir a Zugarramurdi. Era su casa, su hogar, allí tenía todo lo que necesitaba. Compraría comida en el pueblo o encargaría algo en uno de los bares, no le importaba. No tenía hambre, le ardía el estómago con un fuego que le quemaba hasta la garganta y le calentaba la cabeza más de lo que podía soportar. Bajó la ventanilla mientras zigzagueaba de un carril a otro en busca de la salida de la ciudad. Un túnel, un giro a la izquierda y la carretera ante ella. Tuvo que poner a prueba toda su cordura y fuerza de voluntad para no pisar el acelerador. Respiró por la nariz y exhaló por la boca despacio una vez, y luego otra. El fuego empezó a templarse, aunque el ardor no desapareció. Siempre igual, el mismo palo en la rueda. Golpeó el volante y se concentró en respirar y mantener la velocidad.

Cada kilómetro que se alejaba de Pamplona era un grado menos en su estómago. Empezó a disfrutar del paisaje, a estar atenta al color del campo y al perfil de los montes, a los árboles que teñían la tierra de verde y marrón. Recordó a su madre: «Ante un problema puedes hacer dos cosas: lamentarte o buscar una solución. ¿Eres de las que se quejan y se achican ante las dificultades o de las que no cejan hasta conseguirlo, aunque tengan que dejarse el alma en el intento?».

Estaba cansada de dejarse el alma. Nunca había nada fácil. Sintió el peso de sus hombros, la debilidad de sus brazos. Se estaba rindiendo. Pensó que quizá no estuviera mal aceptar la realidad y dejarse llevar, admitir que no había nada que pudiera hacer y tirar la toalla. Solo por una vez, ¿qué más daba? ¿A quién le importaban sus esfuerzos, sus desvelos, las cicatrices de su cuerpo?

Deslizó la mano por el volante y la apoyó en su muslo. Qué más daba todo, en realidad. Cambra, Sarasola, Huguet, Andreu. Tenía la impresión de que ella era la única interesada en detener al secuestrador y asesino, la única empeñada en hacerle justicia a una persona que no conocía y de la que todos parecían pensar que estaba mejor muerta.

Dos cuervos cruzaron frente a ella en vuelo rasante hacia el bosque. Aminoró la marcha y los vio alejarse. Le escoció la espalda. Recordó a Damen, su voz, sus caricias. Sus palabras: «Te has tatuado el cuerpo para recordar a los que se han ido. Quizá sea hora de que pienses en los que quedamos, antes de que nos convirtamos en un cuervo en tu espalda».

Antón no estaba en casa, pero sí su hermano, que le abrió la puerta del *txoko* para que pudiera llevarse a Azti. Había entrado en la suya el tiempo justo para ponerse las zapatillas de senderismo y coger un chubasquero. El plomo del cielo amenazaba con fundirse en cualquier momento.

Azti saltó y correteó a su alrededor, le golpeó las piernas con la cabeza y gimió de placer cuando Marcela le acarició entre las orejas y le palmeó el lomo. Luego corrió delante y detrás de ella, atento a sus pasos, a los giros que daba en el camino. Marcela apretó el paso cuando dejó atrás la zona urbana. La calzada asfaltada se convirtió en un camino de grava y luego de tierra y piedras sueltas. El cielo desapareció encima de las copas de los árboles y el aire se llenó de olor a púas y piñas, a resina dulce y a lluvia. El suelo estaba cubierto de hojas sueltas y húmedas. Por encima del viento que sacudía las ramas escuchó el agua sobre las rocas. Llegó al puente de madera y cruzó el río furioso. El camino se empinaba a partir de ese punto. Respiró y empezó a subir.

Las preguntas entraban y salían de su cabeza, rebotaban en su interior en busca de una respuesta que no encontraban. ¿Qué había visto Marianela Parra? ¿Qué sabe José Luis Cambra? ¿Qué había hecho la familia Sarasola para merecer tanto odio?

Lo más curioso de todo era que, por primera vez en su vida, no se sentía capaz de contestar, no tenía ganas de esforzarse, de patear y luchar para encontrar una verdad que no le importaba a nadie. Ni siquiera a ella.

Una gruesa gota de lluvia la golpeó en la mejilla. La siguieron otras, duras y fuertes. Los árboles se estremecieron y el viento trajo el eco de un trueno lejano. Marcela conocía el camino, lo había hecho varias veces con Antón, también con Damen. Al final del sendero, en la cima de Peña Plata, había varias bordas en las que podría refugiarse. Eran unos pocos kilómetros.

—¡Vamos! —animó a Azti.

El perro no se hizo de rogar y corrió delante de ella monte arriba. Su pelaje negro se fundía con el gris de la niebla y las nubes de lluvia. Intentó acelerar el paso, pero las piernas empezaron a enviarle dolorosos avisos. Se rindió a la evidencia y redujo la velocidad.

La lluvia caía racheada, sin dirección fija, obligándola a bajar la cara y sujetarse la capucha del chubasquero. Azti buscaba refugio junto a sus piernas y gemía después de cada trueno. A su derecha, en una pequeña hondonada, distinguió un tejado semiderruido y lo que quedaba de una pared de piedra. Se acercó al borde del camino y valoró sus posibilidades de bajar sin partirse la cabeza. El agua formaba torrenteras y la lluvia arreciaba por momentos. Se sentó en el suelo y llamó al perro.

—Aquí, vamos.

Se palmeó los muslos y Azti se acercó a ella. Marcela lo cogió y se lo colocó sobre las piernas. Luego clavó los talones en el suelo, sujetó al animal y empezó a deslizarse sobre el trasero despacio, intentando controlar la bajada. Apoyó un pie en el tronco de un árbol y trató de estabilizarse, pero su cuerpo resbaló en el barro y se desplazó de lado cuesta abajo. Azti saltó de su regazo y rodó unos metros. Marcela, incapaz de incorporarse ni recuperar el control, asistió inútil a su propia caída. Rodó, se sentó, giró y volvió a rodar. Azti ladraba a su lado mientras Marcela intentaba levantarse sin volver a caer de bruces en el barro ni golpearse con ningún árbol.

—Estoy bien, tranquilo —dijo—. Vamos dentro.

La puerta de la borda no estaba atrancada ni cerrada con candado, posiblemente porque allí dentro había muy poco que proteger. Como había visto desde el camino, parte del tejado se había derrumbado, formando un montículo de tierra, vigas de madera y grandes piedras sueltas sobre el suelo. La mayoría de las construcciones de ese tipo no utilizaban argamasa, cemento ni más unión que un encaje de piedras de diversos tamaños.

Miró a su alrededor en busca de un espacio seco y seguro. Arrastró un banco hasta la pared más alejada del agujero y llamó a Azti, que acudió a su lado con el lomo agachado y la cola entre las patas. El animal tiritaba, empapado. Marcela se quitó el chubasquero y le frotó el cuerpo con él. Luego se sentó en el banco y apoyó la espalda en la pared. Estaba empapada y tenía frío, pero no estaba preocupada. Saldría de allí. O no. En ese momento no le importaba nada. Azti saltó al banco y se acomodó con la cabeza sobre las piernas de Marcela. Ella le acarició entre las orejas y observó cómo el agua se deslizaba desde las grietas del techo, por las paredes y las vigas viejas. Apoyó la cabeza en la pared y cerró un momento los ojos.

¿Qué pasaría si se rendía? Nada. No pasaría absolutamente nada.

Llovió con fuerza durante más de dos horas. Cuando amainó lo suficiente, Marcela abrió la puerta y rodeó la borda en busca de un camino. Ni se planteó volver por donde había llegado. A pocos metros encontró un sendero de apenas cincuenta centímetros de ancho que se adentraba en el bosque y parecía ascender en dirección al camino principal. Llamó a Azti y avanzaron con cuidado. El perro olisqueaba y dudaba antes de poner una pata detrás de la otra. Quinientos metros más adelante, el angosto sendero se abría al que la había llevado hasta allí. Clavó los talones e inclinó el cuerpo hacia atrás para no caerse cuesta abajo. El nivel del río había crecido y el agua pasaba por encima de las tablas del puente. Marcela cogió al perro en brazos y cruzó despacio, intentando mantenerse en el centro, lejos del borde mal protegido y agarrada con fuerza a la empapada barandilla de madera.

Suspiró aliviada cuando alcanzó las primeras casas de Zugarramurdi. Había dos coches frente a la puerta de su casa. Y dos hombres. Damen y Antón corrieron hacia ella cuando la vieron llegar. Azti, exhausto, se limitó a mover la cola y a gemir contento.

—¿Qué hacéis aquí? —preguntó Marcela—. ¿Qué haces aquí? —repitió, mirando a Damen.

—Antón me llamó —respondió él—. Su hermano le avisó de que te habías llevado a Azti al monte y que no habías bajado cuando empezó la tormenta. Vino a comprobar si estabas en casa, y cuando vio que no volvías, se preocupó y me llamó. Estaba en Elizondo, así que no he tardado nada en llegar.

Marcela cerró los ojos. Le temblaban las piernas, sentía los músculos agarrotados y había empezado a tiritar. Buscó las llaves con dedos trémulos, pero Antón se le adelantó y abrió con las suyas. Luego corrió a encender la calefacción y a preparar la chimenea.

—No me dio tiempo a limpiarla la última vez —se excusó Marcela en voz baja.

—Prenderá —le aseguró Antón.

Damen se acercó a ella y pareció estudiar su aspecto.

—Deberías darte una ducha caliente, yo me ocupo de Azti.

Marcela asintió y se dirigió a las escaleras.

El agua caliente abrazó su cuerpo y le despejó la mente. Expulsó el miedo y aceptó de nuevo las dudas y las preguntas, incluso para las que no tenía respuesta. No estaba preparada para ser sincera consigo misma, así que sacó un chándal del armario y bajó al salón. Encontró a Damen apoyado en el ventanal del jardín. Había hecho café y descongelado pan.

Estaba solo.

—Antón se ha llevado a Azti a su casa —dijo sin más.

Marcela asintió en silencio, se sirvió una taza de café y se sentó en el sofá, cerca de la chimenea.

—¿Te encuentras bien? —le preguntó Damen, que se acercó y se sentó a su lado. Sin embargo, tuvo buen cuidado de que sus cuerpos no se tocaran.

—Estoy bien —le aseguró—. No he sabido calcular la velocidad de la tormenta, pero nos hemos refugiado en una borda.

—Llevas un morado en la mandíbula —señaló Damen.

Marcela se llevó la mano a la cara y comprobó que, en efecto, le dolía a un lado de la barbilla.

—Resbalamos en una cuesta y rodé un par de metros —explicó—. Intenté bajar de culo con Azti sobre las piernas, pero el terreno era inestable. —Miró hacia Damen y lo sorprendió sonriendo—. ¿Qué te hace tanta gracia?

—Tú rodando cuesta abajo —reconoció. Luego se puso serio de nuevo—. ¿Te has lesionado?

—No, no. Son solo rasguños —afirmó—. Gracias por venir —añadió—, pero Antón no debería llamarte cada vez que hay un… problema.

—Él no sabe que ya no me quieres —replicó Damen.

—Eso no es cierto —protestó Marcela.

Damen frunció el ceño.

—¿En serio? Entonces, ¿qué has hecho? ¿Qué hemos hecho? —preguntó.

No importaba nada. O sí.

Marcela se giró hacia Damen y lo miró a los ojos.

—No puedo darte lo que quieres, no puedo hacerte eso, mantenerte a mi lado y negarte todo lo que quieres —dijo—. Me odiarás.

Damen rio de nuevo. Sin embargo, sus ojos decían otra cosa.

—Tú no me haces nada. Yo decido sobre mi vida, sobre dónde voy y con quién. Sé con qué puedo vivir y con qué no. Y con quién.

—No quiero ser madre, y no sé si un día querré serlo. —Marcela bajó los ojos un instante y luego volvió a fijarlos en Damen.

—Nunca me has preguntado mi opinión al respecto —dijo él—, lo has dado todo por supuesto. ¿Por qué no me lo preguntas?

Marcela arrugó la frente.

—Sé que quieres ser padre —afirmó tajante.

Damen movió la cabeza de un lado a otro.

—Eres una arrogante, además de egoísta e inestable —siguió Damen un poco más cerca de ella—. Si me lo preguntaras, te diría que no me importaría tener hijos, pero la paternidad no es una de mis prioridades, y lo es menos cada año que pasa. Tampoco me importaría acoger o adoptar, o quedarme como estoy. Por suerte, hay muchas cosas que me apasiona hacer, no creo que echara de menos ser padre el día de mañana. No me quita el sueño perpetuar mi apellido ni educar a nadie, y no me preocupa en absoluto lo que ocurra con mis bienes cuando yo ya no esté.

—No soy una arrogante —protestó Marcela.

—¿Es lo único que has oído de todo lo que he dicho? —La vio mover la cabeza de un lado a otro—. Tengo una pregunta para ti. Estos días, desde que nos… despedimos, ¿te has sentido aliviada, tranquila? ¿Feliz?

Damen la cogió de las manos con fuerza. Marcela intentó soltarse, pero él se lo impidió.

—Responde —le exigió.

—No —dijo sin más.

No le confesó que durante ese tiempo su único deseo, o el más fuerte, al menos, había sido dejar de ser Marcela Pieldelobo durante un día entero, solo un día.

Tampoco le dijo que cada mañana desde su despedida tenía que combatir las ganas de morir, y que temía perder la batalla un día, quedarse sin fuerzas y, simplemente, dejarse ir. Intuía que ese momento estaba cerca. Y sabía, sentía, que Damen era su salvavidas.

No le gustaba depender de nadie, pero esos sentimientos no tenían lógica.

—No puedo hacerte esto —susurró Marcela.

—Tú no estás haciendo nada, soy yo. Yo tomo mis propias decisiones.

—No es justo para ti…

Un trueno retumbó en el cielo e hizo temblar los cristales.

—¿No dices siempre que todo está bien bajo la tormenta? Hazlo bueno. Hagámoslo bueno.

34

Barcelona la recibió con un cielo radiante y un viento frío que arrastraba el polvo de las calles y lo arrojaba a la cara de los viandantes, que caminaban protegidos con pañuelos y bufandas y la cara levemente agachada.

Había conseguido dormir la mitad del viaje y soportó al resto de los viajeros la otra mitad, con sus teléfonos impertinentes, sus conversaciones a voz en grito sobre las cuestiones más inverosímiles y el constante repiqueteo de campanillas, gotas de agua, musiquillas machaconas o el ring-ring más básico para anunciar un mensaje que no podía esperar.

Se colocó los auriculares y las gafas de sol, conectó una de sus listas de Spotify y se concentró en la tarea que tenía por delante. El comisario Andreu había logrado que le permitieran hablar con José Luis Cambra. Estaría acompañado de un agente de la judicial que vigilaría que nada de lo que dijera perjudicase a su caso. Había preparado una batería de cuestiones que quería abordar, dudas que saltaban como pulgas en su cabeza, insidiosas, punzantes y muy incómodas.

Una vez en la estación de Sants, cogió su escueto equipaje y salió con prisa del tren. Lo vio apostado al final de las escaleras mecánicas, concentrado en los pasajeros que subían de los andenes. Miguel Bonachera la esperaba con una sonrisa en la boca y los brazos preparados para estrecharla.

—Me alegro mucho de verte —dijo Marcela.

—Suenas sincera —bromeó Miguel sin soltarla.

—¡Lo soy! Pero puedo cambiar de opinión en un segundo si no aflojas.

Miguel rio de buena gana.

—Cómo te he echado de menos, Pieldelobo.

No dedicaron demasiado tiempo a ponerse al día, ya tendrían ocasión más tarde. Cogieron un taxi hasta la dirección que le habían dado y se separaron en la puerta.

—Estaré en aquel bar —dijo Miguel, señalando un local con terraza cerrada situado a la izquierda. Marcela asintió y esperó junto al portal, tal como le habían dicho que hiciera.

Diez minutos después, un hombre vestido con ropa deportiva oscura abrió el portal y la invitó a pasar sin decir palabra. Marcela entró en el gélido vestíbulo y el tipo cerró a su espalda.

—¿Va armada? —preguntó.

—No —respondió ella.

—El ascensor es demasiado estrecho. Subiré por las escaleras. Es el tercer piso.

—Yo también iré por las escaleras —dijo Marcela después de echarle un vistazo a la caja con doble puerta de forja negra y enrevesadas filigranas. Los rieles tenían tanta grasa reseca, polvo y telarañas que dudó de que el ascensor pudiera deslizarse por ahí sin detenerse bruscamente.

—Buena decisión —sonrió él, que empezó a subir a buen paso. Marcela se esforzó por seguir el ritmo, pero antes de llegar al segundo piso tuvo que reducir la velocidad y adecuar la zancada a su precaria forma física.

El tipo llamó a una puerta antigua con una enorme mirilla redonda en el centro. El ventanillo dorado se dividió en tres gajos con un susurro metálico. Marcela vislumbró unos ojos al otro lado. Por fin, una mujer vestida con tejanos y jersey rojo les franqueó la entrada.

—Por aquí, inspectora —dijo sin molestarse en saludar. La condujo hasta una habitación estrecha y oscura, con una única ventana que se abría al descansillo de la escalera. Habían empujado la cama hasta la pared e instalado una mesa en el espacio restante. Tres sillas, un ordenador portátil y una lámpara de flexo completaban el escueto mobiliario. Sobre el colchón, alguien había hecho un apretado gurruño de ropa de cama y toallas.

—Siento el desorden —dijo la mujer—. Mañana lo llevaremos al servicio de lavandería.

Marcela hizo un gesto con la mano para restarle importancia y miró a la mujer con el ceño fruncido.

—Soy la inspectora Navas —se presentó—. Estoy al mando de este operativo.

—Inspectora Pieldelobo —respondió ella, consciente de que sabía perfectamente quién era y qué hacía allí—. He venido para hablar con José Luis Cambra.

—Lo sé, pero antes debe entender un par de cosas. Primero, es importante limitar el número de personas que conocen el paradero del señor Cambra.

—¿Su vida corre peligro? —preguntó Marcela.

—Es posible, no estamos seguros, pero siempre es mejor prevenir.

—¿Puedo preguntar qué ocurre, por qué Cambra está aquí y no en Pamplona?

—Estoy autorizada a contarle que el señor Cambra posee información vital en un caso de malversación, tráfico de influencias, extorsión, fraude fiscal y blanqueo de capitales.

—¿Contra los Sarasola?

La inspectora Navas guardó silencio.

—La cuestión es que no puede preguntarle nada sobre nuestro caso —siguió la mujer— ni sobre las personas o empresas presuntamente implicadas, ¿de acuerdo?

—No estoy aquí para eso, solo me interesa lo que esté relacionado con el secuestro y asesinato de Francisco Sarasola.

Navas cabeceó brevemente y salió al pasillo. Luego hizo un gesto con la mano y volvió a entrar.

—Me quedaré aquí con ustedes para comprobar que el interrogatorio no deriva por cauces indeseados —le anunció.

Marcela iba a protestar cuando José Luis Cambra apareció en el umbral. Le costó reconocerlo sin su traje impecable. Llevaba un vaquero negro, una camisa azul con los faldones por fuera y una chaqueta oscura. En los pies, deportivas blancas con aspecto de recién estrenadas.

—Señor Cambra —saludó Marcela ofreciéndole la mano. Él se la estrechó brevemente antes de entrar en la habitación.

—Inspectora —respondió—. Me sorprendió mucho que insistiera tanto en hablar conmigo.

—Y a mí que desapareciera como lo hizo —replicó Pieldelobo.

Cambra dio un paso adelante y ocupó una de las sillas. La inspectora Navas se acomodó en la otra, que desplazó medio metro hacia atrás, y Marcela se sentó al otro lado de la mesa. Podían oír el zumbido del motor del ascensor y los chasquidos y golpes que anunciaban que se había detenido en un piso.

—Estoy al tanto de lo sucedido —reconoció Cambra.

—¿Qué es lo que sabe exactamente? —quiso saber Marcela.

—Que el señor Sarasola apareció muerto, asesinado, y que luego alguien disparó a su hijo mayor.

—También le propinaron una paliza a Máximo Sarasola, intentaron envenenar con gas a Sergio Sarasola y a su mujer y asesinaron a navajazos a Marianela Parra, amante de su jefe.

Cambra descompuso el semblante. Empalideció con rapidez y abrió mucho la boca y los ojos.

—Esto no puede ser por... —empezó.

—Cuidado —intervino Navas.

—No puede ser ¿por qué? —insistió Pieldelobo.

—Por lo que sé, por todo este lío... Todo estaba arreglado antes del secuestro de Francisco, puede preguntárselo a la inspectora.

Marcela la miró y Navas asintió en silencio.

—Yo ya tenía las pruebas, la documentación, el cuaderno...

—Señor Cambra, se lo advierto —lo interrumpió Navas.

El hombre movió la mano deprisa, como si intentara espantar una mosca invisible.

—Los Sarasola están en el centro de la diana —siguió Marcela—, parece algo personal. ¿Quién puede odiar a la familia hasta el punto de intentar eliminarlos a todos?

—Sergio es inofensivo, es un cándido, un muñeco en manos de su hermano, y Máximo... Ni siquiera venía por la empresa, apenas es un adolescente. ¿Cómo ha podido alguien hacerles tanto daño?

—No ha mencionado a Marianela Parra —continuó Marcela.

Cambra sacudió la cabeza de un lado a otro.

—No la conocía. Es decir, sabía que existía, siempre había una mujer, o varias, pero nunca he conocido a ninguna. Tampoco a esta. Lo siento mucho por ella.

—Enemigos, señor Cambra. Se los pedí en Pamplona e insisto ahora. Necesito nombres.

—Eso es imposible —se lamentó en voz baja.

—Para eso he venido —protestó ella.

—Lamento que haya hecho el viaje en balde. Francisco Sarasola era admirado y odiado en la misma medida, pero no imagino a nadie capaz de matarlo.

—¿Ni siquiera los que aparecen en la documentación que usted ha aportado a la investigación?

—No puede hablar de eso —la cortó Navas.

—¿Había recibido el señor Sarasola amenazas de algún tipo recientemente? —siguió Marcela.

—Lo desconozco —respondió Cambra—. Las ha habido en más de una ocasión, pero pocas veces hacía comentarios al respecto y nunca presentó una denuncia.

—¿Era un hombre violento?

—El que está muerto es él —respondió Cambra.

Pieldelobo se recostó en su silla, cruzó los brazos y miró fijamente al subdirector de la empresa. Exsubdirector, debería decir.

—¿Qué gana usted con todo esto? —preguntó por fin.

—¿Qué quiere decir? —Cambra parecía confuso.

—Con todo esto —insistió Marcela, abriendo los brazos para abarcar la lóbrega habitación—. Nadie se entrega voluntariamente para que lo encierren en un piso franco mientras investigan a su jefe. Luego vendrá el juicio, las declaraciones... ¿Qué gana usted?

—Yo...

—Suficiente —cortó Navas.

—Supongo que evitará ingresar en prisión —siguió Marcela—.

Es usted tan culpable como Sarasola. Conocía sus negocios y sus tejemanejes, por eso está aquí. ¿Le han ofrecido un trato interesante? Espero que lo sea, debe de ser bueno para compensar estar aquí encerrado durante semanas y convertirse después en un paria en el mundo de los negocios. Porque es consciente de que nadie querrá trabajar con usted, ¿verdad? El perro que muerde a su amo debe ser sacrificado.

Cambra se tapó los ojos con una mano y respiró con fuerza.

—Hasta aquí, inspectora —zanjó Navas—. La entrevista ha terminado.

Barcelona había dejado de parecerle interesante. Marcela giró a la derecha al salir del portal, en dirección contraria al bar en el que la esperaba Bonachera, y caminó entre peatones apresurados, patinetes que zigzagueaban peligrosamente entre los viandantes, bicicletas y motos aparcadas en la acera de cualquier manera y un río de coches que colapsaba la calzada.

No tenía tiempo para lamentaciones.

—Puto Cambra —masculló entre dientes.

El hombre con el que acababa de cruzarse la miró con el ceño fruncido y aceleró el paso en dirección contraria. Marcela se detuvo en la acera y suspiró. Debería haber imaginado que Cambra no hablaría. Se había vendido por treinta monedas de plata, que al cambio equivalían a un pacto de inmunidad en el proceso judicial.

Siguió andando hasta completar la vuelta a la manzana. Encontró a Bonachera sentado en el interior del bar. Sobre la mesa, el periódico abierto por las páginas de anuncios por palabras y una taza de café vacía.

—¿Has comido? —le preguntó Marcela señalando la taza.

—No, te estaba esperando. ¿Vamos?

Caminaron despacio hacia la avenida Diagonal.

—¿Quieres dar un paseo o paro un taxi? —planteó Miguel.

Marcela se limitó a mirarlo con las cejas levantadas. Bonachera sonrió, se acercó al borde de la acera y levantó el brazo. Dos minutos después, un taxi volaba de un carril a otro en dirección al centro.

—¿Le has dicho que tenemos prisa? —preguntó Marcela mientras se inclinaba de un lado a otro en el asiento de atrás.

Miguel soltó una carcajada.

—Tranquila, ningún taxista quiere darse un golpe y tener el coche en el taller una semana —le aseguró.

—A mí no me importaría —dijo el conductor, un hombre maduro y aceitunado de pelo repeinado hacia atrás—, estoy hasta los cojones.

—Lo bueno es que no tendrá que llamar a la policía —respondió Marcela muy seria—, la lleva a bordo.

El taxista redujo la velocidad en el acto, cogió el volante con las dos manos y empezó a utilizar los intermitentes.

Más relajada, Pieldelobo observó la ciudad a través de la ventanilla. Las largas calles y avenidas formaban una cuadrícula casi perfecta que derivaba en un caos en el casco antiguo. El barrio Gótico, la Barceloneta o el barrio de Gracia rompían la armónica distribución viaria de la ciudad y la dotaban de un corazón que latía en mil idiomas diferentes, en todos los colores del espectro cromático y que guardaba sorpresas casi en cada esquina. Como el restaurante en el que Miguel había reservado mesa para dos.

—¿Caracoles? —preguntó incrédula.

En la fachada de piedra del local, un fuego de carbón doraba unos pollos que daban vueltas muy despacio ensartados en las varillas metálicas. Miguel empujó una puerta que daba directamente a la cocina del restaurante.

—Por aquí —indicó.

—¿Seguro?

Bonachera sonrió y sostuvo la puerta hasta que Marcela entró. A su derecha, unas enormes cocinas alimentadas de carbón sobre las que bullían arroces, sopas y grandes cazuelas llenas de caracoles. Varios cocineros se afanaban entre los pucheros y llamaban a gritos a los camareros cada vez que dejaban una comanda en el mostrador del fondo.

Subieron un par de escalones hasta llegar a un comedor de suelos y paredes de madera, igual que las mesas, las sillas, las puertas y las escaleras que prefirió no preguntar adónde conducían. Los acomodaron en una mesa y se sentaron bajo decenas de fotografías que mostraban a famosos de todas las épocas posando sonrientes con los responsables del restaurante.

—No pienso comer caracoles —advirtió Marcela en voz baja.

—Tienes que probarlos. Y la sopa bullabesa, que es un escándalo. ¿Te gusta el arroz con bogavante? —La vio asentir—. Pues ya tenemos el menú. Vino blanco y cava, ¿hace?

—Estás muy burgués, Bonachera.

—Es el aire de Barcelona —respondió con un guiño—. ¿Qué tal te ha ido con Cambra? —preguntó cuando tuvieron las copas llenas.

Marcela movió la cabeza de un lado a otro.

—No le he sacado nada, ni un nombre, ni una indicación… Nada. Y, además, su cancerbero no se ha movido de la sala e intervenía cada vez que la conversación iba por donde no le convenía. Una absoluta pérdida de tiempo.

—Bueno, al menos ha servido para que nos veamos. Brindo por eso. —Levantó su copa y la acercó a la de Marcela, que lo imitó.

—Quizá Cambra sí ha dicho algo de utilidad —siguió Pieldelobo—. Antes de que la inspectora pudiera impedirlo, ha asegurado que cuando Sarasola fue secuestrado él ya tenía preparada su traición e, imagino, su huida. Si alguien de la familia o de la empresa estaba preocupado, el objetivo debería haber sido Cambra, no Sarasola. Al empresario solo tenían que esperar para verlo caer, mientras que el subdirector estaba a punto de venderlos a todos a cambio de su inmunidad.

—Lo lógico, entonces —intervino Miguel—, es que el secuestro y asesinato no esté relacionado con la empresa, sino que se trate de algo más personal.

—Muy personal, de hecho. Todos los Sarasola han sido atacados.

—Y la amante —añadió Bonachera.

—Y la amante —ratificó Marcela—. En ese caso, me inclino a pensar que la mataron para librarse de una testigo incómoda.

—Es lo más probable. No deberías alejarte demasiado de ellos —le aconsejó Miguel.

—No lo hago —le aseguró Marcela al tiempo que le mostraba su copa vacía.

Miguel sonrió y le sirvió más vino mientras llegaban los caracoles.

Marcela miró a Miguel reírse a su lado, caminando sin rumbo fijo por la calle ya atardecida y compartiendo banalidades y chascarrillos.

Siempre había sido una buena estudiante. Recordó a su profesor de Filosofía en el instituto, un tipo alto y desgarbado, con pelo blanco y barba gris, un hombre amable que hacía todo lo que estaba en su mano para que sus alumnos aprobaran la asignatura. Se vio a sí misma escuchándolo con atención mientras hablaba de Aristóteles y la amistad.

—El filósofo griego dividía la amistad en tres categorías —decía—. Por un lado, la amistad útil, la que une a dos personas que quieren algo la una de la otra. Esta es más propia de los adultos. Cuando la utilidad se acaba, lo hace también la amistad. En segundo lugar, está la amistad accidental, basada en el placer. Esta es la vuestra —decía, señalándolos con el dedo—. Buscáis gente con gustos afines con los que pasarlo bien y los convertís en vuestros mejores amigos, pero no hay compromiso entre vosotros y el tiempo es su peor enemigo. Con la madurez, cambian los gustos y se acaba la amistad. Por último —seguía tras el murmullo de protesta—, está la amistad por la virtud, por lo bueno. No se busca sacar provecho, no se busca pasarlo bien, sino que se siente un aprecio sincero por la otra persona. Es la amistad del corazón. Ojalá encontréis a alguien a quien llamar amigo de verdad.

Giró la cara y encontró a Miguel mirándola divertido.

—¿En qué piensas? —le preguntó.

—En Aristóteles y la utilidad —respondió Marcela.

—Necesitas una copa —rio él.

Bonachera la guio por bares y garitos de lo más variado, desde locales modernos con una amplia carta de combinados y cócteles hasta antros en los que prefirieron beber la cerveza directamente del botellín que servirla en vasos de dudosa limpieza.

Tuvieron que detenerse varias veces de camino al hotel de Marcela. Miguel no llevaba tanto tiempo en la ciudad como para conocer las calles y la flecha del mapa no dejaba de dar vueltas incoherentes en el móvil.

—Te veré en Pamplona —le dijo Marcela cuando por fin llegaron.

—¡Qué remedio! —se quejó Miguel.

Estuvo a punto de decirle que todo saldría bien, pero prefirió sonreír y acercar la cara para despedirse con dos besos.

Miguel giró la cabeza y encontró sus labios. Al mismo tiempo, alargó las manos y la abrazó.

Marcela se echó hacia atrás y se movió para librarse del abrazo.

—¡Eh! —exclamó.

—Lo siento —se disculpó Miguel—. Yo…

—Olvídalo —zanjó ella—. Nos vemos en Pamplona.

Entró en el hotel sin mirar atrás.

Mientras esperaba el ascensor pensó en la utilidad y en los accidentes. No había nada sincero en su amistad. Pronto solo serían un recuerdo en la mente del otro, cada vez más lejano y más difuso. Las llamadas se espaciarían y serían sustituidas por los mensajes de texto, primero frecuentes y después casi inexistentes. Sin utilidad ni placer, no quedaría nada del binomio que habían sido.

Lo lamentó durante unos minutos. Luego dejó de pensar en Miguel para concentrarse en la llave de la habitación, la alarma del móvil y el cepillo de dientes. Útil y placentero.

35

Javier Sarasola sacó dos comprimidos del blíster y los pasó con un largo trago de agua. Luego se acarició la pierna herida y buscó con la mano el sillón de su escritorio. Lo arrastró y se dejó caer. Estaba exhausto y dolorido. Durante las tres horas previas a que los trabajadores llegaran a la oficina, se había dedicado a vaciar todos los cajones, estanterías y armarios del despacho de Cambra. Había revisado los libros, las carpetas, las memorias externas. Levantó baldas y sacó los cajones de sus guías en busca de escondrijos, se agachó para poder ver debajo de la mesa y de las sillas y pasó la mano por los huecos del sillón después de quitar los cojines, que yacían destripados en mitad de la oficina.

Nada.

No había nada.

Cambra había sido cuidadoso y no había dejado ni un solo rastro de lo que se había llevado ni de lo que pensaba hacer con la información. No sabía dónde estaba, en qué agujero se había metido esa alimaña, quién lo protegía ni, lo que era peor, cuándo pensaba lanzarles el zarpazo mortal.

Tenían que estar preparados. El temporal los zarandearía, pero estaba seguro de que no conseguirían hundirlos.

Toda la documentación que su padre había atesorado durante años había desaparecido. Sus abogados ya estaban al tanto de la sustracción y preparaban una batería de impugnaciones para evitar que pudieran utilizar esa información en su contra. Dirían que todo era falso, que no tenían ni idea de lo que su padre estaba haciendo, que ellos acababan de llegar, que no sabían de qué les estaban hablando. Y si eso no funcionaba, dejarían caer ante el juez que si Cambra tenía las pruebas y conocía lo que su padre hacía, quizá fuera porque él estaba en el ajo. Desde luego, ellos eran inocentes.

Los analgésicos comenzaron a hacer efecto. Se masajeó la pierna con suavidad y se apoyó en el respaldo. Luego cogió el móvil de encima del escritorio y buscó el número de su hermano.

—Hola —dijo cuando contestó—, ¿qué tal estás hoy?

—Mejor —respondió Sergio Sarasola—. Me duele menos la cabeza y esta mañana he podido desayunar sin vomitar a continuación.

—Me alegro mucho. ¿Estás para ocuparte de un par de asuntos? Nada complicado.

—Claro, dime.

—Busca una empresa de reformas y decoración. Hay que vaciar mi antiguo despacho y prepararlo para cuando te incorpores. Ponlo a tu gusto, no te cortes. Hay que ocuparse también del de Cambra, dejarlo listo para quien tome el relevo.

—Genial —exclamó Sergio—. Tengo un par de ideas que quedarán muy bien, y Lara puede ocuparse de la decoración. También se encuentra mejor, por cierto.

—Me alegro, me alegro —respondió en voz baja—. Además, quiero que hables con Fidel.

—¿Con quién? —lo interrumpió su hermano.

—Fidel Solís, el detective al que siempre recurría papá cuando necesitaba información. Busca su número en la carpeta que compartí en la nube.

—OK, OK… ¿Y qué le digo?

—Que investigue a José Luis Cambra, que averigüe todo lo que haya sobre él a todos los niveles. Su vida privada, sus trabajos anteriores, sus amistades, sus finanzas… Todo. Y que lo encuentre, que nos diga dónde se esconde ese hijo de puta que pretende hundirnos la vida.

—¿Tan grave es? —preguntó Sergio en un susurro.

Javier suspiró al otro lado del teléfono.

—Todo lo que hemos hecho no habrá servido para nada —respondió.

Sergio colgó, se tumbó en la cama y se giró hasta encontrar el cuerpo de su mujer. Lara gruñó bajito sin abrir los ojos.

—Estoy un poco mareada —le dijo.

—¿Todavía? Yo ya estoy bien —protestó él. Luego se acercó a ella y le acarició el pelo—. Te cuidaré, no te preocupes.

—Tienes que hacer lo que te ha pedido tu hermano —le recordó Lara.

—Tranquila, puede esperar.

Lara abrió los ojos y se sentó en la cama. Tuvo que aguantar una arcada, pero consiguió componerse y mirarlo muy seria.

—No, cariño, no puede esperar. El trabajo es muy importante, y más todavía que Javier confíe en ti. —Miró el ceño fruncido de su marido y cambió de tono—. La empresa no puede esperar a que nos recuperemos del todo, hay que ponerse en marcha. ¿Qué te ha pedido?

—Que me encargue de la remodelación de su antiguo despacho para que sea el mío y que hable con un detective, Fidel… No me acuerdo qué más. El número está en la nube.

—Perfecto, te ayudaré, ¿de acuerdo? Buscaré a ese detective mientras tú me haces un zumo de naranja. Luego le llamas y después organizaremos juntos la reforma de tu despacho. ¿Te parece bien? —preguntó Lara con una sonrisa.

—Me parece perfecto. Eres la mejor, mi vida. No sé qué haría sin ti.

—Esperemos que no tengas que averiguarlo nunca —dijo, y sonrió de nuevo.

Marcela llamó a Vila desde el tren para que fuera a recogerla a la estación. Por el camino comprobó dos veces la aplicación de rastreo de móviles, pero seguía sin señal del teléfono desaparecido. Sabía que podía estar en el fondo del río, o hecho pedazos en algún contenedor de basura, pero de momento era una de las pocas pistas a las que todavía podía aferrarse.

—¿Adónde vamos? —le preguntó el subinspector.

—A algún sitio en el que podamos desayunar mientras nos ponemos al día —pidió Pieldelobo.

—Yo no soy de aquí —le recordó Vila.

Marcela apretó los labios y pensó unos segundos.

—Arranca, ya te iré indicando.

Media hora después estaba sentada ante una taza de café y una tostada de jamón. Vila insistía en las infusiones, pero la acompañaba con la tostada. Aprovecharon el sol de la mañana para salir a la terraza sobre el río Ulzama. A esas horas todavía no había nadie en el bar de Sorauren. A su espalda, en el frontón del pueblo, dos parejas de jubilados lanzaban con brío la pelota contra la pared. Asían con fuerza sus palas cortas de madera y jadeaban, gruñían y corrían de un lado a otro para evitar perder la bola.

—¿No había un sitio más cerca? —protestó Vila.

—¿No te gusta?

—Hace frío.

—Tonterías —zanjó Marcela.

—¿Qué tal en Barcelona? —se rindió Vila.

—Me podía haber ahorrado el viaje —reconoció Pieldelobo—. De entrada, pretenden que nadie se entere de que Cambra está allí.

—Yo lo sé, y el comisario…

—Y el jefe de brigada, y Asensio… —siguió Marcela.

Vila sorbió un poco de su potingue marrón y se levantó el cuello del abrigo.

—Ayer llegó el informe sobre el arma incautada a Javier Sarasola —dijo mientras abrazaba la taza con las dos manos.

—¿Y bien? —le apremió Marcela.

—Nada interesante. Está registrada a nombre de Francisco Sarasola, pero no dispararon al hijo con esa pistola. De hecho, está sin estrenar, nunca ha sido disparada. Javier Sarasola asegura que fue un regalo de su padre, que la guardaba en casa y que ese día la sacó de la caja por primera vez.

Marcela asintió y apuró el café. Odiaba que se le quedara frío. Luego cogió la tostada y la mordió despacio mientras perdía la vista en el río. El agua bajaba oscura, sucia del barro arrastrado por las últimas lluvias, y cubría por completo las rocas redondeadas sobre las que en verano se posaban las grullas y saltaban los chiquillos.

Los hombres del frontón dieron por terminado el partido y se sentaron en una de las mesas de la terraza. Comentaron los tantos y el resultado entre risas mientras esperaban el almuerzo.

—Kike —llamó uno de ellos al camarero cuando este se alejaba con el pedido—, trae también el periódico, a ver qué desgracias han pasado.

Marcela sacó el móvil y buscó un número en la agenda. Sonrió cuando lo encontró. Llevaba varios años etiquetado como *Periodista tocapelotas*. Pulsó el icono verde y escuchó los tonos.

—Inspectora —saludó Javier Arellano—, esto sí que no me lo esperaba. ¿Se acaba el mundo?, ¿una invasión alienígena? No se me ocurre nada más digno de que me llames. Bueno, sí —añadió más serio—, que necesites algo de mí.

—¿Qué tienes que hacer a mediodía? —le preguntó Marcela.

—Comer —respondió el periodista.

—Te invito.

—¿Qué quieres? No sé nada de ti desde…

—Desde el asunto de los Aguirre —terminó Marcela—. Me gustaría que charláramos un rato, sin más.

—¿Tiene algo que ver con el asesinato de Sarasola? —preguntó Arellano.

Marcela miró de reojo a Vila, que parecía concentrado en su tostada y en la conversación de la mesa contigua.

—Ajá —dijo sin más.

—De acuerdo, a las dos y media donde siempre.

Colgó sin despedirse.

—¿Nos vamos?

Vila se levantó de un salto y siguió a su jefa de regreso al coche. Marcela no quería reconocerlo, pero el subinspector tenía razón. Hacía frío en la terraza. Sentía la espalda agarrotada y los pies entumecidos. En cuanto Vila arrancó, puso la calefacción a tope y acercó los dedos a las rendijas del aire.

—Te dije que hacía frío.

Marcela ignoró el comentario y se concentró en elaborar una

lista mental de sus próximos pasos. El móvil vibró en su bolsillo. Un mensaje de Bonachera.

Espero que hayas dormido bien, vaya cogorza cogimos!! Tengo borrosas las dos o tres últimas horas de la noche, ni siquiera me acuerdo de cómo llegué a casa o de si te acompañé al hotel. Nos vemos pronto. Besos!!

Las lagunas en la memoria eran perfectas para zanjar las situaciones incómodas. De acuerdo, no hubo beso ni momento embarazoso, solo alcohol y risas.

Me lo pasé genial, pero ya no estoy para estos trotes, me duele todo! Yo también tengo vacíos, pero al menos fui capaz de llegar al hotel y levantarme a tiempo para coger el tren. Nos vemos pronto!

36

La percepción del tiempo es una de las construcciones cerebrales más curiosas, totalmente personal e interna, pero manipulable desde el exterior. Marcela solo había faltado un día de su despacho, pero lo miraba desde la puerta como si hiciera al menos una semana que no lo pisaba. Una sensación personal de una alteración circunstancial. El viaje a Barcelona, el interrogatorio fallido y las horas pasadas con Bonachera de bar en bar habían convertido en días las escasas veinte horas que había estado fuera de Pamplona.

Dejó la bolsa de viaje en una silla y ocupó la suya tras el escritorio. Luego rebuscó un bolígrafo en el bote metálico que alguien le regaló un día y abrió el cuaderno por una página en blanco.

Cerró los ojos, volvió a abrirlos y escribió:

Finanzas: Arellano.
Javier Sarasola: arma. / Hablar con la federación de tiro olímpico.
Información promoción Soto de Lezkairu.
Cambra: ¿qué tiene?

Levantó el teléfono y marcó la extensión de Vila.

—¿Cómo llevas lo del dron? —preguntó.

—Nada definitivo —respondió el subinspector—, solo datos y más datos. Un profesor de la universidad me ha dicho que la mayoría de sus alumnos de primero serían capaces de montar un dron como el que le he descrito, que es «muy sencillo». Eso me dijo, que es muy sencillo colocar un par de extras de poco peso y manejarlo con un solo control.

—Bueno, eso nos cierra muchas puertas, pero nos abre otras —reflexionó Pieldelobo.

—Es una forma muy optimista de verlo.

—Déjalo de momento —ordenó—. Necesito que hables con el club de tiro al que pertenecía Francisco Sarasola, con la federación o lo que sea. Quiero información sobre él y, sobre todo, sobre sus armas. También quiero saber si sus hijos lo acompañaron en algún momento, o alguien cercano a su familia, incluidas sus amiguitas. Es decir, quién de la familia sabe disparar.

—Cualquier cosa con tal de alejarme de los drones —suspiró Vila.

—Ya volveremos a eso más adelante.

El subinspector cerró los ojos y arrugó la frente mientras colgaba el teléfono. Luego se conectó a Internet para buscar las direcciones y teléfonos que necesitaba y se puso en marcha.

Pieldelobo salió de su despacho y se dirigió a las escaleras. Un piso más abajo, seis agentes trabajaban en silencio alrededor de una mesa alargada, tres a un lado, tres al otro, con las pantallas de sus ordenadores como un enorme muro entre ellos. En una pequeña mesa al fondo, colocada en el rincón para dejar un estrecho pasillo alrededor del escritorio central, el subinspector Galán observaba su monitor con la cabeza apoyada en la mano y un inequívoco gesto de hastío.

—¿Te aburres? —le preguntó Marcela de pie junta a la mesa.

—Depende —respondió con una ceja levantada—, ¿qué quieres?

—Información —dijo sin más—, no os llevará más de media hora.

—¿Y no lo puedes hacer tú misma? Estamos hasta arriba…

—Tengo tantos frentes abiertos que no sé a qué fuego acudir primero —reconoció Marcela—. Me harías un favor enorme, y te aseguro que no es nada que no podáis conseguir tecleando un rato.

—No me hace mucha gracia que me mangonees… —replicó el subinspector con el ceño fruncido.

—Estudia —repuso Marcela—, el año que viene habrá oposiciones.

Galán suspiró y se levantó para poder mirarla de frente.

—Tú dirás.

—Promociones Sarasola. Todo lo que puedas conseguir desde que existe la empresa. Capital, socios mayoritarios, inversiones, deudas... Me interesa especialmente todo lo que haya sobre los edificios del Soto de Lezkairu.

—Eso no es media hora, Pieldelobo.

—Poco más, no es necesario que filtréis la información, pasádmelo todo y yo me encargo.

—Solo faltaba...

—Es urgente —añadió sin hacer caso al comentario.

Luego sonrió con los labios apretados y dio media vuelta para salir sorteando a los agentes que fingían no estar pendientes de cada palabra.

Faltaban más de dos horas para su cita con Javier Arellano. Chequeó su correo electrónico, los mensajes de la intranet y las carpetas que había sobre su mesa en busca de novedades, pero todo seguía igual que el día anterior. Para Marcela, no había nada peor que esperar. Bueno, sí. Esperar sin hacer nada.

Cogió la chaqueta, salió a la calle y condujo hasta Lezkairu. Aparcó junto a los edificios de Sarasola, silenciosos y tan vacíos como dos días atrás. Ni obreros ni máquinas que indicaran que las obras avanzaban, ni camiones de mudanzas anunciando la llegada de los primeros moradores.

Apagó el motor y salió a la acera. La calle, desprotegida ante la ausencia de otras construcciones, estaba siendo azotada por un viento inmisericorde que arrastraba tierra y gravilla del monte y de otras obras cercanas, en las que sí había trabajadores, hormigoneras, carpinteros y encofradores y un ir y venir constante de vehículos y personas.

Caminó frente a los edificios. En uno de ellos era visible la cinta policial que prohibía el paso para resguardar en lo posible la escena del crimen, que ya había sido analizada al milímetro por los hombres y mujeres de la científica. Observó las ventanas, todas ya acristaladas, y las canaletas abiertas por las que debería subir el cableado telefónico y que sin embargo estaban vacías. No había farolas en las inmediaciones, ni baldosas en las aceras, ni portero automático en el portal, y la fachada mostraba huecos en los que las placas del aislante envolvente se habían desprendido o simplemente no las habían colocado. Junturas sin lucir, hierros al aire y ni rastro de antenas en la azotea. La calzada, perfectamente asfaltada, no había sido sin embargo dividida en carriles y plazas de aparcamiento.

Caminó despacio por la acera polvorienta. Algunas arquetas estaban abiertas y mostraban un cableado sin terminar de conectar. Si se aislaba del resto del barrio y se concentraba solo en lo que tenía delante, Marcela podría pensar que estaba ante un escenario posapocalíptico. El gris cubría todos los espacios. Los dos edificios, el suelo e incluso el aire, cubierto de un polvillo que se le colaba en la boca y en la nariz cada vez que respiraba. También los dos hombres que distinguió unos metros más adelante vestían de gris. Se volvieron hacia ella cuando la vieron y la esperaron inmóviles.

—Buenos días —saludaron cuando llegó a su altura.

—Buenos días —les devolvió Marcela—. Esto está muy abandonado, ¿no?

—Lleva meses así —respondió uno de ellos, un hombre en la setentena con un impecable chándal color tiburón y zapatillas blancas. Llevaba un gorro de punto en la cabeza a pesar de que la temperatura era agradable. Su piel pálida y arrugada, casi transparente, y las ojeras bajo sus ojos hablaban de malos tiempos.

—¿Has comprado aquí? —le preguntó el otro, de la misma edad que el primero, pero en evidente mejor forma.

—No, solo estaba mirando. Me gusta el barrio —mintió.

—Hay muchos pisos en venta —dijo el primero—. Estos los empezaron hace por lo menos dos años. Iban a buen ritmo, hicieron los garajes y el encofrado en un pispás, pero luego había semanas enteras en las que no venía nadie, y al final desapareció todo el mundo.

—¿Saben si han vendido algún piso?

—No lo creo —razonó el que tenía mejor color—, no hemos

visto gente protestando ni hemos oído nada en la radio, y seguro que se habría sabido si hay gente esperando a que le den su casa.

—Y si vendieron alguno —añadió el otro—, a lo mejor les devolvieron el dinero.

Marcela asintió y les dedicó una sonrisa amistosa.

—¿Vienen mucho por aquí? —les preguntó a continuación.

—Damos un paseo siempre que el tiempo lo permite —dijo uno.

—Y me siguen las piernas —apostilló el de la tez macilenta. Su colega sonrió—. Los dos vivimos tres manzanas más abajo y este camino no tiene cuestas.

—¿Han visto alguna vez gente dentro? —siguió Pieldelobo.

Ambos movieron la cabeza de un lado a otro.

—No, nunca. Aunque hace no mucho vimos un coche y un par de motos aparcados allí cerca —dijo, y señaló a la izquierda, a la fachada lateral del segundo edificio.

—¿Recuerda el tipo, la marca o el modelo de los vehículos?

Ambos fruncieron el ceño al mismo tiempo.

—¿Pasa algo? —preguntó uno de ellos.

Marcela metió la mano al bolsillo y les mostró la placa.

—Inspectora Pieldelobo —se presentó oficialmente—. Supongo que estarán al tanto de lo ocurrido aquí.

—Vaya si lo estamos —sonrió el cetrino—. El otro día estuvimos aquí tres horas de lo más entretenidos viendo a la policía entrar y salir. Parecía como una de esas pelis de crímenes, pero en directo.

—¿Recuerdan cuándo vieron el coche y las motos?

Miradas al cielo y labios apretados.

—¿Una semana? —le preguntó uno al otro.

—Más o menos, o quizá dos… Verá —añadió mirando a Marcela—, hacemos todos los días lo mismo, menos cuando hace demasiado frío o Jaime se encuentra mal. Entonces nos quedamos en casa o como mucho tomamos un café cerca del campo de fútbol. Si hace bueno y este está bien —siguió, cabeceando hacia su amigo—, hacemos el mismo camino cada día.

—Hacerse viejo es aburrido —intervino el llamado Jaime—. Ni siquiera estoy seguro de qué día es hoy, porque no tiene importancia.

—Menos cuando hay partido —sonrió el otro.

—O me toca quimio.

—Entonces —los cortó Marcela—, ¿diría que vieron los vehículos en el lateral del edificio hace más o menos una semana?

—Más o menos, sí. No consigo recordar nada relevante que me sirva de referencia, lo siento.

—Está bien así, gracias por su tiempo.

—Tiempo es lo único que tenemos —sentenció el sano.

—De momento —apostilló el demacrado.

Marcela se despidió de la peculiar pareja y se dirigió hacia la zona en la que habían estado aparcados los tres vehículos días atrás. La mole del edificio se interponía en esa zona entre el viento y ella. Bajó a la calzada y escudriñó el pavimento. No distinguió marcas de ruedas ni manchas de aceite u otros líquidos de motor. En cualquier caso, esa semana había llovido y el viento estaba siendo una constante, por lo que cualquier vestigio habría desaparecido en cuestión de horas.

Resignada, siguió avanzando a lo largo de la fachada. Lo que en el futuro serían espacios comerciales eran todavía recintos vacíos protegidos por una endeble pared de ladrillos y puertas de contrachapado. Contó tres locales. Se detuvo frente al tercero. Alguien había colocado en la puerta un pesado pasador metálico que se cerraba con un grueso candado. Nada que ver con lo que había dejado atrás, sencillas cerraduras para llaves domésticas. Se agachó para estudiarlo de cerca, pero no lo tocó. Luego sacó el teléfono y llamó al inspector Asensio.

—Pieldelobo —la saludó—, si tuviera algo te habría avisado. Estamos hasta arriba.

—Lo sé, lo sé. No te llamo para pedir ni para presionar —le aseguró—. Estoy en Lezkairu, en el edificio de Sarasola. Me he topado con tres bajos vacíos y cerrados a la derecha de la fachada principal. ¿Entrasteis?

—No vimos ningún motivo para hacerlo —respondió el inspector—. Un equipo revisó todos los pisos uno a uno de los dos edificios y no encontraron signos de que alguien hubiera entrado en ninguno de ellos. Las únicas huellas visibles correspondían con las de los zapatos de seguridad de los obreros. ¿Has encontrado algo? Cada vez que sales, me la lías…

—Hay tres bajeras —le explicó Marcela—. Dos tienen cerraduras normales, de llave sencilla, pero a la tercera le han puesto un pasador enorme con un candado de seguridad nuevecito.

—Quizá guardan maquinaria dentro, o material de la obra —sugirió Asensio.

—Puede ser, pero aquí no trabaja nadie desde hace meses, me lo han confirmado dos vecinos. La obra está paralizada, no hay ni un saco de cemento a la vista.

—Mierda, Marcela...

—¿Qué quieres que haga? —se defendió ella.

Asensio guardó silencio unos segundos.

—No toques nada, ni se te ocurra entrar, que te conozco. Te voy a mandar a alguien. Rellenaré la orden yo mismo para que Domínguez no la vea hasta mañana. Tienes suerte de que el comisario esté de tu parte. No tardamos nada, en cinco minutos estamos allí. Estate quieta, ¿de acuerdo?

—Prometido.

Los cinco minutos se convirtieron en media hora, pero por fin vio aparecer un coche sin identificaciones con dos personas en su interior. Los dos agentes, un hombre y una mujer, se acercaron a ella y la saludaron con un rápido cabeceo.

—Subinspectora Serrano —se presentó la mujer—, y el oficial Liébana. Usted dirá.

Marcela repitió el mismo razonamiento que ya le había explicado a Asensio mientras los policías sacaban sus útiles de trabajo del maletero del coche. Luego inspeccionaron en silencio las tres puertas.

—¿Ha visto los locales del resto del edificio y del gemelo? —preguntó la subinspectora.

—Mientras los esperaba —confirmó Marcela—. Todas las puertas, ocho en total, tienen el mismo tipo de cerradura que estas dos, sencillas y sin mecanismos de seguridad.

Serrano asintió y se acercó a la puerta del tercer local. Observó el cerrojo y el candado y se acercó para escuchar.

—No parece que haya nadie —dijo al cabo de unos segundos.

—¿Entramos? —propuso Marcela.

—El inspector Asensio asegura que la orden extendida para el registro del edificio incluye los locales, de modo que podemos entrar, sí.

La subinspectora volvió a su coche y regresó con una radial de tamaño medio.

—Liébana, graba, por favor.

El oficial encendió la pequeña cámara y asintió con la cabeza. Al instante, Serrano acercó la hoja de acero al postigo y provocó una lluvia de chispas incandescentes que no la hicieron detenerse ni recular. Un minuto después, el candado caía al suelo partido en dos. Pieldelobo sacó el arma y la subinspectora la imitó. Liébana se hizo a un lado sin dejar de grabar. Pegada a la pared, Marcela estiró el brazo y empujó la puerta de madera, que se abrió sin hacer ruido.

—Entramos —dijo—. ¡Policía!

37

Marcela y la subinspectora Serrano barrieron los escasos metros cuadrados de la habitación con sus armas y las enfundaron al comprobar que estaban solas. Después, la subinspectora encendió una potente linterna e iluminó la cueva del tesoro. En el centro de la estancia, sobre una mesa metálica, encontraron una mochila negra y un considerable número de herramientas, piezas electrónicas y mecanismos que en la cabeza de Pieldelobo tenían una sola y clarísima utilidad.

—Aquí montaron el dron —murmuró—. Necesitamos a los suyos aquí cuanto antes —ordenó. Serrano asintió y llamó por teléfono. Mientras, Marcela sacó el móvil y comenzó a fotografiar cada objeto que tenía a la vista.

El suelo estaba impoluto, igual que la superficie de la mesa, donde las herramientas aparecían ordenadas y brillantes. Vio frascos de lubricante y líquidos transparentes de apariencia espesa, trapos cuidadosamente doblados, una gran variedad de tornillería embolsada en función de su tamaño, dos soldadores, una bobina de estaño y una interesante colección de destornilladores imantados contra una placa metálica. En la pared del fondo, seis cilindros de óxido nitroso y varios tubos de plástico cuidadosamente enrollados.

Luego se centró en la mochila. Negra, de material plástico reforzado en la base y en los laterales y varios cierres de seguridad. No estaba segura, la mochila en la que se trasladó el dinero para el rescate no había pasado por sus manos, pero bien podría ser esa. La fotografió desde todos los ángulos posibles y le envió las fotos a Ortega. Un minuto después, el inspector estaba al otro lado del teléfono.

—No me jodas, Pieldelobo, ¿la has encontrado?

—No estoy segura, dímelo tú.

—Busca una etiqueta en el interior, pegada en la base. Es negra, como la mochila, tendrás que usar la linterna y pasar la mano para localizarla. Tiene las siglas CPN.

—Un momento —le pidió Marcela. Encendió la linterna del móvil y, con los guantes puestos, enfocó el interior de la mochila. No le hizo falta pasar la mano para distinguir un recuadro de tres centímetros por dos con las letras C, P y N serigrafiadas en el centro—. Veo la etiqueta y las siglas.

—Es la nuestra, ¡bien, Marcela!

—No te emociones tanto —le dijo ella. Sonreía, pero intentó que Ortega no notara su alegría—. No hay nada dentro.

—Contaba con ello, pero la destriparán en el laboratorio hasta dar con alguna pista.

—Sí, va a ser una fiesta —bromeó Marcela—, lo que hace falta es que luego nos sirva.

—Algo habrá, seguro. ¿Qué más has encontrado?

—Herramientas de precisión, tornillería, un instrumental digno de la NASA...

—El puto dron —masculló Ortega.

—Eso mismo he pensado yo —reconoció Marcela.

—Cruzaremos los dedos para que no hayan sido cuidadosos...

—Ya te contaré. Tengo que dejarte.

Marcela colgó cuando el inspector Domínguez ocupó todo el vano de la puerta.

—Molesta aquí dentro, inspectora —le dijo tajante—. Y espero por su bien que no haya tocado nada.

Marcela le mostró las manos enguantadas y se hizo a un lado para permitirle el paso.

—Puede tratarse de la mochila en la que se trasladó el dinero del rescate fallido —le dijo antes de salir—, la que se llevaron de casa de Javier Sarasola después de dispararle. El inspector Ortega la ha identificado.

—Adiós, inspectora. Hablaremos cuando tenga algo que decirle.

Marcela apretó los dientes.

—Esto es prioritario —añadió ya de espaldas—, no la cagues otra vez.

No se quedó a ver la reacción de la Reinona. Se despidió de Serrano y de Liébana y se dirigió a su coche. Llegaba justa a su cita con Arellano.

Contratiempo de última hora, escribió en el WhatsApp, *ve pidiendo una cerveza, llego en quince minutos.*

Arellano respondió con un pulgar hacia arriba mientras Marcela encendía el motor. Estaba nerviosa, casi exultante. El corazón le latía deprisa y la comisura de los labios le tiraba hacia arriba. Esperó hasta que el teléfono se conectó con el coche y buscó el nombre de Vila en el listado.

—Creo que tenemos algo —le dijo en cuanto descolgó. Le hizo un resumen de su conversación con los dos hombres, de la presencia de un candado reforzado en uno de los bajos y de lo que habían encontrado cuando entraron—. Ortega cree que puede ser la mochila que se utilizó para llevar el dinero —añadió—, y todo ese material podría haber servido para modificar el dron.

—¡Eso es genial! —exclamó Vila.

—Lo es —reconoció Marcela—. Si lo pienso fríamente, sé que puede no salir nada útil de lo que hemos encontrado, hasta ahora todas las pistas han terminado en decepciones, pero el mero hecho de que los secuestradores y asesinos hayan utilizado un edificio de los Sarasola es muy significativo. ¿Cómo llevas lo del club de tiro o lo que sea? —preguntó a continuación.

—Estoy en ello. En la federación están colaborando sin problemas, están muy impresionados por lo que le ha ocurrido a Francisco Sarasola.

—Perfecto. Ahora tengo una reunión, nos vemos después de comer. Pídele refuerzos a Sanvicente, por lo menos tres o cuatro agentes por turno para vigilar a la familia.

—¿Crees que siguen en peligro? —se preocupó Vila.

—O son unos asesinos.

***

Javier Arellano había envejecido mal. A pesar de acabar de cumplir los cincuenta, el escaso pelo que le quedaba era de un gris sucio y apagado, igual que la barba hirsuta que ocultaba buena parte de su cara. El bigote, sin embargo, amarilleaba sobre el labio superior por culpa de la nicotina. Marcela estaba segura de que el periodista habría dado con unos cuantos escondrijos para fumar en el edificio que albergaba la redacción del periódico. Los ojos grandes y oscuros estaban rodeados por una miríada de arrugas profundas y largas que en la parte inferior prácticamente rozaban las que le surcaban los pómulos.

Lo encontró en la parte alta del bar, la reservada para comedor al otro lado de una barandilla de madera desde la que podía verse la barra y a los parroquianos que bebían y charlaban abajo. Como le había sugerido, había pedido una cerveza y la esperaba curioseando su móvil. Marcela se acercó a la barra, pidió un botellín y subió las escaleras.

—Siento el retraso —dijo al sentarse.

Javier Arellano sacudió la mano para restarle importancia y le enseñó la pantalla del móvil.

—Estaba viendo qué se cuece en Twitter. Antes me resistía, pero tengo que reconocer que es de lo más entretenido, siempre que tengas el estómago suficiente para aguantar tanta basura. ¿Tú tienes Twitter? —le preguntó.

—No me van las redes sociales —reconoció Marcela.

—Te tenía por una experta en nuevas tecnologías…

—Por eso mismo no tengo cuenta en ninguna de ellas —zanjó Pieldelobo.

El camarero se detuvo al lado de la mesa y les dedicó una sonrisa profesional.

—¿Le habéis echado un vistazo a la carta? —preguntó.

—Menestra y carrilleras al oporto —pidió Marcela.

—Lo mismo para mí —asintió Arellano.

Le devolvieron la sonrisa al camarero y se concentraron el uno en el otro cuando se marchó.

—Te veo bien —dijo Marcela.

Arellano soltó una carcajada.

—Mientes fatal, inspectora. Estoy hecho una mierda por dentro y por fuera, pero, mientras me sostenga en pie, seguiré dando por saco. —Le dio un trago a su cerveza y se limpió la espuma del bigote—. Cáncer de pulmón —dijo a continuación—. Pillado a tiempo, en sus primeras fases, con buen pronóstico y todo eso, pero acojona.

—Lo siento, de verdad.

La mano de Arellano voló de nuevo de un lado a otro.

—Es mi última semana de trabajo, el próximo miércoles pasaré por el quirófano, luego quimio y a ver qué pasa.

—Todo va a salir bien, la gente como tú siempre cae de pie —le dijo Marcela. No era buena dando ánimos, pero necesitaba decir algo.

—Eso espero. —Arellano sonrió con los labios apretados y se atusó la barba—. Y ahora dime qué quieres, Pieldelobo. Sé que la comida no me va a salir gratis.

Marcela echó un vistazo a su alrededor. La mesa que tenían detrás estaba vacía, y los cuatro comensales sentados al otro lado del pasillo parecían entretenidos en su propia conversación. El resto de los clientes estaban lo bastante lejos como para no escuchar nada de lo que dijeran.

—Lo primero —empezó Marcela—, y para que quede claro, toda la conversación es *off the record*.

—Por supuesto, pero espero que luego me des algo.

Marcela asintió y continuó:

—Estamos investigando a los Sarasola, los de la promotora.

—¿A todos o solo al muerto? —preguntó Arellano.

—A todos. El padre ha sido asesinado, pero todos los hijos han sido víctimas de un ataque.

—¿El pequeño también?

—Así es. Le dieron una paliza.

—Joder…

El camarero les llevó las menestras de verdura y les deseó buen provecho antes de marcharse de nuevo.

—Cuéntame algo sobre ellos —le pidió Marcela.

—Comparado con el rancio abolengo de otras empresas, los Sarasola son unos recién llegados —empezó Javier—. El padre fundó la promotora hace apenas veinticinco años, pero tiene el mérito de haber logrado hacerse un hueco entre los grandes elefantes blancos del ladrillo navarro.

—¿De dónde sacó el capital para arrancar?

—Unos millones, todavía de pesetas, heredados a tiempo, un par de préstamos a buen interés, contactos en todas las esferas, audacia, buen ojo y suerte.

—Dicho así, parece fácil —bromeó Marcela.

—Francisco Sarasola era muy listo. Se buscó socios de peso cuya única misión era allanarle el camino.

—¿Cuántos socios?

—Pocos al principio, tres o cuatro, pero después de la última ampliación de capital para afrontar las nuevas promociones debían de ser casi veinte. Hasta donde yo sé, todo iba bien hasta hace tres o cuatro años. La empresa repartía dividendos anuales y seguía construyendo y vendiendo.

Arellano hablaba mientras movía las verduras de un lado al otro del plato sin apenas probar bocado.

—¿Y ahora? —siguió Marcela.

El periodista se encogió de hombros.

—Las cuentas no salen. La empresa sigue sacando promociones, tanto propias como en convenios con varias constructoras muy potentes, pero los socios se quejan de que los dividendos han bajado drásticamente. De hecho —añadió levantando el tenedor vacío—, sé de dos inversores que han acudido a la justicia para denunciar a Sarasola por mala praxis empresarial.

—¿Las demandas han sido admitidas a trámite?

—Todavía no lo sé, pero cuando el río suena…

El camarero retiró los platos, casi lleno el de Javier y vacío el de Marcela, y les puso delante las carrilleras al oporto. El aroma dulce del vino portugués los rodeó mientras se extendía por la mesa.

—Si esto no te abre el apetito… —dijo Marcela.

Arellano sonrió tristemente, cortó un trozo de carne y se lo metió en la boca, donde inició un baile lento de un lado a otro, entre los dientes y sobre la lengua sin terminar de pasar hacia la faringe.

—Y bien, inspectora, ¿qué tienes para mí?

—¿Además de esta comida?

—Suelta algo, quiero irme por la puerta grande.

—Va a ser una baja temporal, tú mismo has dicho que lo han cogido a tiempo —le recordó Marcela.

—No quiero que le den mi puesto al primer becario que destaque un poco. Cuéntame…

Marcela repasó la información que tenía y buscó algo jugoso con lo que contentar al periodista.

—Hemos encontrado el zulo en el que tuvieron secuestrado y fue asesinado Francisco Sarasola.

—¿En serio? —Los ojos de Arellano recuperaron el brillo que Marcela recordaba—. ¿Dónde?

—En un edificio en construcción de la promotora del propio Sarasola. En uno de los trasteros junto al garaje.

—¿En Pamplona? —insistió Arellano.

—No puedo decirte más —se negó Marcela—. Y no cites fuentes policiales, es como si me señalaras con el dedo. Puedes referirte a un informante anónimo, eso incluye a cualquier vecino de la zona. El despliegue policial fue importante…

—¿Cómo se llegó al hallazgo?

—Siguiendo la información que ha ido surgiendo a lo largo de la investigación.

—Eso es muy impreciso.

—Lo siento, de verdad que no puedo decirte nada más —repitió con sinceridad—, pero, en cuanto pueda darte algo, te llamaré.

—Date prisa, inspectora, lo mío son habas contadas.

—No jodas, Arellano. Me tienes que tocar las pelotas unos cuantos años más.

—¿Y una foto? —insistió el periodista.

Marcela apretó los labios.

—Te conseguiré una que no comprometa la investigación.

—Ni a ti —añadió Arellano.

Pieldelobo sonrió y pidió el café.

38

Habas contadas. Eso había dicho Javier Arellano sobre su vida, que eran habas contadas. La vida de todos eran habas contadas. Marcela pensaba en la suya mientras se dirigía hacia Lezkairu para cumplir su promesa. Ella estaba lejos todavía de cumplir los cuarenta, pero en muchas ocasiones sentía que la vida le pesaba más incluso que los cuervos de su espalda. No era cuestión de las habas que le quedaran en la alforja, sino su puñetera cabeza, siempre llena de problemas, de dudas absurdas, de preguntas sin respuesta.

Siempre a oscuras.

Aparcó junto al segundo de los edificios, de nuevo desierto, y buscó la puerta que conducía al garaje. Las huellas del paso de sus compañeros eran más que evidentes. Hizo algunas fotografías poco comprometedoras y una de la puerta del trastero con el precinto policial. Estaba segura de que no había nada en esa imagen que diera ni una sola pista de la ubicación del zulo, pero serviría para ilustrar la exclusiva de Arellano.

Decidió utilizar las escaleras para salir por el portal y echar un vistazo rápido a los locales laterales. La cinta protectora ondeaba en el suelo y la puerta de la bajera estaba abierta. Supuso que los efectivos de la científica seguirían trabajando sobre el terreno. Sacó la placa y golpeó la puerta con los nudillos para anunciar su presencia. El interior estaba a oscuras.

—Hola —dijo sin más—, ¿hay alguien?

Sintió una presión sobre el costado. No tuvo tiempo de girarse. Una intensa y dolorosa corriente eléctrica la sacudió de pies a cabeza. Sus músculos se contrajeron involuntariamente y perdió el control de sus piernas. Cayó al suelo a plomo sin dejar de sacudirse. Un calor infernal se apoderó de su cuerpo y se extendió hasta el último centímetro de su piel. Se sentía arder.

Cuando las sacudidas cesaron apenas era capaz de pensar con claridad. Veía el suelo de hormigón y su mano a la altura de la cara. El ritmo de su corazón se normalizó poco a poco, igual que su respiración. El dolor empezó también a ceder, aunque se sentía agarrotada. Se esforzó en levantarse mientras controlaba las pequeñas convulsiones involuntarias que la sacudían cada pocos segundos. Primero a cuatro patas, después sobre las rodillas. Luego, un pie adelante. Buscó algo en lo que apoyarse. Estiró la mano y se agarró a la mesa metálica.

El ruido de un motor la sobresaltó cuando estaba a punto de ponerse de pie. Se rodeó el torso con los brazos para intentar controlar el temblor del tórax y estiró la mano hasta el marco de la puerta. Unos cincuenta metros más adelante, un motorista la observaba. Mantenía el motor en marcha y un pie sobre la acera.

Marcela se apoyó en la pared y sacó su arma.

—¡Policía! —gritó—. ¡Alto!

El motorista dio gas y salió a toda velocidad.

Pieldelobo ya no temblaba y había recuperado el control de su cuerpo, aunque sentía un fuerte dolor en el costado, donde había comenzado la descarga eléctrica. Se apresuró hacia su coche, arrancó el motor y giró ciento ochenta grados en un solo movimiento del volante. La moto ya no era visible cuando entró en el lateral del edificio, así que aceleró y frenó en seco al final de la calle. La oyó a la izquierda. Pisó a fondo el acelerador. El ruido del motor pronto se mezcló con los del resto de los coches cuando el conductor alcanzó la arteria principal del barrio. Giró de nuevo a la izquierda. La suave pendiente situó a Marcela en una posición ligeramente más alta que le permitió ver a la moto zigzaguear con pericia entre los coches en dirección al cercano barrio de Mendillorri.

Aceleró y avanzó entre bocinazos. No llevaba el giratorio en el coche ni nada que pudiera alertar al resto de conductores de su condición de policía. Apretó el claxon y lanzó ráfagas con los faros para pedir paso, pero no consiguió llegar a la rotonda a tiempo de ver cuál de las cuatro salidas tomaba el motorista.

Maldijo y golpeó el volante. Decidió rodear la rotonda y girar hacia el centro. Condujo despacio, atenta a las bocacalles que dejaba a un lado, alerta ante la posible presencia del sonido de un motor revolucionado. La ciudad le devolvió el susurro de los vehículos a treinta por hora, alguna canción lanzada al aire a todo volumen a través de una ventanilla abierta y el pitido intermitente de los semáforos peatonales.

—Mierda, mierda, mierda —gruñó Marcela—. Mierda.

La doctora de Urgencias leía en silencio los resultados del TAC mientras una enfermera terminaba de curarle las quemaduras del costado. Había extendido una generosa capa de una pomada untuosa y ahora se afanaba en colocar una serie de gasas que luego sujetó con una venda alrededor de la cintura. A Marcela le parecía excesivo.

—No se aprecian daños internos —dijo por fin la doctora—, aunque las quemaduras le darán la lata durante un par de semanas. Mañana repetiremos el TAC para descartar cualquier complicación y deberá acudir a su centro de salud a diario para que la curen.

—¿No puedo hacerlo yo? —preguntó Marcela.

—¿Tiene conocimientos sanitarios? —le devolvió la enfermera mientras sujetaba la venda con esparadrapo.

—No —reconoció Pieldelobo—, pero cambiar unas vendas…

—Si no sabe cómo hacerlo, puede arrastrar parte de la piel quemada con la gasa y empeorar las heridas. Al final, ese tatuaje tan bonito que lleva se retorcerá debajo de la cicatriz.

Marcela apretó los labios y aceptó su ayuda para volver a ponerse la ropa.

El inspector Asensio la esperaba fuera. Había llamado a Jefatura en cuanto pudo detenerse en el arcén después de perder de vista la moto.

Asensio se levantó y se colocó a su lado, aunque se cuidó mucho de ofrecerle su ayuda. Ya la iba conociendo.

—¿Cómo te encuentras? —le preguntó.

—Nunca me han dolido tanto los músculos de todo el cuerpo como en estos momentos —reconoció Marcela—. Me cuesta hasta pensar.

—Te han dado una buena sacudida, te costará un par de días como mínimo volver a encontrarte bien.

—El tipo tenía una táser.

—La tenemos, se le debió caer o la soltó por inercia —sonrió Asensio. Marcela se detuvo y lo miró con la boca abierta—, y está cubierta de huellas.

—¡Al fin una buena noticia! —exclamó.

—No cantes victoria, ahora necesitamos una coincidencia positiva. ¿Qué me dices de la moto?

Pieldelobo movió la cabeza de un lado a otro.

—Fui demasiado lenta, se me escapó en las narices —lamentó—. Y antes de que me lo preguntes, no puedo ofrecer una descripción válida. Me sorprendió por detrás y caí al suelo como un saco. —Se llevó la mano a la cabeza. Tenía un buen chichón en el lado derecho, donde había impactado contra el hormigón.

—Tranquila, casi los tenemos.

Marcela apretó los labios y reanudó la marcha hacia la salida. El quid de la cuestión era ese puñetero «casi».

Para Marcela, una moto era una moto. Dos ruedas, un chasis metálico decorado con mejor o peor gusto, el asiento, el manillar y el pedal. Una moto. Por supuesto, tenía una ligera idea de las distintas clases de motocicletas, desde la más básica hasta los enormes vehículos de las carreras. Términos como cilindrada, caballos, velocidades o cigüeñal no le eran desconocidos, pero todo eso no la capacitaba para ofrecer una descripción fehaciente de la moto que había perseguido, así que uno de los agentes la había sentado ante un catálogo de vehículos de dos ruedas para que señalara la más parecida. Delimitó la búsqueda rechazando las más grandes y las más pequeñas y se centró en los modelos urbanos y ligeros.

—Puede ser cualquiera de estas tres —dijo por fin.

—Bien, una Honda CBR, una KTM o una Yamaha YZF, todas de ciento veinticinco centímetros cúbicos. Populares y asequibles —sentenció el agente.

—Azul y blanca, sin ningún distintivo que llamara la atención, al menos desde donde pude verla. El conductor llevaba un casco blanco y ropa de calle, vaqueros y un jersey, sudadera o chaqueta gris o negra.

—Paso nota a nuestras unidades y doy aviso a Policía Foral y Guardia Civil. Que se encarguen ellos de alertar a los municipales.

El agente salió por la puerta sin decir una palabra más.

Sabía que la esperaban en la sala de reuniones, pero necesitaba calmarse.

Dame cinco minutos, le escribió a Vila. Luego bajó a la calle y encendió un pitillo detrás del primer macetero. Revivió una vez más la secuencia de acontecimientos. Se llevó la mano al costado, donde la quemadura de la táser escocía como un demonio. Y la moto... Se le había escapado en las narices. Casi podía escuchar el motor y oler la gasolina quemada. Apuró el cigarro, lo aplastó con el pie y se apresuró hacia la sala de reuniones.

Cuatro personas la esperaban en silencio, unos con el móvil en la mano y otros con la mirada fija en la pizarra con el resumen del caso. A Diego Vila lo acompañaban dos oficiales y un agente, el mínimo que había solicitado a Sanvicente. No se había levantado generoso esa mañana.

—Empecemos por el final —dijo cuando se colocó en la cabecera de la mesa y se sentó con cuidado en una silla—. A primera hora de esta tarde un desconocido me ha sorprendido en el bajo descubierto ayer. Me ha dejado fuera de combate y luego se ha largado. En el local no quedaba nada, así que no hay riesgo de que hayan desaparecido pruebas. Al contrario, tenemos la pistola eléctrica y Asensio me ha asegurado que han encontrado huellas. —Observó las caras sonrientes de los cuatro agentes. Ojalá pudiera sumarse a la alegría, pero el dolor y la experiencia se lo impedían—. Si, como sospecho, se trata de alguien directamente relacionado con el caso Sarasola, supongo que acababa de enterarse de que la policía los había descubierto. Eso significa —añadió— que los delincuentes siguen en activo. ¿Vosotros sois...? —preguntó, señalando a los recién incorporados.

—Los oficiales Carmen Hernández y Juan Gómez y la agente en prácticas Lucía Armengol —presentó Vila.

—Nuestra prioridad es la familia Sarasola, todos sus miembros —continuó Pieldelobo—. Coged lo que tenemos hasta ahora de cada uno de ellos y buscad información hasta debajo de las piedras. Hay que vigilarlos. Patrullad con discreción, en coches sin distintivos y de civil. Y que no os descubran. ¿Quién tiene más experiencia de los tres? —preguntó. La oficial Hernández levantó la mano—. Javier Sarasola es suyo. Gómez se encargará de Sergio Sarasola y usted —añadió señalando a Lucía—, de Máximo. Relaciones, reuniones, salidas, viajes… Y, por supuesto, si tienen moto. Nos interesa todo. Empezamos ya —concluyó.

Los tres policías se levantaron y salieron de la sala en silencio.

—¿Puedo hacerte una pregunta? —intervino Vila—. ¿Qué hacías en Lezkairu? Se supone que la científica ya había peinado toda la zona.

Marcela cruzó los brazos y miró a su subinspector.

—¿Detecto cierta suspicacia? —preguntó.

—Curiosidad, más bien.

—No voy a darte explicaciones, Vila. Creo que sigues sin tener claro el escalafón.

—Pensé que éramos compañeros.

—Soy tu inspectora, al menos de momento.

Vila parecía indeciso sobre la conveniencia de insistir. Por fin, suspiró y abrió el cuaderno que tenía delante.

—Como te dije hace un rato, en la Federación Navarra de Tiro Olímpico han estado de lo más colaboradores. Están en *shock*, y más aún cuando se han enterado de que han utilizado un arma deportiva para cometer el asesinato.

—Y el atentado contra Javier Sarasola —añadió Marcela. Vila asintió.

—Este es el listado de todas las armas que el fallecido registró a su nombre utilizando la licencia federativa. Como ves, ha ido acumulando varios modelos a lo largo de los años, algo habitual, según el presidente. Hemos registrado su domicilio, el despacho y la casa de Sorauren y nos faltan dos. Si damos por hecho que una es la que tenía

Javier Sarasola, nos queda un arma desaparecida, una Sig Sauer 9mm con cargador para diecisiete balas. El presidente asegura que todas las armas federadas tienen su logo serigrafiado en la culata y en la caja armero obligatoria para su traslado.

—Así que tenemos una Sig Sauer extraviada —reflexionó Marcela.

—Eso es.

—Y no sabemos dónde la guardaba Sarasola.

—Todas las personas con las que hemos hablado, incluida su familia y varios empleados, aseguran que no sabían qué armas tenía Sarasola ni dónde guardaba cada una de ellas. De hecho, su viuda se ha mostrado sorprendida cuando le hemos preguntado al respecto, estaba convencida de que su marido no tenía más armas que las que guardaba en su casa.

—¿Qué hay de los hijos? —preguntó Pieldelobo.

—No son miembros del club. El presidente recuerda haberlos visto alguna vez en las instalaciones, pero parece que ninguno de los tres ha heredado la afición de su padre por las armas.

Marcela asintió despacio y se masajeó las piernas. Cada célula de su cuerpo le pedía un descanso, una ducha caliente y una cama confortable.

—¿Me acercas a Beloso? —le pidió a Vila, en cambio.

39

Marcela Pieldelobo y el inspector Asensio estudiaban en silencio el arma con la que la habían agredido. Al otro lado de la larga mesa metálica, la Reinona los observaba a ellos y esperaba.

—Una táser casera —dijo por fin Asensio—. Una caja de plástico, un interruptor, una fuente de alto voltaje, cuatro pilas y pegamento.

—No fastidies… —murmuró Marcela.

—Este juguetito te ha descargado unos veinticinco mil voltios, no me extraña que te duela todo el cuerpo.

Asensio cogió la pistola eléctrica con las manos enguantadas y separó sus partes. Como había dicho, lo que la había tumbado era poco más que un par de clips metálicos y cuatro pilas.

—Difícil de rastrear, por no decir imposible —sentenció el inspector.

—¿Y la fuente de alto voltaje? —preguntó Marcela.

—Cinco euros en Internet, menos si la pides en una de esas macrotiendas chinas.

—Tenemos las huellas —intervino Domínguez.

Marcela, que había conseguido olvidarse de su presencia, dio un respingo.

Asensio asintió.

—Ya las están cotejando en la base de datos, y un equipo está peinando de nuevo el local de Lezkairu en busca de más evidencias.

—Gracias —dijo Marcela.

—Cumplimos con nuestro trabajo —sentenció la Reinona con voz grave.

Pieldelobo ni podía ni quería entrar al trapo. Se limitó a darle la espalda y a salir de la sala sin despedirse.

Vila la esperaba abajo con un café en la mano. Alargó el brazo para ofrecérselo cuando estuvo a su lado.

—¿La pipa de la paz? —se burló Marcela, que aceptó el café y se lo llevó a los labios.

—Un día de estos aprenderé a callarme a tiempo —respondió Vila.

—Más importante que callarse —dijo ella— es saber con quién estás hablando.

—¿A casa? —preguntó Vila.

Marcela apoyó la cabeza en el asiento e intentó ignorar los latigazos que le sacudían el cuello.

—Sí, por favor.

—Deberías haber cogido la baja —dijo Damen mientras le colocaba un paño frío sobre la frente. Había alcanzado el máximo de analgésicos permitidos sin que la jaqueca remitiera ni un ápice. Si no estuviera Damen no habría tenido inconveniente en tomarse uno o dos nolotiles más, pero él no se lo permitiría.

Marcela decidió ignorar sus palabras y permanecer quieta y en silencio mientras el frío le atravesaba el cráneo y calmaba el volcán que hervía en su cerebro.

Le había enviado un mensaje a Damen cuando llegó a casa. Él tardó menos de media hora en llegar. Desde entonces tenía el ceño fruncido.

La ayudó a desnudarse y a ponerse la camiseta de dormir, la sujetó mientras se tumbaba para que la piel quemada no le tirase y se quedó a su lado sin más, sin hablar, sin pedir ni esperar. Atento, pendiente.

Marcela durmió media hora, hasta que la leve jaqueca que arrastraba desde el ataque se convirtió en una pesadilla. Al menos, el frío parecía estar ayudando. Los latigazos cedieron poco a poco y los analgésicos hicieron por fin su trabajo.

Se tumbó de medio lado sobre el costado bueno y Damen se acomodó frente a ella.

—¿Qué hacías en Lezkairu? —le preguntó después.

Marcela valoró la posibilidad de que Damen hubiera hablado con Vila.

—Estuve con Arellano —se sinceró por fin—. Está jodido. Cáncer.

—Vaya, lo siento mucho. Me cae bien —lamentó Damen.

—A mí también. Charlamos sobre los Sarasola, me contó chismes que no aparecen en nuestros informes. —Vio a Damen sonreír de medio lado—. A cambio, le conté que habíamos encontrado el zulo en el que estuvo retenido el empresario. No le dije dónde, pero le prometí una foto que no me comprometiera. Por cierto —añadió—, todavía no se la he mandado, va a pensar que no cumplo mi palabra. ¿Me alcanzas el teléfono, por favor?

—Mañana —se negó Damen—. La luz de una pantalla es lo peor para el dolor de cabeza.

Marcela ni siquiera tenía fuerzas para protestar. Se quedó tumbada y siguió hablando en voz baja.

—Al salir, me acerqué a la acera lateral solo por curiosidad. Vi el precinto policial arrancado y pensé que había vuelto la científica, así que me acerqué. No tomé precauciones. El resto ya lo conoces. Si en lugar de una táser el tipo hubiera llevado un arma, estaría muerta.

—No merece la pena torturarse con lo que podría haber pasado.

—No lo hago —le aseguró—. Te lo cuento y de paso soy consciente de la sarta de errores que cometí.

—Voy a refrescar el paño —se ofreció Damen. Si insistía, acabarían discutiendo.

Cuando volvió, Marcela se había dormido. Regresó al salón y se acomodó en el sofá. Por un lado, no quería girarse en sueños y hacerle daño. Por otro, seguían teniendo una conversación pendiente.

—Deberías cogerte la baja —repitió Damen por la mañana.

—Estoy bien, la cabeza apenas me duele y he dormido de un

tirón. Tengo muchas cosas que hacer. —El móvil de Marcela vibró sobre la mesa. Leyó el mensaje y levantó las cejas, resignada—. Tengo que ir al hospital esta tarde para un nuevo TAC y para que me curen las quemaduras.

—Puedo acompañarte —se ofreció Damen.

Marcela reprimió el «no» que tenía en los labios.

—Solo si te viene bien —dijo en lugar de eso—. No será nada.

—Intentaré terminar a tiempo. Te llamaré —prometió.

Se despidieron en la calle. Marcela caminó hasta la comisaría. Le vendría bien despejarse un poco y sacudirse la tensión de los músculos.

Vila se levantó en cuanto la vio aparecer y se apresuró hacia ella. La alcanzó en la puerta de su despacho.

—No esperaba que vinieras —dijo.

Marcela frunció el ceño.

—¿Por qué no?

—No hace ni veinticuatro horas que te descargaron veinticinco mil voltios en el cuerpo.

—No creo que la pistolita estuviera al cien por cien —repuso Pieldelobo—. Hoy no me moveré mucho y mañana estaré como nueva.

—Avisa si me necesitas —añadió Vila.

—¿La oferta incluye un café?

Vio la duda en los ojos del subinspector y el desagrado en sus labios.

—Claro, ahora mismo.

—Era broma, no hace falta —rehusó Marcela.

Pasó a su lado y salió al pasillo.

El inspector David Vázquez esperaba de pie junto a la máquina a que su café estuviera listo. Sonrió cuando la vio llegar.

—Siempre nos encontramos aquí —bromeó, aunque no le faltaba razón—. ¿Todo bien, Pieldelobo? —preguntó.

—Dolorida, pero todo bien —respondió ella.

Vázquez cogió su café y se separó de la máquina.

—Avisa si puedo ayudar —ofreció.

Marcela leyó en su cara que la oferta era sincera. Le devolvió la sonrisa y cabeceó agradecida.

—Lo haré.

Luego buscó un vaso grande y seleccionó un café solo. Cuando terminó, puso otra moneda y añadió otra carga a la primera.

El subinspector Galán la esperaba en la puerta de su despacho.

—Pensé que hoy no vendrías —dijo.

—Estáis todos muy pesados —protestó—. Estoy bien —insistió.

—Como quieras, pero yo no habría desaprovechado la oportunidad de quedarme una semana en casa. ¿Cómo estás?

—Bien, ¿no me ves? —Abrió los brazos unos centímetros más de lo recomendado y el costado le lanzó una dura advertencia—. Pasa —invitó por fin.

Galán esperó a que Marcela se sentara para hacer lo mismo y abrir la carpeta manila que llevaba en la mano.

—Muy interesantes, estos Sarasola —empezó.

—Al final me agradecerás el encargo... —bromeó Marcela.

—Quizá no tanto, pero la investigación ha sido muy edificante y a ratos sorprendente —reconoció Galán.

—Tú dirás...

El subinspector sonrió y se acomodó en la silla.

—Desde un punto de vista puramente financiero y empresarial, tengo que reconocer que admiro a Francisco Sarasola. El tipo era capaz de ver el potencial de una zona incluso años antes de que se empezara a urbanizar, de modo que cuando los demás llegaban y el barrio se ponía de moda, él ya se había quedado con los mejores terrenos a un precio de risa. Sabía esperar. Pero no siempre jugaba limpio —añadió.

—Lo han definido en varias ocasiones como un tiburón —recordó Pieldelobo.

—Muy acertado. Ese hombre tenía casi tantos dientes como los escualos, y la misma falta de escrúpulos. En una ocasión mantuvo un enfrentamiento muy feo con otros dos promotores por los mismos terrenos. No tuvo reparos en denunciarlos. Más bien amagó con presentar una denuncia —matizó Galán—, que no se hizo efectiva cuando la competencia retiró sus pujas. Sin embargo —continuó con una sonrisa cada vez más amplia—, el problema de jugar duro es que de vez en cuando te encuentras con un rival con los mismo puños que tú. Y aquí llegamos a los edificios que te interesan.

—Los de Lezkairu —quiso asegurarse Marcela.

—Los mismos. Pues bien, alguien aprendió de sus trucos y decidió darle a probar de su propia medicina. Hace algo más de un año, una denuncia en el Gobierno de Navarra aseguraba que Sarasola utilizaba hormigón de una calidad inferior a la reglamentaria. Estos son los denunciantes. —Galán avanzó un documento hacia Pieldelobo—. La cuestión es que analizaron la mezcla… y tenían razón. Le paralizaron la obra de inmediato. Sarasola alegó que alguien había manipulado los materiales y exigió que se tomaran muestras del hormigón con el que se habían levantado los bloques, pero ya se sabe que las cosas de palacio van despacio y el recurso sigue pendiente. Mientras, el daño a la reputación de Sarasola ha sido brutal. Los inversores empezaron a retirarse, no sin antes exigir su parte del negocio. Lo que hizo nuestro tiburón fue buscar nuevos socios para pagar a los que se querían marchar.

—¿Eso es legal? —preguntó Marcela.

—Por los pelos, pero es legal. Nadie te pide cuentas de a qué destinas el dinero mientras cumplas con tus obligaciones y repartas dividendos a fin de año. De cualquier modo, esa primera denuncia hizo que llegaran otras menores, pero que han despertado el interés de Hacienda.

El subinspector Galán adelantó el cuerpo, cogió otro papel de la carpeta y se la acercó a la inspectora.

—Esto —continuó, señalando el documento con un dedo— es la evidencia de que Sarasola ha estado vendiendo humo, lo cual tampoco es ilegal, pero sí peligroso.

—¿Humo?

—No podía mover la primera promoción, al menos de momento, pero empezó a vender la segunda, presentada sobre plano y que se levantaría en unos terrenos cercanos. Los primeros pisos se han vendido antes incluso de recibir el visto bueno de la Consejería de Vivienda. Sarasola se puso imaginativo e incluyó en los planos unas extensas zonas verdes, un centro comercial y hasta un colegio. Humo —insistió, moviendo las manos como un prestidigitador—. La fiscalía debería estar al tanto de esto.

—Lo está —le aseguró Marcela.

Galán la miró con un interrogante en la cara. Ante el silencio de la inspectora, recuperó la sonrisa y continuó.

—Pero lo mejor de todo es que la promotora de Sarasola nunca podrá construir en esos terrenos.

—No entiendo…

—No podrá construir en esos terrenos… porque no son suyos.

—¿Cómo?

—No le pertenecen. El fallecido los controlaba en la actualidad, pero en pocos meses habrían pasado a manos de su verdadero dueño, el mismo día que cumpla dieciocho años. —Galán sacó otro papel de la carpeta y lo puso delante de la inspectora—. Él es el dueño.

Marcela se acercó, leyó el nombre, cogió el documento con las dos manos y lo volvió a leer.

—¿Máximo Sarasola? —preguntó, incrédula.

—El mismo. Su padre los puso a su nombre porque la normativa municipal prohibía que un mismo comprador se hiciera con tantos metros cuadrados, así que el imaginativo tiburón adquirió las parcelas a nombre de su hijo menor de edad. Como tutor legal, eso no debió resultar ningún problema. Y si la obra no se hubiera paralizado, habría terminado la urbanización antes de que el muchacho fuera mayor de edad, dándole tiempo a su padre a poner todos los papeles en orden.

—¿Sabe Máximo que es el propietario de esas fincas?

—No tengo ni idea —reconoció Galán—. Su firma no aparece en ningún documento. Como te digo, no hacía falta.

40

El martilleo de la cabeza de Marcela Pieldelobo había conseguido que ignorara el de la máquina de resonancia magnética en la que
estaba metida. Las ideas iban y venían, cogidas por los pelos unas,
tenaces y obsesivas otras. Los engranajes de su cerebro giraban y daban vueltas planteándole muchas preguntas y ofreciéndole pocas respuestas.

No podía descartar que los chanchullos que Galán había descubierto fueran solo la punta del iceberg de una trama mucho más
grande. El tiburón nace, no se hace. Lo que más la incomodaba, sin
embargo, era la muerte de Francisco Sarasola. Hasta ese momento
había tenido claro que el asesino no podía estar demasiado lejos del
entorno de la familia, pero ¿quién ganaba con esta muerte? Sus hijos,
no, desde luego, ni los actuales socios de la empresa. La idea de que
se tratara de un simple secuestro por dinero luchaba por hacerse un
hueco entre la vorágine de sus pensamientos, pero no encontraba
carril por el que conducirla.

No era solo el secuestro. Era todo lo que lo rodeaba. El lugar en
el que había estado retenido, el local con las herramientas, el paraje en el
que había aparecido el cadáver… Todo llevaba el apellido Sarasola.

El traqueteo exterior se detuvo y la camilla en la que estaba tumbada se movió hacia delante. El enfermero la ayudó a levantarse y
le pidió que no se vistiera todavía. Señaló con la mano una silla de
ruedas y esperó a que se sentara.

—Puedo caminar —protestó Marcela.

—Lo sé, pero es el protocolo. Además, la bata va abierta atrás…

Marcela se sentó sin decir una palabra más y la celadora que esperaba junto a la puerta se hizo cargo de la silla. Damen se levantó cuando la vio aparecer.

—¿Qué tal ha ido? —preguntó.

—No me han dicho nada. Se supone que ahora me verá la doctora.

Le costó concentrarse en lo que ocurría a su alrededor. La doctora confirmó la ausencia de lesiones, una enfermera le curó la quemadura y le dio una serie de indicaciones para los días siguientes que solo escuchó a medias. Asintió, sonrió con rapidez y salió de allí en cuanto terminó de vestirse.

Le dolía el costado, le escocían las quemaduras y la cabeza no dejaba de lanzarle ideas punzantes. ¿Quién estaba al tanto de la titularidad de esas parcelas?

—¿Puedes acercarme hasta mi coche? —le pidió a Damen cuando arrancó el suyo.

—Claro —respondió él.

Marcela se giró en el asiento para verle la cara.

—¿Sin preguntas ni consejos? —preguntó.

—¿Serviría de algo?

—No —reconoció Marcela—. Hay cosas que tengo que hacer.

—Pues hazlas —zanjó él.

Marcela se bajó en la entrada del aparcamiento y se comprometió a llamarlo para cenar juntos.

Condujo hasta Olloki mientras intentaba ordenar sus ideas y las preguntas que quería hacerle a Javier Sarasola.

No respondió al sonido del timbre, aunque había luz en las ventanas del salón. Rodeó la casa e intentó ver algo a través de los setos del jardín. Distinguió una vaharada de humo ascender por encima de la tapia. El olor le dijo que aquello no era tabaco.

—No sabía que fumaba —dijo en voz alta.

Sarasola tosió y carraspeó.

—No son horas, inspectora. Llame mañana.

—Es urgente —replicó Marcela.

Vio una nueva nube de humo, escuchó más toses y por fin una luz sobre la puerta principal.

Sarasola caminó delante de ella de regreso al jardín. Iba vestido con un pantalón holgado de un gris desvaído y una camiseta oscura con el cuello cedido, los puños deshilachados y el logo de la saga *Star Wars* en la pechera en grandes letras amarillas.

—¿Una cerveza? —le ofreció, señalando la suya.

—No, gracias.

Javier se encogió de hombros y se sentó en la tumbona. En la mesita de al lado, un porro a medio consumir humeaba en un cenicero. El inconfundible aroma del hachís llenaba todo el espacio.

—¿Viene por lo de las fotos? —preguntó tras una profunda calada que le hizo volver a toser.

—¿Las fotos?

—Las han hecho públicas —explicó Sarasola—. Las han subido a todas las redes sociales, y cuando los administradores las han retirado por impúdicas, se han tomado la molestia de enviarlas por correo electrónico a todos los contactos de mi agenda.

—¿Lo ha denunciado?

Sarasola movió la cabeza arriba y abajo.

—Mis abogados se han encargado de todo, pero ¿de qué va a servir ahora? —Le dio una última calada al canuto y aplastó la colilla en el cenicero. Luego echó la cabeza hacia atrás, cerró los ojos y dejó salir el humo despacio—. No sabe cuánta gente me ha llamado a lo largo del día, hasta que he decidido apagar el teléfono. Gente atónita, enfadada, solidaria, incrédula… Ha habido de todo. Les he asegurado que se trata de un burdo intento de chantaje al que no he accedido, lo cual en el fondo es verdad. Solo unos pocos me han preguntado por el contenido de las fotos. No les ha gustado que les dijera que eso era privado y que harían bien en borrarlas si no querían convertirse en colaboradores de los extorsionadores.

—En realidad, si las conservan y las comparten podrían serlo. La policía se encargará de eliminarlas —le aseguró.

Sarasola negó de nuevo.

—Es imposible saber cuánta gente se las ha descargado y las ha guardado en un *pendrive*, o si las han compartido con otras personas…

—Por supuesto que es posible —insistió Marcela—. Seguro que ya están en ello.

Javier se levantó y entró en la casa con paso lento. Regresó un par de minutos después con una cerveza en cada mano. Marcela volvió a rechazar la oferta y Sarasola se encogió de hombros una vez más.

—Si no ha venido por las fotos —dijo después de darle un largo trago a la cerveza directamente de la botella—, ¿qué quiere a estas horas?

—Me gustaría hablar sobre la segunda fase de la promoción de Lezkairu —explicó Pieldelobo.

—¿Quiere un piso? Nunca pensé que fuera de las que piden favores...

—No se equivoque —le cortó Marcela—. Están vendiendo esa promoción sin haber siquiera movido una piedra, y mientras la primera está paralizada por orden del Gobierno de Navarra.

—Ese tema está a punto de solucionarse —aseguró Sarasola—. La denuncia no se sostiene, está claro que alguien manipuló el producto, pero ya hemos demostrado que el material que se utilizó en la construcción, el que siempre contratamos, es de primera calidad. Es el mismo con el que se hizo esta casa —añadió con el brazo extendido.

—¿Qué sabe sobre la segunda parte de la promoción? —siguió Marcela.

—¿Qué quiere saber? —preguntó Sarasola—. Está usted siendo muy vaga en sus preguntas, no sé adónde quiere llegar.

—¿Cuándo está previsto que comiencen las obras?

Javier achinó los ojos unos segundos y rebuscó el dato en su memoria.

—No estoy seguro al cien por cien, este asunto lo llevaba mi padre en persona, pero creo que no más tarde del próximo otoño. ¿Va a contarme de una vez qué es lo que pasa?

—¿De quién son los terrenos sobre los que van a construir? —lanzó Marcela por fin. Sarasola la miró sin comprender—. ¿A quién pertenecen esas parcelas? —insistió.

—A Promociones Sarasola, por supuesto. No entiendo...

—Esos terrenos no les pertenecen, Javier. Nunca estuvieron a nombre de su padre. No pudo comprarlos porque excedió los metros cuadrados que el Ayuntamiento autoriza a adquirir a un mismo postor para evitar los monopolios y la especulación.

—No entiendo… —repitió.

—Su padre estaba vendiendo humo —emuló a Galán—, y lo sabía.

—¡Eso es imposible! —Sarasola se puso de pie y se plantó delante de la silla de Pieldelobo.

—Estoy casi segura de que el legítimo propietario de esos terrenos ni siquiera sabe que lo es —añadió, poniéndose también de pie.

—¿Quién es…?

—Su hermano.

—¿Sergio?

—Máximo.

Javier Sarasola se puso en marcha al instante. Entró en la casa y volvió a salir diez minutos después perfectamente vestido con un traje oscuro, camisa blanca sin corbata y zapatos negros.

—Voy a la oficina —anunció.

Marcela no esperó una invitación formal.

Ya era noche cerrada cuando salieron de la casa. Las farolas de luces cálidas le marcaron el camino hacia la carretera, fea y oscura, surcada solo por los faros veloces de unos pocos coches y camiones que desaparecían en dirección a Francia. Sarasola conducía deprisa. Pieldelobo no se molestó en alcanzarlo. Mantuvo la velocidad, aparcó junto al edificio de oficinas y subió en ascensor hasta el despacho del nuevo director.

Lo encontró frente al ordenador, el dedo pulsando frenético sobre el ratón, los ojos ocultos tras las gafas de pasta, las pobladas cejas a escasos milímetros la una de la otra en el centro de la frente. La furia coloreaba la piel lechosa y hacía desaparecer los labios, apretados contra los dientes.

Detuvo el dedo índice en alto sobre el ratón, se acercó a la pantalla y contuvo la respiración. Marcela se quedó en la puerta, a la espera. Vio cómo su respiración se aceleraba, cómo sus ojos subían y bajaban de una línea a otra. Cómo se resignaba a la evidencia. Sarasola se dejó caer hacia atrás en el sillón y soltó el ratón del ordenador.

—Cabrón hijo de puta —masculló en voz baja—. Cabrón hijo de puta, egoísta, estafador.

El inesperado puñetazo en la mesa sobresaltó a Marcela.

—¿Puedo? —pidió la inspectora con la mano extendida hacia el ordenador.

Sarasola se hizo a un lado para que ella se acercara. El documento tenía fecha de diez años atrás, cuando Máximo Sarasola tendría menos de ocho. Con su padre como tutor legal y firmante del contrato, el entonces niño pasó a poseer casi trescientos mil metros cuadrados en la parte alta de Lezkairu, una de las zonas que con más rapidez se estaba expandiendo en la actualidad y donde las viviendas tenían los precios más caros.

—Nadie en la empresa sabía nada —le aseguró Sarasola—. Todos estos años hemos hablado del pelotazo que supondría la urbanización de estas parcelas y él se callaba este pequeño detalle. ¿En qué estaba pensando? —Se pasó la mano por el pelo brillante y se giró hacia la ventana. Fuera, Pamplona se preparaba para otra noche tranquila—. Cabrón hijo de puta —repitió.

—Supongo que ahora se presentan varias opciones ante usted —dijo Marcela.

—Opciones que no voy a comentar con la policía —respondió Sarasola.

—Puede intentar comprarle los terrenos a su hermano —lo ignoró Marcela—, puede incorporarlo a la empresa, o puede intentar impugnar la compra y el documento. Además —añadió con una sonrisa que Javier no podía ver—, no olvide que, ahora, la tutora de Máximo es su madre. Legalmente, y hasta su mayoría de edad, la promoción está en manos de Valeria Huguet.

Casi pudo oír cómo los dientes de Sarasola rechinaban en el interior de su boca. Marcela dio media vuelta en silencio y se dirigió al ascensor.

41

Sergio seguía el ir y venir de su hermano desde el sillón del despacho de Javier. Era más de medianoche, pero había insistido en que era urgente que se vieran de inmediato, así que se levantó del sofá y acudió sin molestarse siquiera en cambiarse de ropa.

—¿Va a ser siempre así? —le preguntó a su mujer mientras se anudaba las zapatillas—. No me hace ninguna gracia salir de casa a estas horas, hay un horario de trabajo.

—Javier te ha dicho que es urgente —lo tranquilizó Lara—, no te habría llamado de no serlo, ¿no crees?

—Supongo que no. Volveré lo antes que pueda —se despidió.

Sergio escuchó la historia que su hermano le contó sobre su padre, los terrenos de Lezkairu y su hermanastro.

—No sé en qué estaba pensando papá —gruñó Javier—. ¿Por qué no puso esas parcelas a tu nombre o al mío?

—A lo mejor porque nosotros ya éramos mayores de edad por entonces y Máximo solo era un crío y no tendría que darle explicaciones —sugirió Sergio.

Javier asintió despacio.

—Seguramente sería eso, pero ahora… Si al menos hubieran comenzado las obras tendríamos algo a lo que agarrarnos, pero ni siquiera han entrado las máquinas.

—Habrá que hablar con ellos —razonó Sergio—, con Máximo y con su madre.

—Lo haremos. Sin dramas, con calma. Les explicaremos que papá había previsto revertir la titularidad de esos terrenos a la empresa pero que no le ha dado tiempo, que era su voluntad y que hay un presupuesto asignado para eso.

—¿Lo hay?

—Hoy no, pero mañana redactaré el documento pertinente con la fecha que mejor nos convenga. Luego la citaremos aquí y le haremos ver la conveniencia de que firme, cobre y se largue. Sobra con que venga la gallina, no hace falta que la acompañe el pollito.

—¿Y si se niega? —preguntó Sergio.

Javier apretó los dientes y se giró hacia la ventana. Trazó una línea imaginaria de una farola a otra, de una ventana iluminada a la siguiente y se esforzó por respirar.

—No vamos a pensar en eso ahora —dijo por fin.

Sin embargo, él tenía muy claro qué haría si se negaban.

—Nos jodió en vida y sigue haciéndolo después de muerto —susurró Sergio.

Javier se giró y miró sorprendido a su hermano. Lara estaba haciendo su trabajo.

—Ya no puede jodernos más —respondió—, ahora es nuestro turno.

Esperó hasta que Sergio salió del despacho y tecleó un mensaje en su teléfono.

¿Estás libre?

La respuesta no se hizo esperar.

Para ti, siempre. ¿En tu casa?

No, en un hotel. Reserva a tu nombre, yo pago.

Como quieras.

Trae a tu amiga, añadió Javier. Un escalofrío le recorrió el cuerpo.

Por supuesto.

Sarasola se quitó las gafas y se pasó la mano por el pelo. Le vendría bien relajarse, lo vería todo mucho más claro después de un par de horas con Marko y su «amiga», una fusta que le cortaba la piel y la respiración y le proporcionaba un placer inigualable.

Se puso las gafas, se atusó el pelo una vez más y apagó el ordenador. Estaba listo para presentar batalla.

—Sé que es tarde —dijo Marcela cuando Damen respondió al teléfono—, pero había prometido llamarte. No quería que te preocuparas.

—Muy considerada —bromeó Damen—. ¿Qué tal ha ido? —preguntó a continuación.

—Ha sido muy interesante. Sarasola no tenía ni idea de las maniobras de su padre, ha corrido al despacho para comprobarlo. No envidio lo que le espera. Lleva años insultando a la segunda mujer e ignorando a su hermanastro y ahora no le queda más remedio que tratar con ellos.

—Me da la sensación de que estás disfrutando con todo esto…

—Bueno —reconoció Marcela—, no puedo negar que me reconforta que de vez en cuando el destino ponga a los gilipollas en su sitio.

Damen rio al otro lado del teléfono, una risa que atravesó el oído de Marcela y se extendió por todo su cuerpo como un bálsamo. Damen producía extraños efectos en ella.

—¿Has cenado? —le preguntó.

—No, acabo de salir del despacho de Sarasola.

—Ven a casa, te haré algo mientras llegas.

Max seguía maravillado. Natalia se ofrecía a él casi cada día, accedía con una sonrisa a sus peticiones y a menudo era ella la que iniciaba los juegos que acababan en un sexo todavía burdo y rápido, pero voluntarioso gracias a los vídeos que veían en Internet.

Natalia tenía que reconocer que esa tarde no había estado mal. Max se había aplicado mucho y, aunque no llegó al orgasmo, había sido muy agradable.

Holgazaneaban en la cama cubiertos por un sábana y desnudos para poder mirarse y tocarse en cualquier momento. Valeria sabía que estaban allí, pero nunca se le ocurriría entrar. Tampoco preguntaba qué hacían tantas horas allí dentro. Su madre no era tonta.

—He quedado con Carlos dentro de un par de horas —dijo Max.

—¿Los dos solos? —protestó Natalia.

Max se inclinó sobre ella y la besó en los labios.

—Sí, solos. Se siente incómodo cuando estamos los tres. Además, tenemos que hablar.

—No queda nada para que te vayas, quiero pasar contigo todo el tiempo que pueda. No quiero que me olvides cuando estés allí...

—Eso no pasará —le aseguró Máximo—. Además, en un año tú también vendrás a Estados Unidos y ninguno de los tres volveremos nunca. Está todo organizado —añadió con una sonrisa.

Natalia acercó su cuerpo al de Max. El solo roce de su piel le provocó una erección inmediata. ¿Cómo iba a olvidarla? Nunca la dejaría atrás.

El sonido del teléfono sobresaltó a Valeria. Hacía días que nadie llamaba. Estaba tranquila, no echaba de menos el constante zumbido del móvil de su marido cuando estaba en casa, las voces, los pasos airados por el pasillo. Ahora, Valeria disfrutaba del silencio y de la soledad elegida. Esperaría un par de meses antes de plantearse hacer un viaje. Siempre había querido viajar, pero hacerlo con Francisco era una tortura, siempre estresada, atenta a sus caprichos y deseos, pendiente de Max, de que disfrutara, que no notara nada.

Sacó el móvil del bolso y se sorprendió al reconocer el número.

—Sí —dijo simplemente.

—Valeria —la saludó Javier Sarasola—, ¿cómo estás?

—¿En serio me lo preguntas? —respondió—. ¿Qué quieres?

No pudo ver la sonrisa de Javier en el que fuera el despacho de su marido.

—Hay algo de papeleo que no puede esperar, necesitaría que te pasaras por la oficina cuanto antes para solucionarlo.

—¿Qué tipo de papeleo?

—¿En serio me lo preguntas? —le devolvió él—. No intentes comprender lo que te supera. Lo más inteligente por tu parte sería sentarte a ver cómo te llega el dinero sin hacer nada, ¿no te parece?

Tampoco Javier vio la amplia sonrisa de Valeria.

—Recuerda que somos socios —le dijo con voz melosa—, y si te pido explicaciones, espero explicaciones.

—OK, las tendrás. ¿Cuándo vienes?

Valeria dejó pasar unos cuantos segundos antes de responder.

—Esta tarde —dijo por fin—, sobre las cinco.

—A las cinco —replicó Sarasola.

—Más o menos.

Diego Vila abotonó despacio la camisa de Lucía. Le gustaban esos minutos de intimidad después del sexo, alargar el placer, dejar su huella también en la ropa que llevaría cuando salieran del vestuario del sótano. Recolocó el cuello de la camisa y se entretuvo en sus pechos mientras estiraba los pliegues de la tela.

Él seguía casi desnudo. Se ocuparía de su ropa a continuación. Le atusó el pelo, la besó en los labios y sonrió. Lucía se sentó en el banco para calzarse mientras Vila se ponía los pantalones.

—Mi mujer viene este fin de semana —anunció mientras se vestía.

—Ajá —dijo Lucía sin más, concentrada en el cinturón.

—Me preguntaba… No sé, quizá conozcas a alguien con quien te puedas quedar un par de días…

Lucía se irguió junto a él y lo miró con el ceño fruncido.

—¿Me estás echando de mi propia casa? —preguntó.

—No es eso, pero reconoce que puede ser incómodo.

—¿Incómodo para quién, Diego? No para mí, desde luego, y no para tu mujer, que no sabe nada. ¿Incómodo para ti? Pues apáñate, porque no me voy a ningún lado.

—Vale, de acuerdo. Siento haberlo mencionado.

Lucía cogió su chaqueta y salió del vestuario sin mirarlo ni decir nada. Diego suspiró y terminó de vestirse. Si la visita de su mujer ya lo ponía nervioso por sí sola, pensar que tendría que explicarle por qué su compañera de piso echaba chispas por los ojos cada vez que se cruzaban iba a ser realmente complicado. Y peligroso. Cristina tenía un olfato infalible, era sagaz y muy observadora; por eso era una gran policía, y por eso no quería que cruzara ni una palabra con Lucía.

Sacó el móvil del bolsillo del pantalón y la llamó.

—Hola, cariño —saludó cuando contestó—. Tengo una idea:

¿qué te parece si en lugar de quedarnos en Pamplona, aprovechamos el fin de semana para hacer una escapada romántica?

—No lo sé, me había hecho a la idea de ir a Pamplona —repuso ella.

—Déjame que te sorprenda, ¿vale? —insistió él.

—Vale, de acuerdo. Sorpréndeme —accedió antes de despedirse.

Diego sonrió y salió del vestuario. Su madre solía decir que todo tiene solución en esta vida, salvo la muerte. Bien, él tenía un carro lleno de soluciones, era un hombre imaginativo. Mantendría a Cristina alejada de Lucía hasta que encontrara otro piso. Ahora debía calmar a la oficial. Tenía todo el día y toda la noche para hacerlo, y para pensar dónde pasar el fin de semana con su mujer.

Se remetió la camisa en los pantalones y salió del vestuario.

42

Sergio Sarasola escuchaba música con los ojos cerrados mientras su hermano Javier, de pie junto a la ventana, iba perdiendo los nervios con cada minuto que pasaba de las cinco.

Valeria Huguet apareció a las seis menos cuarto.

Javier sintió el conocido dolor de estómago y la opresión en el pecho cuando decidió callar todo lo que le habría gustado decir. Sergio se quitó los auriculares al abrirse la puerta; se levantó y se situó junto a su hermano. Valeria entró con la espalda estirada, vestida de negro de los pies a la cabeza y con la melena caoba suelta sobre los hombros.

Extendió el brazo y esperó hasta que los dos hombres decidieron aceptar el saludo. Luego avanzó hasta el escritorio y se sentó en una de las sillas. Los Sarasola la siguieron en silencio y ocuparon cada uno su sitio, Javier el sillón negro y Sergio una silla de oficina más discreta que habían llevado de otro despacho y colocado junto a la de su hermano. Su padre siempre decía que la visión de un frente común impresiona al adversario y ofrece una imagen de fortaleza muy efectiva en las negociaciones.

Pero Valeria Huguet no parecía impresionada. No quedaba ni rastro de la mujer apocada, siempre oculta tras su marido, callada y discreta. Esa Valeria los miraba con la barbilla levantada, retadora, y una breve sonrisa en los labios.

—Vosotros diréis —empezó.

Javier se inclinó hacia delante y cogió unos cuantos papeles de encima de la mesa.

—Antes de que podamos sentarnos a hablar con tranquilidad sobre el futuro de la empresa y de tus acciones y las de tu hijo…

—Tu hermano —le cortó.

—Antes de eso —siguió Javier como si no la hubiera oído—, hay una serie de documentos que necesitan de tu firma para que podamos seguir trabajando. Todos queremos ganar dinero, ¿no? —La observó asentir y continuó—. Basta con tu firma al pie de cada documento. Como tutora de Máximo, él está representado por ti.

—No pretenderás que firme sin leerlo antes, ¿verdad?

—Son formalidades…

Valeria cogió el fajo de papeles y le echó un vistazo.

—Necesito un espacio privado en el que poder leer todo esto sin que me estéis mirando todo el tiempo —pidió.

Sergio se levantó y señaló la puerta con la mano.

—En mi despacho estarás bien, está aquí mismo.

La acompañó y regresó junto a su hermano.

—¿Te ha dicho algo? —le preguntó Javier.

—Nada —respondió Sergio—. Se ha sentado a mi mesa, se ha puesto las gafas y ha empezado a leer.

Valeria tardó más de media hora en regresar. Había dividido los documentos en dos pequeños fajos de papel y llevaba uno en cada mano. Dejó el primero sobre la mesa.

—He firmado esto —dijo—. Todo parece en orden. Pero esto… —Alargó la mano y dejó el resto de los papeles sobre la mesa—. ¿De verdad creías que no me iba a dar cuenta de la puñalada trapera que intentáis darnos a mi hijo y a mí? No soy idiota, Javier. Por mucho que te empeñes en creer lo contrario, no soy una estúpida. No voy a firmar la cesión de estos terrenos bajo ningún concepto.

—Es una formalidad —respondió Javier—. Si Máximo tuviera dieciocho años no habría problema, pero si su nombre no aparece en los documentos no podemos meter las máquinas, y entonces todos estaremos perdiendo dinero. Mucho dinero —insistió—. Puede ser la ruina de la empresa.

—Tu padre se empeñó hasta el cuello en Lezkairu. No hacía más que hablar de esas promociones. Casi se muere cuando paralizaron las obras por la denuncia del hormigón, pero estaba seguro de que la segunda fase le haría rico. Siempre hablaba en singular, por cierto. Nunca os metía en la ecuación. Ni a vosotros, ni a nosotros. Solo él, todo para él.

—Es una formalidad —insistió Javier.

—¡Y una mierda! —exclamó Valeria—. Estás siendo demasiado amable, no me has gritado cuando he llegado tarde y veo tu contención en el palpitar de la vena de tu cuello. No es una formalidad, ¿verdad? Es algo muy serio.

—Nos vamos a ir todos a la ruina…

—Si quieres esos terrenos, tienes dos opciones: o incluyes a mi hijo en los documentos con los mismos derechos y beneficios que vosotros, o aflojáis la cartera y soltáis unos cuantos cientos de miles por ellos. La oferta tiene que ser buena para que no nos molestemos siquiera en valorarla. Si no, las parcelas se quedarán en barbecho hasta que encontremos un comprador dispuesto a hacernos ricos.

—Valeria, estás jugando con fuego.

La voz de Javier sonó grave y afilada, pero Valeria no pareció inmutarse. Se levantó de la silla y se dirigió hacia la puerta del despacho.

—Vosotros sabréis cuánto os urge empezar a excavar —dijo.

—No me pongas a prueba… —amenazó Javier.

Valeria se dio la vuelta y se acercó al escritorio.

—¿O qué? ¿Me pasará lo mismo que a tu padre?

Luego salió dando un portazo que hizo temblar la pared acristalada.

—¿Qué ha querido decir con eso? —le preguntó Sergio a su hermano.

—No le hagas caso, está como una cabra.

Máximo y Carlos habían vuelto a quedar sin ella. Encerrada en su habitación, Natalia tembló una vez más al pensar en el año que deberían pasar separados, mientras que los dos amigos estrechaban lazos al otro lado del océano. Max no podía dejarla, no lo haría. No compartían solo sus cuerpos y un amor que iba más allá de lo físico. No, había mucho, lazos imposibles de deshacer. Max estaría a su lado para siempre, se dijo a sí misma.

Sin embargo, no podía evitar sentir cierta inquietud. Max era muy inteligente, seguro que, si quería, encontraría la forma de librarse de ella. Max era listo, se repitió, y con Carlos formaba un tándem insuperable. Carlos era el problema, no Max. Pero había algo que Carlos no podía darle a Max.

Sonrió traviesa y abrió el armario. Escogió varios vestidos cortos y prendas de lencería que su madre no sabía que había comprado. Se maquilló con cuidado frente al espejo. *Eyeliner* negro, sombra dorada, rubor en las mejillas y un *gloss* furioso en los labios.

A continuación, se quitó la ropa y untó su cuerpo de aceite. Un toque de purpurina en el escote y espray brillante en la melena rubia. Estaba lista.

Desnuda, observó lo que había dejado sobre la cama. Escogió un conjunto de encaje blanco que le subía el pecho y dejaba a la vista buena parte de los glúteos. Dudó sobre qué calzado elegir. Las sandalias doradas de tacón le parecieron el mejor complemento.

Cogió el móvil y encendió la cámara.

Se detuvo. No podía hacerse fotos con el móvil, su madre conocía el patrón de desbloqueo, fue su condición cuando le compró el teléfono. Si las descubría, se acabó, la castigaría de por vida.

Sonrió. Como decía Max, siempre había que tener un plan B. Abrió el cajón de la cómoda y metió la mano hasta el fondo. Apartó la ropa doblada hasta dar con lo que buscaba: una bolsa de plástico envuelta en un fular y oculta en el último rincón del cajón.

Desenvolvió el pañuelo y abrió la bolsa. Ahí seguía, donde lo había dejado. Sacó el teléfono que Max le había dado y lo encendió. Carlos se había encargado de eliminar la protección de la contraseña, así que la enorme pantalla la saludó sin hacer preguntas. Además, la cámara era mucho mejor que la de su móvil.

Posó provocativa ante el espejo, probó gestos tentadores, primeros planos del encaje que cubría sus senos, contrapicados de sus piernas brillantes, larguísimas. Fotografió su espalda reflejada en el espejo e insinuó su trasero. Sabía que a Max lo volvía loco.

Luego seleccionó las mejores, les aplicó filtros, sombras y degradados y abrió la aplicación de Telegram. Lo encontró enseguida. Max había escogido como icono la estatua de un emperador romano, no recordaba cuál.

Adjuntó las fotos y las envió. No pudo evitar reírse y temblar. ¿Qué pensaría Max cuando las viera? Seguro que se le ponía dura en el acto. Dejaría a Carlos plantado y correría hasta su casa.

Estaba calculando cuánto faltaba para que sus padres volvieran cuando el móvil tintineó sobre la cama. Se abalanzó sobre él y leyó la respuesta de Max.

¿Estás loca?

Marcela aspiró el humo del cigarrillo mientras esperaba a que el semáforo se pusiera verde. Frente a ella, la plaza de las Recoletas marcaba el inicio de la calle Mayor, donde vivía. Los bancos de la plaza estaban llenos de jóvenes, poco más que adolescentes, que fumaban, bebían y hablaban a voz en grito para hacerse oír por encima de la música machacona que escupían unos diminutos altavoces. El suelo estaba repleto de basura. Botellas de plástico y de cristal, envoltorios de hamburguesas, cajas de *pizza*, restos de comida… Dos de ellos orinaban en la pared de la iglesia. Los viandantes los miraban con desagrado y se apartaban de los bancos, pero nadie se atrevía a recriminarles su actitud.

Estaba a punto de acercarse cuando vio a cuatro municipales avanzar decididos hacia la plaza. Satisfecha, Marcela recuperó el rumbo masticando lo que acababa de ver. No hacía mucho que se había cruzado con un escenario muy similar.

Las ideas comenzaron a brotar en su cabeza como burbujas en una copa de champán.

Dio media vuelta y corrió en busca de su coche. El escozor de la cicatriz de su costado le recordó que había cosas que era mejor no hacer sola. Condujo hasta Jefatura, aparcó en un espacio reservado y entró en el edificio.

—¿Quién queda de servicio? —preguntó al oficial de guardia, que consultó un listado y el ordenador antes de responder.

—El inspector Vázquez —dijo por fin.

Marcela se felicitó por su buena suerte. Subió las escaleras hasta la primera planta y llamó a la puerta de Vázquez.

—Pieldelobo —la saludó—, ¿ocurre algo?

—No estoy segura, pero me vendría muy bien que me echaras una mano. Mi subinspector está de fin de semana. Quiero volver al edificio de los Sarasola en el que estuvo retenida la víctima. La última vez que estuve allí me sacudieron con una táser casera —reconoció.

—Eso he oído. Voy contigo.

Los quince minutos de trayecto le sirvieron para poner al corriente a Vázquez de la picajosa sospecha que se había instalado en su cerebro.

—Se me ocurren un montón de «peros» —dijo Vázquez—, aunque creo que merece la pena comprobarlo.

—Espero no hacerte perder el tiempo…

Vázquez dejó escapar una risa breve y grave.

—¿Alguna vez has acertado a la primera? —le preguntó.

—No —reconoció Marcela.

—Yo tampoco.

Aparcó frente al edificio ensombrecido. Las farolas más cercanas estaban al menos a cincuenta metros, y aunque la noche era clara y la luna brillaba sin obstáculos, apenas eran capaces de distinguir poco más que la silueta de hormigón y el camino de entrada.

Marcela cogió la linterna del maletero y los dos se colgaron las placas al cuello para que fueran bien visibles. El camino hasta el piso piloto estaba despejado. Arrancaron con cuidado los precintos policiales y empujaron la puerta. Estaba cerrada.

Marcela miró a Vázquez, que levantó una ceja.

—No soy un crío, Pieldelobo. Abre esa puerta.

Dos minutos después, estaban dentro.

—¿Qué estamos buscando exactamente? —preguntó Vázquez.

—Nada en particular, o cualquier cosa. A ti esto, ¿qué te parece? —Marcela extendió el brazo para abarcar los vasos de plástico, las botellas, las latas de cerveza y las cajas de *pizza* que la científica no se había llevado.

—Un desmadre adolescente —respondió David.

—Igual que a mí. —Se giró hacia la puerta, dejando a oscuras el salón—. La puerta no está forzada, ni tampoco las ventanas ni ninguna otra entrada.

—No eres la única que sabe abrir puertas —apuntó Vázquez.

—Desde luego, y en Internet hay tutoriales absolutamente para todo, pero...

Una campana furiosa interrumpió el hilo de sus pensamientos. Sacó el móvil del bolsillo y comprobó la pantalla.

—¡El teléfono! —gritó.

—¿Qué pasa?

—El teléfono del secuestrador, ¡han vuelto a conectarlo!

43

El círculo rojo parpadeó cinco veces en la pantalla de la inspectora Pieldelobo antes de apagarse.

—¿Qué ha sido eso? —preguntó Vázquez.

—Conecté una alerta para que me avisara en caso de que el móvil desde el que enviaron el segundo vídeo de Francisco Sarasola volviera a funcionar —le explicó Marcela.

—Y se ha conectado.

—Sí. Solo un par de minutos, pero la aplicación me ha dado una ubicación bastante aproximada. ¿Conoces Mutilva?

—Apenas —reconoció el inspector.

—Yo tampoco, pero vamos hacia allá.

La alerta había dibujado la posible ubicación del móvil en un radio de un kilómetro cuadrado, un terreno demasiado extenso como para efectuar una búsqueda eficaz y rápida. Sin embargo, pegó el rotatorio al techo y pisó el acelerador en la ronda de circunvalación.

Empezaba a ver la luz al final del túnel.

Natalia apagó el móvil y siguió las instrucciones que le había dado Carlos. Necesitó un cuchillo de cocina para abrir la carcasa trasera. Luego sacó la tarjeta SIM y la de memoria y las hizo añicos con unas tijeras. Extrajo después la batería y la guardó en una bolsa de plástico. Metió todas las piezas en su bolso y corrió a su habitación. Seguía en ropa interior.

Las lágrimas habían arrasado el cuidadoso maquillaje que se había aplicado. Se pasó una toalla húmeda por la cara y se vistió con unos vaqueros, una sudadera del instituto y unas botas cortas. Se cruzó el bolso y bajó al garaje a por su patinete eléctrico. No tenía ni idea de adónde ir, solo sabía que tenía que darse prisa.

Decidió que un contenedor sería lo más adecuado. O mejor, tres contenedores, uno para cada una de las piezas que le quemaban en el bolso. Condujo a la máxima velocidad por las calles de Mutilva.

Giró el patinete y aceleró por una calle de pareados idénticos y contenedores cada pocos metros. Se detuvo en el primero, sacó la bolsa de plástico con la batería y la arrojó dentro. Arrancó de nuevo, avanzó un centenar de metros y lanzó los restos de la SIM a una papelera atada a una farola. El último paso necesitaba discreción. Al final de la calle Aldapa, un camino conducía al pequeño cementerio de la localidad. Nunca había nadie por allí.

Aceleró hasta llegar a los primeros árboles y buscó cobijo detrás de un grupo de arbustos tupidos. Sacó el móvil del bolso, lo dejó en el suelo y comenzó a pisotearlo con todas sus fuerzas. El tacón de la bota rajó la pantalla y astilló el plástico de la carcasa. Cuando se cansó, Natalia levantó el manillar del patinete y dejó caer la rueda sobre el teléfono.

Entonces se dio cuenta de que no había cogido una bolsa más. Contuvo las ganas de llorar y sacó el pañuelo de tela que llevaba en el bolsillo. Lo extendió en el suelo, agrupó en el centro hasta la última pieza del móvil y lo cerró con cuidado. Luego utilizó una goma del pelo para que la seda del pañuelo no sé soltara y volvió a subirse al patinete.

Dos calles más allá vio un contenedor verde. Sonrió. La pesadilla estaba a punto de terminar. Apoyó el patinete en un árbol y retrocedió hasta el contenedor.

Cuando iba a pisar el pedal de apertura el sonido de una sirena la sobresaltó hasta el punto de hacerla gritar. Se guardó el pañuelo en el bolsillo de la sudadera y se dio la vuelta. Un coche rojo se había detenido junto a ella y dos personas descendían despacio. Uno era un hombre alto vestido de negro. La otra era la policía que visitó a Max en el hospital.

Natalia cayó de rodillas y empezó a llorar.

Natalia siempre había tenido dificultades para decir que no. Accedía a prácticamente todo lo que le pedían o le proponían, por muy extraño o peligroso que le pareciera. Un poco de éxtasis, unos cócteles bien cargados, enseñarle los pechos a un chico de su clase que llevaba horas rogándole, casi llorando porque decía que era el único de su grupo que nunca se los había visto a una chica. Y ella accedió a todo. Al éxtasis, a las copas, a que Manel le sobara las tetas un larguísimo minuto. Su madre decía que era una buena chica. Prestaba apuntes a compañeros rezagados, corregía trabajos de otros y faltaba a clase si sus amigas insistían en que no podía perderse el plan de esa tarde. Luego se arrepentía, siempre se arrepentía, y se llamaba tonta y boba, y se prometía que nunca más lo volvería a hacer, que les diría que no, los mandaría a la mierda si hacía falta… Pero siempre perdía y volvía a decir que sí, una y otra vez.

Por eso, cuando la inspectora alargó el brazo y le pidió el paquete que ella intentaba ocultar, estiró la mano y se lo dio. Lloraba tanto que apenas distinguía el rostro de las personas que le hablaban, y los mocos estaban empezando a taponarle los oídos.

—Tienes que acompañarnos, ¿de acuerdo? —le estaba diciendo la mujer, que había desenrollado el paquete y observaba el móvil destrozado—. Quiero que pongas las manos a la espalda, no te haremos daño.

Y ella obedeció.

Pieldelobo le pasó a Vázquez el pañuelo con las piezas destrozadas.

—El modelo coincide —dijo sin más. Acto seguido, el inspector lo guardó todo en una bolsa para pruebas y se dirigió al contenedor.

—¿Has tirado algo aquí? —le preguntó.

Natalia negó con la cabeza.

—¿Y en algún otro sitio? —insistió.

La chica bajó la cabeza y trató de negarlo. Lo intentó con todas sus fuerzas.

—Natalia —siguió el hombre con voz suave—, ¿has tirado algo en otros contenedores?

Ella asintió con la cabeza y siguió llorando. La mujer le había esposado las manos a la espalda y la conducía con cuidado hacia el coche. La ayudó a sentarse, le ató el cinturón de seguridad y la miró a los ojos un momento.

—Tranquila, ¿de acuerdo? Vamos a hablar y luego veremos qué pasa. Enseguida llamaremos a tus padres. ¿Me has entendido?

Natalia asintió una vez más, como siempre, y apoyó la cabeza en la ventanilla.

Vázquez guardó el patinete en el maletero mientras Marcela se ponía al volante.

—Necesitamos un par de patrullas para buscar lo que haya tirado a la basura. Natalia nos dirá dónde buscar, ¿verdad?

Esta vez no se movió. Su mente había desconectado de lo que la rodeaba y le ofrecía rápidas imágenes de lo que iba a sucederle a partir de ese momento. Interrogatorios, calabozos, la cárcel. Moriría en prisión, le pegarían, la violarían. Sus padres no podrían hacer nada por ella. Su vida terminaba en el asiento trasero de ese coche, esposada y conducida a no sabía dónde por dos policías que querían ser amables, pero que ella sabía que no lo eran, que iban armados, que podían hacer lo que quisieran con ella.

—No me maten —gimió.

—Nadie va a matarte —le aseguró el policía—. Solo vamos a hablar en comisaría, es el protocolo. Vendrán tus padres y un abogado, te escucharemos, y si no has hecho nada, esta noche dormirás en tu casa, ¿de acuerdo?

Natalia asintió con la cabeza y echó de menos las manos para poder limpiarse la nariz. Su móvil comenzó a sonar en el bolso que todavía llevaba cruzado. El policía la miró y sonrió brevemente.

—No puedes contestar ahora —le dijo—. Ya veremos quién te llama cuando lleguemos.

Y una vez más, Natalia asintió y volvió a apoyar la cabeza en la ventanilla.

***

Los padres de Natalia llegaron a Jefatura media hora después de que Marcela los llamara. Les había explicado que su hija permanecía retenida en comisaría como persona de interés en una investigación criminal y los conminó a personarse en compañía de un abogado.

—Podemos asignarle uno de oficio si lo necesita —les ofreció.

—Yo soy abogada —la cortó la madre—, no nos hace falta uno de oficio. Espero que la respeten hasta que lleguemos.

—Por supuesto —respondió Marcela antes de colgar.

Según su experiencia, Marcela catalogaba a los padres en tres tipos. Por un lado, los que llegaban a comisaría desorientados y aturdidos, sin terminar de creerse que su hijo o hija hubiera sido detenido y sin tener ni idea de cuál era el procedimiento a partir de ese momento. En segundo lugar estaban los que se situaban en las antípodas de estos, es decir, los que entraban vociferando y lanzando amenazas a diestro y siniestro, clamando por sus derechos y exigiendo la presencia de un juez o incluso del mismísimo Dios. Y por último estaban aquellos que llegaban con la tranquilidad de quien sabe qué hacer, qué pasos dar, con quién hablar, qué puede exigir y qué debe esperar. En este grupo encajaban a la perfección los padres de Natalia Etayo.

La madre esperaba un paso por delante de su marido, asumiendo desde el principio el rol de abogada, convencida de que le sería más útil en esos momentos. Era una versión madura de su hija. Delgada, de piernas largas y traje impecable, busto generoso y una melena rubia que brillaba bajo la luz de los fluorescentes. Ojos oscuros, nariz respingona, labios voluminosos y una piel absolutamente tersa. Miraba a Marcela desde arriba gracias a los altísimos tacones sobre los que caminaba a una velocidad casi temeraria.

—Catalina Robles —se presentó sin ofrecer la mano—. Él es mi marido, Emilio Etayo. ¿Dónde está Natalia?

—Inspectora Pieldelobo —respondió Marcela—. Natalia los espera en una sala. Está bien, le hemos ofrecido comida y bebida, pero solo ha aceptado un botellín de agua.

Avanzaron a buen paso por el laberinto de pasillos de la parte vieja del edificio hasta llegar a la sala en la que Natalia esperaba.

—Tienen quince minutos para estar con ella. Un agente permanecerá en el interior en todo momento. Después, solo podrá estar acompañada por su abogado. —Miró a la madre, que asintió en silencio—. De acuerdo. Quince minutos.

Abrió la puerta y se hizo a un lado para que pasaran. Vio cómo la joven se levantaba de un salto de la silla y se lanzaba a los brazos de su madre. El padre, desde atrás, las rodeó a ambas con los brazos y las atrajo hacia su cuerpo. Marcela cerró la puerta y se dirigió a la máquina de café. Sacó dos bebidas y entró en el despacho de Vázquez. Lo encontró absorto en la pantalla del ordenador.

—¿Interrumpo? —preguntó Marcela, que dejó uno de los cafés sobre la mesa.

—Robo con violencia —respondió—. Gracias por el café. ¿Cómo va la chica?

—La he dejado con sus padres unos minutos. Después la interrogaré. Me da pena, solo es una cría.

—Lo peor que puedes hacer es fiarte de las apariencias, Pieldelobo.

Marcela levantó su vaso de café y brindó en dirección a Vázquez, que sonrió tristemente y bebió del suyo.

Natalia y su madre, ahora su abogada, se habían sentado juntas a un lado de la mesa. Un oficial se había encargado de colocar la cámara de vídeo sobre un trípode y la grabadora encima de la mesa. Cuando salió, Marcela se sentó frente a ellas, conectó la grabadora y procedió a identificarse en voz alta. Le recordó a la joven sus derechos, esperó hasta que afirmó haberlos entendido y empezó.

—Hay una cuestión muy importante que necesito que respondas, Natalia: ¿de dónde sacaste el móvil del que estabas intentando deshacerte cuando fuiste detenida?

Silencio.

—Tenemos pruebas de que ese teléfono se utilizó para enviar un vídeo a la familia Sarasola en el que se les exigía un rescate por la vida de Francisco Sarasola, que permanecía secuestrado. Las imágenes eran muy duras…

Más silencio.

—¿Te lo dio alguien? —insistió Marcela—. ¿Te lo dio Máximo?

Natalia pestañeó rápidamente, pero no dijo nada.

Marcela se apoyó en el respaldo de la silla y cruzó los brazos.

—La situación es sencilla, Natalia. Si no declaras ahora, te quedarás tres días en los calabozos. Si después sigues sin hablar, te trasladarán a un centro de menores, declararás ante un juez y probablemente no salgas de allí hasta que se celebre el juicio. Porque, te guste o no —añadió, acercándose de nuevo a la mesa y mirándola fijamente a los ojos—, el móvil que tenías no solo fue robado, sino que ha sido utilizado en un delito muy grave.

Natalia se giró hacia su madre con la angustia contrayéndole el rostro. Catalina Robles negó brevemente con la cabeza y apretó con suavidad la mano de su hija.

—Desearía intervenir —pidió a continuación. Marcela cabeceó para invitarla a seguir—. Mi hija… Mi defendida no va a declarar en dependencias policiales. Ella asegura haber encontrado ese móvil tirado en la calle hace varios días y que, asustada por no haberlo devuelto de inmediato, decidió deshacerse de él. No sabe a quién pertenece ni para qué fue utilizado.

—¿Cómo fuiste capaz de encenderlo? —le preguntó Pieldelobo—. El propietario asegura que estaba protegido con contraseña.

Natalia negó con la cabeza.

—No —dijo a continuación—. No había contraseña.

Su madre le apretó la mano con fuerza.

—Porque alguien la crakeó, ¿verdad?

—No… —balbuceó la joven.

—Desearía intervenir —repitió la madre.

—¡No! —estalló Marcela—. ¿Crees que a quien encubres haría lo mismo por ti?

—Me lo encontré en la calle —repitió con un hilo de voz.

—Como quieras —aceptó Marcela—. Mañana avisaremos a la Fiscalía de Menores. Mientras, esperarás en los calabozos. Tranquila, estarás sola —añadió.

—Esto es del todo innecesario y exagerado, inspectora —bramó Catalina Robles—. Yo me haré responsable de mi hija y me comprometo a que comparezca cuando sea citada.

Marcela las miró fijamente durante un largo momento. Luego se levantó y se dirigió a la puerta.

—Muy bien —dijo—, recomendaré al juez que acceda al arresto domiciliario. Usted será responsable de la detenida.

—Por supuesto —se apresuró a responder la madre—. No habrá ningún problema.

Una hora después, Marcela le devolvió a Natalia su bolso y su móvil y repitió las instrucciones. Ambas asintieron y salieron del edificio.

—¿Se van sin más? —preguntó Vázquez.

—No —respondió Marcela—, sin más, no.

44

Natalia nunca había visto a sus padres tan fuera de sí. Los gritos y las amenazas sustituyeron a las maneras suaves en cuanto entraron en casa. Preguntas y más preguntas que ella no quería ni podía contestar. La joven lloró y mintió hasta que sus padres se dieron por vencidos y la enviaron a su habitación. Sabía, sin embargo, que eso solo había sido el primer asalto. La batalla continuaría al día siguiente.

Al menos no le habían confiscado el móvil, aunque también suponía que se trataba solo de un despiste temporal y más pronto que tarde se lo quitarían. Su madre le había dicho que iba a controlar todos y cada uno de sus movimientos hasta que eso acabara. Esperaba que no cayera en la cuenta hasta el día siguiente.

Sacó el móvil del bolso y tecleó con rapidez.

He estado en la comisaría, me han detenido dos policías cuando iba a tirar el móvil.

Max tardó pocos segundos en contestar.

¿Dónde estás ahora?, preguntó.

En casa, me han soltado. No vengas, mi madre no te dejará entrar.

El puntero parpadeó unos segundos antes de que Max escribiera el siguiente mensaje.

¿Qué les has contado?

¡Nada! Te lo prometo, nada de nada. Me van a llevar al juzgado, pero no diré nada. Les he dicho que me encontré el móvil en la calle y

que lo iba a tirar porque no quería que pensaran que lo había robado. Buena idea, ¿no?

Claro, sí, tranquila. Sigue sin decir nada, yo me ocupo.

Te quiero, escribió Natalia a toda velocidad.

Max ya no estaba en línea.

El chalé en el que vivían Natalia Etayo y su familia tenía solo una altura, una planta baja con un enorme salón y la cocina, y la planta superior repartida en cuatro dormitorios. No había vallas alrededor del jardín, apenas un seto de medio metro de alto y una cancela de madera con un pasador decorativo al inicio del camino embaldosado que conducía a la puerta de entrada.

El motorista apagó el motor antes de llegar a la casa y arrastraron la moto en silencio hasta la entrada. Luego, dos hombres pusieron pie en tierra. Juntos y en silencio se encaminaron hacia la casa, que estaba a oscuras. Giraron alrededor del edificio hasta la parte trasera y estudiaron la fachada.

—Será mejor que baje ella —susurró Carlos—, nosotros no podemos subir sin que nos oigan.

Max asintió con la cabeza y sacó el móvil del bolsillo de la cazadora.

Estoy en el jardín de atrás, tecleó a toda prisa. *Baja sin hacer ruido.*

Natalia, insomne, leyó el mensaje y sonrió.

Voy, respondió sin más.

Se miró al espejo. Llevaba un pantalón corto de pijama y una camiseta de tirantes. Hacía frío fuera, pero lo más importante era que Max se quedara sin respiración al verla.

Abrió con cuidado la puerta de su habitación y se deslizó con sigilo hacia las escaleras. Contuvo la respiración cuando pasó frente al dormitorio de sus padres y casi levitó sobre los peldaños. Abrió lo justo la puerta de la calle y corrió hacia la parte trasera.

Max no estaba solo. Se detuvo en seco cuando descubrió la silueta de Carlos a su lado, los dos de negro, encapuchados, con las piernas separadas y las manos en los bolsillos.

Natalia corrió hasta su novio, que la recibió con los brazos abiertos y la estrechó contra su pecho. Max miró a Carlos, que asintió.

—Quédate aquí —le dijo Max a su amigo—. Quiero hablar a solas con ella.

La sonrisa de Natalia se amplió y se abrazó a la cintura del chico, que llevaba una mochila a la espalda. La pareja se alejó unos metros sobre el césped mientras Carlos volvía en dirección a la moto.

—Sabes que te quiero —susurró Max en el oído de Natalia.

—Y yo a ti, ahora y para siempre —prometió ella—. No tienes que preocuparte —añadió—, nunca diré nada.

Max subió las manos por la espalda de Natalia, le acarició los hombros y las colocó alrededor de su cuello. Sus dedos rodearon por completo el delgado cuello de la chica, que seguía sonriendo. Entonces comenzó a apretar.

Natalia frunció un segundo el ceño, se revolvió e intentó alejarse, sin éxito.

—¡Para! —consiguió decir.

La respuesta de Max fue apretar aún más.

Natalia ya no podía gritar. Max la atenazaba con fuerza. Le faltaba el aire, tenía miedo. ¿Max? No entendía nada…

Un grito inesperado hizo que el chico aflojara las manos y Natalia aspiró con fuerza y se alejó de él lo más rápido que pudo. La joven cayó al suelo y siguió huyendo a gatas, llorando y boqueando en dirección a su casa.

—¡Policía! —gritaron a través de un altavoz—. ¡Las manos arriba! ¡De rodillas!

Max escuchó el conocido petardeo de la moto y corrió hacia la entrada. Carlos lo esperaba con el motor en marcha. Saltó sobre el asiento y se sujetó a su amigo cuando el vehículo salió disparado.

Marcela escuchó el motor y vio a Max correr hacia él. Volvió a subir al coche del que acababa de bajarse y lo puso en marcha justo cuando Vázquez se lanzaba al asiento del copiloto.

—Voy a dar aviso —dijo cuando se abrochó el cinturón de seguridad—. Deberías ponértelo —añadió al ver que Marcela no lo llevaba puesto.

Pieldelobo no contestó. Pisó el acelerador a fondo en dirección a la rotonda en la que había visto girar al motorista.

—¡Ahí está! —gritó.

Lo vieron justo antes de que llegara a la siguiente rotonda y girara en dirección a la ronda de circunvalación.

—Van los dos —dijo Vázquez.

—Lo sé.

Las farolas iluminaban a dos personas sobre la moto. La de atrás llevaba a la espalda una abultada mochila.

—Van muy cargados —comentó Vázquez—, los alcanzaremos.

Marcela volvió a pisar el acelerador. La moto viró de nuevo y serpenteó entre los coches. El aullido de la sirena les abría paso con exasperante lentitud, pero los vieron tomar la primera salida de la siguiente rotonda.

—Vamos… —bufó Marcela entre dientes.

Los tenían cada vez más cerca. La luz trasera de la moto desapareció de pronto antes de llegar a los edificios del fondo.

—¿Qué hay ahí? —gritó Vázquez.

—Trinitarios, un paseo peatonal y el río.

—¿Cabemos?

Marcela no contestó. Giró a la izquierda por el camino peatonal, desconectó la sirena y avanzó mientras buscaba la moto.

—Han apagado las luces…

—¡Allí! —exclamó Vázquez—. Las de freno no se pueden apagar.

Una luz roja se iluminaba de vez en cuando entre los árboles del paseo.

Marcela no podía pasar por allí, pero creyó adivinar adónde se dirigían. Aceleró en el camino asfaltado, esquivó los bancos de piedra y siguió recto mientras la moto zigzagueaba a su derecha.

Aceleró todo lo que pudo y sujetó el volante con fuerza en los baches para no botar en el asiento. Giró a la derecha y pisó a fondo.

Como esperaba, unos metros más adelante vieron la moto de frente. Había vuelto a encender los faros. Aceleró. La calzada era demasiado estrecha, no podrían pasar sin que Marcela les cortara el avance.

El conductor giró la moto, pero no se puso en marcha. Las luces de al menos dos coches patrulla iluminaron los árboles del parque.

El que llevaba la mochila se bajó de la moto y pareció increpar al conductor, que le contestó a gritos algo ininteligible a esa distancia.

Luego, el segundo hombre se bajó también de la moto y levantó los brazos.

Pieldelobo y Vázquez salieron del coche con el arma lista.

—¡Quietos! —gritó Marcela—. ¡Al suelo!

Los dos hombres estaban muy cerca el uno del otro. El conductor mantenía las manos levantadas por encima de su cabeza y se arrodilló despacio. El que llevaba la mochila llevó los brazos hacia atrás.

—¡Al suelo! —ordenó de nuevo Marcela mientras se acercaban despacio.

De pronto, un fogonazo y una pequeña explosión. El hombre que estaba de rodillas cayó como un fardo hacia delante.

Los dos policías se lanzaron al suelo y buscaron el parapeto de los árboles mientras el hombre de la mochila echaba a correr en dirección contraria.

—¡Voy tras él! —anunció Marcela.

Los troncos y los arbustos les sirvieron de escudo hasta que llegaron a la moto. Marcela esperó mientras David se acercaba al cuerpo y le buscaba el pulso. Cuando movió la cabeza de un lado a otro, asintió y empezó a correr.

El fugitivo le llevaba casi cien metros de ventaja. Lo perdía de vista por momentos entre los altos arbustos para volver a aparecer poco después. La mochila se bamboleaba de un lado a otro y daba fuertes sacudidas arriba y abajo, contra la cabeza y la espalda del hombre.

Sintió pasos a su izquierda. Vázquez la había alcanzado. Supuso que ya habría llegado la caballería. En ese momento, el tipo se detuvo y disparó cuatro veces. Vázquez se lanzó al suelo, pero Marcela giró a su derecha y continuó corriendo.

—¡Para! —gritó—. ¡No tienes adónde huir!

El fugitivo se detuvo un instante e intentó volver a disparar, pero el arma siguió muda. Marcela ignoró el dolor de los músculos y el escozor de sus pulmones y siguió corriendo. Lo oía respirar con fuerza, resollar y maldecir.

Lo tenía.

Frente a él, una barandilla rústica separaba el camino del río Arga.

A la derecha, las luces de los coches patrulla, cada vez más cerca; a la izquierda, Vázquez le apuntaba con su arma desde el camino. Detrás estaba ella, cada vez más cerca.

—Ya vale, Max, déjalo —le conminó Marcela.

El chico llegó hasta la barandilla y se aferró a ella.

—No tienes adónde ir —repitió—. Se acabó.

Máximo la miró un segundo y le lanzó la pistola con rabia.

—¡Déjame en paz! —gritó.

Luego se giró hacia las protecciones de madera, levantó un pie, lo apoyó sobre el borde superior y saltó al otro lado.

Marcela corrió tras él con Vázquez a su lado. Saltaron la baranda de madera y se deslizaron ladera abajo hasta la orilla del río. Max vadeaba el agua con rapidez. Lo veían mirar a uno y otro lado, buscando seguramente un sitio por el que cruzar, pero el río bajaba caudaloso y rápido.

—¡Alto! —gritó Vázquez.

Max se detuvo un instante, miró hacia atrás y se lanzó al agua.

—No me jodas —masculló Marcela. A continuación, se quitó el chaleco antibalas y se lanzó también al río.

Max braceaba con dificultad. La mochila se había ladeado y tiraba de él hacia delante y hacia abajo. El muchacho luchaba por seguir a flote y alcanzar la orilla contraria. Marcela, más ligera, se esforzaba por mantener la cabeza fuera del agua y avanzar hacia él.

—¡Ayuda! —gritó Max.

Marcela sacudió las piernas para avanzar lo más rápido que podía y extendió los brazos para intentar alcanzarlo antes de que se hundiera. Vio la cabeza rubia de Max desaparecer bajo el agua turbia y emerger unos segundos después solo para volver a hundirse. Marcela braceó en su dirección, cogió aire y se hundió. El río del color del fango apenas la dejaba ver nada, pero distinguió un bulto oscuro un poco más adelante. Sacó la cabeza, llenó los pulmones y volvió a hundirse. Pateó con fuerza hasta alcanzarlo. Pasó un brazo alrededor de su cuello y tiró hacia arriba. En ese instante, un puño voló hacia ella y la alcanzó en la cara. El impacto le hizo soltar todo el aire que guardaba. Se alejó de Max, subió y respiró un par de veces. Max seguía sin emerger. Llenó los pulmones y se sumergió una vez más. El joven movía los brazos en círculos sin conseguir ascender. Esta vez, Marcela sujetó con fuerza una de las correas de la mochila y se mantuvo alejada del chico, que se revolvió cuando sintió la presión. Sin embargo, su resistencia era cada vez más débil, espasmódica.

Otra mano apareció en ese momento y aferró la cabeza del chico. Vázquez le hizo un gesto con el pulgar hacia arriba y juntos tiraron del muchacho en dirección a la superficie. Cuando por fin consiguieron sacarlo del agua, Max no se movía. Marcela, agotada, se dejó caer a su lado mientras Vázquez lo liberaba de la mochila y comenzaba con las maniobras de reanimación. Max tardó poco en toser y escupir agua.

Cuatro agentes se deslizaron ladera abajo hasta ellos. Max se revolvió e intentó levantarse, pero varias manos lo empujaron por los hombros hasta tumbarlo boca abajo. Una vez esposado, lo obligaron a levantarse y comenzaron el lento ascenso hasta el camino.

Marcela recuperaba poco a poco el aliento sentada en el suelo. A su lado, Vázquez, empapado como ella de los pies a la cabeza, observaba la mochila negra.

—¿Qué crees que hay dentro? —preguntó.

—El dinero del rescate —respondió Marcela—, el que se llevó de casa de Javier Sarasola después de pegarle un tiro. Supongo que pensaban largarse en cuanto se ocuparan de Natalia.

Cogió la mochila y la acercó a sus piernas. Estiró la manga de la chaqueta para cubrirse la mano y tiró de la cremallera. Vázquez alargó el cuello para ver el interior. Dentro, un amasijo de papel casi convertido en una pasta inservible.

—¿Cuánto hay? —quiso saber David.

—Medio millón de euros. —Vázquez silbó entre dientes y Marcela sonrió—. ¿Vamos? —preguntó—, no me apetece coger una pulmonía.

Le pasó la mochila a uno de los agentes uniformados que esperaban en la orilla y ascendieron despacio la ladera mojada. Arriba, la noche se había convertido en una feria de luces y bocinas. Ambulancias, coches patrulla de tres cuerpos policiales, linternas e incluso los bomberos se habían dado cita en el parque de Trinitarios, listos para la acción.

Máximo Sarasola temblaba como una hoja en el asiento trasero de uno de los coches. Apretaba los dientes para contener la tiritona y forcejeaba con fuerza en un intento vano por liberarse de las esposas que le inmovilizaban las muñecas.

—Se están equivocando —bufó cuando los vio—, yo soy una víctima, no he hecho nada.

—No ha sido esa la impresión que nos ha dado. Te hemos visto dispararle a tu amigo a sangre fría. Está muerto —dijo Marcela.

—¡Era su vida o la mía! —gritó—. Me estaba amenazando de muerte. Me había dado la pistola para que se la guardara mientras conducía, pero él es el responsable de todo, él mató a mi padre.

—¿Y por qué huías? —insistió Pieldelobo.

Max se encogió de hombros y bajó la cabeza.

—No podía pensar con claridad. Acababa de disparar un arma, tenía miedo…

—Tenemos mucho de lo que hablar —cortó Marcela mientras cerraba la portezuela del coche.

El conductor conectó la sirena y arrancó en dirección a Jefatura. Máximo tardaría unas horas en estar listo para ser interrogado y, además, tenían que avisar a su madre. Estaba segura de que Valeria Huguet presentaría batalla. Suspiró resignada y se volvió hacia Vázquez.

—¿Vamos? —repitió.

Vázquez asintió y la siguió hacia el coche.

45

Máximo Sarasola esperaba esposado en una de las salas de interrogatorios. Su cara de frente y de perfil y sus huellas dactilares formaban ya parte del sistema y las estaban cotejando con las recogidas en los escenarios de todos los crímenes. Con el pelo seco y el pantalón y la camiseta que le habían proporcionado en Jefatura después de pasar el examen médico parecía un niño grande y desvalido. Mantenía la cabeza baja y los ojos cerrados la mayor parte del tiempo. De vez en cuando, un ruido lo sobresaltaba y miraba hacia la puerta o a los guardias que lo custodiaban.

Valeria Huguet aguardaba en la planta baja la llegada de su abogado para poder ver a su hijo. Ella sola había puesto en escena todas las categorías de padres que Pieldelobo conocía. Llegó llorando desconsolada, muy nerviosa, y suplicó que la dejaran ver a Máximo. La falta de resultados la condujo a la furia, a los gritos y las amenazas. Superada esa fase, se paseó de un lado a otro de la sala de espera haciendo una llamada tras otra hasta conseguir contactar con la persona en su opinión más adecuada, un abogado curtido en asuntos de menores que le había prometido llegar en menos de una hora. El plazo estaba a punto de expirar y Valeria Huguet amenazaba con reiniciar el ciclo. Su rostro se contraía cada pocos segundos en muecas llorosas, suspiraba ruidosamente y se sentaba y se levantaba de la silla de plástico anclada a la pared con una compulsión casi enfermiza. Cuando la primera ola de dolor y preocupación estaba dando ya paso a la segunda, la rabia reflejada en su rostro iracundo, las puertas de comisaría se abrieron con un susurro para dejar paso a un hombre de mediana edad vestido con traje sin corbata y con un voluminoso maletín de piel en la mano.

Ni siquiera se molestó en mirar a los policías que lo observaban detrás del cristal. Avanzó con pasos largos hacia la mujer que lo miraba con la esperanza pintada en sus ojos y llegó a ella con la mano ya extendida.

—Señora Huguet, supongo —dijo—. Soy Mateo Berenguer, abogado. Hemos hablado antes por teléfono.

—Llámeme Valeria —respondió ella sujetando con sus dos manos la que el letrado le había ofrecido—. Gracias por venir tan rápido, tiene que sacar a mi hijo de aquí.

—Vayamos paso a paso…, Valeria —accedió—. Permítame registrarme para que pueda ponerme en marcha cuanto antes. Le recomiendo que se marche a su casa y espere allí a que yo la llame. Esto va para largo —le aseguró.

—Por favor —le pidió en un susurro—, dígale que no olvide de quién es hijo.

Berenguer cumplimentó los trámites con profesionalidad y rapidez y esperó hasta que un agente lo acompañó a la sala en la que esperaba Máximo. Valeria volvió a llorar, a protestar y a amenazar cuando le prohibieron el paso y la obligaron a seguir esperando. Finalmente, decidió seguir el consejo de Berenguer y salió del edificio entre lágrimas e hipidos.

Amanecía cuando Marcela Pieldelobo salió de la sala de interrogatorios. Le sorprendió encontrar a Vila y a Vázquez sentados frente a su despacho.

—¿Qué hacéis aquí? —les preguntó. Luego se fijó en sus ojos brillantes, las mejillas sombreadas por la barba, el pelo revuelto y su postura desmadejada en las sillas—. Dais pena —añadió.

—Deberías buscar un espejo —respondió el subinspector.

—No podíamos irnos sin saber qué ha pasado —reconoció Vázquez.

—¿Tú no librabas este fin de semana? —le preguntó a Vila.

—Me enteré del operativo por el grupo de WhatsApp. Estaba en Otsagabia con mi mujer y para cuando llegué ya estabas en la sala. No quise interrumpir. Máximo Sarasola, no me jodas —añadió moviendo la cabeza de un lado a otro—. ¿Ha confesado?

—Culpa de todo a su amigo, a Carlos Ledesma. Asegura que él fue el cerebro y ejecutor de todo lo ocurrido.

—Qué oportuno que esté muerto y no pueda defenderse —masculló Vila.

—Pero tenemos el testimonio de la chica. De hecho, está declarando en el juzgado ahora mismo. Ha intentado matarla —les recordó Pieldelobo. El cansancio se estaba apoderando de ella y empezaba a sentir la cabeza pesada y nublada—. Necesito tomar el aire —dijo.

—Y comer algo —añadió Vázquez—. Conozco un sitio.

Tuvieron que abrocharse las chaquetas hasta el cuello, pero los tres optaron por sentarse en la terraza cubierta del obrador. Olía a pan recién hecho, a café y a mantequilla. Por una de las paredes acristaladas del interior podían ver el trajín de los panaderos acarreando enormes bandejas metálicas desde los hornos hasta la zona de venta, donde los primeros clientes ya hacían cola. Cruasanes, bollos y empanadas desaparecían poco después de ser colocadas en el mostrador.

Sobre su mesa, dos cafés dobles, un té con leche y tres cruasanes enormes y brillantes.

—Buena idea lo de intervenir el móvil de la chica —aplaudió Vila.

—Era obvio que lo primero que haría sería llamarlo —respondió Marcela cuando el calor del café atemperó su espíritu—. La versión de Máximo es que su padre los sorprendió a los tres montando una fiesta en el piso piloto de Lezkairu. Afirma que Sarasola volvía del polígono de tiro y que llevaba la caja metálica con el arma en el interior.

—¿Cómo habían entrado? —preguntó Vázquez.

—Esa es muy buena —sonrió Marcela—. Tiene llaves. De hecho, hemos encontrado en su cuarto varias llaves maestras y otras tantas de un montón de pisos por toda la ciudad. Tiene copias incluso de las que abren los chalés de sus hermanos. Por eso pudo acceder a la vivienda de Javier Sarasola, atacarlo, llevarse el dinero y colocar las cámaras con las que chantajearlo después.

—Y parecía tonto… —murmuró Vila.

Marcela apuró el café y se encendió un cigarrillo.

—La cuestión es que Francisco Sarasola se enfrentó a los jóvenes y pegó a su hijo delante de sus amigos. Entonces, Máximo sacó una navaja que llevaba en el bolsillo y lo amenazó con ella. El padre reculó hasta la cocina, donde abrió el armero portátil que llevaba y sacó la pistola. En ese momento, siempre según la versión de Max, Carlos se abalanzó sobre él por sorpresa, le arrebató el arma de la mano y disparó.

David Vázquez alargó la mano para coger su café y lo devolvió a la mesa con una mueca de disgusto al comprobar que se lo había acabado.

—¿Tú qué opinas? —le preguntó a Marcela.

—Me quedo con la versión de Natalia —afirmó—. La parte de la fiesta es cierta, y también el enfrentamiento, pero fue Max quien disparó contra su padre mientras este intentaba marcharse. No fue premeditado —añadió—, pero allí mismo, con su padre en el suelo, pergeñó un plan que a punto ha estado de tener éxito.

—¿Queréis otro café? —preguntó Vila, que levantó la mano para llamar la atención de la camarera.

Con la mesa de nuevo llena de tazas humeantes y tostadas de jamón, Marcela continuó su relato.

—La chica ha declarado que Máximo no les dio opción, que comenzó a organizarlo todo cuando comprobó que su padre no se movía y que entre los tres lo bajaron al trastero mientras decidían qué hacer a continuación. Él, por supuesto, lo niega e insiste en que todo fue idea de Carlos.

—Y decidieron fingir un secuestro —caviló Vázquez.

—Todos pensaban que Sarasola estaba muerto. Se dieron un buen susto cuando volvieron al día siguiente y comprobaron que seguía vivo. Al parecer, fue en ese momento cuando Carlos unió su cerebro al de Max. Los dos tenían prisa por largarse a Estados Unidos y no volver más, y necesitaban dinero para no depender de sus familias. Querían establecerse en la tierra de las oportunidades, pero sin tener que empezar desde abajo.

—La versión de Max no se sostiene —afirmó el subinspector—. ¿Cómo habría sido capaz Carlos de impedir que Max lo denunciara, o que al menos defendiera a su padre?

Pieldelobo y Vázquez asintieron en silencio.

—Carlos Ledesma era un mecánico excepcional, un manitas desde pequeño y futuro ingeniero —les contó Marcela—. Para él, modificar un dron fue un juego de niños. Hemos encontrado planos y tutoriales en su casa, además de las herramientas que había en el bajo de Lezkairu. Por cierto —añadió—, también fue él quien me pegó la descarga con la táser casera.

—¿Y por qué atacar a sus hermanos? —siguió Vila.

Marcela se encogió de hombros.

—Odio, supongo. Y avaricia. No necesitaba dispararle a Javier para conseguir el dinero, podría haberlo cogido cuando se hubiera acostado. Odia a sus hermanastros con todas sus fuerzas. Ha sido el único momento del interrogatorio en el que ha perdido la compostura —les contó Pieldelobo—. Javier y Sergio no han dejado de menospreciar e insultar a su madre y a él, y una vez abierta la puerta de la violencia, no supo o no quiso contenerse. No sé si el disparo a la pierna fue casualidad o si apuntaba al corazón. Máximo no es un tirador experto… Y luego está el tema de las fotos y el chantaje a Javier. El dinero no le importaba nada, solo quería acabar con él.

—¿Y Sergio?

—Él hace lo que su hermano le dice, así que, a los ojos de Max, es tan culpable como el mayor. En ese caso, Natalia coincide con su novio en que la idea del óxido nitroso fue de Carlos.

—Lo mató a sangre fría… —dijo Vázquez en voz baja. Tenía el disparo grabado en la retina.

—Supongo que discutieron y Max pensó que su amigo intentaría cargarlo con toda la culpa, así que decidió darle la vuelta a la tortilla y adelantarse. También acordaron que Carlos le diera una paliza a Max que lo alejara de posibles sospechas.

—No entiendo por qué mataron a la amante —siguió Vila—. ¿Qué pinta ella en todo esto?

—Iba en el coche con Sarasola cuando fueron a Lezkairu. Suponemos que escuchó el disparo y salió corriendo. La vieron huir, pero no pudieron alcanzarla. Luego solo tuvieron que controlar sus movimientos y actuar en cuanto tuvieron ocasión. Por cierto —añadió Marcela—, hemos encontrado el coche de Sarasola en el garaje del segundo edificio en construcción. Sin cámaras, vecinos ni seguridad, fue como si se lo tragara la tierra.

—¿Quién lo hizo? —preguntó Vázquez—. ¿Quién mató a la chica?

—Máximo dice que fue Carlos y Natalia afirma no estar segura. No se lo contaron. Parece que intentaron mantenerla al margen de muchos de los detalles. Tampoco sabía nada del dron modificado, aunque no le ha sorprendido.

Marcela apoyó la espalda en el respaldo de la silla y observó a sus compañeros. David había cruzado los brazos y tenía la mirada perdida más allá de la carretera; Vila, por su parte, había hundido las manos en los bolsillos de la chaqueta y se esforzaba por disimular un bostezo.

Sabía que las manos de un ser humano pesan aproximadamente un kilo y medio, que se sumaban a los siete u ocho kilos que alcanzaban los brazos. Sus extremidades, sin embargo, pesaban en ese momento al menos una tonelada.

—Tengo una última cosa que hacer antes de dar por terminada la jornada —dijo con voz ronca.

—No jodas… —protestó Vila.

—No, tú no. Y tú tampoco —añadió, mirando a Vázquez—, bastante has hecho ya.

Vázquez sonrió y se puso de pie.

—Nos vemos —dijo a modo de despedida.

Vila lo imitó y caminó junto a Marcela hacia el aparcamiento.

—Espero que no me estés dando esquinazo —murmuró.

—Esta vez, no, prometido, pero no lo descartes en el futuro. Cada uno es como es —respondió Pieldelobo.

Javier Sarasola le había abierto la puerta enfundado en un batín que apenas cubría su desnudez. El pecho blanquísimo y las piernas cubiertas de vello zaíno era lo único que la tela de seda dejaba entrever. Ni siquiera llevaba las gafas, lo que lo obligaba a achinar ligeramente los ojos cuando quería enfocar.

—En el caso de ese cabrón —dijo cuando Marcela acabó de hablar—, llamarlo hijo de puta está doblemente justificado.

Pieldelobo decidió guardarse para sí misma su opinión sobre el resto de la familia.

—¿Pretendía matarme? —preguntó Sarasola a continuación.

—No lo podemos saber a ciencia cierta —reconoció Marcela—, pero no lo descarte.

—Hijo de puta —repitió—. ¿Y todo por dinero?

Marcela guardó silencio. Sarasola la miró con los ojillos achicados y frunció los labios.

—Diga lo que piensa —pidió—, hemos compartido demasiado como para andarnos ahora con remilgos.

—Máximo le odiaba —dijo—. A usted y a toda su familia. Su padre le pegaba y su hermano y usted lo humillaban y menospreciaban en público y en privado.

—¿Está justificando lo que ha hecho? —saltó Sarasola.

—En absoluto —respondió Pieldelobo con rapidez—. Solo intento entender cómo un chaval de diecisiete años ha llegado a este extremo.

—Creo que se ha vengado sobradamente. Ha matado a mi padre, casi acaba con mi vida y con la de mi hermano y su mujer, y ha arrastrado mi nombre por el barro al hacer públicas las fotos. —Sarasola se cerró el batín con fuerza y miró a Marcela con la barbilla levantada—. Mi padre nos trató a todos igual. A mí me golpeó sin piedad cuando descubrió mis… debilidades, y a Sergio lo convirtió en un hombre frágil y asustadizo. Supongo que no fue mejor con Máximo, pero todos hemos salido adelante y seguiremos a partir de ahora. —Se sentó en una butaca. La seda resbaló sobre los muslos—. ¿Qué hay del dinero del rescate? —preguntó a continuación.

—Convertido en pasta de papel —respondió Marcela.

—Espero que tengan un seguro que cubra estas cosas…

Marcela sonrió de medio lado.

—Hable con sus abogados, supongo que lo podrán reclamar

como parte de la indemnización en caso de que lo declaren culpable.

—Era medio millón de euros… —Se removió inquieto en la butaca. Marcela apartó la vista para no ver más de lo que quería ver—. Y luego está lo de los terrenos a su nombre. Valeria no va a tener más remedio que vender.

Marcela se levantó y esperó hasta que Javier hizo lo mismo. Luego alargó la mano y estrechó los dedos blancos y blandos que le ofreció Sarasola.

—En la confianza que nos tenemos —dijo Pieldelobo ya en la puerta—, no creo que echen mucho de menos a su padre.

Javier Sarasola la miró fijamente a los ojos.

—En la confianza que nos tenemos —respondió—, mi padre está mejor muerto.

EPÍLOGO

Durmió de un tirón hasta bien entrada la tarde. De hecho, se acostó a media mañana y se despertó al atardecer. Sonrió cuando se desperezó en la cama. Se sentía descansada y tranquila. Habían desaparecido la jaqueca y el dolor de estómago, ya no sentía los músculos tirantes ni rechinaba los dientes. Y tenía hambre.

Decidió cumplir con la última obligación del día antes de disfrutar de un más que merecido descanso. Cogió el móvil de la mesita y buscó el número de Arellano. El periodista tocapelotas respondió al segundo tono.

—¿Me llamas para despedirte? —preguntó cuando descolgó—. Hoy es mi último día.

—Espero que te quede hueco para una noticia más —respondió Marcela.

Arellano guardó silencio unos segundos.

—¿Lo tenéis? —dijo por fin.

—Lo tenemos —confirmó ella.

Luego le hizo un resumen de lo ocurrido en las últimas horas mientras el reportero tomaba notas a toda velocidad.

—El abogado de la familia es Mateo Berenguer —le explicó—, supongo que estará encantado de hablar contigo.

—¿De qué cargos estaríamos hablando?

—Secuestro, parricidio, doble tentativa de homicidio, asesinato, agresión a la autoridad… Y lo que vaya saliendo conforme la investigación avance.

—¿Hay más personas implicadas? —preguntó Arellano.

—No puedo hablar de eso —respondió Marcela.

—Eso es que sí —dedujo el periodista.

—Eso es que no puedo hablar de eso —insistió Pieldelobo—, y no olvides que se trata de un menor, tendrás que abordar el tema con especial cuidado.

—Claro, confía en mí. Gracias, Pieldelobo. Me has alegrado el día.

—Cuídate y vuelve pronto —se despidió Marcela.

Luego se levantó de la cama y entró en el baño. Se quitó con cuidado la camiseta y observó su nuevo tatuaje a través del apósito protector.

De pequeña había leído una leyenda árabe sobre dos niños que decidieron escaparse de casa para buscar al pájaro azul de la felicidad. Corrieron mil aventuras, pusieron sus vidas en peligro y pasaron muchísimos años de un lado al otro del mundo. Cuando por fin regresaron a casa, ancianos, enfermos y tristes, encontraron al pájaro azul cantando en el alféizar de la ventana.

Había llamado a su tatuadora al salir de casa de Sarasola. Ella la recibió como siempre, con una cálida sonrisa y uno de sus abrazos zen antes de preguntarle de quién se trataba.

Pero esta vez no quería un cuervo, ni nuevas ramas en el árbol seco de su espalda.

Juntas buscaron el dibujo que reflejara la idea de Marcela. Ahora, un precioso pájaro de largas alas azules y vientre anaranjado volaba sobre su hombro izquierdo en dirección al corazón. Sobre la rama seca que rodeaba el pecho, dos pequeñas hojas verdes coloreaban el tatuaje hasta entonces monocromático.

Había cerrado los ojos y pensado en Damen mientras la aguja perforaba una vez más su piel. Pensó en él y en su hermano Juan, en sus sobrinos, en Antón y en ese perro loco que la llenaba de barro, pero no la abandonaba cuando rodaba cuesta abajo.

Le temblaron las manos mientras acariciaba al pájaro por encima del plástico. No podía olvidar quién era. Marcela Pieldelobo. Su mochila estaba llena de resentimiento, de dudas, de miedo. Sin embargo, lo que más temía era perder sus alas, convertirse en un árbol seco, no poder tomar sus propias decisiones o tener que pelear para defenderlas.

Paso a paso, pensó. Volvió a coger el teléfono.

—Hola —dijo Damen cuando descolgó—, ¿estás bien? Me he enterado de todo lo que ha ocurrido.

—Estoy bien —respondió Marcela—. Tragué agua del río, pero no creo que me muera por eso. —Esperó unos segundos y luego continuó—. Tenemos que hablar.

Damen cerró los ojos. Ahí estaba, fin de trayecto.

—Claro, cuando quieras.

—Te invito a cenar en mi casa. No hay mucho, pero creo que seré capaz de improvisar algo comestible.

—Yo puedo… —empezó Damen.

—Déjame a mí, ¿vale?

—Claro, perdona. Me arriesgaré.

Lo único que pudo ofrecer fue una ensalada de huevos cocidos, espárragos y atún, a la que añadió aceitunas y unas alcaparras que encontró en un armario y que no estaba segura de cómo habían llegado allí. Horneó pan precocido congelado y abrió una botella de vino. Luego sacó de la nevera un poco de queso curado y de jamón serrano y lo dispuso en un plato.

Damen tardó menos de media hora en llamar a la puerta.

—Tienes llaves —le dijo Marcela.

Damen no respondió y entró al salón.

La mesa estaba puesta, y la ensalada, en el centro.

—Creo que te vas a quedar con hambre, pero podemos pedir algo luego —propuso ella.

—Bastará —le aseguró él—. Tiene buena pinta.

Se sentaron uno frente a otro, pero ninguno hizo ademán de empezar a comer.

—¿De qué quieres hablar? —preguntó Damen por fin.

—De las vacaciones —respondió Marcela. La boca de Damen se curvó en una amplia sonrisa—. ¿Qué te parecería ir a ver los guerreros de Xi'an? Están en China, en la provincia de Shaanxi.

PAMPLONA, 15 DE SEPTIEMBRE DE 2023

333

AGRADECIMIENTOS

No son pocas las personas que están a mi lado mientras escribo y a las que les estoy sinceramente agradecida. Al otro lado del teléfono, de una pantalla o de un café cuento con el asesoramiento de policías como los inspectores Sergio Sanvicente y David González que resuelven mis dudas siempre con una sonrisa; de mi enfermera de cabecera, Montse Bretón, con la que hablo de heridas, vértebras y lesiones mortales entre tortitas, bizcochos y mermeladas; y en esta ocasión, además, he contado con la inestimable ayuda de Aitor Marcos López, que me ha guiado por el mundo del tarot, ha preparado las tiradas que necesitaba, me ha explicado el significado de cada arcano, de cada carta y de cada combinación. Gracias por estar en la mente de Valeria, no habría sido posible sin tu ayuda.

Gracias también a mis lectoras y lectores cero (Pilar de León, María Ángeles Rodríguez, Charo González, Montse Bretón, Beatriz Etxeberria, Ricardo Bosque, Joan Bruna y Sandra Bruna). Nos os imagináis lo importantes que son para mí vuestros comentarios y aportaciones, sois una parte importante del resultado final, así que gracias, de corazón.

Todos y cada uno de vosotros sois imprescindibles. Gracias.

Si queréis, nos vemos en la próxima.